重庆市脱贫攻坚
优秀文学作品选

钟良义 / 著

WO SHI
DIYI SHUJI

我是第一书记

重庆出版集团　重庆出版社

图书在版编目(CIP)数据

我是第一书记/钟良义著. —重庆:重庆出版社,2021.3
(2022.2重印)
(重庆市脱贫攻坚优秀文学作品选)
ISBN 978-7-229-15626-8

Ⅰ.①我… Ⅱ.①钟… Ⅲ.①长篇小说—中国—当代
Ⅳ.①I247.5

中国版本图书馆CIP数据核字(2020)第252492号

我是第一书记
WO SHI DIYI SHUJI
钟良义　著

丛书主编:魏大学
丛书执行主编:孙小丽
丛书副主编:牛文伟　杨　勇
责任编辑:吴　昊
责任校对:朱彦谚
装帧设计:戴　青
封面插画:珠子酱

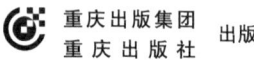
重庆出版集团
重庆出版社　出版

重庆市南岸区南滨路162号1幢　邮政编码:400061　http://www.cqph.com
重庆出版社艺术设计有限公司制版
重庆天旭印务有限责任公司印刷
重庆出版集团图书发行有限公司发行
E-MAIL:fxchu@cqph.com　邮购电话:023-61520646
全国新华书店经销

开本:787mm×1092mm　1/16　印张:21.75　字数:350千
2021年3月第1版　2022年2月第2次印刷
ISBN 978-7-229-15626-8
定价:65.00元

如有印装质量问题,请向本集团图书发行有限公司调换:023-61520678

版权所有　侵权必究

编委会

○ 编委会主任
刘贵忠　辛　华

○ 编委会顾问
刘戈新

○ 编委会副主任
魏大学　陈　川　黄长武　莫　杰　王光荣　田茂慧
李　清　罗代福　冉　冉

○ 编委会成员
孙元忠　周　松　兰江东　刘建元　李永波　卢贤炜
胡剑波　颜　彦　熊　亮　孙小丽　徐成渝　唐　宁
吴大春　李　婷　陈　梅　蒲云政　李耀邦　王金旗
葛洛雅柯　汪　洋　李青松

○ 编　　辑
谭其华　胡力方　孙天容　皮永生　郑岘峰　赵紫东
刘天兰　李　明　郭　黎　王思龙　李　嘉　金　鑫

总序

重庆是一座高山大川交织构筑的城市，山水相依，人文荟萃。这里有鳞次栉比的高楼华厦、流光溢彩的两江夜景、麻辣鲜香的地道火锅、耿直爽朗的重庆崽儿……她的美丽令人倾倒，她的神奇让人向往，她的热情催人奋进。重庆也是一座集大城市、大农村、大山区、大库区和少数民族地区于一体的城市，城乡差距大，协调发展任务繁重。重庆直辖之初，扶贫开发是中央交办的"四件大事"之一。2014年年底，全市有国家扶贫开发工作重点区县14个、市级扶贫开发工作重点区县4个，有扶贫开发工作任务的非重点区县15个，贫困村1919个，贫困发生率7.1%。2016年1月，习近平总书记视察重庆时强调，重庆脱贫攻坚"这个任务不轻"。

让贫困人口和贫困地区同全国一道进入全面小康社会，是我们党的庄严承诺，打赢脱贫攻坚战是时代赋予我们的光荣使命。重庆广大干部群众坚定融入时代洪流，投身强国伟业，拿出"敢教日月换新天"的气概，鼓起"不破楼兰终不还"的劲头，向贫困发起总攻，坚决打赢脱贫攻坚战。在全市上下一心、同心同德的艰苦奋战中，在基层广大扶贫干部和群众的不懈努力下，经过8年精准扶贫、5年脱贫攻坚，重庆市脱贫攻坚取得历史性、根本性、决定性成效。贫困区县悉数脱贫"摘帽"，累计动态识别（含贫困家庭人口增加）的190.6万建档立卡贫困人口全部脱贫，历史性消除了绝对贫困，大幅提高了贫困群众收入水平，极大改善了农村生产生活生态条件,明显加快了贫困地区发展,有效提升了农村基层治理能力,显著提振了干部群众精气神。2019年4月,习近平总书记视察重庆时指出,"党的十九大以来,重庆聚焦深度贫困地区脱贫攻坚,脱贫成效是显著的","重庆的脱贫攻坚工作,我心里是托底的"。

习近平总书记在决战决胜脱贫攻坚座谈会上强调,"脱贫攻坚不仅要做得好,而且要讲得好"。讲好脱贫攻坚的实践故事,讲好各级各部门统筹推进疫情防控和脱贫攻坚工作的攻坚故事,讲好基层扶贫干部的典型事迹和贫困地区人民群众艰苦奋斗的感人故事,是广大作家和文学工作者的时代责任和光荣使命。面对乡村的巨变和社会的进步,面对形象丰满的扶贫工作者群像和感人至深的扶贫励志故事,面对许多不甘贫困的普通百姓,面对人民群众美好生活的新期待,重庆广大文学工作者投身脱贫攻坚主战场,用文学创作的方式反映大时代背景下重庆人民在脱贫攻坚战役中的不平凡经历和取得的伟大业绩,记录伟大时代的火热实践,记录人民日新月异的新生活,创作出一批优秀脱贫攻坚主题文学作品,《重庆市脱贫攻坚优秀文学作品选》应时而生。

《重庆市脱贫攻坚优秀文学作品选》是在中共重庆市委宣传部的支持下,由重庆市扶贫开发办公室、重庆市作家协会联合策划的系列丛书。为了讲好重庆的脱贫攻坚故事,创作出有筋骨、有硬核、有温度、有品位的文学作品,重庆市扶贫办组织专班提供了大量典型素材和采访线索,组织专人陪同作家深入一线采风采访。重庆市作协遴选了一批来自脱贫攻坚工作一线的优秀作家执笔,组织创作优秀作品。项目甫立,这批作者或早已投身于脱贫攻坚火热的现实中,或遍访民情搜集创作的素材,或直面基层和一线的真实,积累了丰富细腻的情感。通过他们各自不一样的脚力、眼力、脑力和笔力,一幕幕感人至深摆脱贫困的场景得以再现,一个个人物典型的人格魅力得以张扬,一份份对农村新貌的赞美得以抒发⋯⋯

《重庆市脱贫攻坚优秀文学作品选》由13部优秀文学作品组成,

体裁涵盖长篇小说、纪实文学、散文和诗歌等。钟良义创作的长篇小说《我是第一书记》，以三个主动请缨到脱贫攻坚第一线的城市青年干部的扶贫经历为主线，展示了重庆脱贫攻坚工作的艰巨性和复杂性，表现了重庆青年党员群体的责任担当；罗涌创作的长篇小说《连山冲》讲述了位于武陵山集中连片特困地区的连山冲村克服重重困难成功脱贫的故事，塑造了脱贫攻坚工作中的各色人物的鲜明个性，全景式地书写了精准扶贫精准脱贫中的艰难与坚韧、痛苦与希望以及从精准帮扶到产业致富的山村发展路径与规律；陈永胜创作的长篇小说《梅江河在这里拐了个弯》以身患绝症的扶贫干部林仲虎在生命的最后时刻依然坚守在扶贫第一线的感人事迹，折射梅江河，乃至秀山县脱贫攻坚工作的艰辛历程；刘灿创作的长篇小说《蜜源》讲述了留学归国青年踌躇满志来到贫困山区创业的故事，讴歌了新时代知识青年的理想追求，展现了新时代重庆农村的人文风貌；何炬学创作的长篇报告文学《太阳出来喜洋洋》通过讲述一个个"奋斗者"的脱贫故事、赞颂"助力者"的全心投入，全面展示了自2014年全国新一轮脱贫攻坚工作开展以来，重庆全域在此工作中的生动景象，并努力挖掘重庆的文化底蕴，彰显重庆人的精神和气质；周鹏程创作的报告文学《大地回音》是他深入重庆14个国家级贫困县和4个市级贫困县采访、调研的结晶，反映了重庆农村特别是贫困山区在脱贫攻坚战中发生的天翻地覆的变化；谭岷江创作的报告文学《春天向上》通过对石柱县中益乡各村帮扶贫困户产业脱贫致富故事的讲述，勾勒出一幅山区土家族人民在新时代努力奋进，积极乐观地追求幸福的壮美画卷；李能敦创作的散文集《别急，笑起来——巫山县脱贫攻坚人物谱》生动刻画了一批来自巫山县脱贫攻坚一线的人物群像，记录了他们在脱贫攻坚战役中的奋斗与牺牲，泪水与欢笑；龙俊才创作的散文集《我把中坝当故乡——驻村扶贫纪实》还原了中坝村扶贫干部与群众在脱贫攻坚战一线，确保高质量完成任务的方方面面，是全国打赢脱贫攻坚战中一个生动的缩影；徐培鸿创作的长诗《第一书记杨丽红》借由对脱贫攻坚战中的女性群体的观照，展现出广大驻村女干部们的艰辛付出和人性中的大美；袁宏创作的诗集《阳光照亮武陵山》围绕武陵山区的脱贫攻坚展开诗性建构，集中反映了酉阳土家族苗族自治县广大干部群众积极投身脱贫攻坚的国家战略，展现了人们面对困难守望相助的内心世界和追求美好生活的坚毅品质；戚万凯创作的儿歌集《我向马良借支笔》，以琅琅上口的儿歌展现脱贫攻坚的生动场面和新农村的美丽画卷，通过生动活泼、富有童趣的形式，传递党的扶贫声音，讴歌扶贫干部公而忘私的奉献精神和乡村群众自强不息剜穷根的精神风貌。丛书还收录了傅天琳、李元胜、张远伦、冉仲景、杨犁民等70余位重庆诗人创作的诗集《洒满阳光的土地——重庆市脱贫攻坚诗选》。这些作品散发着巴山渝水的浓郁乡土气息，晕染着山城文化的独特魅力，不仅凝练了百折不挠、耿直豁达的重庆性格，而且写出了重庆人感恩奋进、誓剜穷根的精气神，总结了重庆在生态、教育、健康、搬迁、文化、产业等方面的典型经验。作家们的创作不回避矛盾，不矫饰问题，以真情与热诚书写贫困地区的变化，把脱贫攻坚故事写得实实在在、有血有肉、鲜活生动，彰显了重庆文艺工作者在脱贫攻坚中强烈的使命感和责任感。

《重庆市脱贫攻坚优秀文学作品选》是重庆广大文学工作者与时代同行，与人民同心，把人民群众的伟大实践作为创作的不竭源泉而锻造出的精品力作。我们希望通过《重庆市脱贫攻坚优秀文学作品选》所传导的精神与力量，能够让群众的灵魂经受洗礼，让群众的精神为之振奋；能够鼓舞群众在挫折面前不气馁、在困难面前不低头；能够引导群众发现自然之美、人性之美，让群众看到美好、看到希望、看到梦想就在行即能至的前方。

丛书编委会
2021年1月

一

田木叶醒来的时候，红色小轿车正颠簸着爬上山坡。开车的姑娘叫韩细妹，她是个漂亮的姑娘，样儿水灵得就像熟透的葡萄，个儿也高挑，总免不了让人想起婀娜多姿或亭亭玉立之类的赞美之词。田木叶坐在副驾驶位置上，不经意瞟了她一眼，不承想恰好和韩细妹那双水汪汪的眼睛撞了个正着，他就像被火光灼了一样，立刻将脸转到窗外。

韩细妹抿着樱桃小嘴笑着，问田木叶："木叶书记，好看吗？"田木叶两眼直勾勾地看车窗外以掩饰内心的慌乱，听见韩细妹问，就下意识地回答说："很美。"韩细妹笑出声来，说："木叶书记，我是说山上的风景，不是问你我的长相。"田木叶转眼看了一眼韩细妹天真无邪的样儿，慌乱的心突然就不慌乱了，也跟着笑了起来，说："细妹书记，我说的也是山上的风景呢！"

摇下车窗，田木叶贪婪地看着窗外。重峦叠嶂的山势如游蛇一般在迷雾朦胧中绵延起伏，层林尽染，枫叶如火焰般抢眼，银杏如黄金般夺目，梯田如锦缎般接地连天，草瓦竹篱、吊脚飞檐、白墙黛瓦点缀其中，黄牛、山羊、野鸡徜徉其里……

昨晚酒喝多了，早上起来一直感到脑壳昏昏沉沉的，山风夹着桂花的香味吹进车内，让田木叶感到一种少有的神清气爽像电流一样迅速穿透了全身。

"天啊！这简直是摄影家和画家的天堂。"田木叶说。

"这算什么哟，木叶书记！这样的风景在我们黔江不说到处都是，至少也是随处可见，待会儿到了山顶上，你再看对面山顶上的三塘盖村，也就是我们要去驻村帮扶的村，你就不会像没见过世面

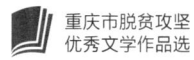

的人那样见到女人就喊美女,见到风景就夸美景了。三塘盖村的风景那才叫美景。"韩细妹带着不无讥讽的口气说,"我们这里是山外有山,景外有景。三塘盖村就在山那边的山上,如果要评全国最美山景的话,我敢说,三塘盖风景绝对可以和天下名山媲美。"

"媲什么美?"车到山顶的时候,一直在后排打着鼾声的陈调醒了,叫韩细妹快停车,他要去看下那边的树林……

"调哥,你真是懒牛懒马……"韩细妹的脸不易察觉地红了,把后面冒到喉咙管里的"屎尿多"几个字吞回了肚子里,然后在一片松树林边把车靠边停下。陈调装作没听见,一下车就钻进林子不见了。

韩细妹把田木叶带到一块巨石边,背对松林,做了一个"牧童遥指杏花村"的姿势,指着对面的大山说:"木叶书记,那就是三塘盖,三塘盖村就在那山上,山脚是碓窝塘寨,山腰是腰子塘寨,山顶是磨盘塘寨,三塘盖村的名字就是按照这三个寨子的名字取的。风景虽说可以用'这边独好'来形容,但因为路的问题,一直是藏在深山人未识,就像美女生在深闺,纵是天姿国色也只能是孤芳自赏的命。"

顺着韩细妹指的方向,田木叶看到,对面的大山巍峨耸立,山腰绕雾缠云,山顶如巨型方桌,竹篱瓦舍组成的院落如杯碗盘碟隐隐约约摆放在桌面上,偶有白墙黛瓦显露在"灰头土脸"的木房家族中,宛如大自然的盆景。透过山腰的云层缝隙,隐约可见一处山窝里有一吊脚楼群,吊脚楼群的周围簇拥着一大片树叶如金的银杏树林和弯弯曲曲铺满金黄的梯田,一棵硕大的银杏树旁的小楼房顶,招展着一面红旗。山脚的公路边地势稍平,一溜没粉刷过的砖墙房如一字长蛇阵沿弯曲的公路排列在两侧。

田木叶心里泛出一种只有自己才明白的激动。他从包里拿出手机,对着对面大山拍下几张照片,然后分享到朋友圈里,并附言:

"此时此刻,站在去三塘盖村的大山顶,看着对面把三塘盖村当子女顶在头上、抱在怀里、牵在脚边的大山,我的笔墨和思想明显不够用,只能把眼睛睁得大大的,只能唏嘘慨叹:'此景只应天上有。'我从没见过哪座山有三塘盖这样的磅礴大气,她让我一下明白了什么叫真正的雄浑;我从没见过哪座山有三塘盖这样的非凡韵景,她让我瞬间懂得了什么才叫真正的鬼斧神工;我从没见过哪座山有三塘盖这样变幻莫测的流动气韵,她让我突然知道,什么才是真正的梦幻之境。"

田木叶怕父亲看不到,又把图片和这段文字发到家人群里,在后面加了句:"父亲战斗过的地方。"

"没想到我们三个驻村第一书记其中一个还是个'骚客'。看这司空见惯的山居然能看出了这么多让人感动的话。"韩细妹昨天把田木叶加进了自己的微信,这时看到他发的图片和文字,很惊讶,点了个赞,同时评论道:"大山如海树如潮,云顶极目叹天高。木叶书记笔墨好,堪与李杜比风骚。"

"你这是谬赞,我是学理科的,哪有什么笔墨哟?"田木叶笑着对韩细妹说。

"虾子过河,谦虚!研究生都没笔墨,我们不就是文盲了?"声音明显是从背后的松树林里传出来的,是陈调的声音。他一边看田木叶发的朋友圈,一边说:"我这个年纪,笔墨不多但电大党校之类的文凭多;工资不高但血脂血糖血压都偏高;开会不大爱发言但前列腺总是发炎。没办法,上年纪了,走几步就想去树林里看一下,太耽误时间了,真不好意思。"

田木叶笑了,说陈调兄说话风趣。韩细妹装没听见,从树上摘了一片木叶放在嘴里吹奏出一段悠扬的曲调。

大山的木叶烂成堆,

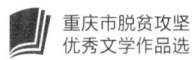

只因那小郎不会吹。
哪年吹得那木叶响，
只用那木叶不用媒。
……

田木叶听出这是《木叶情歌》，因为父亲也经常拿木叶吹这首歌。

韩细妹见田木叶听歌的样子很专注，就说："这里的民歌多的是，有时间让你听个够。"然后发动机器行驶下山。

盘绕在山间的公路弯急拐多，就像书法家写的不同字体的"之"字。韩细妹知道田木叶没走过这样的山路，拐弯抹角的时候就尽量把车开慢一点，免得把他甩晕吐了。尽管如此，田木叶还是翻肠倒肚地吐了一路，到山脚的时候脸色都已经苍白了。

韩细妹把车开到河边的沙滩上，拿帕子在溪水里漂了几下，然后拧干，让田木叶洗把脸，说三塘盖村马上就要到了，老百姓看你蔫不唧的就不好了。陈调拿杯子到溪边舀了杯水叫田木叶漱下口，说韩细妹心比头发丝还细，哪个能娶到她是天大的福气。

田木叶心里暖暖的，突然想哭。韩细妹见了，一边用水洗他晕吐在车门上的污迹，一边笑他，说他昨晚喝酒睡着了像个小猪猪，现在让人拧帕子洗脸、舀水漱口，像个小宝宝。田木叶不好意思，说到村里后招待他们好好撮一顿。

公路没有先前的陡峭和七弯八拐了，变得平缓起来，田木叶感觉头没先前晕眩了，胃也没有了先前的翻腾，但心情却更加凝重起来。

如墙夹峙的大山挡住了他的视线，让他无法极目远眺，只能看到没膝深的荒草铺陈在公路边不规整的田块里，根本找不到"喜看稻菽千重浪"的丝毫意趣。公路正在改建、拓宽，有村民正在和施工单位为拖欠工资争吵。看热闹的村民衣衫虽不褴褛但身上仍透出浓浓的贫困信息，和昨天在城里看到的景象形成了强烈的反差。作为市卫扶集团第五协作组派驻三塘盖村的扶贫第一书记，他昨天中午随团到达有着"中国峡谷城"之称的黔江城，第一眼看到的是宽敞整洁的街道绿树成荫，车水马龙，豪车如蚁；街道两旁霓虹闪烁，酒绿灯红，高档商场鳞次栉比……田木叶不断问自己，这是一个贫困地区城市吗？这里真的穷吗？但现在看到的一切又真真切切地告诉他：这里不但穷，而且是很穷。

他突然想到了他父亲。

临行前的夜晚，父亲用满含乡愁一样的语调告诉田木叶，四十多年前，正值热血沸腾的青春年华。人年轻就气盛，心中的激情犹如三伏天的干柴，一星点火花就会让它熊熊燃烧。他和很多青年一样，在如潮的歌声中高昂地走进黔江一座大山里插队落户当知青。那时的黔江不仅穷，而且偏远，离重庆有四五百公里之遥，坐完轮船坐汽车，要两天两夜才能到达。田木叶从父亲的语调里想到了渝东南的一句俗语——"屙屎不生蛆"，想到了一部名叫《穷山的呼唤》的纪录片让一位老将军潸然泪下。黔江城和渝东南的每一个县城一样，有一条1公里长的独肠子街睡在峡谷里，街头吵架放屁街尾都能听到声响，全城最高最豪华的房子就两楼一底。这一切，在激情燃烧的岁月根本不值一提，人人都像打了鸡血，人人都壮怀敢叫日月换新天的激烈，父亲也不例外，脚下的独肠子街不仅没让他有当头浇了一瓢冷水的感觉，反而是一种战争年代攻下阵地的欲念把大脑填充得满满的。接下来的日子，父母在大山里和村民一起战天斗地，让他没想到的是他们的到来不仅没有改变山里贫穷的现实，反而是在乡亲们越过越紧巴的日子中渐渐迷茫起来。他插队落户的村子有百十来户人家，能杀年猪过年的竟然不超过两家，很多

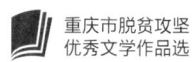

人家一家几口竟轮流穿一条裤子……田木叶深深地体验到了什么是贫穷。但他没想到的是,改革开放都四十多年了,当年父亲当知青的地方还戴着贫困的帽子,而且戴的是国家级贫困县的帽子。

父亲是市医科大学的中医教授,古文造诣很深。他给田木叶写了一个穷的繁体字,说繁体字的"窮"是"穴"字头,下面是一个"躬"。解析字形,繁体的"窮"就像是一个人困在洞穴下弯着身体苦苦挣扎;解析字意,穷就是指人身处困境难以摆脱穷困的命运。

"贫困村大多处在没有通途、没有产业的困境中,这两个问题不解决,贫穷的命运就很难改变!"父亲感慨地对田木叶说。

田木叶给父亲比了个大拇指,称赞父亲是高中的学历教授的水平,自己是研究生的学历初中生的水平。

田木叶说这话不是哄父亲高兴,是打心眼里佩服父亲。一个下乡插队当知青的地方他竟能如此魂牵梦萦几十年,一个"穷"字他竟能解析出如此深刻的含义并据此开出贫困村拔掉穷根的处方——修通出行公路,发展规模产业。

"木叶书记,你在玩深沉吗?一路上像是哪个人欠你五百两银子的样子,严肃着脸一句话不说。"韩细妹见田木叶好一阵不说话,侧过脸来俏皮地问。

"没有,我在想昨天区里的见面会,我太臊皮了。"田木叶本想说在想父亲说的话,话到嘴边突然觉得不妥,便改了口。

"木叶兄弟,昨天的见面会你是风光无限,风头出尽。人长得帅不说,讲的话简短有力,很有亲和感,没得一句是陈词滥调,下面的人都是竖起耳朵听你讲话,直起眼睛看你的帅气,特别是像细妹书记这些年轻女干部,都恨自己结婚结早了。"陈调说。

"老不正经。"韩细妹回头嗔了陈调一眼,笑着对田木叶说,"你没看见有好几个女孩在下面激动得不断给你竖大拇指吗?"

"你们过奖了,第一次和那么多大领导一起坐在主席台上,真是臊得慌,巴不得有个地缝钻进去。"田木叶说着,脑海里又浮现出昨天的吉光片羽。

二

　　昨天的见面会上坐主席台，田木叶是"新媳妇上轿、麻花布洗脸，头一回"。自打上幼儿园起到研究生毕业，他从没当过干部，所以，从小到大就没坐过主席台，更不要说抛头露面发言了。他只记得在台上和很多人被动地握手，听别人介绍对方的姓名和职务，但他一个名字也没记住，甚至连一个面孔也没记住。他局促不安地坐在主席台上，望着台下的人。

　　抽人下乡驻村，是各单位领导最头疼的事。抽年纪大的嘛，他们有资历，年龄比你大，只是因为要腾位置就提前进入二线，所以，不好硬性抽派；抽中年人吧，也不妥，因为这些人都是单位的中坚力量，抽走了单位的业务又要受影响；抽年轻人呢，他们也有一大堆理由等着你。男的还好点，女的就更不好动员了。最后，只能打感情牌和政治牌，对没想法往上升的人就称兄道弟，以情动人；对年轻人就说下乡驻村是政治任务，回来要重用。被选中的人经不住软磨硬泡，就做出"士为知己者死"的豪爽架势，说领导的压力就是自己的动力，领导的想法就是自己的追求，同意下派两年。

　　田木叶很吃惊，台下或男或女，或年轻或饱经风霜的面孔，看不出哪张面孔上是愁云密布，无可奈何的表情，全都是"唯其艰难，才更显勇毅，唯其笃行，才弥足珍贵"的豪情。

　　坐在主席台正中位置的领导正在讲话。田木叶看了下会议资料，知道讲话的领导是区里的主要领导，是今天的会议主持人，心里免不了一阵激动。区里的主要领导亲自主持会议并讲话，区里能出席的领导干部也全部出席，可见会议的规格高得不能再高了。

"第一书记是上级机关和区级部门选派到基层组织涣散薄弱村和贫困村的中坚力量，是做好党员结对帮扶工作，决胜脱贫攻坚的重要组织保证。各街道党工委、办事处，各镇乡党委、政府务必要全力支持和关心驻村第一书记的工作，工作上给予大力的支持，生活上给予无微不至的关心。我们区虽是远离重庆主城的农业大区，是集老少边山穷于一体的国家级贫困地区，但也是国家实施武陵山贫困地区连片开发战略的重点区，是上世纪'八七'扶贫开发工作中，'宁愿苦干，不愿苦熬'的扶贫精神策源地，在新时期的扶贫攻坚中，我们一定要继续发扬这种精神，决胜脱贫攻坚。"区里的主要领导讲话引经据典，侃侃而谈。他铿锵有力的声音，免不了引得台下一阵如潮的掌声。

工作人员把话筒拿到田木叶面前，悄声说："木叶书记，你是驻村第一书记代表，该你讲话了。"几百双眼睛像听到口令一样齐刷刷地看着田木叶。田木叶哪见过这种场合，一下子慌了，事前反反复复在心里记诵了好几遍的发言内容一下像电脑的数据被格式化了一样，什么也想不起来了。他慌乱地在笔记本上翻，翻了半天也没翻出原先拟好的内容。会场鸦雀无声，静得一颗针掉到地上都能听到声响。他更加慌乱，慌乱中忽然翻出了市医科大学附一医院党委书记颜武找他谈话时的内容。临出发前，颜武书记语重心长地对他说，要忘记过去的身份，你到了扶贫村后只有一个身份，那就是"扶贫第一书记"。看到这句话，田木叶突然沉下气来。他缓缓站起来，向台上台下各鞠了一个躬，然后拿起话筒，大声说："各位领导，各位同仁，既然我们光荣地成为了脱贫攻坚战役千军万马中的一名战士，既然我们披上了扶贫第一书记的战袍，那从现在起，我们就忘记过去的所有身份，以'扶贫第一书记'这个身份进入战斗状态，不干则已，干就干好！"话音刚落，台下爆发出雷鸣般的掌声，台上的领导们也长时间鼓掌。

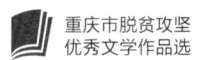

区里主要领导很高兴，动情地握着田木叶的手说："你的表态力重千钧，话不多，却句句是责任，句句是满满的决心和信心。"

会议在热情洋溢的气氛中结束，参会的人员陆续退出会场，三塘盖村驻村工作队座位牌前站着一男一女，热情地看着田木叶，一直不肯离去。区里的主要领导拍了一下田木叶的肩膀，说自己也是市级机关来的，有什么困难尽管找他。领导指着三塘盖村驻村工作队座位牌前的一男一女说："这是你的两位搭档，老同志叫陈调，是文明办的调研员，他父亲可能有先见之明，早就预测他要官至调研员，所以提前给取了这个名字。那个小姑娘叫韩细妹，是区人社局才调来的大学生，大家都叫她细妹儿。"

领导把两个人叫到跟前，说你们两个是本地人，要尽好东道主的责任，田木叶是市卫扶集团第五协作组牵头单位市医科大学附属第一医院选派下来的年轻优秀干部，你们要把他照顾好。要始终记住，你们都是组织上精挑细选出来派往贫困村的驻村第一书记，你们肩负的责任十分重大。

"请领导放心，保证完成任务。"韩细妹做了一个俏皮的动作。

韩细妹拉着田木叶走出会场。陈调跟了出来，说韩细妹喜新厌旧，刚才还肩并肩坐一起，现在认识了木叶书记，就把他晾在会议室了。

田木叶脸红得像猴子屁股，说自己在黔江也没什么同学和熟人，想叫个滴滴车马上到三塘盖村去。

韩细妹死活不同意，陈调也坚决反对。韩细妹说："从城里到三塘盖村只有一条公路，这条路正在改直拓宽，路面坑洼不平，山石随时下坠，交通时常阻塞，夜行极不安全。更何况，车只能开到碓窝塘寨，碓窝塘寨到村委会还要走一截勉强可骑摩托车的烂泥路。你从重庆过来已颠簸了三个多小时，跑了三百来公里路，钻了十几个隧洞，过了十几座桥，还没来得及眯一会儿就到了会场，人肯定累了，肚子肯定饿了，今晚就在城里休息，晚上我和陈调兄请你喝土家族出名的摔碗酒，吃《舌尖上的中国》介绍过的美味——黔江鸡杂，再找几个美女帅哥陪你。你是市上派来的第一书记，必须要闪亮登场，不醉不休。"

田木叶本不喝酒，但一想到自己对农村工作不熟，今后的工作还要靠他们支持，再加上黔江鸡杂的吸引，就不再推拒。

晚上，田木叶随韩细妹和陈调来到黔江鸡杂总店，看了店牌就忍不住笑出了声。

看到田木叶笑的样子，韩细妹立刻明白是为什么，就不说话。陈调却不顾忌，高声念："黔江鸡杂总（种）——店，黔江鸡——杂总（种）店"，逗得大家哈哈大笑。

韩细妹和陈调可能是这里的常客，服务员见陈调过来，就笑眯眯地左一个"调哥"，右一个"调哥"地叫。大凡男人都这样，只要有美女叫哥，心里就特别高兴，不然怎么会有"英雄难过美人关"的说法？陈调自然是被服务员叫得一脸灿烂。田木叶不在意服务员的热情，只是跟着韩细妹走，觉得这家酒楼的包间取名很有意思，全都带"醉"字，什么一窝醉、八仙醉、谁愿醉……全国可能再无第二家酒店如此命名包房的。

大家跟着服务员进到一窝醉包间。包间内已有两男三女在里面候着。

韩细妹介绍："高的这位帅哥是老麻农业科技公司的董事长，因为爱喝酒，酒量不大胆子大，经常喝麻，麻在我们这地方就是醉的意思，所以人们就亲切地称他麻总。麻总在离濯水古镇不远的官村坝投资建了个老麻采摘体验园，带动当地几十家贫困户实现了脱贫致富。他旁边这位帅哥是69畜牧科技公司的罗董事长，罗董的种猪场是全国百个标准化核心育种场中的一家，在西南片区是唯一的一家。穿兰花旗袍的美女叫李三妹，是老茶罐茶庄的'掌柜'，因

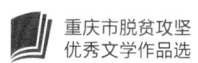

爱茶如命，大家都喊她李茶罐。去年开始，她在好几个乡投资开发野生红茶。旁边那个穿白衣红裤的胖妹是熊妮，武陵山区最大的白酒销售商，因为特别能喝能卖，所以，大家就叫她熊白酒。剩下的这位美女是电视台的金牌主持人牛倩，因口齿伶俐、妙语连珠，大家都喊她牛一嘴，现在是筲箕滩镇肾豆村的驻村第一书记。肾豆村和我们所驻的三塘盖村连边接界，今后少不了请她帮忙。"

但凡男人都喜欢与成功男人和高颜值的女人相识，田木叶也不例外，见眼前的两个男人虽是搞农业的老板，言行举止，穿着打扮却十分得体；而几个女人不仅身材高挑，而且都是柳眉杏眼、唇红齿白的客人模样，他突然想起读大学时有个黔江同学曾经炫耀的话："黔江男人阳刚之气甲重庆，看重庆的美女须到黔江。"田木叶很高兴，心想两位搭档这样安排定有深意，于是不等韩细妹介绍自己，就自我介绍："我叫田木叶，三塘盖村驻村第一书记，现在和陈调书记、韩细妹书记是一个锅里舀饭吃的战友。"

"木叶兄弟是我们驻村第一书记中唯一的硕士研究生。"陈调笑着补充。

韩细妹打开自己带来的土陶罐给每人面前的土陶碗倒满酒，说："敬爱的硕士书记，这是熊白酒珍藏多年的酒，是专门招待贵客的，今天你要多喝两碗。"说完，她端起酒碗，清清嗓子，开始唱歌。

> 毕兹卡的美酒比山泉还多，
> 毕兹卡的美酒比山泉还甜。
> 毕兹卡的道路上开满鲜花，
> 毕兹卡的酒杯里斟满祝愿
> 喝喝喝也，不喝也得喝，
> 喝喝喝也，不喝也得喝，

喝!

她唱到"喝喝喝也"的时候,大家跟着大声唱了起来,声音异常高亢。

"来,我们一起敬市上来的领导!"韩细妹端起酒碗碰上田木叶的酒碗。跟着,陈调、麻总、罗董事长和几个美女也端起酒碗与田木叶的酒碗碰在一起,齐声发出热情似火的邀请:"喝——"

酒像水一样顺着每人的喉咙管流进肚里,大家把喝干了酒的土陶碗豪情万丈地摔到地上,地上响起一阵噼里啪啦的土陶碗碎裂的声音。

"谢谢,干。"田木叶受到感染,胸中顿时涌出一股豪气,脖子一仰,把一碗酒像喝水一样喝了下去,然后也很豪放地把土陶碗摔出清脆的声响。

喝酒要的是一种氛围,一种情绪,高兴的情绪、惆怅的情绪都会在酒中得到宣泄。酒碗摔地的声响把大家的情绪煽动得淋漓尽致,每个人心中都燃烧出一种忘我状态的激情,每个人心中的激情都被撩拨了出来,把大家燃得面热酒酣。

"今后,我们都是朋友了,就要在一个锅里舀饭吃了,彼此就不要再称呼原来的职务了,我也不是什么硕士,你也不是什么科长、调研员,我们都要忘记过去的身份,我们现在只有一个身份,那就是扶贫第一书记。"田木叶激情满怀地端起倒满酒的酒碗敬陈调和韩细妹。

"忘记自己是谁,只知道代表的是谁,你今天在大会上说的这话太有水平了,来,市上来的第一书记,我敬你一碗。"韩细妹端起酒碗一饮而尽,并按土家族的风俗亮出碗底,然后把酒碗用力摔在地上,摆出一个披挂出征的造型,逗得大家热烈鼓掌。

"干!"田木叶举碗至齐眉,然后也摆出一个披挂出征的造型,

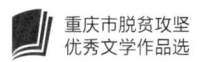

把碗里的酒像水一样喝得一滴不剩。

田木叶有生以来第一次这样喝酒,喝到后来就什么也不知道了,直到今天早晨女儿打来电话,才想起昨晚喝多了酒。

三

韩细妹把车开到前面的一个寨子边停下，说："这是三塘盖村的碓窝塘寨，以前这里是一个独立的自然村，叫碓窝塘村，现在是三塘盖村一组，去村委会的公路没通，只有一条一米见宽、勉强可骑摩托的烂泥路，我们的车上不去，只能在这里下车步行前往了。"见田木叶还在出神，知道他还在想昨天的事，就说："你昨天的表现真不错，白天在见面会上的发言语惊四座，晚上喝酒又是力战群雄。不过，事情过去了就没必要再想，要想就想今天和明天的事吧。"

田木叶反应过来，说："你的话很有道理。过去的事就不再想，要想就想现在如何帮助三塘盖村脱贫致富的事！"

三人下车，一股酒香从路边的木房里飘出来。"好香啊！"陈调闭着眼睛做了个深呼吸。

田木叶舒展了一下四肢，见几十户人家散落在公路旁靠山的一边，房子像是这几年新修的，几乎都是砖混结构，外墙一律没粉刷，清一色的水泥砖裸露在外面，像在等别人帮忙穿衣服的病汉，少量没拆除的旧木房东倒西歪立在寨子中，一如风烛残年的老人。公路外是一片地势平坦的稻田，田里长满了水草，一群白鹭站立在水中。山上流下来的河像钝刀割肉一样从中间把这片稻田分成了两半。也许是秋雨时行的缘故，除了偶尔过路的车辆外，寨子里没有人进出，死一般静寂。

"昨天喝的酒就是这里酿制的，都说这酒好喝。这里煮酒的历史有好几百年了，但煮酒的毕竟是少数人户，规模不大，销量上不去，如果能引进老板来开发就好了。"韩细妹说。

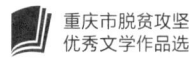

正在为刚才看到的一切而郁闷的田木叶，听韩细妹这么一说，心情又好起来，没想到韩细妹之前做了很多功课，对村里的情况做了很多了解。怪不得昨天喝酒叫上了几个老总，原来她是在为请老板到三塘盖村投资埋伏笔。

"细妹书记，你这想法很好，我们一起想办法。"田木叶说。

这时，路边用纸板写有"酒"字招牌的木房里，一个头发乱得像鸡窝的人从一扇小窗眼里探出头来，朝三人瞟了一眼，然后像是被火灼了似的迅疾把头又缩了回去，小窗子像死人的嘴一样又紧紧闭上。青烟从房顶的瓦缝里钻出，懒懒地袅袅上升。

快到村委会的时候，陈调的电话响了，是筲箕滩镇副镇长木易打来的电话，问他们到哪里了，说村文书万笔杆和综治专干喂不饱一直在碓窝塘寨鬼点子家等。陈调说快到村委会了，路上连鬼影子都没见到一个，只是在碓窝塘寨停车时见到一个人从酒坊里伸出头来瞟了一眼，然后又把头缩回去关上了窗子。

"糟了，那人肯定是鬼点子，看到了你们却装没看见。万笔杆和喂不饱肯定遭他哄了。"木易在电话里大声说。

木易副镇长说的鬼点子，本名叫万智谋。其父亲因爱看《三国演义》，在他出生的时候，便给儿子取了这个名字，希望自己的儿子长大后也足智多谋，干一番事业。受父亲的影响，万智谋从小就痴迷读书，可惜他上学期间遇上了"白卷英雄"的那个时代，几经波折后，只好回家当了农民，没能实现父亲所愿。回村后，遇上打架扯皮，他总爱出来替人出谋划策，凡听了他谋划的一方，都会占到便宜，他也自然能赚取别人的一包烟或一顿饭。后来有人说他满肚子装的都是鬼点子，灯比天上的星星还多，于是便有了"鬼点子"这个诨号。当木易副镇长给陈调打电话的时候，打开小窗门伸出乱头的人正是他。

村委会的房子在一片白果树林边，三人在拐过一个山湾的时候看见了。陈调对田木叶和韩细妹说，村委会是一所废弃的村校改建的，砖混结构。普及义务教育的时候，村村都要修学校，镇里考虑到三塘盖范围内的三个自然村，都修学校的话是一种浪费，就决定三个村合修一所学校，解决三塘盖村合并前的三个自然村小孩上学的问题，谁知道三个自然村都不愿意多出地，多出一寸土地就像要割了心子蒂蒂一样。大家吵了九天十夜，也没能吵出结果，最后，鬼点子出了个主意，在腰子塘寨一处叫坳田的三交界地方建了这所学校，每个自然村都出同样多的土地，这才算平息了三个村的纷争。学校建起了，但老师又不愿来，分来的老师都不安心，日里夜里都想着调走。一个教书教得特别好但老是调不走的老师有一天喝醉了酒，说自己是"寡妇的肚皮，上面没人"，趁着酒兴在山墙上用排笔写了"鸡鸣三寨村校"几个大字，这几个字一直显眼地留在墙上，"鸡鸣三寨村校"就这样传开了，以至于人们不知道三塘盖村校，只知道"鸡鸣三寨村校"。后来，随着村民大量外出打工，孩子们都送城里或镇上学校了，鸡鸣三寨村校招不起生，一个老师只教三四个学生，教育行政主管部门就把老师都调走了，学校便像弃婴一样被弃置在那里。镇上觉得可惜，认为是一种资源浪费，就打报告把"鸡鸣三寨村校"改建成了村活动室，省去了征地和争取资金的麻烦。

村委会房前的操场上三五成群地站着一些衣衫单薄的村民，一个身材魁梧的人正站在房前的台阶上讲话，见田木叶三人扛着行李过来，便抛下操场坝里的人群迎了上来。

陈调认识这个人，对田木叶和韩细妹说，这是镇上派来兼任村支书的副镇长木易同志，然后又向木易副镇长介绍了田木叶和韩细妹。

"欢迎！欢迎！我叫木易，是镇里的副镇长兼这个村的支部书

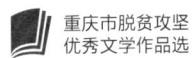

记。村民们听说市上要派个硕士研究生来当扶贫第一书记，早就等不及了。"木易副镇长使劲握住田木叶的手，向大家介绍："乡亲们，这是上级给我们派来的驻村第一书记，是市卫扶集团第五协作组牵头单位——市医科大学附一医院的研究生。区里还派来了两个驻村第一书记，一个是文明办的调研员陈调同志，对农村工作他是手杆长毛，老手。另一位是站在陈调同志旁边的这位美女书记，是区人社局派来的名牌大学毕业生，叫韩细妹。下面请田木叶书记给我们讲几句。"

人群像炸开了锅，议论的声音超过了稀疏的掌声。一句刺耳的话透过掌声钻进田木叶、陈调和韩细妹三人的耳朵里："我们三塘盖运气哪来这么差哟？尽来些毬钱没得光说空白话的单位。

"原指望市上来的帮扶单位是个好单位，没想到来个医院的，医院只晓得赚病人的钱，哪会管我们的死活！"

话越来越难听，三人心里很不是滋味。田木叶看到有人开始离去，心里便慌张起来。讲什么呢？自来到这个世上，除了昨天在区里的见面会，还没站在台上当着这么多人讲过话。他听到了自己突突心跳的声音，但这时已没有了回旋的余地，木易副镇长已把他推到了前台，大家虽然有些失望但还是眼巴巴地看着他。他突然想起昨天在区上开见面会时说的话——忘记你是谁，只记住你代表谁。想起父亲在他临行前说的话——不要讲冠冕堂皇的话，不要讲虚情假意的话，对老百姓要讲大实话、大白话，讲大家听得懂的话。

田木叶用深深鞠躬的办法，很快平稳自己了慌乱的心。他说："谢谢乡亲们，谢谢！按照组织的安排。从今天开始，我和陈调、韩细妹两位同志就要与大家一起工作了。我们会忘记自己过去的身份，我们只记得自己是扶贫第一书记，是上级派来的扶贫干部，是我们三塘盖村的村民。我们对农村工作不熟，希望得到大家的帮助，我们会尽力为大家搞好服务。贫穷是我们要共同面对的敌人，我相信，只要我们一起努力，只要继续发扬大家宁愿苦干，不愿苦熬的奋斗精神，我们就一定会战胜贫穷，就一定会决胜脱贫攻坚战役。"

有人拍手，看着羞怯的田木叶说："研究生，我们村来的是研究生，派研究生来当驻村第一书记，在我们三塘盖村是抹桌布洗脸、大姑娘上轿，头一回哟！这次，我们村有希望了。"

也有人挤眉弄眼，说："百无一用是书生，站在台上空口说白话，哪个不会说？！"

韩细妹认出，挤眉弄眼说话的男人就是在碓窝塘寨看到的从窗户里探头的那个人。

木易副镇长很生气，大声说："鬼点子，你少在那里阴阳怪气的，万笔杆和喂不饱去接驻村工作队的同志，你却要弄他两个，让驻村工作队的同志自己扛着行李走这么远的路过来，你好意思吗？你一天不说风凉话，不出鬼点子就过不得日子了？"

那个被叫作鬼点子的人依然嬉皮笑脸，而站在他旁边的一个像笔杆一样瘦长的人和一个像石头一样敦实的人唰的一下红了脸，悄悄溜出人群，提着三个第一书记的行李进了村活动室。

"木镇长，莫说才来个研究生，来个博士也没用。我们三塘盖村哪个不晓得是个屙屎都不生蛆的地方？来的干部少了吗，他们哪个不是下来渹一头镀点金就回去了？你脱不脱贫不重要，重要的是他们回去该提拔的提拔，该重用的重用，我们该屙红苕屎还得屙红苕屎。这年头，是懒有人管饭吃，勤快的累死也没得人看一眼！"鬼点子旁边一个腰杆站得笔直抽着旱烟的老汉大声嚷，看样子年龄在六十开外。

"冒牯天，你乱嚷什么呢？"木易副镇长盯着抽旱烟的老汉大声问。

"木镇长，我说错了吗？一天好吃懒做的人吃贫困户政策，村

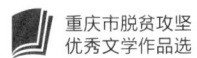

干部带头当贫困户享受待遇,不忠不孝把妈老汉甩在一边吃低保,一年四季勤扒苦做的人没人问没人管,你说这合理吗?"那个叫冒牯天的老汉仍然叫嚷,一副天不怕地不怕的样子。

"冒牯天,你说的这些情况我们会调查,不该吃低保的坚决不能吃低保,不够贫困户条件的必须坚决退出。这次,驻村工作队来了,对原来享受政策的贫困户和低保户要组织回头看,进行精准识别,该退出的坚决退出,符合条件该纳入的必须无条件纳入享受政策的范围。"木易副镇长说。

"哄三岁的细娃呢,哪次不是做样子?"那个叫冒牯天的人一副不相信的样子。有人点头表示赞赏,但更多的人表情木讷。有人向田木叶投来半信半疑的目光,有几个人一直盯着田木叶自始至终没离开肩膀的黑色背包,眼光像鹰眼一样。

"他是市上派来的,包里肯定装的是扶贫款,不然,他的背包怎么会一直不离他的肩膀呢?"木易副镇长话音刚落,人群里又开始议论。

田木叶听见了下面的议论,突然感到自己在乡亲们心中的重要,觉得自己一直就像个拉幕布的职员。现在,聚光灯一下打在他身上,大家都看着他,他必须竭尽全力好好表现,一招一式都必须做得有板有眼,每句唱词都必须字正腔圆,必须要干出样子,切记不能给组织抹黑,给全市卫生系统抹黑,给单位抹黑,给亲人抹黑,给"第一书记"这个群体抹黑。

"乡亲们,我们是市、区联合驻村扶贫工作队,我这包里没装钱,陈调同志和韩细妹同志的包里也没钱,我们也没钱给大家分,不过,请大家放心,我们一定不会走过场,你们不脱贫,我们不松手。请大家先回去吧!"田木叶有些激动地说。

木易副镇长怕村民们如此起哄会喊出更难听的话来,便招呼村民们各自先回去。

村民在议论纷纷中散去，村委会开始清静下来。村民们的话让田木叶和陈调、韩细妹很郁闷。没想到进村的第一时间不是开村干部的见面会，而是措手不及地开了个村民见面会，见面会上不但没有电视剧里热烈的情景，反而是被村民们当面洗刷了一通，三人心里很不是滋味。

"村民听说驻村工作队今天要来，就自发地过来了，想看看新来的扶贫第一书记们的样子，我就临时决定开个村民见面会，没想到这鬼点子和冒牯天闹这么一出。"木易副镇长也没想到见面会会被冒牯天、鬼点子等人弄得这样难堪，免不了也有些怏怏不快。

"我们这样子有什么好看的？身高都不足两米，体重都不足白公斤，样儿都不及高富帅。"田木叶看出木易副镇长有点难为情的表情，就想着幽默下，缓解一下气氛。

"他们又不选你当金龟婿，你高不高、帅不帅、有没有劳力，他们才不在乎呢！他们是看你背包里背的是不是钱哟！"陈调接过话头，语调里多少有些调侃的味道。

"现在12点钟了，我们去镇上吃中饭吧，你们今天才来，村里没有吃的，住宿条件也差，镇党委木子书记和比树镇长商量，在镇政府的周转房里给你们安排了住处，你们就不用住在村里，每天早上下到村里就可以了。"木易副镇长说。

"木叶书记，我看要不得。"原以为习惯按时吃三餐的陈调和韩细妹会同意，没想到他俩表示反对，说驻村扶贫有纪律要求，必须干在村里，住在村里，吃在村里。

田木叶说："不回镇上了，我们驻村扶贫，随时要做好早出晚归的准备，按时三餐，那是机关干部，我们现在是驻村第一书记，那就要习惯吃两餐。今天中午我们就不回街上吃饭了，一去一来又是几个小时。我包里有面包，大家将就一下。"

"行，那我们现在就开个村支两委会，大家见见面认识下，也

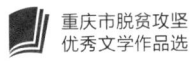

把村里的情况向你们介绍介绍,以便你们熟悉熟悉情况。"木易副镇长有些感动,马上把院坝里的村支两委干部叫了进来。

说是村支两委成员开会,但到会议室坐下来的远不止村支两委的几个人,少说也有二十来人。木易副镇长看出田木叶、陈调、韩细妹的疑惑,便说:"村支书是我临时兼起的,村主任空缺,村支两委干部配备不齐,没几个人,所以全村在家的党员和村民小组组长今天都通知来了。"

"木易副镇长,你想得太周到了,正好我们也可以和大家都认识认识,以方便今后的工作。"田木叶来不及细想,也顾不得在单位时的戒烟规定,从包里掏出到黔江后买的"朝天门"香烟,给每人递上一支。酒是桥,烟是路。在城里吃鸡杂时,韩细妹告诉过他,这里的老百姓最爱抽"朝天门",下农村,不管你抽不抽烟,你都要买两包"朝天门"揣在身上,碰到老百姓要用烟开路,不然很难和老百姓打堆。

会议室顿时烟雾弥漫,村妇联主任万仁爱也和几个八十来岁的女党员一起抽了起来。大山里上了岁数的女人都像男人一样抽旱烟,而且腰里还挂个牛角做的烟口袋和两尺长的竹烟竿。在边远山区,不只是男人抽旱烟,上年纪的女人也抽,当然,他们不是玩时尚,也不是因为熬夜,而是为了解乏提神,消解一天的劳累。

田木叶很惊奇,他听说过农村的老年妇女抽烟,但没亲眼见过。看着几个年老的女党员抽烟的神态,心里暗自惊讶,几个女党员都是八十岁以上的高龄,眼不花,耳不聋,说话的声音也很浑厚,看不出有一点老态龙钟的样子。

木易副镇长主持会议,说今天召开村支两委扩大会,欢迎市卫扶集团第五协作组派来的驻村第一书记田木叶同志和区文明办选派的驻村第一书记陈调同志、区人社局选派的驻村第一书记韩细妹同志。三塘盖村是戴帽多年的深度贫困村,是体制调整时由碓窝塘村、腰子塘村、磨盘塘村三个自然村合并在一起的贫困村。虽然2015年实现了整村脱贫，但脱贫质量不高，仍然存在基层党组织软弱涣散，村支两委主要干部缺位，产业发展基础薄弱，集体经济增收无门，"老弱病残"特征明显、群众内生动力不足，"等、靠、要"思想较为严重等问题，扶贫成效难以持续。2017年筲箕滩镇又被确定为市级深度贫困乡镇，三塘盖村又被定为全国少有的"贫中贫"国家级深度贫困村……

木易副镇长发言没用稿子，也没翻笔记本，对村里情况完全是张口就来，就像说自己的鼻子眼睛和嘴巴一样。开会念稿子是目前的一种通病，不少的人讲话就是念话，连主持词都是别人写好照念。田木叶对木易副镇长不要稿子讲话的水平暗暗佩服。

田木叶是市上派来的驻村第一书记，自然是今天会议的主角。木易副镇长自然明白这一点。他很快结束了发言，请田木叶给大家做重要讲话。

有了开始的破胆，田木叶这时心里不再突突跳，而是异常的平静。在区里的见面会上和刚才的村民见面会上，说过忘掉过去的身份，但没有现在这种切身的感觉。他突然觉得，自己就是三塘盖村的人。他说："我来之前，我的一些同学和朋友告诉我，'养儿不用教，酉、秀、黔、彭走一遭'。说我们区很贫困，说我们三塘盖村是贫困村乡镇中的贫困村，是贫中之贫的村。"

说到这里，他听见下面有人在轻声私语："他怎么说我们三塘盖村？我们村哪有这些个细娃？""你们注意没，这个书记有点像一个人，像哪个呢？想不起来了。""你是不是脑壳发烧，烧糊涂了？"

田木叶佯装没听见，继续说道："贫困不可怕，怕的是不愿和贫困斗争，不苦干，只苦熬，甚至想青杠树上落糍粑。"

"青杠树上落糍粑"是武陵山区广为流传的一个民间寓言故事。田木叶的父亲经常给他讲这个故事，说从前有一个人在村里好吃懒

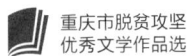

做,靠别人施舍过日子。时间长了,村里人都很厌烦这个人。一天,一个村里人提着一篮子糍粑从这个人面前经过,这个人自顾自地从这个村里人的篮子里取了两块糍粑,问是从哪里得来的。这个村里人神秘地告诉他说,寨子外山上那棵大青杠树成了神树,每天都要往下落糍粑,特别好吃。这个人信以为真,天天跑到那棵青杠树下仰起头张着嘴等上面的糍粑落进嘴里。一天,两天,三天……时间一天天过去,这个人直到死的时候也没等到青杠树上落下糍粑。

田木叶动情地说:"从今天起,从我们走上村委会的坝子和乡亲们见面的时候起,我们三个就是三塘盖村的村民,是三塘盖村的第一书记和扶贫干部。请大家相信我们,我们一定和大家一起,苦干不苦熬,三塘盖村不脱贫,我们绝对不走人。"

田木叶本是一个言辞迟钝的人,平时开会发言,总是脸红心跳嘴巴不听使唤,没想到今天竟然能脸不红心不跳,洋洋洒洒侃侃而谈,自己都觉得感动。

会议室寂静无声,静得连一颗针掉地上都能听见声音。大家惊讶田木叶不是三塘盖村人却说出了"我们三塘盖村"这样的话,惊讶田木叶不是三塘盖村人却宣布"从现在开始就是三塘盖村人",惊讶田木叶当着大家表态"三塘盖村不脱贫,我们绝对不走人"。这话明摆着告诉大家,"三塘盖村不脱贫他们就不回城"。

突然,有人从田木叶的讲话中回过神来,鼓掌叫好,会议室顿时掌声雷动。田木叶看见,几个老党员的眼中闪出了泪花。

"木叶书记,你们来了,说明我们三塘盖村没有被遗弃。这次,上级不仅给我们派来了重庆的干部,还派来了区里的干部,而且派的不是研究生就是大学生,这在我们三塘盖村是从没有过的事,我们三塘盖村有希望了。"一个老党员用衣袖揩掉眼角的泪水。

"木叶书记,村里的村支部书记是镇上派人兼起的,村主任的位置也是空起的,你来了,要赶快把干部配齐配好哟!"

"木叶书记,配干部要眼睛亮点哟!还是要配处事公正、能给老百姓办事的人哟!"

"木叶书记,你好谦虚哟!还说不晓得农村工作,那你啷个晓得青杠树上落糍粑的?"

"木叶书记,我们村好多土地都撂荒了,建议整出来发展蚕桑,既保住了耕地,又实现了绿化,还能赚钱。"

也许是对上面派来的干部充满了信赖和期望,也可能是好久没开过这样的会了,抑或是想说的话压抑在心里太久了,大家都很激动,掌声过后就你一言我一语争着说出自己想说的话,一点不掩饰,想到哪里就说到哪里,想说什么就说什么。

田木叶拿出统一制发的驻村扶贫日记本,飞快地记录着每个人的发言。他本不习惯在纸质笔记本上记笔记,现在手机和电脑笔记本上的记录功能很强大,自参加工作以来,他都是在手机的备忘录里或电脑笔记本里记笔记,在纸质笔记本上作笔记还是多年来的第一次。幸好他学过速记,大家说的话他几乎是原原本本记了下来。会后翻阅笔记,他很惊讶,这次村支两委扩大会,竟然记了整整18页多。陈调在旁边看见了,带着艳羡的口吻说:"你这个记法,一年下来你要用好多笔记本哟!"

"研究生就是研究生,没想到你才到我们黔江,就对地方的东西知道得这么多,连当地很多年轻人都不知道的青杠树上落糍粑这个故事你都晓得了。"木易副镇长佩服地看着田木叶的笔记夸赞。

"木易副镇长你谬奖了。青杠树上落糍粑的故事是听我父亲讲的,我父亲打小就教育我,任何时候都要劳动才有,不劳动就没得。我在很多资料上看到,少数地方的贫困户等、靠、要思想严重,甚至争着当贫困户,不知我们三塘盖村有没有这种情况。"

"这种情况,各地都有,三塘盖村不仅有,而且还很严重。你

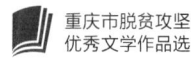

没看见上午有些村民目不转睛地看着你的背包吗?他们习惯了上头给钱给物,现在不直接给钱给物了,还很不习惯,就像孩子断奶一样,母亲突然不给奶吃了就哇哇大哭。"

"我没注意,我只是觉得他们看我的目光有些异样。我还以为是我背着背包讲话的样儿让他们觉得稀奇呢!"

"对三塘盖村的老百姓而言,你确实稀奇,因为你是研究生。你知道吗?你还没到村里的时候,村里就沸沸扬扬地传开了,说上面派了个研究生来,大家觉得在三塘盖这么小的地方来个研究生,简直就是天大的事。你来到村委会,从上午到现在,背包一直背着,你说,有哪个领导是一天背着背包的?又有哪个领导开会讲话是背着背包的,村民不往扶贫款上想才怪。"

"喔——"田木叶陷入沉思。

四

回到筲箕滩镇政府周转房的临时住处，已是晚上10点多。镇党委木子书记带着比树镇长、木易副镇长等过来看望田木叶和陈调、韩细妹三人。

木子书记说："考虑到村里条件差，住在老百姓家里不只是你们不方便，老百姓也觉得不方便，便在职工宿舍楼腾出两间房安排给你们驻村工作队，你们白天下村，晚上回镇上，食宿方便一点。"

田木叶握着木子书记的手一口谢绝，说："镇党委和镇政府的安排，木易副镇长已告诉我们了，心意领了，但上级有规定，必须干在村、吃在村、住在村，明天无论如何要搬到村里住。"

"住在村里是必须的，木子书记你就不要让我们犯错误了！"陈调接着田木叶的话表明自己的态度。

"驻村工作队必须三在村，这是刚性规定，我们必须坚决执行不打折扣。"韩细妹附和道。

木子书记当然清楚驻村工作队的"三在村"规定，只是这"住在村"让他有些难为情——村里的青壮年大多外出打工，很多房子都关门闭户，偶有农户没举家外出的，房子都很狭窄、陈旧，农户自己都不够住，突然要挤进三个人来，几乎不可能。但见三人的态度如此坚决，木子书记不好再勉强，就安排木易副镇长具体负责协调落实三人在村里的住处，说万一不行就住在村活动室。

送走木子书记一行人后，田木叶对陈调和韩细妹说："今天从进村开始，一直没休息，没来得及在村里找住处，今晚只能在镇上住一晚，明天是双休日，我们把所有行李拿到村里，找个农家安顿下来。"

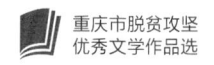

"我也是这样想,住在镇上违反三在村规定不说,关键是老百姓办事不方便,我们每天把大量的时间耗费在路上实在不划算。"韩细妹说。

"住哪里呢?我们才来,连哪家是门朝东还是门朝西都不了解。"陈调问。

"上午进村时,我看见有棵几人才能合抱的大白果树,树的旁边有个吊脚楼院子,离村委会也不远,明天我们去联系下,看能不能在那里住。"田木叶说。

田木叶说的那棵大白果树长在离村委会不远的山湾里,进村时陈调和韩细妹也注意到了。树很大,枝丫铺出如一把巨型的伞,树叶金黄,冠径至少有8米。

田木叶认得那是棵白果树,重庆有很多这样的树,打小他就认得。树的果子可以炖鸡,是上佳的补品。父亲告诉说,当年他插队落户当知青的那个村,有一片白果树林,每到深秋,树叶泛黄,成为一道金黄的风景,寨子顿时就有了生趣。树冠下面,飘落的树叶在地上厚积盈寸,在秋阳下一如金色的地毯,时有闲散的小儿惬意地躺在上面背诵语录或唱山歌。白果落在地上,村民争相捡回,然后拿到乡场上卖钱换回盐巴之类的生活必需品,抑或把钱积攒下来等来年开春时交细娃的学杂费。父亲平时少言寡语,但说起白果树来,总会有说不完的话,说到动情的时候,还会到白果树下捡两张叶片放在唇边吹出一段或哀婉或激昂的曲调,更多的时候吹出的是哀婉的曲调。他一直以为,父亲给他取名木叶,一定与这有关,并且一定与爱情有关。

"父亲说的那片白果树林是不是这里呢?"田木叶看着那棵巨大的白果树出神,当时要不是村委会的院坝上聚集了等他们的村民,要不是村支两委成员和那么多的老党员等在那里,他肯定会走到那树下,走进那树下的吊脚楼里和村民商量,让他把"家"安顿在那里，然后拿出手机在朋友圈里晒几张这树的图片，让远在重庆的同事、同学和朋友们眼馋一下，还要问下父亲，这白果树是他当年当知青时的白果树吗？

"好的，一切行动听指挥！明天一早我们就去那里看看。"陈调和韩细妹几乎同时回答同样的话。

这时，田木叶的手机响了，是父亲打来的视频电话，接通后，女儿接过电话问他怎么不回微信。田木叶这才想起一天都没看微信，忘了回复，连忙说："女儿，对不起，爸爸工作忙，没看微信。"女儿红着眼圈在视频里说："爸爸，注意自己照顾自己哟！爷爷说，你既然选择了去当第一书记，就要干好。等学校放假后，约我们摄影爱好群里的朋友们来看你，也帮你们宣传宣传。"说完，她把脸迅疾地别在一边。

田木叶一下眼红了，他清清楚楚地看见女儿哭了。

"宝贝，不哭，爸爸挂电话了，过几天给你带乡下的核桃回来，照顾好爷爷。再见！"田木叶怕在队友面前控制不住自己，赶快挂断了电话。

韩细妹去了隔壁的房间休息，陈调这时也洗脚上床睡觉并传出鼾声。田木叶洗完脚上床，怎么也睡不着。单位号召年轻人到扶贫一线参加扶贫工作的动员会，同学们的劝阻，父亲的鼓励，女儿的哭泣……各种场景在大脑中就像电影一样，频频闪现。

市卫扶集团第五协作组正式组建，田木叶所在的医科大学附属第一医院作为第五协作组的组长单位召开了本单位的动员会，号召年轻干部到扶贫一线去，到最艰苦的地方去。党委书记颜武的话句句在理，句句动情，田木叶听得热血沸腾。

"颜武书记，我要求去驻村扶贫。"会后，田木叶第一个找到颜武书记。

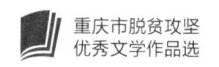

"木叶，其他任何人都可以去，但这个医院就你不能去。"颜武书记语气很肯定，没有商量的余地。

"颜武书记，我知道你是关心我，但这不能成为阻止我的理由。"

"木叶，你父亲是我们医科大学的老教授、老专家，你母亲过世后，身边就一直没个伴。现在他年纪大了，你应该好好陪陪他。再说，你妻子也牺牲在扶贫工作第一线，家里就你一个，你走了，你女儿上学谁照顾？家有老父亲还要远行，你这是不孝；把女儿交给老人管，这是对你妻子不忠。若再把你安排下乡，别的不说，我有什么脸面对你妻子的在天之灵。"

颜武书记显得有些激动，大声说完便转身而去。

颜武书记本是医院出了名的和善老头，这么大一所医院，几乎没看到他对职工发过火。医院里的医生护士不知道发生了什么事，也不晓得是什么人、因什么事惹得他在办公室发火，于是都跑来看个究竟，没想到惹颜武书记生气的竟是平时以"乖儿童"著称的田木叶。田木叶向来脸皮比树叶子还薄，有时他见同事，都会显得有些局促。看到大伙围观，他一个人回到办公室里把门紧紧关上。

颜武书记的秘书知道原因，和几个同事过来劝田木叶，说颜武书记发火是对的，全医院这么多人，你的家庭情况是最特殊的，无论怎么排号，这驻村第一书记的位置都轮不到你。

白天劝不了，晚上继续劝。几个同事和同学在朝天门码头的江边请他吃火锅劝他，说三塘盖村在重庆是个很贫困的地方，宗族矛盾错综复杂、派系思想极其严重，地方势力盘根错节，排外现象十分突出，当年镇上干部去三塘盖村组织选举，都要写好遗书才去。这地方，别人都是唯恐避之不及，你却偏偏往前拱，你说你图的什么呢？图钱？每个月补贴那点生活费还不够你临时资助贫困户。图升迁？下去两年时间，很多机会恰好就在这两年时间中像水一样流走了，升迁的位置不可能在那地方空着专门等你。

看着嘉陵江和长江汇合后形成的滚滚江流，看着溯江而上的大小船楫，田木叶心潮澎湃，说："什么都不图，就觉得应该去。"

同事和同学劝：千万不能学父辈当知青，热血一涌，就把大好的青春甩在那里了，到时候哭都哭不出来。

田木叶说："青春无悔，当知青的岁月，我父亲说失去很多，但收获也多，人不能老是想着自己的苦难，更多的时候要想着自己的幸运。"

同事和同学劝："脱贫攻坚工作遇到的困难会比那里的山还多。"

田木叶说："沧海横流，方显英雄本色；沟壑纵横，才见赤子之心。"

同事和同学劝："你不说酸话行不？"

田木叶说："以前觉得这话酸，现在是言由心生，一点不酸。"

同事和同学嘴皮说破了也没起作用，田木叶一副油盐不进的样子。他端起满满一杯白酒，脸红脖子粗地说："哥们，感谢你们的好意。投身脱贫攻坚工作的事我不是一时心血来潮，而是在妻子弥留之际我就作出的决定。我知道，脱贫攻坚工作会遇到很多甚至是意想不到的困难，特别是我要去的三塘盖村，但你们放心，是沙子我也要把它捏成一团分不开的汤圆，是几辈子的冤家我也会让他们坐在一起称兄道弟地喝酒，是千百根鞭子都赶不动的懒牛我也会让它发飙，你们不用劝了，两年后让你们看看我是怎样把一个贫困落后的村变成明星村的。"说完，脖子一仰，足足二两一杯的白酒就一口干了。

田木叶很少喝酒，这种喝法让同学们深受感染，大家不好再劝，就跟着一口把杯中酒干了。

田木叶报名下乡扶贫的事，早传到了他父亲的耳朵里。那天，

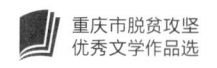

见他脸红得像关公一样回到家里,他父亲拿来热毛巾帮他擦了脸,然后又帮他端了杯温开水,犹豫再三后问道:"儿子,你为什么要报名去当驻村第一书记呢?说说你的想法。"

"爸爸,您当年为了改变农村贫穷落后的面貌,毅然决然地下乡当知青,把美好的青春消耗在大山里,你后悔过吗?我的妻子也把宝贵的生命献给了扶贫事业。我忘不了妻子在生命弥留之际诉说的那些未竟的事业,更忘不了她看我的眼神。再说,领导动员了都不去报名,工作还怎么做呢?我是党员,我必须带头。"

"有其他人报名吗?"

"爸,别人是别人我是我,你知道我的性格,领导安排了,我就要去做,领导号召了我就要响应,我从来不在人面前装,我入党时就是这样想的。"

"女儿怎么办?我虽然退休了,但手上的医疗科研工作还在持续进行,没法留在家里照顾。"

"我已想好,把岳父岳母接过来帮忙照顾。岳母是退休老师,带孩子有经验。"

"看来你不是心血来潮,是谋定而后动。那你就放心地去干吧,多给老百姓干点事,那里的老百姓确实很苦,有的没钱看病常年在床苦熬等死,你去后尽力帮帮他们,家里的事有我呢!"

"爸,原谅我的不孝!"田木叶动情地抱住老父亲,声音有些哽咽。

"儿子,你这不是不孝,而是大孝。脱贫攻坚是一场举国大战役,能披上战袍亲历这场大战役是你人生中的一件大事,这样的大事,人的一生碰不上几次。"

第二天,父亲找到颜武书记替儿子求情。颜武书记紧紧握着田木叶父亲的手,点了点头,半天说不出话来。

走那天,父亲来送行,送了他一本《之江新语》,说下村用得着。父亲还鼓励说:"下乡扶贫的选择,历史会证明你是对的。"

在田木叶失眠的时候,韩细妹也经历了一夜无眠。

韩细妹武汉大学毕业后留在武汉一家待遇让人羡慕的外企工作。和田木叶的妻子一样,她的父亲也牺牲在扶贫工作的第一线。父亲去世后,她便辞职回重庆照顾母亲,并以百里挑一的好成绩考进区人事局。报到那天,局长正在办公室皱着眉头圈画扶贫人员名单。韩细妹见状马上对局长说,她愿去扶贫村担任第一书记。局长是从农村基层起来的干部,深知农村基层工作的艰辛,看着眼前这位稚气未脱的姑娘,面露惊讶。

"细妹儿,你不是在说笑吧?你放弃大城市的工作考回家乡,不就是为了照顾你的母亲吗?怎么一来就申请下乡呢?"局长说。

"局长,我像是开玩笑的样子吗?我觉得,作为年轻人,作为大学生,应先到基层锻炼,这对个人的人生很有帮助。再说,我的父亲是在扶贫工作中牺牲的,我参加扶贫工作也是为完成父亲的遗愿,我觉得这也是对我母亲最好的慰藉。"

"你们这一代在城市里长大的,从小没受过苦。你能适应农村生活吗?你知道要去的三塘盖村环境有多艰苦吗?"

"我知道,其实我爷爷奶奶就是住三塘盖村附近的,他们在世时,我就去过的。"

"你家人会同意吗?"

"我妈妈说,含在嘴里怕化了,捏在手里怕飞了,这样管出来的细娃长不大。所以,我妈从不干预我的选择。"

"既然如此,我支持你。"

回到家里,母亲问韩细妹,人社局领导给她安排在什么岗位。韩细妹说安排区扶贫村当驻村扶贫第一书记。

韩细妹本以为母亲会阻止,会说一堆理由来说她不适合当驻村

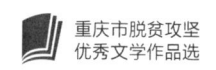

扶贫第一书记，就故意说是领导安排的，而不说是自己主动要求的，没想到母亲从箱子里拿出一件雨衣递到她手上，说是她爸爸下乡扶贫穿的雨衣，叫她带在身边，然后就回房间了。

看着母亲的背影，韩细妹想起了朱自清的《背影》，整整一晚，母亲回房间的背影都在脑里闪现。

也许是失眠，抑或是乡下的空气太好。三人早早地起了床。

街上的早餐馆还没开门，镇政府的伙食堂才在生火。陈调跑到食堂央求师傅开个小灶，先下三碗绿豆粉，吃了好下村。师傅见是驻村工作队的，很爽快地答应了，还破例给每人煮了个土鸡蛋。

秋雨霏霏，韩细妹冒雨把车开到碓窝塘寨停下，然后独自下车，在金溪河边一块大石头前对着大山焚了三炷香，嘴里喃喃地说："父亲，你在天上看着吧，女儿会在这里把你没做完的事完成。"

田木叶和陈调没好跟上去，以为韩细妹是嫌农家的茅厕臭，去河边的岩石下躲着小解。

韩细妹回来，眼有点红，像是才哭过，两人看见，都不好意思问，就帮着把她的一堆行李放到各自的肩上扛着，然后徒步上山，朝着村委会旁山湾里那棵大白果树走去。因为时间还早，白果树旁吊脚楼的主人好像还没起床，吊脚楼下猪圈旁几只大黄狗见有人来就尽职地朝着三人吠叫。

"等主人起来了再说。"田木叶说。

三人走到大白果树下。白果树树身斑驳，结节突出如凝聚了岁月的风霜，树干三人竟难合抱，枝丫蓬盖如伞竟无雨滴下落，树冠宽阔有如三间屋顶，树叶金黄有如铜钱重叠，树脚积叶盈尺有如金色地毯。

"简直是棵千年神树。"田木叶拿出手机拍下几张图片晒在朋友圈里，并附文——

【小村大树】这是一棵饱经风霜的神树，是我进入筲箕滩镇三塘盖村见到的第一棵大树。凭着超常的坚守和自身的强大，没有人能让这棵树进到城里成为城里的风景。

写下这段文字后，田木叶对陈调和韩细妹说，无论如何要说服主人，让他们住在这里。

几条大黄狗突然从吊脚楼下蹿出，从他们身边欢快地跑过，吓得韩细妹尖叫，她一把吊住田木叶的膀子。

身后的路上来了一个大约六十来岁、穿着黑衣黑裤的老人，广鬓虬髯，脸黑泛光，属于看一眼就一辈子忘不了的长相。他背着一个胀鼓鼓的军黄色背包，提着几只雄壮的鸡公正朝吊脚楼大步走来，欢快的狗群跑前跑后亲昵着老人。

"他是这一带出名的梯玛，看手上的鸡公，就知道昨晚肯定又去帮人跳神了。"木易副镇长不知什么时候也来到了树下。他指着老人向田木叶、陈调、韩细妹介绍："这人姓黄，是这一带有名的梯玛，人们都叫他黄梯玛，这吊脚楼就是他家的房子，两个儿女都大了，儿子大学毕业后在重庆安了家，女儿嫁了个建筑公司老板，也住进了城里。老伴去女儿家带外孙一直不愿回来，偌大的吊脚楼如没得舌头的口腔空空荡荡，平时就他一个人住，只有过年的时候才会闹热几天。"

梯玛是土家族人对端公的叫法。梯玛的主要活计就是主持敬神驱鬼仪式，神秘色彩很浓厚，很少有人能看懂。田木叶读大学时听同学说过。

"老黄，现在才回来？提了这么多鸡公，昨晚肯定跳了好几家哟！"木易副镇长亮开嗓门打招呼。

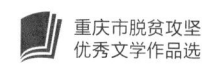

"哟！木镇长这么早过来有什么事吗？怪不得我昨晚耳朵发了一夜的烧哟！"黄梯玛笑着把朝天门香烟递给木易副镇长和田木叶、陈调，说："木镇长、几位领导，莫在外面站着，都请进屋，我们炖鸡干，这几只鸡公雄棒得很。"

"这位是我们村第一书记——田木叶书记，是市卫扶集团派来的。"木易副镇长指着田木叶介绍。

"听说了听说了，木叶书记还是个研究生，我们村都传开了。"

"这帅哥是区文明办的调研员陈调，这美女是区人社局的大学生，叫韩细妹，是上次牺牲的那个韩书记的女儿。他们也是驻我们村的第一书记。"木易副镇长继续介绍。

"欢迎欢迎，你们来了。文明办是管各单位的单位，到时候你帮忙给交通委说下，把我们的路修一下，这条路我们日也盼夜也盼，都盼了好几辈人了。"

"老黄，今天我们就不客气了，去你家干你炖的鸡。正好木叶书记也有事和你商量。"木易副镇长豪爽地说。

"干"是吃的意思，这里的话虽不像闽语复杂，几步远说话就不一样，但也是十里不同音。比如这吃，三塘盖村叫干，干饭、干鸡、干肉、干酒，只要是吃就说干，语调是平声。相邻的肾豆村，也就是电视台金牌主播牛一嘴任第一书记的村，说吃就是说搞，吃饭叫搞饭，吃鸡叫搞鸡。但不管怎样说，结合当时说话的场景都能听懂。田木叶觉得这些方言很有意思。

"没问题，木镇长你驻我们村，我的为人你又不是不晓得。只要我老黄能办到的，我肯定是把吃奶的力气都使出来，决不拉稀摆带。"黄梯玛笑呵呵地答应。

"老黄，我不是镇长，是副镇长。"

"都一样，都是管我们老百姓的官。"黄梯玛一边说，一边带着大家进到院坝。

田木叶发现，黄梯玛的吊脚楼坐北朝南，不像坐东面西的房子躲不开太阳的暴晒。房子左边是一片翠竹林，右边恰好是那棵硕大的白果树，典型的"左青龙右白虎"风水，七柱三间的全木穿斗式正房加两边的全木穿斗式转角和厢房，形成了撮箕口样式，和北方的四角天井建筑相比，就差前面一排房了，但这种房屋结构更敞亮。阶檐石全是丈多长的青龙石，地坝也全是青龙石岩板，房子和石板的成色少说也是在百年以上，有点德基永固的味道。

一个人住这么大的一处宅子，的确是有点"人去屋空"的苍凉，但因里里外外收拾得还算干净，还显现不出死寂的气氛。田木叶暗喜：真是一处绝佳之地！在这里住，既不打扰百姓，又不乏清幽的情趣，还符合上面规定的"吃在农家、住在农家、干在农家"的"三在"要求。

木易副镇长到厨房帮忙烧水，陈调和韩细妹兴致勃勃地帮忙杀鸡。田木叶看不得杀鸡的血腥，便拿起手机走到房屋正前方的一根田坎上，以青翠的竹子和巨大的白果树作背景，梯田里的金黄水稻为前景，照了张吊脚楼的照片晒在朋友圈里。手机很快像炸鞭炮一样响起信息提醒声，田木叶打开微信，看到一个叫有风的圈友在评论栏里点赞并发了很长一段感言，说："人们为逃离贫困而挤进了水泥森林，在获得物质财富的同时却失去了美丽的大自然环境，我们没有理由苛求那些拼命往水泥森林里跑的人抛却家乡贫瘠的土地，但我们有理由和责任把这片贫瘠的土地建成人类向往的能记住乡愁的地方。田木叶，很羡慕你见证和参与了这决胜脱贫攻坚、建设美丽乡村的伟大事业。"

田木叶想不起这个叫有风的圈友是谁，是男是女也不知道，只晓得是表妹介绍拉进的微信。他很奇怪，每次他发图片，这个有风都会说出一长串或哲理或俏皮的话来。

厨房里的几个人动作很麻利，刚用高压锅压好的鸡摆在堂屋神

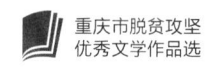

龛下的八仙桌上，周围还摆着煮好的腊排骨、腊香肠和一罐用土陶三耳罐装的药酒。田木叶在家里见过这种三耳罐，那是父亲当知青时从乡下带回去的。过去用来装酒，现在被父亲放在博古架上当宝贝收藏着。

"这是我自己用桑葚泡制的酒，很补人，大家既然看得起我，就莫客气，多喝点。"黄梯玛见田木叶回来，就提起三耳罐给每个人面前倒上满满一碗酒。

"木镇长，你有好长时间没到我这里来了。三位第一书记也是我老黄请都请不来的贵客，要不是因为扶贫，我们今生都可能难得一见。今天，我老黄敬你们一碗。"黄梯玛一仰脖子，满满一碗酒顺着喉咙咕咕地流进了胃里，除嘴角的胡子上挂了两滴外，一滴不剩。

"谢谢你，老黄，我敬你，感谢你对我工作的支持。这里也给你提个意见，今后不要老是叫我木镇长，我不是镇长是副镇长，你叫我木副镇长或木易兄弟都可以，千万不能叫木镇长。"木易副镇长把酒碗里的酒喝了个底朝天。

"那是你们官场规矩，我刚才说了，都一样，什么正的副的我们老百姓搞不清楚，我老黄就一条，只要是真心给老百姓办事的就是领导，就是好官，没得正副。不给老百姓办事，在我这里正也不是副也不是，什么都不是，我理都不理他。"

"黄师傅，木易副镇长说得对，这称呼马虎不得，正的就是正的副的就是副的，喊错了别人忌讳。我和韩细妹是驻村工作队员，不是第一书记，今后你就叫我陈调或陈队员，管韩细妹叫细妹儿或韩队员就可以了。"陈调端起酒碗敬黄梯玛。

"那怎么行？你们三人来自不同的单位。木叶书记是市上派来的第一书记，你是区文明办派来的第一书记，韩同志是区人社局派来的第一书记，都是第一书记。我晓得，如果我们三塘盖村脱不了贫，你们几个第一书记是脱不了爪爪的，你和韩同志想耍赖怎么行呢？"

"你这么说也对。"韩细妹说。

"老黄，你说得好。按你的说法，我们三塘盖村有三个第一书记，还怕脱不了贫吗？我敬你一碗。"木易副镇长端起酒碗和黄梯玛把酒干了。

你来我往，几碗酒下来，田木叶有些撑不住，但还是大口大口地喝。同学在朝天门江边的火锅店给他饯行时，一位很有农村工作经验的同学告诉他，到了村子里，千万不能装，再不好的酒，端出来了你就要豪爽地喝，再不好的烟，你也要高兴地抽，乡亲能请你喝酒，那是看得起你，是认可你，你千万不要高起帽子卷起闲，装出不得了的样子。如果你是那样的话，他们会说你假，你的工作是干不走的。

他原来不懂同学说的"高起帽子卷起闲"是什么意思，这时突然明白了，这话是说别人尊重你，你就不要以为自己不得了，不尊重别人。同学的话说得很到位，田木叶这时就按照同学说的，一碗又一碗地喝，喝得嘴巴说话都不听使唤。当然，"酒醉心明白"，再醉他心里也没忘在这里"安家"的事。他不好直接向黄梯玛提出来，便用肘拐了下木易副镇长。

木易副镇长不愧是久经沙场的老将，对田木叶给的肢体语言心领神会。他端起酒碗，说："老黄，这次三个第一书记下来，镇党委、镇政府在镇上安排了住处，但他们都很坚持原则，必须要按照上级的要求住到村里来。你晓得，一般的农户的房子本来就没得多余的，安排驻村工作队住进去不是给人家添麻烦吗？所以，镇党委和镇政府考虑到你一个人在家，房子又有宽的，条件在村里也是数一数二的，没得几家能和你比，就想安排驻村工作队住你家，当然，房子不能白住，要给租金。"木易副镇长知道黄梯玛既好面子

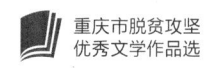

也好客，每句话都把他抬起。

"我知道，就是驻村工作队必须吃在村里，住在村里，干在村里嘛。没问题，反正房子这么多都是空起的，只要三位第一书记看得起，不嫌弃，我求之不得。房租的问题不说。"黄梯玛端起酒碗爽快答应，说，"欢迎三位第一书记，我老黄祖上不晓得积了什么德，得你们这几个贵人入住，寒舍不蓬荜生辉才怪。"

"老黄，我谢谢你。昨晚到现在你还没睡过瞌睡吧？要好好补下瞌睡。这碗酒，我来办个总结，碗中酒，我们一起干了！"见黄梯玛答应了，酒也喝得差不多了，木易副镇长就端起酒碗带头干了。

"干，干，干……"田木叶和陈调、韩细妹也站起来，豪情万丈地和黄梯玛碰响酒碗，一口干了。

木易副镇长起身告辞，说进城有事。他拿出手机给万笔杆打电话，叫他和村妇女主任万仁爱下午找几个人过来帮驻村工作队打扫下房间，费用他出。

黄梯玛可能是有生以来第一次喝这么多酒，他拿出几把钥匙递给田木叶，就偏偏倒倒地走进自己的房间睡了。

万笔杆和万仁爱带着几个妇女扛着铺盖卷儿过来。万笔杆主动说自己叫万笔杆，然后又介绍了万仁爱。

万仁爱很漂亮，人见人爱的模样，说话的声音也像江南的女人，娇滴滴的。她轻声叫了声木叶书记，就带着几个妇女打扫房间去了。

酒精让田木叶很兴奋，他把万笔杆叫到外面聊天，了解村里的一些情况。

万笔杆是碓窝塘寨的人，和原来的村支部书记是快出五服的弟兄，在重庆经贸职业学院毕业后因专科学历没有资格报考公务员和事业人员，就打算到沿海地区的企业去工作，学校和沿海很多企业都签有就业协议，找个工作倒不算难。当支书的堂兄说虽然专科生没有考公务员的资格，但村干部可以考公务员，而且是单独的序列，问他愿不愿作为本土人才回村里当干部，如果愿意，他就去上面疏通下。就这样，万笔杆回村接了原来的村文书的班。

万笔杆不是本名，本名叫万必淦。乡下人都爱给人取绰号，这些绰号有的可以考证出处，有的确无法考证，但更多的是可以考证。比如这万笔杆，就是因为他读过大学，虽然只是个专科，但毕竟在村里算是高学历，算是有文化的人。村里人管有文化的人叫笔杆子，所以，就根据他名字的谐音和他的职业特点，叫他万笔杆。万必淦也不恼，甚至很满意这个带有文化味的外号。

万笔杆告诉田木叶，说这个村万是大姓，原来的村支书、文书、妇联主任、综治专干都姓万。他来干这村文书，不是为每月千多块钱，主要是干两年后可以参加单独序列的公务员考试，现在堂兄和村主任都涉黑进"鸡圈"了，他考公务员也没戏了，就想着出去打工找钱。

田木叶听出进鸡圈就是进监狱的意思，就不再说什么，但见万笔杆可怜巴巴的样子，心里很不是滋味。

"万必淦，你堂哥是堂哥，你是你，只要你好好干好好学，堂堂正正做人，踏踏实实做事，前途是光明的。"田木叶没有喊万笔杆这一诨名外号，语气里充满了关切。

万仁爱和几个妇女以农村妇女特有的麻利很快就把房间收拾干净，把几个人的床也铺好了，出来叫田木叶、陈调、韩细妹进屋休息。田木叶从包里拿出300元钱给万仁爱，叫她给几个人平均分一下。万仁爱死活不接，说他们驻村工作队这么远来帮助老百姓脱贫，她们干这点事是应该的。说完转身就走。因是年轻女人，田木叶不好去拉，显得很尴尬。

韩细妹看见，就从田木叶手里拿过钱，三步并作两步追上万仁

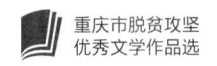

爱，把钱强行塞到她手里，说你不要不等于她们不要，我们驻村工作队有纪律，你不能让我们犯错误。

万仁爱接过钱，从中抽出一张一百元还给韩细妹，说她和万笔杆不要，然后从自己身上拿出4张50元的票子分给了另外四个妇女。

"不好意思，做这点事你们还给钱。我替她们谢谢了。"万仁爱一副娇羞的样子，红着脸说。

有着午休习惯的田木叶这时无论如何也睡不着。陈调和韩细妹也因为酒精的作用很兴奋，两人不约而同来到田木叶房间。

"幸好今天是双休日，不然我们就犯了工作时间喝酒的错误了。"田木叶见两人进屋，就对自己喝这么多酒作检讨。

"农村工作不能死搬教条，农村有农村的特殊情况，比如说一日三餐就在农村工作中行不通，特殊情况必须特殊处理。"陈调说。

"农村工作确实有农村工作的特殊性，不能照搬机关的工作方法。我认为，不管是平时还是节假日，我们中午都不能喝酒，这要作为铁的规定，坚决不能违反。"韩细妹红着脸说，"晚上你俩也要为我打掩护，说我不喝酒。"

田木叶很感动，说陈调和韩细妹很能结合工作实际看问题。

说着说着，三人就说到当前的工作从何入手了。

田木叶说："整顿后进党支部，加强基层组织建设，是我们驻村工作队的一项重要职责，现在村支两委干部没配齐，我认为首先要解决这个问题。"

田木叶想到了白天在村委会开见面会时的情景，支部书记是镇上派来的兼职书记，村主任的位置没人，就说："一个连村支书和村主任都没得的村，不可能脱得了贫。必须先遍访农户，精准掌握第一手资料，只有我们自己的脚步到了每一家的院落，双脚粘上了三塘盖村旮旮角角的黄泥巴，心里才会踏实。"

田木叶觉得，三塘盖村之所以会再次被列为深度贫困村，在全国深度贫困村队列中有一个站位，一定有其深层次的原因，必须深挖细找，绝不能停留在表面现象，绝不能只看数字表册，必须透过现象看本质，切中要害，精准把脉，精准识别，精准施策，只有这样，才能把全村真正带离贫困的烂泥塘。

"这些年来，对三塘盖村的帮扶可谓不少，但总是难取得实质性成效，这说明三塘盖村贫困的根本问题没找准，必须得挨家挨户调查走访才行。"陈调深有感触。

"要想富先修路。三塘盖村除了碓窝塘寨这个组算是通了公路外，其余两个组都没通公路。村委会还没通公路的村恐怕在全国都少见。"韩细妹说。

"听万必淦说，到腰子塘寨和磨盘塘寨的路上面不是没安排资金，而是村民扯皮，土地无法调整而给耽搁了下来。"田木叶说。

"那就要说服村民，必须把这条路修通，哪怕是修条三米宽的路。一文钱逼死英雄汉，无路整穷村里人，对于一个贫困村而言，有路和无路截然不同，没有路，想改变贫穷落后的状况好比登天，有了路就好比插上了致富腾飞的翅膀。"韩细妹很激动。

几个来自"五湖四海"的驻村干部你一言我一语，说话无遮无拦，黄梯玛来到房间也没人察觉。

"你们没睡一下吗？天都快黑了，你们在说什么呢？"黄梯玛问。

"黄师傅，你什么时候进来的？没吵着你吧？"田木叶赶忙让座。

"没有没有，我瞌睡大，睡得很好。晚饭你们自己解决下，我要到山上她家去看下，可能要晚点回来。"

这时，田木叶三个人才发现黄梯玛身边还站着一个蓬头垢面的大眼睛小女孩，大概十二三岁。

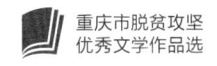

"我们可以跟你去看看吗？也顺便跟你去进行下入户调查。"一听说黄梯玛要上山去，田木叶马上来了兴趣。

"没问题。只是晚上山路不好走，野猪也多，怕吓到你们。"

"不怕不怕。"田木叶没听懂黄梯玛话中夹着的话，叫陈调在屋给细妹儿搭伴，自己赶忙背上他那黑色背包，提着干粮拿着手电筒跟在黄梯玛后边。

黄梯玛哭笑不得，暗自叫苦。他从内心深处不想让田木叶去，所以只说是去山上，不说跳神作法的事，但也不好推托，只好说路不好走，用山上野猪多来恐吓，好让他们知难而退。哪想到这田木叶偏偏是个虎敢摸、龙敢骑的性格，非要跟去不可。

韩细妹说："我们是一个整体，要去一起去，不能搞特殊。"不由田木叶分说，韩细妹拿起手电拉起陈调就走。

五

黄梯玛穿着黑衣黑裤，系着黑布腰帕，胸前挂着一面小马锣，腰里别着一把木柄很长的砍柴弯刀，提着金属拐杖走在前面，金属拐杖包了一层金黄色的锡箔纸，像唐僧用的法杖。

"黄师傅，你这身装扮像武侠，看起来好威风。"田木叶说。

"假话，但听起舒服。"黄梯玛说，然后把背挺得笔杆直。

"你这打扮，怕是野猪都怕你哟！"田木叶又说。

田木叶听父亲说过，乡亲们经常用敲响器的办法撵野猪，见黄梯玛胸前的小马锣不时被碰出声响，以为那是黄梯玛拿来吓野猪的。

黄梯玛装作没听见，指着前面一座树木葱茏的山说："今晚要去的人户就在那里，叫大家少说话，节省点力气。"

黄梯玛的话是长期生活在山里得出的经验。的确，山里的山看起来很近，但走起来却是一山又一山，很远，当地的村民说这叫望山十里路。进山的路又陡又险，加上早晨淋了秋雨，路滑得像浇了桐油，走起来特别费力。路很少有人走，很多地方都被夏天疯长起来的草或刺类植物遮盖，根本看不见路。田木叶一直都有晨跑的习惯，但也没能经得住折腾，上下几个坡后就大腿打战小腿发软了，陈调和韩细妹也是上气不接下气。

黄梯玛在前面一边用手中的拐杖拍打遮盖在路上的草，一边用砍柴刀砍掉钩挂衣服刺划脸颊的荆棘和树丫。陈调故意掉在后面，等田木叶和韩细妹上前了，就躲在一棵树下朝着路边草丛小便。草丛突然一阵乱动，一条乌梢蛇梭了出来，吓得陈调尖叫，未解完的小便一半撒在了裤裆上，另一半被强行憋了回去。黄梯玛挥动拐

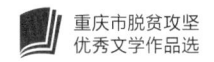

杖,嘴里念念有词,乌梢蛇从田木叶脚前梭了过去,瞬间不见了。韩细妹吓得说不出话来,看到陈调的裤裆湿了一片,脸唰的一下红了,忍不住抿着小嘴笑。

"黄师傅,听说你们做梯玛的都会念咒语,鸡可以被你们排成队念咒语赶着走,快蒸熟的饭你们念咒语后就蒸不熟了,可我从没见识过。你现在念下咒语,蛇如果不再出来,我就相信你念的咒语真能起作用。"陈调对黄梯玛说。

黄梯玛笑,他知道陈调是为了掩饰刚才的惊慌,在故作镇静。

"陈书记,信不信由你,你刚才把尿屙在土地菩萨身上了,所以土地菩萨把蛇放了出来。现在,不会再有蛇了,我已给土地菩萨打了招呼。"黄梯玛边说边用拐杖拍打着路边的草丛,嘴里叽里咕噜念个不停。

田木叶只听清了"太上老君急急如律令"这一句,其余一句也没听清,问陈调,陈调说也只听清了那一句。问韩细妹,韩细妹说:"一样。"

有了刚才的一幕,田木叶和陈调、韩细妹再也顾不得脚软,紧紧跟在黄梯玛后边。虽然他们都知道蛇是他用手中的拐杖拍打草丛吓走的,不是用咒语赶走的,但谁也不敢掉在后面。

前面好不容易有了亮光,亮光处隐隐约约可看见一幢一楼一底的砖混小楼,小楼旁边的一棵树上两只绿森森的眼睛在这漆黑的夜晚像两个幽深的洞窟。黄梯玛指着那小楼说,那就是今晚要去的人家,那两只绿森森的眼睛是猫头鹰的眼睛,鸟类中它最不讨人喜欢,当地人都叫它鬼冬哥。有它出现,几乎不会有什么好事。

一个男人站在灯影里看到这边的电筒光,就高声朝屋里吼:"黄师傅来了,快烧茶。"

黄梯玛径直走进了小楼,在堂屋香龛下的方桌上摆出法尺、小马锣等东西,像在做什么准备。三人这时才晓得黄梯玛是来给人作法祛病，后悔不该跟着来，怕传出去影响不好。

"来都来了，就看看吧。听说这梯玛跳神和湘西的赶尸一样，很神秘，今晚就开开眼界，看到底有多神秘。"陈调说。

田木叶走到房前的坝子上，脚滑了一下，抬起脚看才知道是踩在了狗屎上。

韩细妹哈哈大笑，说田木叶今年要走狗屎运。

进屋的时候，黄梯玛已做完了草人，正在黄草纸上画些谁也不认识的像麻线缠绕的字符，桌上放着一碗酒和一碗水，桌下放着一只捆了双脚和翅膀的足足有六斤以上的大鸡公，一个四十来岁的女人要死不活地坐在旁边一把椅子上。

堂屋里没有人说一句话，死一般静寂。黄梯玛在香龛上点上三炷香，烧了几张纸钱，口中念念有词，然后把桌上的一碗酒一口喝干，戴上一副只能看到眼睛和嘴巴的凶恶面具，再从面具后面的嘴里喷出一股火焰。他一手拿起缠了锡箔纸的金属拐杖，一手敲击小马锣，在几个草人中间手舞足蹈，来回穿梭，口中时而叽里咕噜念些谁也听不懂的话，时而又清晰地念出"太上老君急急如律令"几个字，时而一边喊打一边用拐杖猛击草人的头。田木叶恍然大悟，拐杖不只是用来帮助走路，更主要的是作法杖用，小马锣也不是用来撵野猪的而是用来跳神的。

黄梯玛跳得大汗淋漓，坐在旁边椅子上的女人脸色更加苍白起来，满脸汗流。

小马锣的声音停了下来，黄梯玛放下手中的法杖，提起桌下的鸡公，用指甲在鲜红的鸡冠上掐了个口子，然后对着装水的碗把鸡公倒提着，让鸡冠上殷红的血滴进碗里，再扯下一根鸡毛在鸡冠上蘸了血，沾在先前画的字符上面。鸡冠的血不滴了，黄梯玛把鸡公丢在地上，把沾了鸡毛的字符贴在女人房间的门上，口中念念有词。念完后，他回到桌前，把画的字符用火烧成灰后放进滴了鸡冠

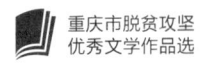

子血的水碗里，用手指搅拌了几下，水碗里的水顿时黑乎乎的，看不清是血水还是灰水。他把碗端到女人面前，口中念念有词。三人这次听得很清楚，黄梯玛念的是："太上老君急急如律令，左手搬山来填海，右手搬山填海门，塞断黄河双江口，止住血水永不流。"

三人不仅听清了黄梯玛念的咒语内容，还听见树上的那只鬼冬哥也跟着咕咕地叫，像是在传递一种让人恐惧的信息。

黄梯玛念完后，让女人把分辨不出颜色的水喝下，说："大仙有话，喝了病就好了。"

女人吃力但坚定地接过黄梯玛递过来的碗，闭着眼睛艰难地喝水。喝到一半时，一口鲜血突然从女人嘴里喷了出来，水碗落地，发出撕心裂肺的破响，污黑的水迹溅满一地，在灰暗的灯光下泛出诡异的光，这光像树上那只鬼冬哥目光一样阴森。

"快送医院，不然要出大事。"田木叶大喊。陈调和韩细妹像猴一样蹿到女人身边。

"哪有钱送医院哟！"一个男人蹲在地上带着哭腔，整个头几乎埋进了裤裆里。

"没钱就不医了？"田木叶看出那个男人就是女人的丈夫，大声吼，并把身上带的2000元钱递给男人，"赶快找人抬到公路上去，我马上叫救护车过来在碓窝塘寨接。"

周围没有年轻人。于是几个中老年人走过来，吃力地抬着女人朝碓窝塘寨奔去。田木叶火急火燎，拨通了120电话。

回来的路上，黄梯玛提着掐破了鸡冠的大红鸡公走在前面一句话不说。陈调怕他为今晚的事下不了台，便有意和他走在一起，想劝劝他。

田木叶和韩细妹走在后面。韩细妹悄声问："酒到了黄梯玛嘴里怎么变成火喷了出来？他的嘴巴不怕烫伤吗？"

"他是梯玛。"田木叶悄声回答。

"把画了字符的纸烧成灰放在水里让病人喝，能治好病吗？"

"那叫画字灰，很多老百姓相信这个。"

"你刚才不该把身上的钱全部拿出来。"

"那人没钱，救人要紧，我没想那么多。"

"这种情况在偏远的农村很多，你那点工资顾得过来吗？他们认为你是来扶贫的，那钱不是你的，是国家的。"

"当时那情况，我没管那么多，我把钱全部拿给他完全是出自本能。"

"我不管你是出自人的本能，还是因为你第一书记的身份，我都要提醒你，你的那点工资只够临时救急而不能长期救济。"

"谢谢你提醒。不知道这女的到了医院会检查出什么病，我们明天上午去看看。"

六

　　差点被黄梯玛跳神跳死的女人叫陈大妮，现在躺在医院的病床上，脸上有了点红晕。

　　漂亮的护士小姐过来问："你们哪个是病人家属，去收费室交费。"

　　坐在病床边的男人问："昨晚不是交了1000元吗？怎么这么快就完了？"

　　"你昨晚是急诊，CT、心电图、查血、照片等检查下来，还会剩钱吗？"漂亮的护士小姐说。

　　"她这个病都是老毛病了，要那么多检查干啥？"

　　"不用仪器进行全面检查，怎么给你诊断病情呢？出了问题谁负责？"

　　"我女人明明是胸疼，照头部CT干啥嘛？"

　　"这你得去问医生。"

　　"算了，这瓶液输完了我们出院，回去慢慢调养。"

　　"这怎么行呢，她的病还没好，出院是很危险的。"

　　"对，不能出院。"田木叶和陈调、韩细妹进到病房，听到护士和男人的对话，三人赶忙制止。

　　"护士，贫困户不是先诊疗后付费吗？怎么钱就不够了呢？"田木叶问。

　　"她昨天没拿证明。昨天的就没办法了，你们今天拿建卡贫困户的医保卡重新办下手续。"护士说。

　　"我是市医科大学附一医院来的，是村里的驻村第一书记。麻烦你帮我协调下，看能不能补办下昨天的手续。"

护士看了一眼田木叶，说去帮忙问问。不一会儿，护士回来说，收费室查到了她家是建卡贫困户，钱还剩得有，叫家属把建卡贫困户的医保卡拿去补办下手续。

男人很感激，说田木叶是好人，说政府对他们贫困户的政策好，说今天还是要出院，住在医院没钱吃饭。

田木叶动情，手伸进包里又悄悄退了出来。男人看得很清楚。田木叶走出病房，到护士站问先前那个护士有现钱没，他马上用微信还。那个护士好像知道田木叶要做什么，翻出包里的皮夹，说只有500元。田木叶说借给我，然后扫了护士的微信，从微信里把钱还给了护士。护士笑了，说田木叶是好人。

田木叶回到病房，叫男人不要出院，钱的问题大家共同想办法。他把刚用微信换来的500元钱递了过去。这时护士跑进来挡住男人伸过来接钱的手，说这钱不是政府的，是这个第一书记私人的，要男人保证还给田木叶。男人迟疑了一下，说一定要还，一定要还，然后伸手从田木叶手里把钱接了过去。

"没事的，关键是要把她的病治好，不能再耽搁了，"田木叶说，"我们三人是村里的驻村第一书记，应该的，你安心养病，有什么困难告诉我们，我们先回去了。"

回村的路上谁都不说话。陈大妮算是驻村工作队入村后走访的第一个农户，三人没想到会是这种情况。

木易副镇长早已等在了村里，见三个人回来都一脸的肃穆，心里咯噔了一下，问是不是黄梯玛反悔了。

陈调把昨天晚上和今天上午发生的事从头到尾说了一遍。木易副镇长听后很不愉快，就像吃饭快下席的时候突然发现碗里有苍蝇一样，但当着田木叶的面也不好多说什么，就说这个犟牯筋真不像话，老婆病了不信医院信鬼神，纯属是瞎扯淡。说这事在农村虽不是普遍现象，但也不稀奇。很多人得了病都不去医院而是在家苦

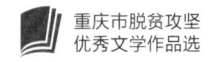

熬，都说医院药要不了几个钱，主要是检查项目多，检查的费用高。全村的建卡贫困户，有多半是因病致贫。

万笔杆也忍不住生气，说犟牯筋是陈大妮男人的外号，他本名叫万鼓劲，打小就是十头水牯牛都拉不回头的性格，脾气不但犟而且还是一根筋，所以大家就喊他犟牯筋。犟牯筋在家排行老大，结婚后连生五胎都是女儿，好不容易得点钱都交了罚款，祖上留下来的半间木房子也被拆得只剩一壁像八十岁老人牙齿一样的板片不能再拆了——因为这壁板片是和别家共有。有一次，他骑一辆借来的烂摩托车进城，把一个小女孩的脚撞断了，没得钱帮人家医就把借来的摩托车甩在街上跑了，而且比兔子跑得还快。小女孩的家人带着人拆他的房子，一看只有半间房子，并且是三面都没板壁，全是夹的秸秆，只有一面和别家共有的板壁，拆不了。遇到这种"要钱没得，要命有一条"的主，小女孩的家人只有自认倒霉。有人劝他莫生了，越生越穷。可他根本听不进，还说只要有信心，铁棒棒也能磨成小钉钉，此生不生男儿郎，坚决不会下战场。陈大妮生育能力也超强，一年一胎，从不间断，镇政府和医院也没办法，她生一胎，就把她强行捉到医院安一回环，但就是安不住。后来才晓得，每次安的环，都被犟牯筋偷偷用个铁钩子钩了出来，好几次弄得陈大妮大出血，差点没命。按常理，生了两个就不生了，哪晓得下定决心不生儿子不松手的犟牯筋偏偏是个不到黄河心不死的主，本就贫困，结果越超生越贫困。评贫困户时致贫原因这一栏不好填，大家就商量，根据陈大妮病多的情况在建档立卡时填了因病致贫。

万笔杆越说越气。田木叶、陈调、韩细妹越听越郁闷。

"编都编不出来这故事。"韩细妹气咻咻地说。

"比鬼怪小说还离奇。"陈调愤愤地发表自己的看法。

田木叶叹了口气，说："我们这几天还是先结合精准扶贫回头看工作，重点走访农户了解情况吧。走访的同时也了解下乡亲们对推举村支书和村主任有什么看法。"

"可以。不过我要提醒你，把钱带够哟，免得到时候又用微信借钱。山里不比城里，微信是借不到钱的。"陈调想起犟牯筋的致贫原因，觉得田木叶早上给的500元钱不值。

陈调说这话不仅仅是话面上的意思，还有一层意思没明说出来，那就是：你田木叶是从市上下来的，工资比我们区县高，你给贫困户送钱，不是让我和韩细妹难堪吗？

田木叶本就是一个面子很薄的人，听陈调这样一说，脸一下就变得绯红，说上午给犟牯筋钱是特殊情况。

"那也不该给啊！你昨晚给的是2000元，他才交了1000元，还剩1000元呀！"韩细妹也有些生气。

木易副镇长看了一眼不好意思的田木叶，赶快打圆场，说这几年部门的干部下来扶贫，少数干部还是简单地送钱送物，没从更深层次思考如何帮助联系户持续扶贫成效的问题。这不仅没达到帮扶的目的，反而惯出了个别贫困户坐在家里等、伸手向上要、困难靠帮扶等烂习惯、烂毛病。一看到有干部来，就两眼放光，一看到干部空着手，马上就回家把门关了。人的习惯一旦养成就变固执，贫困户固执地坐在家里等、伸手向上要，基层干部怎么教育都无济于事，你说你的，他要他的，这么多年了，仍然是外甥打灯笼，一切照旧，伸手向上要、坐等别人送的坏毛病一点没改。当然，这也不能全怪他们，部门的干部不也这样吗？上级领导多次强调，扶贫要扶志，要帮助贫困户找到扶贫致富的项目，不能简单地给钱给物，结果呢，一些干部习惯了给钱给物的简单帮扶方式，每次到联系户家走访，仍然是送点东西照照相。

木易副镇长说的现象并非个别，田木叶、陈调、韩细妹三人不止一次听说过。陈调和韩细妹请田木叶在黔江鸡杂总店吃鸡杂那天，电视台的美女主播牛一嘴，也就是肾豆村的扶贫第一书记，给

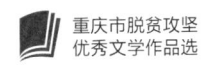

他们讲了一个让人啼笑皆非的故事。牛一嘴说，某个局的局长到联系的贫困户去走访，贫困户不在家，村干部打电话，才晓得这贫困户在街上的茶馆里喝茶打牌，听说帮扶干部来了，才从茶馆里懒洋洋地出来。这个局长掏了500元钱给他，叫他买点肥料和其他农用物资，说清明前后，种瓜点豆，千万不要误了农时。哪想到这个局长前脚刚走，他后脚就迈进了茶馆。

听到这个故事的时候，田木叶、陈调、韩细妹都很震惊，来到三塘盖村这两天，这个故事一直像一根鱼刺卡在他们的喉咙里，异常难受。只要一闭上眼睛，他们的脑里就会不断闪现一双手，一双屈张着手指接钱的手。

"我们下午就开始行动吧！"田木叶看了一眼木易副镇长，说木易副镇长是敢说真话的领导，说的话很有见地。

"我没必要不说真话，建议驻村工作队这几天单独走访下农户，我就不陪了，也不安排村干部带路了。他们在场，你们就听不到真实情况。"木易副镇长说。

田木叶、陈调、韩细妹有单独走访农户的想法，只是怕木易副镇长多想才没说出口。木易副镇长好像看穿了他们的心思，说自己兼任这个村的书记时间也不长，镇上还有许多分管的工作要做，所以还没来得及深入农户走访，他们来了，正好也帮自己补这一课。

三人没想到木易副镇长温文尔雅，不但心细，还特别善解人意。机关或大城市待久了，对基层的干部总是或多或少带有偏见，总认为乡镇干部都是些大老粗，对上瞒天过海，对下敷衍恫吓，多多少少有点瞧不起的味道。田木叶、陈调、韩细妹也不例外。这并不奇怪，改革开放初期，干部就像三四月的粮食一样，有点青黄不接，乡镇的干部多是没考上大学的二杆子，文化不高但灯[①]多，牵猪赶牛杀鸡剐猴的事他们手都不会抖一下，邀功请赏吹牛说大话更

[①] 方言，意为歪点子。

是脸都不会红一下，难免闹出一些充满黑色幽默的笑话，所以，对他们有看法和偏见也属正常，只是在历史的演进中，这一切都被历史的长河掩埋，代之而来的都是些有文凭有水平的乡镇干部。

"木易副镇长，你分管全镇的脱贫攻坚工作，日理万机，需要处理的事情多，入户走访的事交给我们办就行，保证把真实的情况弄回来。"田木叶说。

七

　　山里的道路不仅崎岖陡峭，而且还异常狭窄，有很多地方只能侧着身子手脚并用才能勉强过。农户不但住得分散而且大多住得偏远，田木叶、陈调、韩细妹在山里转了半天，一个人影都没见着，见到的十几家农房都是房屋紧锁，像几十年没人住过的样子。

　　天渐渐黑了下来，大家又累又饿。陈调有低血糖，身上随时都带有吃的。他拿出饼干分给田木叶和韩细妹，说现在农村人很多外出打工了，很少有人在家，白天基本找不到人，看晚上能不能碰到一两个，干脆先将就吃点后再走走看。

　　"只有这样了。"田木叶说。他拿起饼干坐到路边的石头上边吃边望着远方的树，说干农村工作要饿得、走得、累得、吃得、气得。说这是他父亲总结的。

　　韩细妹爷爷奶奶虽是农村人，但她从小在城里长大，在城里工作，对农村的生活认识几乎是一张白纸。她说："饿得、走得、累得、吃得都明白，也有思想准备，但要气得就不懂了。"

　　陈调故作深奥地说："等会儿找到有人的院子后你就懂了。"

　　陈调找来几根树丫，给每人发一根，说走路时要一边拍打路边的草丛一边念咒语，草丛里的蛇听到你念出的咒语就会马上离开，不会伤你。说完这话，就摆出一副舍我其谁的军人样子在前面开路。

　　陈调是高中毕业后当的兵，在部队上了军校提了正团，面临自主择业和转业的时候，他本可选择自主择业，领个几十万块钱，然后每月再领一份不菲的待遇享清闲，但他选择了转业，说年纪轻轻就要没劲，想回家乡做点事。地方上不好安排，就在交通委给他安排了一个副调研员的位置。区文明办看了他的简历后又把他调了过去。恰好抽人下乡扶贫，他就主动要求下村，说待在机关没意思。

韩细妹笑陈调："太上老君急急如律令后面的词我忘了，你说来我记记，等会儿碰到蛇后施展一下。"

"这不能说，说了就不灵了。"陈调做出一个神秘的表情。

"你什么时候得了黄梯玛的真传？看来你的裤子不得被露水打湿了。"田木叶本想说裤裆不得打湿，但一想到有韩细妹，就改了口。他说得一本正经，看不出任何表情。

"哎呀，木叶书记，你骂人都不带脏字，太有水平了，我肚皮都笑痛了。"韩细妹笑得止不住，越笑越厉害，连路都无法走了，干脆就站在那里笑。

陈调知道田木叶说的是那天晚上到陈大妮家被蛇吓，小便没解完湿了裤裆的事，正想用什么话反唇相讥，没想到韩细妹笑得缓不过劲来，也忍不住哈哈笑了起来。

见两人笑的样子，田木叶也忍不住笑了起来，笑声在没有星光的漆黑夜晚随三人转过一个山头，被一处山湾里射出来的亮光止住。亮光里有说话的声音传出，很是响亮：

"从重庆来了一个第一书记，是个研究生，他带了很多钱来，昨天陈大妮生病去医院，就是他垫的2000元钱，今天早上，犟牯筋说在医院没钱吃饭，这第一书记又用微信找护士拿了500元给犟牯筋。我这老房子椽子断了，瓦片烂了，遮不住雨了，明天去找他要点钱把房子整修一下。捡狗屎都要起得早，去晚了钱就被别人要完了，我明天天一亮就去。"

"兄弟，陈大妮家和你家不一样，人家是长期有病，家里穷没钱医。这万鼓劲也真是个犟牯筋，这外号没取错，有病不请医生请梯玛，他脑壳不转转，这跳神能把病跳好吗？我看这犟牯筋真是越穷越不长脑筋，要不是昨天新来的三个驻村扶贫第一书记恰好碰

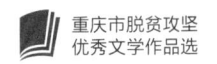

上，陈大妮恐怕就去阎王爷那里报到了。你要知道，那第一书记给的钱不是什么扶贫款，肯定是他私人的，如果是公家的钱，他肯定要喊犟牯筋签字。"

"鬼！我才不信，哪个私人有这么大方？以前那些帮扶干部来，哪次不给贫困户几百块钱？"

"你不相信算了。我儿子那单位也联系了一个村，他也对口帮扶一个贫困户，每次去都要自己掏200块钱给他联系的贫困户，说是建立感情，免得检查时他们乱说。他们单位有个领导，上半年去他联系的贫困户家有5次，前两次去都给了钱，后面三次去没给钱。前几天我儿子问这贫困户，联系他家的领导来了几次，他说来了两次。我儿子说明明来了五次，你怎么说只来了两次？他说前两次给了钱，后头三次没给钱。我儿子很生气，说这贫困户纯粹是把屁股当脸的主。"

"你说的我听说过，这贫困户确实过分了！但我家这老房子也确实是烂了，我老汉既是贫困户，又是低保户，他们不帮忙修我就去找镇里，镇里不解决，我就找区上。扶贫攻坚必须要达到'两不愁三保障'的要求，如果上面检查，看到我老汉住这房子烂朽朽的，我看他们哪个脱得了爪爪。"

……

大山的夜里出奇地静，静得让人随时都可能因一点轻微的声响而毛骨悚然，更何况林中不时会传出各种生灵的诡异声音，特别是不时传出的鬼冬哥的声音，充满了死亡的气息。突然不见人影只听见人说话的声音，韩细妹感觉耳膜都像被什么东西洞穿一样，走山路喘出的粗气和心里的怨气夹在一起形成一股无法控制的气流吹拂在田木叶脸上。田木叶感觉到了她的紧张，也感觉到了自己的紧张，但不能表露出来，作为男人，作为驻村工作队的负责人，他必须做出男人的样子，给韩细妹传递一种不可畏惧的信息。

"细妹书记,你在生气吗?"田木叶问。

"木叶哥,我没生气,有这种想法的人毕竟是少数。"韩细妹回答,声音明显地大起来,原先"木叶书记"的叫法也变成了"木叶哥"。

陈调毕竟是当过兵的人,他的字典里没有"怕"这个字。听见田木叶说话,他回头看了看,见韩细妹气鼓鼓的样子,忍不住笑,说:"你现在晓得什么叫受得气了吧?"

亮光来自一处低矮的房子,两个男人正在堂屋灯光下喝酒,桌上摆着一盘快吃完的香肠、一碟快吃完的油炸马蜂蛹、一碗腊排骨海带汤。一个穿着花色秋衣的中年妇女正在厨房里忙碌。

几条狗对着三人的手电光疯狂吠叫,一声比一声高亢、凶恶,像在给主人表忠心一样。这些狗有一个特点,就是有主人在家的时候比主人不在家的时候凶猛,主人在家的时候,它会追着来人咬,直到主人发声才心有不甘地停止。主人不在家的时候就不同了,它只是吠叫但不出来扑咬,似乎知道,主人不在家,客人可能会不客气地掷石头。

一个男人听见狗叫声从堂屋走出来,把啃剩的骨头作为奖赏丢进狗窝,狗们就停止了吠叫。男人警惕地看着三人问:"你们是哪里的?这么晚过来有事吗?"语调里明显充满了敌意。

三人把乱晃的电筒光收回来照在地上,避免照着对方的脸。照胸不照脸,是照电筒的最起码规矩,三个人都明白。陈调说:"老乡,我们三个是三塘盖村驻村扶贫第一书记,想来你家坐坐,了解些情况。"

听说是驻村扶贫第一书记,问话的男人顿时没了敌意,眼里闪过一丝不易察觉的亮光,连忙招呼三人进屋喝茶,另一个男人也站起来让座。

显然,问话的男人是这家的主人,让座的男人是那个说他儿子

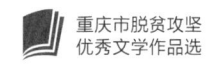

在单位上班的人。转过山湾时，大声说话的声音就是这两个男人在黑夜里传过来的。

男主人叫厨房的女人拿了三个黑乎乎的玻璃杯子出来，然后倒上酒，请三人坐下喝酒，说农村人没得啥好东西，叫他们千万莫客气。

三人坐下。男主人说他叫万有孝，有两个儿子，都在重庆富民公司驻上海龙吴港劳务队打工，父亲和母亲年岁大了，单独住在一起，是贫困户加低保户。他指着另一个男人说，他叫万有德，是他的堂哥，儿子在城里当干部。

万有孝说："你们来得正好，我正想着明早去村里找你们呢！你们看我妈老汉这房子房顶的椽子都断了，瓦片也掉了，一遇落雨就满屋漏，听说你们带着扶贫款来了，想找你们解决点钱把这房子整一下。"

田木叶不想喝酒，听了这话就更不想喝酒了，便借机说看看房子。

万有孝把三人引到堂屋后的拖水屋里。屋里挂着一颗15瓦的灯炮，昏暗的灯光让田木叶和陈调、韩细妹的眼睛一下子不能适应。韩细妹说该上一颗瓦数稍大的灯泡。她打开手电开关，屋里顿时亮了许多。

拖水屋里没有粉刷的水泥砖墙上到处是蜘蛛网和黑色的污迹，房里有一张旧木床，床上一顶污黑、破烂的蚊帐罩着凌乱得看不出花色的被褥，床边一个大木盆里装着猪草，一个头发花白的老汉正在给坐在木盆边凳子上的一个发乱如鸡窝的老女人喂饭。见儿子带着三个陌生人进来，老女人有些浮肿的脸上露出痴痴的笑。老汉放下饭碗，起身从口袋里拿出皱巴巴的烟给田木叶和陈调装。

床的旁边就是土灶台，中间没有间壁，墙壁被柴烟熏得乌黑如墨，土灶上一口铁锅装着煮熟的猪食，几块老腊肉吊在灶孔门的上方，房瓦上的扬尘不时往下掉。墙角有筛子大一摊积水，对着的上方没有瓦，能从那里看到山上黑乎乎的树影和坟头上的猫头鹰。

"老人家，你还在喂猪吗？喂了几头？"田木叶问。

"今年喂了四头，前几天卖了两头，卖了万多块，现在还有两头，准备过年的时候杀。"老汉指着万有孝说，"给他们吃一头，我们老两口吃一头。老婆婆得了脑溢血，现在人是好了但却痴呆了，什么都不会做，全是我一个人做的。"

陈调的心像被刀割了一样痛。他想起自己在乡下不肯进城和他一起生活的父母，便从包里取出400元钱递给老汉，转身对万有孝说，你抽点时间帮你老父亲买点瓦，把漏雨的地方盖一下。

陈调本想说做人要有孝心，但初次见面又不好把话说得太直，怕闹得不愉快。田木叶和韩细妹心里也很难受，各自从包里拿了400块钱给老人。

从拖水屋出来，几人又看了万有孝两口子住的房子。房子两楼一底，水泥砖混结构。房间刷了墙面膏，在日光灯下显得雪白。床上挂着干净的蚊帐，被褥的颜色非常鲜艳。屋里有张梳妆台，摆着女人的梳子和一些化妆品。两幢房子在一起，有远古部落和现代都市并存，时空在这里穿越的感觉。看得出来，两口子的日子虽不算富裕，但在农村也算是比上不足比下有余了。

"你老汉只有你一个子女，你不该和他们分家住。"离开万有孝家的时候田木叶说。

"上年纪了，不讲卫生。分了还不是在一个屋檐下，等于没分。"

"堂屋和拖水屋的瓦该翻下了，该补瓦的地方要补下。"

"没钱哟！村里又不解决点！"

"我们几个刚才不是都给了钱吗？用来买那点瓦有多余的。你要尽到赡养父母的义务，不要什么都等村里，自己能做的自己

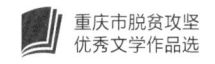

做嘛！"

"那点钱哪里够哟？还不够那老不死的吃药。现在一个工人要两三百块钱一天，还要包生活。我们不管，反正房子烂了是你们政府的事。"从田木叶三人进屋一直阴沉着脸在灶房没说话的穿花秋衣的女人出来插话。

"大姐，对老年人要孝敬，你怎么说父母是老不死的呢？不管怎么说，老人毕竟是你男人的父母亲，这房子该你们维修，这是你们做子女的义务。"田木叶很生气，说话的声音不由自主地变得强硬起来。

女人正想犟嘴，万有孝用手拐了她一下，轻声骂："你妈才是老不死的。"然后用力把女人推进屋内。

三人只好讪讪地走出院坝。陈调问："还走吗？"田木叶见不远处的院落里有灯亮着，说还走两家看看。

万有德跟过来，说自己闲着没事，帮他们带带路。三人很感激。

万有德说："木叶书记，你们刚才骂万有孝两口子的话骂得好，这两口子不忠不孝，为了混国家的低保竟然不让妈老汉住新房子，在老房子让雨淋，他家又不是没钱，两个儿子在外打工，每月要挣一两万，亏他老汉给他取个名字叫有孝，有屁的孝，屋檐水滴现凶凶，他对自己的老汉不孝就不怕自己的儿子将来对他不孝？"万有德老人越说越生气。

"大叔，把老人放在一边领取低保，这不符合国家政策呀，他是怎么做到的？"韩细妹一头雾水，问万有德。

"原来的村支书是他不出五服的兄弟，又是他媳妇母亲的外甥女婿。这事还不好办？！镇上离得远，哪晓得这些事哟！"

"其他村民没意见吗？"

"多数人都在外地打工，不关心老家的事。再说，管人闲事讨人嫌，哪个又来讨这些嫌代这些过呢？他领的是国家的钱又不是哪个私人的钱，何必去得罪别人和村干部呢？"

"那该得却没得的人不告吗？"

"原来的村支书连镇里的干部都让他三分，哪个敢告？！告也是白告。"

"现在镇里不是派木易副镇长来兼书记吗？可以向他反映呀！"

"他才来几天，村里的情况都还不了解。再说，大家早就麻木了。"

说话间，万有德带着三人走进了一个院子。

院子里有四五幢房子，只有一家灯亮着，其余的都黑灯瞎火的，像是没人。万有德说这地方叫秦家山院子，不讲卫生是全区出了名的，地上鸡屎和污水多，提醒大家走路看着点。韩细妹鼻子的灵敏度极高，闻到了人的尿臊味和茅厕里的粪臭味，直想呕吐。

亮灯的人家，两个老年人正在堂屋坐着看电视，见万有德领着三个生人来，就问这几个人是谁，万有德说是驻村第一书记。

"听说了，市上来的驻村第一书记是个研究生。"老年男人起身让座，老伴去倒了四杯茶过来。

老年男人说，自己腰椎间盘突出，老伴也是颈椎骨质增生，医了不少钱，听说你们来了，正准备明天到村上去找你们反映下，看能不能帮忙解决点，原来那个第一书记韩书记对人太好了，每年都要给不少钱，可惜出车祸死了。

韩细妹知道老年人说的韩书记是自己的父亲，心中泛起一种悲痛，忍着不说话。

田木叶问："你儿女呢，他们没在家？"

"平时就是我们两个老的在家，两个儿女都在外地打工，又要送孩子上学，又要在城里头房子，也很困难。"

"没办低保吗？"

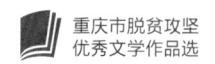

"村里说，我儿子在外打工有收入，不符合吃低保的条件。我女儿都嫁人了，户口也迁走了，家里就我们老两口，我就不明白，人家万有孝的老汉老妈妈都能吃低保，我们又啷个不够条件嘛？"

老年男人一边说一边动身子，想站起来给大家装烟。田木叶看见，他的腰直起来很困难，老伴也满脸苍白。

"你这腰病这么严重，弄药没？"田木叶问。

"医院的药贵得很，根本买不起，现在是自己弄点草草药在煲。"

田木叶闻到了草药味，从包里拿出400元递给老头，说还是要去医院看下。

老年男人接过钱交给老伴，说现在政策好，说田木叶心好，回去后一定会提拔。

韩细妹见老妈妈脸色苍白，便把手伸进包里，结果像被什么虫子蜇了一下，很快把手退了出来，原来包里没钱了。陈调装作没看见，问院子里其余人家都哪去了，老年男人说，其余人家都举家外出打工去了，要过年才回来。院子里平时只有两家人在家，除了他家，另一家也只有个老婆婆和老汉在家，老汉是镇上中学的退休教师，和寨子里的人却打不拢堆。两口子不讲卫生，满院子都是鸡屎，其余人家大都举家外出打工去了，院子里平时都是空的，卫生情况也可想而知。秦家山臭的名声就是这样造成的。

"村里现在没有书记和主任，你们觉得谁合适？"田木叶见老年男人说话嘴巴不把门，有什么说什么，便问。

"这话说来有点长。"老年男人叹了口气，说，"我们村是三个村合并成的一个村，但村合心没合。原先在公路边的碓窝塘寨村条件要好一点，总说我们山上这两个村捡了他们的便宜，要求村书记、主任和村文书都由他们村的人当，我们山上这两个村的人不同意，说三个主要领导要一个村选一个，本来宗族关系就很复杂的三个村这下就更复杂了，特别是国家这几年在农村基础设施上投入大，很多人就争着想当这个村支部书记和村主任，利用权力做点村里的工程。万姓是大姓，为了达到目的，他们对外团结得像一个人，说是一笔写不出两个'万'字，内部则像国民党一样互相倾轧，说你姓你的万我姓我的万。几个狠角色挨家挨户上门送钱送烟拉选票，如果你不收，他们就吓你。我最多的一天就收了5条烟。后来，有两个狠角色当上了村支书和村主任，把原来的村支书和村主任撵下了台。不说你们也晓得，这两个人上台后连老鼠子过路都要扯一根毛，盖个章要收钱，评个贫困户要收礼，上面来的扶贫物资、项目物资，他们也要掐半截。哪个有意见，就会有社会上的人修理你。当然，再狠的人你狠得过天？结果这两个人还是被抓了。你们如果现在要选村干部，就要多问下我们农户，还是要选公道点的，不要光是看这个人是不是狠角色，只狠但不公道，吃亏的是我们老百姓。"

"你放心，我们选干部一定是选能力强又处事公正的人。"田木叶从老汉的话中听懂"狠"就是能力强的意思。

八

　　回到"家"，已是半夜12点钟，三个人没有睡意，说今天收获很大，明天继续走访。

　　黄梯玛也没睡，听见脚步声知道是田木叶、陈调、韩细妹三人回来了，便提着那瓶三耳罐土坛子泡的桑葚酒来到田木叶房间，说睡不着，想和他们三个人喝酒吹牛。

　　吹牛不是说大话的意思，三塘盖村的人说吹牛就指聊天。

　　昨天晚上从陈大妮家回来，黄梯玛感到全身无力，并且有一种从没有过的失落，就想着和驻村工作队的人说说话，吹吹牛。做梯玛这么多年，他越来越疑惑。他不知道神灵是不是可以保佑苍生。昨天要不是田木叶他们，陈大妮就可能一命呜呼了。他看出田木叶他们几个是好人，是有良心的人，是可以无话不说的人。

　　他对三人说，这些年做梯玛，他是在扮演一种角色，有时候入戏太深了，真相信在万物之上有一个神秘的主宰。他全身心投入，替主人跳神，觉得自己真的站在了天地之间，自己就是那个与神灵交流的人。但有时候却又无法入戏，特别是对着那奄奄一息的病人跳神，觉得他请来的神灵是在欺骗人，根本无法保佑快死的人。他画的那些桃符，自己也认不得；念的那些咒语，自己也弄不明白是什么意思。师父教他的时候说，只要照着画、照着念就行了，没人关心你画得好或不好、念得对或不对。就是同行，也不关心，因为他们和你一样。但这秘密千万不能对任何人说，说了就不灵了，手艺就废了。他想把这门手艺传给自己的儿子，可儿子从小想的就是离开农村，到城里去吃商品粮，对他的手艺不仅不放在眼里，而且还嗤之以鼻，说他的手艺是骗人的把戏。后来，儿子如愿以偿进城了，女儿也嫁人住到了城里，就连老伴也嫌他装神弄鬼脸上无光，进城去带孙子不回来了，他一个人守着省吃俭用花一生精力修起的偌大的房子。

说着说着，几滴浑浊的老泪顺着他脸上纵横交错的沟壑慢慢流下。他用衣袖抹了，说自己是梯玛，是神灵在人世间的代表，自己只能远远地看着乡亲们，乡亲们也远远地看着他。在乡亲们眼里他只有神秘和威严，没有人知道他的孤独。

黄梯玛给田木叶和韩细妹的碗里倒满酒，然后回到厨房端来一碗狗肉，说："我们干狗肉，从今天起，我就不做梯玛了。"

黄梯玛夹了一坨狗肉送进嘴里嚼都不嚼一下就吞进了肚里，样子有点悲壮，然后自顾自去睡了，把三人丢在那里。

田木叶和韩细妹蒙了，不明白是啥意思。

"黄梯玛被木叶兄弟用无声的行动教育了，不做梯玛了。按他们这行的规矩，做梯玛是不能吃狗肉的，吃了狗肉，手艺就不灵了，他这是自废武功退出江湖。"比起田木叶和韩细妹，陈调毕竟是"老江湖"，民间的这些习俗和传闻他知道得多些。

"你那2000块钱看来也没白送，不但救活了一个人的生命，还把一个梯玛教育好了，让他不再装神弄鬼了。"陈调风趣地说田木叶。

"我当时也没想那么多，只想着救人。"田木叶说。

"你今天身上的钱恐怕也送完了哟！你很善良，但你见到别人说困难，你就送钱，你有多少钱呢？再说，别人还不领情，认为那钱是国家的，不要白不要。你这做法，不但助长了个别人的懒惰，还助长了越懒越要的不好风气。"听到田木叶说的话，想起白天走访农户送钱的事，陈调揶揄田木叶。

"在万有孝家是哪个先掏的钱包呢？"韩细妹脸红，以为陈调在暗讽她白天在秦家山院子把手伸进包里没掏出钱的事，就反唇

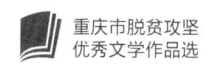

相讥。

田木叶知道陈调不是在说韩细妹，是在说他。就说："陈调兄你说得对，我接受。说实在的，我身上还真没钱了。你们两个先借点给我，下个月工资发了还。"

"不借，有也不借。"陈调说。

"不借，没得也不借。"韩细妹说。

"照这样下去，贫困户还没走完，我们也需要别人给自己扶贫了。"韩细妹又说。

"找个男朋友，这问题不就解决了？"陈调嬉笑。

"调兄，你的嘴里总是吐不出象牙。"韩细妹知道自己的话让爱开玩笑的陈调钻了空子，就回房间睡觉了，关门的时候把这句话从门缝里朝陈调甩了出来。

田木叶睡不着，颜武书记慈祥的面孔、父亲鼓励支持的言语、女儿泪眼汪汪的样子、区里见面会上的动人场景、村委会门口村民们复杂的眼神、梯玛吃狗肉时的悲壮、陈大妮无钱住院时的绝望、万有孝要钱翻修屋瓦的无赖……像放电影一样一幕幕反复在脑里晃动，一直到鸡叫第三遍，他仍无睡意。他打开制式驻村工作笔记本，补写这两天的驻村工作笔记。

写完工作日记，天大亮了。陈调和韩细妹来到田木叶房间，说这两天的情况不容乐观。田木叶说："从今天开始，我们三人分开走访。走访过程中，很多农户可能出于各种原因不说真话，我们看到的也未必是实情，但要想法听到真话、看到实情。我们才来，老百姓可能还不大信任我们，下去后迷路了可能没人给我们指路或恶作剧给我们乱指路，渴了可能找不到水喝，饿了可能找不到饭吃，碰到狗咬可能没人撵，很多困难可能难以想象。所以，我们要自己带好干粮和水，带好手电……"

"木叶书记，他们两个是本地人，没问题，倒是你自己要有充分的思想准备哟！特别是要带足钱哟！那么多人都等着你哟！"不知什么时候，黄梯玛进到了房间。

"我和你一起，反正我没事，给你带带路。"黄梯玛说。

田木叶听出黄梯玛的话有揶揄的味道，但一听说主动给他带路，马上高兴起来。

路上，黄梯玛滔滔不绝，给田木叶讲了村里的很多事情。黄梯玛说，他是村里的活字典，村里的大情小事，见得人的见不得人的，没有他不知道的。他告诉田木叶，原来没人愿说自己穷，都不愿当贫困户吃救济粮，都怕当了贫困户吃救济粮后儿子找不到媳妇、女儿找不到好人家。不晓得是哪个搞的，这些年当了贫困户的老是舍不得丢掉贫困户的帽子，没当上贫困户的总是一天到晚喊穷，哭着吵着要村上给评个贫困户。贫困户得了很多政策、好处，对上不感恩，对下有意见，说政策没给够，这个说院坝还没给他整，那个嚷房子还没给他修。一般户也有意见，说贫困户天天在家睡觉吃现成的还有干部送钱送物，他们天天累死累活地干靠自己劳动吃饭却没人问没人管。有的为了享受国家政策，把老的单独安排在一边，老子住烂房子儿子住新房子。有的为了找政府要钱，年底检查时故意住在烂房子里给当地政府施加压力。个别干部就会吹点花胡哨，就会耍点权威，根本不听下面干部解释，也不调查，只要看到哪个住在烂房子里，就认为住房保障没落实，只要看到哪家灶门上没挂肉，就说老百姓的吃穿问题没解决好。个别农户就抓住这一点，尽搞些猫儿下狗儿的事，弄得下面的干部哭笑不得。

也许是长期做梯玛远着乡亲、乡亲也远着他的缘故，一年都难得和别人说几句话的黄梯玛今天一气说了几十年加起来都没有今天这么多的话。田木叶笑他是个老愤青，说他一天装神弄鬼但心里还不糊涂，还关心着村里的国家人事。黄梯玛听后也不恼，说过去是过去，现在是现在，他感谢驻村工作队，是驻村工作队让他从自己

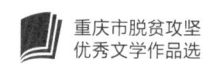

都不知道是骗自己的迷惘中跳了出来。这世上很多人都在自己骗自己，活在自己编织的虚妄中出不来，结果把自己弄得人不人鬼不鬼的。

"现在好了，我跳出来了，我的心情是从没有过的舒畅。"黄梯玛问田木叶，"这算不算精神上摆脱贫困？"

田木叶很惊讶，没想到短短一天，这黄梯玛思想变化竟然像转了180度的大弯，还能用"精神上摆脱贫困"来总结。他又想到"青杠树上落糍粑"的故事，突然觉得一个地方物质贫困固然可怕，但真正可怕的是精神上的贫困，特别是那种不受约束、翻个身子都怕痛的心性。精神上的贫困不消除，物质上的贫困即使消除了也只是暂时性的，最终还是会回到原地打转转。

有人陪着说话，路就没觉得远，人也没觉得累，田木叶很高兴今天让不再做梯玛的黄梯玛陪着一起走访农户。

说话间他们走到一个离公路不远的山湾，看见一家农户，一个老老汉在房前的院坝上晒谷子。

"这家不用去了。"黄梯玛说，这个老老汉叫冒牯天，是个不好剃的癞毛，对干部总看不顺眼，只要看到干部来不是翻白眼就是吐口水，院子里的狗出来追着干部狂咬，他装耳朵聋眼睛瞎，从不出来撵，即使理你，他也是张开嘴巴就乱说，说出的话臭得可以肥一丘田。

"冒牯天"是村里人给他取的诨名，他本名叫毛鹊天。黄梯玛说，现实生活中总有一种人，别人不敢说的话他敢说，别人都不说的话他偏要说，说话总是天上一句地上一句，没轻没重，从不管时间、地点、场合，想说就说，想怎么说就说，只要是看不惯，他都要说，而且，说出的话特别打人，特别难听，有点像人们说的愤青。三塘盖村的人管这种人说话叫日冒牯天。

田木叶想起来村委会第一天在村委会坝子上见到的那个说"屙

红苕屎"的人，觉得这冒牯天有意思，坚持要进去看看，说爱日冒牯天的人说的话虽然偏激，但很多是真心话，至少是当人当面说的，没在背后乱说，不像机关，很多人对领导有意见，但都不会当面顶撞，而是记在心里，年终的时候背着人给你打两把叉叉，让你不知道是谁打的。比起他们来，冒牯天要光明磊落得多。

黄梯玛无奈，只好陪着过去。快进院坝时，黄梯玛说猪圈里解手臭，就在背湾处躲着拉开腰带下的裤子拉链。田木叶装没看见，继续往前走，还没等走上院坝，几条恶狗争先恐后地吠叫着扑了过来，冒牯天朝狗叫的方向瞟了一眼，就不声不响地进屋里去了。田木叶挥舞着手中的木棍和狗群对峙着，一步也不敢靠前。黄梯玛看见这阵势忍不住笑了，便拉上裤子的拉链，说："木叶书记，如何？这冒牯天只要看到来人像干部，就装眼睛瞎，耳朵聋。"说完，便扯起嗓子对着屋里喊："狗日的冒牯天，是你姐夫来了，快来把狗撵下。"

冒牯天从屋里出来，一边用扫把撵狗一边招呼黄梯玛："细娃他舅，刚才你在裤裆里吗，怎么没看见你？"

"你才在裤裆里呢！这是我们村新来的驻村第一书记田木叶书记，重庆来的，是个研究生。"黄梯玛接过冒牯天端来的茶指着田木叶介绍，然后又指着冒牯天介绍："这是冒牯天，村里的大能人，说话心直口快，看不惯的事他要说就说，从不给人留情面；看不惯的人从来不搭理，想骂就骂，嘴巴像几辈子没漱过一样。"

"木叶书记我认识，这天在村里话讲得很漂亮，很动听。"冒牯天冷冷地看了田木叶一眼。

"毛叔，我那天说的是真心话。"田木叶听出冒牯天话中夹着话，是在说他只会说漂亮话。

"你莫喊我叔，我担当不起。你们这些当官的，哪个不是光说好话搞空灯！一天到晚只晓得统计这统计那，今天喊你安装这个

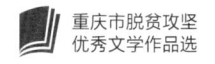

APP，明天又叫你在网络上给哪个舅子投几票，烦死人。"

见冒牯天说话义愤填膺的样子，田木叶心想这个人年轻时一定是个愤青，虽然说话偏激，但从他嘴里很有希望能听到一些真实的东西，便掏出烟来套近乎。

"我对农村工作不懂，但我说的是真心话，您以后要多提意见。"

"啥子懂不懂的，又不是造原子弹。年轻女人该流失的流失，年轻男人该外出打工的外出打工，土地该撂荒的就让它撂荒，你们只要会报表就行，没什么难的。"冒牯天避开田木叶递过去的烟，拿出一个烟口袋，卷了支叶子烟装进自己一尺多长的棒棒烟杆里点燃，说纸烟是干部和有钱人抽的，抽不习惯。语调就像他的叶子烟味道，呛得人特别难受。

田木叶心里不爽，甚至还有些沮丧。不仅没了解到情况，还热脸贴了个冷屁股。回村委会的路上，他一声不吭。

黄梯玛说，冒牯天年轻的时候脾气就怪，他看不惯一坡的人，一坡的人看不惯他。现在老了，脾气比年轻时还怪，嘴巴比年轻时更打人，镇上没几个干部往他家跑。你今天去，他还和你说几句话，算是给你面子了。黄梯玛言外之意很明白：不是有我在，你门都进不了。

田木叶听出黄梯玛是在转着弯安慰他，觉得不好意思，拿出烟装给黄梯玛。黄梯玛接过烟点燃，说农村工作不像上面的工作好搞，吃苦受气是常有的事。但只要你是真心帮老百姓，工作也好搞。田木叶很佩服，说黄梯玛学历不高水平高，说得黄梯玛哈哈大笑。

回到村委会，陈调和细妹儿还没回来，只有万笔杆和万仁爱在办公室。黄梯玛说今天跑累了，回去炖只鸡等大家回来喝酒。

万笔杆正在填表。自村里支书和主任缺位后，万笔杆一直硬撑着，村里大小事务特别是各种数据统计和表册填报，都是他一个人做。万仁爱只做妇女儿童工作方面的材料和报表，万笔杆不可能和一个女的计较。综治专干喂不饱小学都没毕业，属提不起笔的主，要耍嘴皮调解下纠纷勉强可以，要叫他帮忙做下表册或在电脑里报下材料，那等于和聋子说事，他自己的材料都要请万笔杆帮忙呢！万笔杆毕竟是专科毕业，人又年轻，婚也没结，自然就要多做一些。任何一个部门、任何一个领导要材料和数据，都直接找他，他也不计较，当然也没得资格计较，只是埋起头做。做得赢的时候他也不说什么，但现在的材料和报表一个接一个，加上各种APP系统不断升级，才填的信息又要修改，哪有做得赢的时候。所以，他涵养再好也少不了有发牢骚的时候，甚至几次都想撂挑子辞职不干。

田木叶给万笔杆装了一支烟，问他填的啥表。

万笔杆一下就火了，说这工作没法干了，一张破表，昨天来电话叫那样填，今天来电话又喊这样填，想起一出是一出，一天就拿到表填过来、填过去，头发都搞白毯了。现在的工作都被软件公司绑架了，真没办法干。

田木叶脸唰的一下红了，变得很难看，怒气跟着随口脱出："今天真是见鬼了，下农户被冒牿天给了个冷屁股，回村里又遇到这个万笔杆把对上面的火发到自己身上。"

万仁爱埋头不说话，只顾在APP里按要求给一个"三八红旗手"候选人投票。万笔杆突然意识到刚才发火可能引起田木叶误会，马上道歉，说刚才的话不是冲木叶书记说的，请木叶书记千万不要计较。

"没事，我知道你不是冲我发火，工作总有不顺心的时候，我理解。"田木叶很快平静下来，心想冒牿天对他的态度不是对他一个人的，是长期以来个别基层干部的作风带来的；万笔杆发火是针

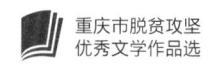

对工作中存在的官僚主义和形式主义作风，不是针对他田木叶的。

"必淦你莫着急，慢慢来。上面千条线，下面一针穿，上面几十个部门要材料，要数据，而且口径不统一，反反复复要，你一个人确实很难对付。但没得法，工作还得做，该报的材料还得报，该填的表还得填。这就像现在流行网络投票一样，评先进、评优秀文章、评优秀餐饮，什么都搞网络投票，连幼儿园小朋友跳个舞也要组织网络投票，你该投还得投。"

万仁爱抬起头笑，说木叶书记说得太对了，她刚才就在网上给一个"三八红旗手"候选人投票，她不认识这些人，也不知道这些人的情况，有熟人说投她一票，就投她一票，不投又怕熟人不高兴。

万笔杆有点不好意思，埋头继续在电脑上统计数据。

田木叶怕影响万笔杆，就走进图书室。泡图书室是他素来就有的习惯，特别是遇到不顺心的事，他就会钻进图书室找书看。村里的图书室不大，但书很多，从文学到领导人讲话汇编，从科普书籍到哲学专著，什么都有。田木叶疑心，现在流行快餐文化，大多只看手机不看书，连机关都没得几个人读这纸质书，这偏远的乡下还会有人看吗？更何况这些书都是城里一些单位送来的旧书。田木叶在书架上翻找一阵，见没什么他想看的书，就回到自己的办公桌前。

木易副镇长的座位在他对面，桌上放着一本习总书记的《之江新语》。田木叶就拿过来翻看，书上很多地方都用红笔画了着重符号。田木叶翻到夹书签的一页，看到《心无百姓莫为官》中的一段话：

> "群众利益无小事"，群众的一桩桩小事，是构成国家、集体"大事"的"细胞"，小的"细胞"健康，大的

"肌体"才会充满生机活力。对老百姓来说，他们身边每一件琐碎的小事，都是实实在在的大事，有的还是急事、难事。如果这些"小事"得不到及时有效的解决，就会影响他们的思想情绪，影响他们的生产生活。

田木叶觉得习近平总书记这段话说得太好了，就拿出笔来抄在笔记本上。

陈调和韩细妹回来，见田木叶在做读书笔记，表示佩服。"木叶书记，没想到你还是个学习型干部。"陈调说。

"莫开玩笑了，快说说你们今天走访的情况。"见陈调和韩细妹两人不高兴的样子，田木叶已猜出他们走访不顺。

"有什么值得说的？不是遭白眼就是被狗追，要么房空无人，要么就是9961部队驻守在院子里。"

"我们今天走了几个院子，只看见几个老老汉和老妈妈在家，而且，残疾人不少。50岁以下的青壮男性都出去打工了，所有年轻的女性都像流失了一样，一个也没见到。"

"有两个院子，狗很多，我们去了后主人装作没看见，看着狗咬我们也不撵一下，我们差点就被狗咬了。"

"有家农户说，以前的驻村干部来，都要提点东西，送几百块钱，空口说白话，哪个有时间和你扯闲淡哟！还有几家，见我们是空手马上进屋把门关了。"

陈调和韩细妹你一言我一语抢着介绍他们走访的情况。田木叶暗笑："我还以为只是我个人遇到这些情况，没想到大家都差不多。"

"我这边走访的情况和你们一样。但你们说都是9961部队是什么意思？一直都是说993861部队，怎么少了个38部队呢？"田木叶问。

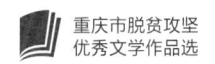

"年轻一点的女人，不是跟别人走了就是外出打工了，整个村子就只剩下些老人和小孩，不是9961部队还是什么呢？"陈调解释说。

"不可能，木叶书记这边肯定没问题，因为他们知道我们的木叶同志会给钱。"韩细妹说。

田木叶装作没听懂，把自己走的情况简单地做了介绍，然后把木易副镇长看的那本《之江新语》翻到《心无百姓莫为官》一文，递给陈调和韩细妹，说："我们要向木易副镇长学习，认真学习总书记关于扶贫工作的重要论述，认真解决老百姓的实际困难。驻村帮扶，最重要的是要把密切联系群众的工作作风体现在全心全意为老百姓办实事上，体现在真心真意帮助解决老百姓的具体困难上，体现在各种矛盾纠纷的化解上。送钱不是办法，更何况我们哪来钱？我们必须找到解决贫困问题的金钥匙。"

田木叶说得很动情，他很难相信，这些话放在以前自己能说得出来。

陈调和韩细妹也被感动，看着木易副镇长在书上用红笔画的着重号、写的旁批和眉批，觉得田木叶说的不是官话，说的是心里话，对田木叶平添了几分敬意。

九

村支两委干部聚集在村活动室开会学习，兼任村支书的木易副镇长因镇上有会不能参加，田木叶作为驻村第一书记就义不容辞地主持会议。

田木叶拿出手机当着大家的面把铃声调到振动状态，除万笔杆和他外，要求开会的人一律把手机关闭，不得接听电话、看QQ和微信。田木叶说，他和万笔杆例外，是因为要和上级领导、村里的乡亲保持联系，如果都把手机关了，万一上级领导有事却联系不上村里，群众有事找村里却打不通电话，那后果就严重了。

话刚说完，他放在桌上的手机就振动了，发出蜂鸣一样的声音，指示灯像救护车的警灯一样，令人揪心地闪烁着。下面笑了起来，田木叶说不好意思，在手机上点了一下，"三塘盖村共同致富工作群"里跳出一条信息，一个叫好运来的女子发了一张图片，图片上，女子披头散发抱着一个小女孩，小女孩在哀哭，眼泪和浓鼻涕糊得满脸都是，脏兮兮的像糊的稀泥巴。图片下方有一段文字：

希望大家发发善心，救救这个孩子。家里没钱去医院看病。我女儿的病很严重，生命已危在旦夕。如果她走了，我也不想活了。

万笔杆也看到了这微信，见田木叶难受的样子，就走到田木叶面前，说这是贫困户烧蛇痢老婆发的，照片里的人是烧蛇痢的女儿。看样子她女儿的病重得很哟！

"烧蛇痢是谁？"田木叶问。

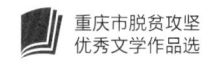

"烧蛇痢真名叫税启,因为太懒,曾经到了没东西吃到家前草堆里扒拉捉蛇吃的地步。大家都笑他,以后就唤他作'烧蛇痢'。'痢'在我们这里是吃的意思,暗含吃了屙痢的意思,是贬义。这个人周围团转十几个寨子的大人小孩哪个不晓得他。"万笔杆悄悄对田木叶说。

"这烧蛇痢太可恶,他老婆和细娃又太可怜了。"会场里响起一阵七嘴八舌的议论。

田木叶迟疑片刻,宣布由陈调组织继续学习,叫万笔杆带路,他和万笔杆去烧蛇痢家看看。

烧蛇痢家在磨盘塘寨的一个山坳里,两间土墙瓦房是过去生产队储藏红苕、洋芋的大屋窖,不仅上穿下漏,而且像醉汉一样歪斜,要不是几根钢管撑住墙面上的几块护板,可能早垮塌了。坝子里到处都是破碎的玻璃酒瓶子,走路得格外小心,稍不注意就会被玻璃碎片割破脚。屋里除了几根脏兮兮的板凳外,没有一件像样的家具。烧蛇痢裹着一床民政局发的军绿色救济铺盖蜷在床上睡觉,打出的呼噜声像是在吹牛角,床边的柜子上放着半瓶没喝完的酒。他老婆抱着女儿坐在灶前,泪眼汪汪地盯着手机,很焦急的样子。

"大姐,我是驻村扶贫第一书记,你就是在微信群里发求助信那个好运来大姐吧?孩子怎么了?"田木叶用手背在小孩额头上试了下体温,感觉小孩烧得厉害。

"书记,救救我家女儿吧。为了给女儿看病,家里能变钱的物当我都卖光了,当地医院看不好她的病,建议到重庆大医院诊治,可我哪来钱啊!你看那酒鬼,不但不理事,而且得点钱就去喝酒,细娃病成这样,他却在床上吹他的牛角,根本不管细娃的死活,老天爷哪个不让他喝死哟!三亲六戚都穷,该借的都借了,实在是找不到人借了。您帮帮我吧,你的大恩大德我一定报答。"

听说是村里来的第一书记,烧蛇痢老婆抱着孩子"咚"的一声跪在田木叶面前，眼泪就像断线的珠子哗哗往下掉。

"大姐，不要着急，快起来。我来想办法。我是第一书记，帮助你解决困难是我的责任。"田木叶慌了，赶快把烧蛇痫老婆拉起来。要是在平时，田木叶自己都会觉得这话很酸，无论如何都说不出口。

田木叶拨通颜武书记的电话。颜武书记在重庆江北火车站送他上火车的时候，曾拍着他肩膀说："三塘盖村穷，老百姓很困难，如果你遇到解决不了的问题就马上报告，医院是你坚强的后盾。"

田木叶在电话里哽咽着说了烧蛇痫小孩的病情和他家里的情况，颜武书记毫不犹豫地对田木叶说："医者仁心，救死扶伤是医院的天职，贫困户有困难，作为帮扶单位责无旁贷。你马上安排人送小女孩下山，我这边马上给那边的中心医院打电话，请他们派出120救护车和最好的医护人员，连夜把小孩送到我们医院救治。"

"谢谢领导！谢谢领导！"田木叶流出眼泪，在电话里哽咽着给颜武书记道谢。

"大姐，不着急，刚才我给我们医院领导打电话了，领导叫你放心，今晚就安排救护车送你女儿到重庆免费治疗。"

烧蛇痫老婆又"咚"的一声跪在地上，连声说："感谢共产党！感谢政府！感谢驻村第一书记！感谢驻村工作队！"

田木叶把烧蛇痫老婆拉起来，说这是驻村工作队的责任，叫她赶快收拾一下。

烧蛇痫还在睡，打呼噜的声音如天边滚过的闷雷。万笔杆实在看不过，跑到床边端起柜子上的酒瓶子把半瓶没喝完的酒全泼在他脸上。

烧蛇痫被酒泼醒了，又气又恼，眼睛鼓得像牛眼睛，一副要吃人的样了。他从床上爬起来抓住万笔杆大吼大骂，要万笔杆赔他的酒。万笔杆气得脸色发青，但又懒得和他纠缠，就用力挣脱他的

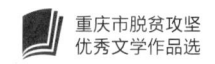

手，没想到烧蛇痢耍泼，借势倒在地上，又哭又闹，高喊村干部打死人，驻村工作队打死人。

哭声和吵骂声惊动了磨盘塘寨在家的人，不一会儿便有了一群群围观的人，他们看着烧蛇痢在地上耍泼哭号，旁边他老婆抱着病恹恹的女儿无声地抹泪，这景象让在场的人都气不打一处来。几个老年人叹气，说这孩子遭的什么孽哟？摊上这么个懒得烧蛇吃的酒鬼老汉，莫说万笔杆没打他，就是打了也该挨。一个老奶奶和一个老汉走过来，骂烧蛇痢不是人，抄起一根薅锄要打他，被人劝阻。一个有着军人身板的半大小伙带着几个放学回家的孩子跑过来，什么也不说就从烧蛇痢老婆手中接过女孩抱着往山下跑。

冒牯天老远就听到了动静，站在院坝上朝山上看，见田木叶和一群人抱着一个孩子从磨盘寨往山下跑，烧蛇痢的女人紧跟着田木叶，一辆救护车闪烁着揪心的警灯停靠在公路边，几个穿白大褂的医护人员疾速地朝山上跑。冒牯天像明白了什么，就跑回屋里，抱出一箱矿泉水送到路边，给送孩子的人每人发了一瓶。

田木叶叫万笔杆先回去，告诉木易副镇长和陈调、韩细妹，说他送烧蛇痢的女儿上重庆了。

"烧蛇痢的孩子有福，遇上好人了。"冒牯天说。

救护车拉响揪心的警笛，消失在人们的视线里。

十

手机微信的提示音响了,田木叶看是"三塘盖村共同致富工作群",赶忙打开。

这个群是韩细妹提议创建的,说为了方便工作联系,特别是方便和在外打工的村民联系,同时也可在群里宣传政策,商议村里的大事。田木叶觉得这个提议好,夸韩细妹不但人漂亮,而且头脑聪明,心细如发。陈调说,驻村扶贫不光是帮助贫困户脱贫致富,还要带着全村人共同致富,让乡村得到振兴,干脆就取名"三塘盖村共同致富工作群"。田木叶和韩细妹都觉得这个名字取得特别响亮。

田木叶、陈调、韩细妹现在已养成了习惯,别的微信群可以不浏览,但三塘盖村共同致富工作群每天必须浏览。

"小哥哥,我不知道你的名字。只知道你是我们村的第一书记。自你来到我们村,大家见你每天都背着个背包,很多人背后都叫你'背包书记'。村里人有给人取诨名的习惯,你千万莫见怪,我认为背包书记这个诨名是大家对你的认可。谢谢你!背包书记。你不仅联系你们医院给我女儿做手术,还一个星期不回家,待在医院里帮忙照料我的女儿。我女儿出院了,你又买好票亲自送我们回家,自己连家也没回去看一眼,你真是太伟大了,你的大恩大德,我来世当牛做马也要报答你。"

韩细妹也看到了这条微信,跑过来俏皮地拍了下田木叶,歪着头,笑眯眯地说:"小哥哥,背包书记,群里好多人给你点赞呢!"

"小哥哥,背包书记,好称呼,这称呼好!"陈调接过韩细妹话头,说,"土家族人管不认识的男人叫哥或弟,见到不认识的女人都叫妹或姐,这是表示尊重,有点像主城的人管不认识的男人叫帅

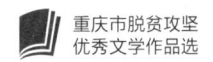

哥，管不认识的女人叫美女。烧蛇痫的老婆不知道我们第一书记的大名，也不方便问。就用这种独特的称谓方式尊敬地叫'小哥哥'，听起好爽哟！这既是对我们第一书记的尊重，更是对我们驻村工作队工作的认可，接下来的工作就好开展多了。"

对两位队友的话，田木叶表现出不以为意的样子，说帮助救治一个病危的小孩是一个人起码的良知，是驻村工作队的应尽之责，没必要大惊小怪。他说，驻村工作队只要是真心为老百姓办事，老百姓一定会支持的。

有风的微信这时也跳了出来，说："背包书记，你是村民的精神支柱，你是大家学习的榜样。"

田木叶正准备回复这个似乎没啥印象的有风，医院的微信工作群也响起了消息提示音，他马上点开，准备看看医院领导有什么工作安排。

"辛苦了！小田。"

"木叶，村民叫你小哥哥、背包书记，看来他们认可你了，好好干。"

"木叶同志，你这次送小女孩到医院救治，不仅仅是救治了一条小生命，帮助了一个贫困家庭，更重要的是你的行为无声地感染和教育了医院的同事，给他们在思想上也扶了一次贫。"

"好样的！背包哥，没给我们医院丢脸，向你学习。"

"背包哥，大禹治水三过家门而不入，你帮助贫困户回城不进家门，给你点赞。"

……

颜武书记和其他院领导、同事在群里说出很多表扬的话，发出很多竖大拇指的鼓励"表情"，田木叶免不了在心里潮涌了一阵喜悦。

"别夸了，我的脸厚得很，糊再厚的米汤都受得住。说实在的，我只是做了我应该做的事情，你们遇到这种事也会这样做的。驻村扶贫，我不仅看到了贫困村的物质贫困，更看到了我们自己精神上的贫困，我们的大脑也需要补钙。这些话搁在以前，我会觉得很酸，无论如何也说不出口，但现在，我觉得这是我的真心话。请大家放心，我和我的战友们会一直保持不畏艰难的战斗姿态，直到决胜脱贫攻坚的那一刻，决不给单位丢脸！"

群里又跳出很多竖大拇指的"表情"。

"木叶同志，医院党委已同意了你们驻村工作队关于组织市内一批医疗专家和山东日照的一些专家到筲箕滩镇以及三塘盖村开展大病医疗救治活动的请求。你们调查统计下，三塘盖村因病致贫、因病返贫的有多少、目前需要开展大病医疗救治的有多少。汇总后及时报上来。特别是那种需要大病救治的，随时报告。"颜武书记在群里发了条指令。

"好的，颜武书记，我马上办理。"没想到，医院党委会这么快就同意了他们的请求，田木叶心里涌出一股暖流，几天来一直因烧蛇痫女儿的事有些不安的心终于平静了下来。

送烧蛇痫女儿上重庆医病的当天，有个同学曾提醒田木叶不该管这些事，说管人闲事找气忾，现在人心浮躁，领导都不喜欢别人找麻烦，只想着按部就班，四平八稳过日子，树叶落下来都怕打着头。农村像这种情况很多，你报告给单位领导，领导们会很为难的。不救治吧，面上说不过去，因为你是责任帮扶单位；救治吧，这类情况又太多。田木叶说，当时没管那么多，领导说过的有困难就找他们。同学说："你就书生气吧，到时有你的小鞋穿。"田木叶说："穿小鞋就穿小鞋，我又不是为自己。"

田木叶是一个脾气很犟的人，把同学的好心劝诫当成了耳边风。他决定和陈调、韩细妹对三塘盖村的健康状况做一次田野调

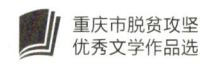

查，然后形成一份详尽报告交给医院党委，心想，如果烧蛇痫女儿的事得罪了领导，那就索性得罪到底，反正不得罪也得罪了，穿一只小鞋是穿，穿两只也是穿，只要能给三塘盖村的村民带来好处，自己穿小鞋也无所谓。

送烧蛇痫女儿到重庆看完病，田木叶就像被火烧了屁股一样，火烧火燎地赶回三塘盖村，把调查村民健康状况和请医疗专家到村里义诊的想法告诉陈调和韩细妹。陈调和韩细妹很高兴，说田木叶是干实事的人。田木叶说，只要他们做了村民摸得着、看得见的实事，村民们就一定会接纳他们。

接下来的走访，让三人惊讶地发现，三塘盖村95%以上的贫困户都是因病致贫。村里几乎见不到年轻的女人，间或碰上一两个，都是因为孩子有病才被迫留在家里的。一个没有女人的村寨自然就没有了生气，加上留在村寨里的青壮男人也多是一些挂着拐棍过日子的，村寨就更加死寂。这个时候，一度消失的猫头鹰也在村寨里频繁出现，把一种让人毛骨悚然的怪异带进了村寨。它不知从哪里飞来，白天在白果树上咕咕咕咕直叫，天黑后又飞到坟茔上睁着在黑夜中闪亮的令人毛骨悚然的眼睛，让人感到死亡的气息。

万笔杆对三位第一书记说，三塘盖村从某一年开始，原本一直都是顶梁柱的男人们，走路开始翘屁股、挂拐棍，远没有以前轻快。家里的重担只能甩给不堪重负的女人，一些女人因不堪生活艰辛的折磨，就弃夫离子远走到比三塘盖好的地方。很多小孩一出生，就在疾病的魔爪下苦苦挣扎。再好的身体都怕病魔，再殷实的家庭也怕家里有病人。

万笔杆说这话的时候，语音显现无奈而失落。田木叶、陈调和韩细妹看着远处的坟茔，和树上兆示不祥的猫头鹰，心里像是挂了秤砣一样。

田木叶不相信猫头鹰传递的诡异信息，陈调也不相信，韩细妹更不相信。三人几乎同时想到，工作的突破口就在这里。

韩细妹说："人的一生可以用青春赌明天，但不能用身体赌明天，消除三塘盖村的贫困首先得消除疾病的困扰。"

"说实在的，从走访的情况看，村里有病无钱医或地方医不了的情况还比较严重，三组也就是磨盘塘寨有个贫困农民，家里有个I型糖尿病患儿，病情十分严重。妻子患有脊髓小脑萎缩症，如果男人不在家，妻儿就不得吃饭。"陈调说。

"一组也就是碓窝塘寨，有个女的，经常头痛、眼花，老公又是本分人，老两口膝下无子女，连办慢性病证都没人去办。她家是建卡贫困户，家庭具体得很。"韩细妹翻开笔记本介绍。

万笔杆和万仁爱每人手里抱着一本册子走过来。万笔杆说："这是我平时自作主张统计的村里健康状况花名册，不是上面安排的，情况绝对真实，你们看看。三塘盖村不仅贫困人口多，而且病患也多，尤其是股骨头坏死的病人。"

没想到在没有人安排的情况下，两个村里不显眼的干部把工作做得这么细，这么主动。田木叶很感动，拿出200元钱给细妹儿，叫细妹儿晚上买只鸡炖上，说驻村工作队慰劳慰劳两个村里的"大人物"。

万笔杆说："鸡就不去买了，我回去捉一只来。我和万仁爱一直商量着请你们吃顿饭，但又怕你们忌讳我俩是原来的村支书和村主任选进来的，所以一直没敢开口。你们邀请市里的医疗专家和山东日照市对口支援帮扶的医疗专家给三塘盖村的老百姓义诊，这无疑是一件天大的好事，我们作为土生土长的三塘盖人，一定要替乡亲们感谢你们。干脆这样，谁也不说招待的话，实行AA制，我出鸡，木叶书记出酒，万仁爱出腊肉。"

"细妹出力我出嘴。"陈调说。

田木叶笑了，大家哈哈地笑起来。

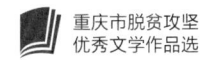

田木叶把写好的关于请求医院党委组织市内一批医疗专家和邀请山东日照的一些专家到筲箕滩镇和三塘盖村开展大病医疗救治活动的报告拿给陈调和韩细妹看。两人在报告上签了字，田木叶把报告拍成图片发给了颜武书记。

田木叶把颜武书记回复的微信给陈调和韩细妹看。两人很高兴，说市卫扶集团第五协作组是在干实事，医科大学附一医院对扶贫工作这么支持，很让人激动，哪天上重庆一定要去拜访下颜武书记。

"乡亲们晓得这件事后，肯定比过年还高兴呢！"万笔杆说。

十一

黄梯玛和冒牦天前后走进村委会。

"表叔,今天太阳从西边出来了?你怎么有空到村委会来了,有事吗?"万仁爱正在和万笔杆统计全村需要进行大病医疗救治的情况,见两人进来,就甜甜地问冒牦天,声音里明显带着揶揄的味道。

冒牦天有点不好意思,说没什么事,找黄梯玛摆龙门阵吹牛,看村委会门开着,就进来看看。

"哦!表叔好清闲哟!"万仁爱知道冒牦天是来找田木叶的,冒牦天让田木叶热脸贴冷屁股的事她早听说了,就故意不把话点穿,也不说田木叶在里面。

"背包书记下农户了吗?"冒牦天见万仁爱不提田木叶的去向,就主动问。

"陈调书记和韩细妹书记下农户了,木叶书记在里面工作呢!表叔有事吗?"

田木叶听见外面有人在问他,就走出来,看见是黄梯玛和冒牦天,就招呼两人坐。

冒牦天倒是个心直口快的人,见田木叶没有记恨他的样子,就说:"背包书记,这天你到我家,我对你不了解,以为你是来走走过场、做做样子的,就冒犯了你。你是我们村的大人物,你千万不要和我这个小老百姓一般见识!我虽然年纪大了,但耳朵不聋眼睛不瞎,你们这几天做的这一切,我都看在眼里,听在耳里,记在心里。我冒牦天看出,你们这几位从大城市来的扶贫干部不是在玩虚的,你们是说真话做真事的人。"

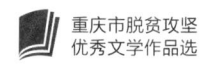

周围团转几个寨子的人都知道冒牯天是个不轻易服软说好话的硬角色,现在突然来村里主动和田木叶说心里话,田木叶、陈调、韩细妹都没想到。

"说一千道一万,不如实事一件。"田木叶想起父亲说的话,知道冒牯天是因为他们帮助陈大妮和烧蛇痢女儿的事受到感动,从内心深处认可了他们。

见冒牯天打开了话匣子,田木叶从背包里取出笔记本。

田木叶的背包一直是村民心中的一个谜,冒牯天见田木叶从背包里取笔记本,便好奇地问:"木叶书记,你包里装的啥子哟?怎么从早到晚都背在身上哟!"

"背的是各家各户的资料。"田木叶本以为冒牯天会说说村里的情况,没想到突然问他背包装的什么东西,这让他感到意外,但很快他就明白过来,冒牯天是在替村里人刺探他包里的秘密,忍不住笑了。

"以前那些干部下来,每次都要给贫困户送一二百块钱呢!"冒牯天指东说西,扯南山盖北海,不把话说透。

"别人的包是装钱,木叶书记这个包却是装比钱重要的东西。"万笔杆也听出冒牯天想问什么,就把田木叶的包拿过来把拉链拉开,递给冒牯天,笑着说:"表叔,你看木叶书记包里装的是不是比钱重要的东西?"

瞟了一眼万笔杆把拉链拉开后递过来的包,冒牯天看见包里仅一本笔记本、一本书、一支多功能强光手电筒和一本贫困户花名册,笑着说:"木叶书记还是个学习型干部呢,走到哪里都把书带在包里,像你这种爱学习的干部已经不多了。当年有个重庆来的知青,也姓田,我们都叫他田知青。他就是像你这样,走到哪里都挎着个军用帆布包,里面装的就是书。"

冒牯天漫不经心地把手伸进包里,拿出书和笔记本,又问:

"木叶书记你看的啥书？我看看！"

"我最近在看习近平总书记的《之江新语》，这是家父在我临来时送我的。大叔你也爱看书吗？"田木叶看出冒牪天取书是假，看包里有没有钱是真，但不戳穿，说："《之江新语》这本书写得太好了，我还做了学习笔记和摘抄呢。"

冒牪天的脸不易察觉地红了一下，翻了一下书后又翻了下田木叶的笔记本，见田木叶在上面密密麻麻地写满习近平总书记扶贫论述、有关政策和各类问题解决方案，还有三塘盖村农户分布图，就说："木叶书记，我没读几年书，平时主要看下《三国演义》《西游记》《水浒传》之类的书，消磨时间。你们驻村工作队真是让人佩服，这个背包装的东西确实比钱重要得多！"

"表叔，你说得太对了。木叶书记这个背包啊，装的是扶贫干部一份沉甸甸的责任，一份决胜脱贫攻坚的决心，一份贫困乡村摆脱贫困实现乡村振兴的希望。"万笔杆拿过田木叶的背包，把书和笔记本装进去，富有激情地说。

"笔杆，你这大学没白念嘛！以前怎么没发现你这张嘴这么会说呢？不过，你这话说得很实在，我身上没起一点鸡皮疙瘩。"黄梯玛给万笔杆比了个大拇指，说得大家哈哈大笑。

笑够了，冒牪天突然说："木叶书记，不瞒你说，村里好多人一直在议论，说你是带着扶贫款来的，成天背在身上不给大家发，我其实也不相信这话，你包里装没装扶贫款与我没得半毛钱关系，因为我不是贫困户。大家都知道我这个人爱日冒皮皮，就日弄我来看你包里是不是真的有扶贫款。"

到什么山唱什么歌，到一个地方如果要迅速得到当地人认可的话，除了真诚做人外，最好就是听懂和学会本地语言，消除语言沟通的障碍。田木叶到三塘盖村后，很快学会了一些方言，说不好但听得懂。田木叶听出冒牪天说的"日弄"是挑唆的意思。

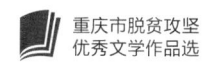

"你真是个一年长两百五十斤的货,别人日弄你你就听?"黄梯玛骂。

"我是二百五,你不就是三十斤吗?"冒牯天回骂。

农村人喜欢拐弯抹角骂人,经常用动物作比,二百五指的是猪,三十斤说的是羊。

田木叶搜肠刮肚想找几句好听的话恭维下冒牯天。

不喜欢被人当人当面数落或挖苦,喜欢别人说好话是人的本性,田木叶打小就从父亲不断的叨念中明白这一点。三句好话软人心,冒牯天再冲再冒也摆脱不了喜欢听好话的本性。

田木叶说:"看得出毛鹄天大叔不仅是个能干人,而且还是个耿直的人。"

冒牯天笑了,说:"三塘盖这地方好多人都不知道我叫毛鹄天了,连我自己都快忘了,木叶书记你这一叫,我还真有点不习惯。我自小就是扛竹子、钻巷子的性格,转不了弯,有什么就要说什么,没得花花肠子。"

田木叶见自己的话让冒牯天高兴了,知道冒牯天会给他说很多他想知道的情况,便把话往扶贫工作上引。

田木叶说:"帮扶贫困,靠送钱送物只能解决暂时性的困难,解决不了根本问题,不仅如此,还会惯出一些人的懒病,就像医院给病人输血一样,自己不能造血,光靠医院输血,生命最终还是不能维持。我这些资料都是用来帮助大家争取项目的,只要村里有了项目,村子里的路就能通汽车,村子就会有自来水,村子里就会和城里一样,大家有钱赚。所以,我们驻村工作队想的是如何用项目长久解决扶贫成效的持续性问题。今天脱贫,明天返贫,工作不是等于白干吗?"

"背包书记,你说的话句句在理,我冒牯天佩服。我们三塘盖村从盘古开天地以来,祖祖辈辈就守在这大山里没出过门,脑壳不开窍，只晓得种那几根苞谷栽那几垄红苕，哪晓得这种苞谷栽红苕是黄泥巴揩屁股，除了种子钱、化肥钱和农药钱，还倒巴一坨。"冒牯天说。

因为嘴巴爱打人，冒牯天平时都远着镇村干部和乡亲，镇村干部和乡亲们也远着他，除了有事非打照面不可外，一般都不交往。他活在愤世嫉俗的孤独中，没人知道他在想什么。今天和田木叶说话，是他平生和干部说话最多、语气最平和的一次，没人见过他这样和干部说话。

冒牯天说，三塘盖村是三个自然村合并在一起的一个穷得锅儿吊起当磬打、槽内无食猪拱猪的村，社情复杂，村合心不合在全区是出了名的。从祖上的祖上开始，村里各大家族之间总是传递着仇怨的情绪，这情绪虽一代一代淡化，但讲家族大、锭子①硬、票儿长的情况依然存在，特别是选村干部的时候。所以，镇上的干部一般都不愿来村里搞选举或驻村，有胆大的来，都是写好遗书才来。这可不是吓人的，上上下下左左右右都知道。三塘盖村有两个家族算是人多势众，万姓最强，税姓次之。税姓一族因为较万姓稍弱而有重兵习武的传统，男性多强壮如牛，凶悍如虎，女性也体魄健壮生性好斗。万姓素因女山旺、重工商而出漂亮女人和生意人，族中富人和在外为官的人较舞刀弄棍的人要多。两族在这三塘盖不以行政村划分，而是以姓为界，互不相让。现在三个村合为一个村后，两族更是为争夺村里的统辖权而明争暗斗甚至大打出手。比万、税两族更小的族姓知道本族实力悬殊，一般不参与，管你牛打死马马打死牛，概不在东边站西边立，等到双方打得不可开交时，才推人出面调停，村支书和村主任分由两族中人出任，一个寨子一个，剩下的一个寨子没得干部就选一个村文书，纷争息止。这调停的角色一般都由鬼点子扮演。族姓外不再争斗了，而族姓内又为谁出任村

---

① 土家方言，意为：拳头。

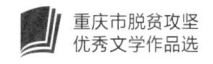

里的最高领导而烽烟再起，当然，族姓内的争斗不会诉诸武力，比锭子大小，而是比哪个票儿厚，甚至亲兄弟之间也如此。上届村主任选举，万姓一族和税姓一族争来争去，最后只剩下万姓中的两个亲兄弟相争，结果弟弟没争得赢哥哥，两兄弟从此反目成仇，至今都不往来。村里平时比医院的太平间还冷清，但到村干部选举的时候，全村就像过年一样闹热，天天都有人送礼，连平时鬼都不上门的人户门口都会被踩得油光水滑的，前面送礼的刚走，后面送礼的就跟着进来。

"毛鹄天大叔，这是好事呀！大家不是发财了？"田木叶偏着脑袋故意俏皮地问。

"背包书记，你真会开玩笑。你以为那礼白送？天下就没有白送的礼。他们选起后，就会加倍找你收回去。你去盖个章要送礼，开个证明要送礼，这礼那礼，你不加倍还回去了？"

"那你收的礼都加倍还回去了吗？"

"那得等石头开花马生角，等太阳从西边出来才行。我这人打小就天不怕地不怕，他们来送礼我一概不收，我要盖章出证明他们不给我出我就把他们见不得人的事说出来。他们找社会仔儿医整我我也不怕，我还想医整下他们呢！我年轻时一个人和五个偷鸡摸狗的知青打架，这周围十里八村哪个不晓得？！要不是当时在我们村插队落户的田知青劝我，我不把他几个手脚卸脱几只才怪。我们那时都佩服田知青，他爱劳动，肯吃苦，没事就学习，包里随时都装着毛选和中医方面的书，乡亲们有个头疼脑热都是他免费看。他出面说话，大家都听他的。"

田木叶惊了一下，来三塘盖村后有几个人提到了田知青，这田知青和父亲有关系吗？父亲说当年就是在黔江当知青，没说是哪个村，冒牯天说田知青包里经常装着毛选和医书，这有点像父亲的做派。好几个村民都提到了田知青，难道这田知青就是自己的父亲吗？但当着这么多人的面不好问，便把话题转到村里的经济发展上。

冒牯天继续说："三个穷村合在一起，就是穷的立方，加上几个只晓得往自己面前刨的村干部尽干些老鼠子过路都要扯根毛的事，乡亲们就更是穷得裤儿都没得穿。这两年大家都外出打工，经济上比以前稍好点，但好多男人因此把命都搞丢了，身体弄残了。好多没结婚的年轻小伙子跑出去打工在外面找了媳妇不回来了，稍微乖点的女娃在外打工也像下雨天水土流失一样流失了。我对一些干部看不惯，一天西装革履，走两步路就赶忙用餐巾纸揩泥巴，进到农户生怕把衣服脏了，农户端水来喝还要看看水里有没有灰。我见他们就说怪话，让他们像被八角钉蜇了一样恶痒恶疼。"

八角钉是树上的一种有毒的虫，俗名叫豁拉子，毒性特别大，身体有保护色，藏在树叶上很难被人发现，稍不注意就会被它蜇，一旦被它蜇，皮肤就会灼热刺痛，并当场起疙瘩，奇痒难受。田木叶走访农户时不小心被蜇过几次，对它心存畏忌，现在听到冒牯天说自己像豁拉子，就想起第一天到他家时的情景，忍不住笑了，心想你真像个八角钉。

田木叶去冒牯天家碰了钉子，心里一直就像被八角钉蜇了一下，好几天都不爽，说一定要攻下这个"堡垒"，但几次上门都一样，冒牯天就是不理他，还说田木叶脸比城墙转角还厚。黄梯玛劝田木叶算了，说一户农户也不影响你的工作，更何况他家又不是贫困户，何必去自找气怄呢？陈调和韩细妹也赞成黄梯玛的意见，说冒牯天肯定有心理疾病。田木叶说不行，虽然他不是贫困户，但也不能让他掉队，工作一定要做通。他想了一个怪招，跑去找冒牯天租地，说用来种点玉米和土豆，每亩地租金500元，请冒牯天帮他种并给劳务费。冒牯天见租金比当地的价格还高出200元，就说送

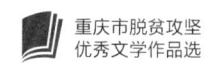

个右客①不能嫌脚大，有钱不要是傻儿，便拿出纸和笔写下了土地租赁合同和劳务反包合同。田木叶当场把500元钱数给冒牯天，还说土豆和玉米种子、农家肥在他家买。冒牯天当着田木叶的面把手伸进嘴里蘸了点口水把钱数了数，嘴角露出一丝不易察觉的笑："你以为我不知道，不就是想套近乎吗？"

租了冒牯天的地后，田木叶就以种地为名，有事无事就往冒牯天家中跑，无话找话和冒牯天摆龙门阵。冒牯天自接了田木叶的土地租金后，态度也没先前生硬了，但仍是爱理不理，涉及村里的事还是闭口不谈，说到村里的干部总是一副愤青的样子。

内心一向高傲的田木叶在冒牯天面前几乎是百般讨好都没能让冒牯天感动，没想到，帮助陈大妮和烧蛇痢女儿医病两件在田木叶看来再平常不过的事，却让毫不相干的冒牯天陡然改变了对驻村工作队的态度，竟然主动来村委会和驻村工作队说了那么多话。田木叶突然明白，农村工作千万不能做花胡哨，话要说到点子上，事必须做到老百姓的心坎上。

田木叶、万笔杆、万仁爱很兴奋。田木叶说："毛鸪天大叔，感谢你对我们驻村工作队的信任。说了这么多我们不了解的情况。你和黄师傅干脆不走了，和我们一起好好说说村里的情况，等会儿我请客，一起喝酒。"

黄梯玛很高兴，说好久没和冒牯天喝酒了。

冒牯天看着万笔杆和万仁爱不搭话。田木叶看出了他的心思，说："万笔杆和万仁爱虽然都是上届进的村支两委，但他们没有参与原来的村支书和村主任干的事，他们嘴巴紧，都不会乱说的。"

万笔杆和万仁爱有点不好意思。

万笔杆说："表叔，你放心吧！你是看着我们长大的，这点素质我们还是有的。"

---

① 土家方言，意为：女人。男左女右，土家人称已婚的女人为右客。

"你们出去说老子也不怕。看在驻村工作队帮陈大妮和烧蛇瘌女儿的分上,我今天就索性来个竹筒筒倒豆子,一股脑儿把我知道的情况都说了。"

冒牯天多年来淤积在心里的话,这时像泄洪喷涌出来。田木叶则像上课一样坐在那里,听冒牯天说三塘盖村的情况,并综合自己连日走访摸底的情况,在笔记里记录下一段话:

> 基层党组织涣散到无凝聚力、战斗力可言,让人瞠目结舌的地步。村支两委班子不齐、组织不健全,村支部书记、村主任处于缺位状态。村党支部被确定为"后进党组织",村集体经济长期空壳、产业发展长期空心、村寨院落长期空巢。后进支部村、问题村、深度贫困村"三顶帽子"犹如压在孙猴子身上的五指山,压得全三塘盖村的人抬不起头。无头村、空壳村、空心村、空巢村、女人流失村等头衔更是让村里人无地自容。如果说过去还有"38、61、99部队"在村里的话,那么,现在就只剩下老年人和孩子组成的"9961"部队了。村民外出率高达69.7%,因病、因残致贫户占比高达95%以上。村民的土地私有观念凌驾于集体所有制之上,土地宁可撂荒也坚决不流转,全村的撂荒率高达72.1%。年轻的女人或外嫁或随夫外出或如山上水土流失般弃夫抛子远走他乡……村民大多处于苦熬苦等的精神状态。没有路,等上级来修;房子烂了等政府来建;孩子上不起学了,等政府来解决……一段时间,结对帮扶干部多是"走亲戚"式的帮扶,家中走一走、看一看、送点钱、照照相、留点痕……长此以往,群众对此形成攀比,看哪家的"亲戚"送的钱多,甚至有贫困户认为"亲戚"给的钱是政府给的钱,怀疑"亲戚"贪污,更

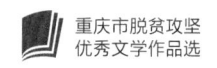

有甚者，有贫困户把"亲戚"送的扶贫猪、扶贫鸡杀了烤了改善生活，把"亲戚"送的生产物资变卖了打酒喝。脱贫攻坚主要力量分为市、区、镇乡三级和市上派来的、区级部门派来的、镇上驻村的、村支两委的、结对帮扶的等五个方面的帮扶干部，大家各自为政，帮扶资金的使用犹如天女散花，各块的帮扶政策难以有效整合，多方面的人员力量难以统一调度……

陈调和韩细妹走访农户回来，一进门见冒牿天在和田木叶滔滔不绝地说话，非常惊讶。

田木叶把整理好的笔记拿给陈调和韩细妹看，说："艄公多了打翻船！"

"不愧是研究生。"陈调看了田木叶写的文字后说。

韩细妹建议后面加一段话，说："从村民毛鹄天不理我们甚至怨怼我们到主动和我们交朋友、介绍村里情况的过程，我们明白了一个道理，那就是：说话要说到点子上，做事要做到老百姓的心坎上，只要是真心贴近群众，真心为群众办实事，让该帮的人得到帮助，老百姓就很认可，就同样有精神满足感。"

"你说得太对了，我补上。"田木叶在笔记里把韩细妹说的话写下后，又在后面加了一段："脱贫攻坚是一场涉及多层面、多部门的联合作战行动，必须建立村级脱贫攻坚战时联合指挥机构，实行统一指挥，整合各方力量，形成强大合力，这是决胜脱贫攻坚的组织保证。"

陈调说田木叶提炼得太好了，建议马上给镇里报告，成立三塘盖村脱贫攻坚"联合指挥作战部"。

十二

连绵的秋雨后，天空总是异常的澄净，粉嘟嘟的太阳总是让人感到温暖。田木叶见天气突然变好，连日来郁闷的心情也像这天气一样好起来。

"我们到陈大妮家去看看吧？"田木叶说。他想起陈大妮从医院回来后，还没去看过，不知她现在的身体状况怎么样。

"我身上没带现钱哟，你摸下你包里带钱没？免得到时候细娃要奶粉钱又没得。"陈调开玩笑，韩细妹也跟着笑。

田木叶听出陈调是在调侃他，便笑着说陈调："你一天不说笑就心里难受。"

自冒牯天对驻村工作队的态度来了个180度的大转弯后，三人都如释重负，茶前饭后，进村入户的路上自然就多了闲聊的话题。三人一路闲聊，没觉出路走了多远，也没觉出身体有多累，就到了陈大妮家。

陈大妮在房前的菜地里办菜，一头垂到屁股的长发梳得油光水滑，就像山上的瀑布，把成熟妇女身材勾勒得凸凹有致，红色开司米外衣在秋阳下特别鲜艳，白里透红的脸有点桃红李白的韵味。田木叶想：这还是那天晚上看到的陈大妮吗？

"哎哟！三个书记，什么风把你们吹来了？"陈大妮放掉手中的菜，高兴得像个孩子。

"木叶书记听说你从医院回来了，就一直想来看看你，但又怕你家男人万鼓劲不高兴。"陈调笑着说。

"陈书记你又乱说，你们是请都请不来的贵客，犟牯筋没得那么多的弯弯肠子拐拐心，是你们多心了。"陈大妮看着三人笑，露

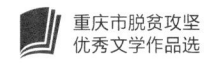

出像糯米一样的白的牙齿。

田木叶暗暗称奇，没想到三塘盖这大山里的女人会有这么白的牙齿。以前在医院里常听说，农村女人都是氟斑牙，本来很好看的一张脸，就因为牙黄齿黑一下就让人很不舒服。

"三个书记请坐，上次要不是你们，我早转二世了。"陈大妮端出三杯茶递到三人手上。

这时犟牯筋扛着一把铁锹回来了，认出院坝里坐着的是三个第一书记。他放下手中的铁锹，从衣服口袋里翻出一包"朝天门"香烟，从里面抽出两支。田木叶摆摆手说不会抽。陈调接过烟点上，说木叶书记不放心，专门过来看看你们。

"你们三个第一书记是大好人。"犟牯筋很感激的样子，说共产党好、政府好、政策好。

陈大妮从屋里端出瓜子和柑子，见男人回来了，就说："上次三个书记帮了我们这么大的忙，你还杵在那里做么子？快去抓个鸡公来杀了，你和几个书记喝两杯！"

"饭不吃了，我们才吃了过来，你们快坐下，我们有点事想和你们说说。"田木叶赶快制止。

"过一个坎吃一碗，爬一个坡吃一锅，你们这么远过来，哪能不吃点呢！"陈大妮边说边招呼犟牯筋去捉鸡。

"那行吧！不过要先说好，鸡要算钱，其他我就不客气了。"田木叶见不好推托，就答应了，但心里打定主意吃后给钱，决不白吃。

犟牯筋很听话地捉鸡去了。田木叶问了家里的生产和生活情况，然后问陈大妮村里谁当书记和主任合适。

陈大妮愣了一下，她做梦也没想到田木叶他们这么远跑到他家来问这个问题，这在以前是从没有过的事。

"这个都是上面说了算，我们小老百姓说了也不算。"陈大妮说。

陈调听了鬼笑，田木叶知道他为什么鬼笑。

昨天夜里，陈调摆了个故事，说上个世纪80年代，离箐箕滩镇不远的金塘乡，乡广播站的女播音员正在向全乡人民读一篇报纸上的评论员文章，乡长摸进广播室伸手摸女播音员的长头发和腰，女播音员一边播音一边把乡长的手拿开，说乡长不要摸嘛，摸得人身上痒痒的。刚说完，女播音员一下反应过来：糟了，这话从高音喇叭里传出去了。她马上拿起话筒大声说，金塘人民广播站，刚才说的都不算。话都广播出去了，不算行吗？乡长被免职，女播音员被调离。

田木叶瞪了陈调一眼，对陈大妮说："哪个说的不算？我们三塘盖村这次选村干部，就是要大家说了算。我和陈调、韩细妹同志来，就是专门听大家意见的。你放心，除了我们三个，没有人晓得你推荐的谁。"

"你们是好人，我相信你们。要我说的话，让万贯财兄弟回来当书记，税景阳哥子回来当村主任。他们两个人，我不敢说百分之百的人没意见，但我敢保证百分之九十九的人没得意见。就是不晓得他们愿不愿回来干。他们都在城里开厂子做生意，日子过得很舒服。我要是像他们那样，我一定不回来当这个费力不讨好的村干部。"陈大妮说。

"前一届选村主任，我听说大家争得头破血流，那又是为什么呢？"韩细妹故意问。

"那是心术不正的几个人搞名堂。你们是不知道，上届选村主任，他们是做小动作选起的，那是见不得天的，税景阳就是他们搞小动作搞脱的。他们选起后，心好狠哟！盖个章都要收钱，没得钱荒瓜也要拿两个，烂红苕也要背一背兜。山上的蒲卓尧和税岐洁两口子困难得很，因为没送钱，就把交上去办结婚证用的户口和身份

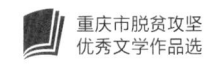

证锁在柜子里不给人家，说镇上没退回来，弄得人家办不了结婚证。后来蒲卓尧和税岐洁不要结婚证就把婚结了，村头又说他们非法同居，要罚款。两人无可奈何，就从山脚搬到山上老林子里去了。房子是几根烂木棒棒搭的，还不如别个家的猪圈，家里穷得很。"

"建档贫困户中怎么没得他家呢？"田木叶问。

"组长报上去的，被原来的村支书刷下来了，说他们没得结婚证。税岐洁是个很硬气的女人，说当贫困户又不光荣，自己也没申请，不刷下来也要遭他们刷下来。"

"评贫困户，不是要本人申请、村民小组会议评议、小组公示、村民代表大会审议、村委会审定、村里公示等系列程序吗？怎么没申请就报上去了呢？"陈调问。

"你说这些我听其他村说过，评贫困户的程序有什么四进四不进。但我们村没执行过，村里几个干部说了就算数，申请都是后头让贫困户补的一张，公示文件都是在村头的村务公开栏里贴上后照一张照片，然后立马扯下来放到档案里，上面来检查，看资料齐全就认为工作做到家了。我们村是深度贫困村，贫穷的农户多，他们定的这些农户多数还是穷，但比起蒲卓尧和税岐洁家来，好多了。"

"那这些农户为什么能定为贫困户呢？"田木叶问。

"给村头的书记、主任买几条烟或送几百块钱就行了。"

"简直是鸡脚杆上刮油！"田木叶生气地说。

田木叶突然想起老家的乡医院有个中医，医术很好，就是开药必须收病人东西，只要你送了东西或请他喝了酒，包你药到病除，不然的话，你的病就是只见好转不见好。有一次，村里有个吃了这个老中医开的药后只见好转总不见好的病人又去找他抓药，药抓好了，病人从背篼里拿出一个敷着鸡屎的鸡蛋，红着脸说："医生，家里穷没得其他东西，今早上母鸡刚下了两个蛋，很新鲜，你莫嫌弃。"这个医生从病人手里接过鸡蛋,让病人莫慌,说再给她看看,然后走进药房又抓了两味药包进抓好的药里,说这服药吃了就差不多了。没想到这个病人回家里吃了三天药后病就好了。

"你也是贫困户,你送礼了吗?"韩细妹问。

"我没送,你们看到了,像我家这情况又哪来钱送。是我娘家的一个堂哥打的招呼。村支书儿子在城里读中学,堂哥是班主任,村支书想让他照顾下自己的儿子。你们晓得,这年头家。你们这次选村干部,不能再选原来那种人了!"

正在想老家那个医生医病收礼的田木叶突然被陈大妮的话像地震震了一下。"原来的书记、丰仟不是你们自己选的吗?"田木叶问。

"哪是我们自己选的哟!他们先是用钱买你投票,你不收就找社会上的少幺毛吓你,你不投他们行吗?"

犟牯筋很快杀完鸡,过来陪田木叶和陈调、韩细妹摆龙门阵,陈大妮便进了灶房。

一股香味很快从灶房里飘了出来,陈调咂了咂嘴,咕噜噜的响声从肚里传出。

"陈书记,恐怕你们今天中午饭都没吃哟?"听陈调肚子里传出的咕噜声,犟牯筋带着歉意说:"该先弄点凉开水喝。"

田木叶这时才想起,早上饭吃得早,中午确实还没吃东西,也感到饿了,但一听说弄点凉开水喝,便马上拒绝,说中午吃了饼干的,一点没饿。

田木叶知道犟牯筋说的凉开水是白酒,这是在吃鸡杂那天牛一嘴告诉他的。牛一嘴说,在黔江下村,农户说弄凉开水喝,你千万不要随便答应,农户说的凉开水是白酒,端出来是满满一水杯,你不喝土人认为是瞧不起他。如果你没饿,农户说弄茶,你也不能答应,农户说的茶不是茶,是鸡蛋面条之类的快餐。山里的农户很厚

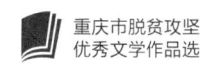

道,尽管家里很穷,但弄出来的面条往往有三四两,下面还埋着三五个鸡蛋,满满一大碗,你无论如何也吃不完。

"没饿没饿,中午吃快了,东西在肚子里翘起的,有空隙,所以有声音。"陈调脸红,赶快自我解嘲。他是本地人,自然知道凉开水的意思。

陈大妮动作很麻利,很快就把菜端上了桌,招呼男人把酒提出来,说炖鸡的时间短了点,怕客人饿了,将就吃。

田木叶说中午不喝酒,这是纪律规定,等会还想到蒲卓尧家看看。

陈大妮说,听说过这规定,那你们就喝鸡汤。她麻利地给每人舀了一碗鸡汤,说三个书记肯定饿了,多吃点,菜都是自家园子里的,没得好东西招待,千万莫见外。

吃完饭,田木叶起身掏钱包给钱。陈大妮躲开,说:"背包书记,你是我们家的大恩人,说破天这钱也不能收。"

"背包书记,我还欠你钱没还呢!开始我以为你给的钱是政府给的,后来我才晓得那是你自己腰包头的。等我缓过气来,我一定要还你。你帮了我们那么大的忙,今天这钱不管你说上天说齐地,我们都不会收。你们去蒲卓尧家,我给你们带路。"犟牯筋推开田木叶拿着钱的手,转身进屋拿了把砍柴刀别在腰上。

田木叶见钱送不出去,心想下次来的时候买点东西补上,换种方式把钱开了。他说,那就不客气了,真不好意思。

陈调顺手从地坝边拿了两根竹竿,递给田木叶和韩细妹,说免得把裤子弄湿了。韩细妹没反应过来,问山上露水多吗?田木叶明白陈调是在自我解嘲,避开韩细妹的话,说感谢陈调兄想得周到。

"三个书记莫怕,有蛇也被我吓跑了。"犟牯筋说,"山上蛇确实多,最多的是乌梢蛇和菜花蛇,这两种蛇没得毒,不要紧,怕的就是霸王蛇和青竹鞭,这两种蛇是毒蛇,你们不要怕,走路的时候用手中的竹竿往两边的草丛拨一下，它们就跑了。"

"如果三位书记今天运气好的话，我给你们捉条蛇，等会儿到税岐洁家炖龙凤汤喝，鲜得很。"翬牯筋继续说，说得韩细妹全身起了鸡皮疙瘩。

"抓蛇是违法行为，不能抓哟！《野生动物保护法》规定是不允许的哟！"田木叶说。

"我知道，在我们山区，哪管那么多哟！那个法是那些什么专家在办公室想出来的，他们哪里知道下面的实际情况？说野猪是二级保护动物，结果野猪成灾，不仅糟蹋老百姓的庄稼弄得老百姓颗粒无收，还威胁到人的性命。我们村的茅锥就有个细娃遭野猪拱到山崖下摔死了，哪个管？那些害人的东西本来就该杀。现在麻雀也多得成灾，一来就是黑麻麻一片，像几铺晒席铺在土里，几下就把菜苗啄成刷刷了。"

野猪糟蹋粮食拱死人的情况，田木叶听说过。有个县见老百姓意见大了，就向上面申请，对野猪实行限量捕杀，把老百姓的损失减到最低限度。麻雀的问题，倒是没听说过，但前几天他在一家农户的菜地里见过，一群麻雀铺天盖地飞进菜地，不一会儿地里的菜就全没了，只剩下光头头。他想起老一点的人说过，历史上有过一次"除四害"运动，麻雀都被赶跑了，加上后来农业生产使用农药，麻雀都被毒死得差不多了，好长时间见不到麻雀了。这几年，不使用农药了，也没得人打鸟了，麻雀又多起来了，又成了老百姓种粮种菜的最大祸害。

"生态环境必须是要保护的。"田木叶说，"麻雀可以用声音、假人赶，野猪也可以用声音把它吓跑，总之一句话，就是不能随便捕杀野生动物。生态保护是立了法的。"

路闲聊，没觉得时间慢，只是觉得路有些难走。有好几个地方都是拉着树藤爬上去的，还有一处是绳梯。快到山顶时，听到水响的声音，循声望去，几个人望见一幢低矮的小木屋在沟对面几台梯土的中间，一个背着背篼的女孩牵着两个小孩朝这边看，背篼高过女孩的头顶。

"那就是蒲卓尧和税岐洁的家。"犟牯筋说，他把田木叶、陈调、韩细妹引到沟边。水冲得哗哗响，遮盖了所有的声音。陈调脱鞋下水走了两步就退了回来，说水很急很深，淹过膝盖了，不敢再往前走，问犟牯筋另外有没有路。

犟牯筋说另外没得路，水是才发的。这河沟叫金溪河，水一直流到山脚，碓窝塘寨的鬼点子煮酒用的就是这水。他脱掉鞋子，叫田木叶和陈调、韩细妹跟在他后面，一步步慢慢往前走。

"河里有跳磴，没发水的时候，这跳磴就露在外面，发水的时候跳磴就淹了，外地人不晓得。你们只要紧紧跟着我，每一步都踩在跳磴上，裤子就不会打湿了。"犟牯筋说。

"我还以为是哪个呢，原来是二哥来了。"刚穿好鞋，一段婉转的话语声钻进了几个人的耳朵里，原来是刚才看到的那个背高背篼的女人走了过来，身边跟着一个小女孩和一个小男孩。

田木叶和陈调、韩细妹一下惊呆了，这哪是什么女孩哟，明明就是她身旁那两个孩子的母亲。

"他舅娘，你这是要去哪里呢，细娃的姑爷来了也不快烧点茶？"

田木叶听糊涂了，以为他们是农村说的那个薅亲①，但一想又觉得不对，税岐洁的男人叫蒲卓尧，犟牯筋的女人是陈大妮，他怎么成了姑爷呢？韩细妹不说话，她知道村民爱开玩笑，以此打发无聊的时光，他们开玩笑说的话都听不大懂。

"他们在相互占便宜。"陈调知道是什么意思，悄悄对田木叶说。

---

① 土家方言，意为：换亲。

"这是我细娃的舅娘税岐洁。"犟牯筋指着那背高背篼的"女孩"说，然后又指着田木叶、陈调、韩细妹三人说："这是我们村新来的三个第一书记，是专门来扶贫的书记。听说你家的情况后专门来看看。"

"喔，你就是人们说的那个背包书记？"税岐洁看田木叶背着个背包，就笑着问。

"是的，他就是市卫扶集团派来咱们村的驻村第一书记田木叶。"陈调说。

"那你就是二书记哟？哪个单位派来的？"

"我也是第一书记，区文明办来的，叫陈调。"

二就是"傻"，二书记就是傻书记的意思。陈调知道这女人在骂他，不正面回答。

"喔，你这名字好记，陈词滥调的陈，陈词滥调的调，你既然是区文明办来的，看哪时候叫交通委把我们这路修下，让我们这里也文明文明，免得你们的车开不上来。"

见一句话把陈调呛得回不上话来，税岐洁就哈哈笑。她看看韩细妹，又说："这位美女也是驻村工作队的？是不是大家说的韩细妹书记？你父亲在我们村扶贫时出车祸牺牲了，大家都很怀念他。你们单位也是做得出来，把你这么个细皮嫩肉的美女派来扶贫。"

"大姐，我是韩细妹。单位人手紧张，所以就派我来了。"韩细妹对面前这个农村妇女的聪明、伶俐暗暗称奇。

田木叶惊讶地看了税岐洁一眼。不看还好，看了后更是让他惊讶得说不出话来。眼前这个叫税岐洁的女人身高还没高背篼高，看年龄也不到30岁，模样很清秀，一说一个笑，脸上全然没有因常年从事农村劳动而带来的沧桑感，如不是亲眼所见，无论如何也想不出她是那两个小孩的母亲，倒像是他俩的姐姐。

税岐洁看出了田木叶上下打量目光中的惊讶，说："背包书记，

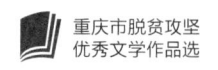

我这种款式不值得你这么看。我虽是天地精华的浓缩版，但也就是个普通的农村妇女。"

"你这么年轻就有两个小孩了，是不是种的早苞谷哟？"陈调刚才被她呛了，正想着怎么回答，听她这么一说，觉得回敬的机会来了，就带着笑问。

"二书记，你这就不懂了，我这叫早栽秧早打谷，早生儿子早享福。说不定我儿子今后当官了，就可以给我修条路上来呢！"税岐洁一点不恼，笑嘻嘻地回答陈调。陈调自以为是开玩笑的高手，没想到反被挖苦，却又找不到话回答，只好吃了个哑巴亏。

"她二舅娘尽乱说，快去烧点茶，三位书记到你们家看看。叫蒲卓尧搞点好茶。"见陈调被税岐洁话里带刺骂得找不到话回敬，犟牯筋赶快解围。

"一个非贫困户，有什么值得看的?！天当瓦地当床，四壁通风透心凉。"税岐洁又哈哈笑起来。

田木叶见税岐洁没有邀请他们进屋的意思，就说："听说你们家很具体，我们想来看看有什么能帮上忙的。"

"那感激不尽，我现在要上山去给猪儿们弄点吃的，你们细皮嫩肉的，总不可能去帮我弄猪草吧？"

"好啊！我们去帮你弄。"田木叶赶忙应承。心想，你答应我们帮忙弄猪草，就说明还没把我们完全拒之门外。

韩细妹用手拐了下陈调，说这女人一定是个有故事的人。

税岐洁笑着看了田木叶、陈调、韩细妹三人各一眼，便自顾自地往前走了。田木叶和陈调、韩细妹相互望一眼，使了个眼色便跟了上去。

"这个背时的舅母子！晚上看我那舅子怎么弄整你。"犟牯筋跟在后面骂了句荤话。

到了一块紧挨山林的地里。地里全是绿油油的白菜和萝卜，税岐洁开始用手扯。

田木叶问:"这不是菜吗,怎么用来喂猪?"

"我们农村拿来喂猪的东西,城里就拿来喂人,这就好比我们农村拿纸揩屁股,你们城里人就拿纸揩嘴巴。"说完,税岐洁哈哈大笑起来。

田木叶以为税岐洁一定是个愁眉苦脸的人,没想到她这么爱笑,心中暗想,这是个内心坚强的女人。

"你好爱笑,笑起来真好看。"田木叶说。

"笑有什么不好?难道你叫我哭吗?你没看书上说,哭也是一天,笑也是一天吗?再说,哭管用吗?哪个看你哭会给你一文钱吗?"

"喂猪很辛苦。"陈调想起小时候在老家喂猪的事,说小时候老家家家户户都喂猪,喂来自己吃的都是用红苕苞谷喂,肉很香。喂来卖的就用饲料喂。

"你老家是哪里的?"税岐洁问。

"麒麟盖的,离这里不远。"

"我晓得。麒麟盖山高得很,比我们这里还高。前几年不是种烤烟发大财了吗?听说种烤烟补贴的大谷都是陈化粮,老百姓说不好吃,全打成饲料喂猪了。"

"有这事。"

"你们那里现在还穷吗?"

"由于年年种烟,土地不行了,这几年种出的烟质量没得过去好了,不管钱,老百姓还是穷。但他们不抱怨,说现在比以前日子好多了,只要肯出力气不偷懒,饭还是有吃的,他们很满足。"陈调想起自己的老父亲和老母亲也经常背着个高背篼到地里挖红苕掰苞谷喂猪。他大学毕业工作后,曾劝员父母到城里住,可老父亲说,城里空气不好,还要干两年把送他读书的贷款还了,莫给他们

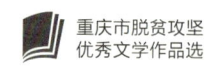

增加负担，免得儿媳妇不高兴。想到这里，陈调眼睛有些湿润。

"既然你们那里还穷，上面有人来扶贫吗？是扶懒人还是扶勤快人？扶的时候是肥上添膘还是只扶那些真正做不上路的贫困户？"

"我们那里也是贫困村，也有驻村扶贫工作队。没想到你思考得比我们还深。我问你，你想脱贫吗？"

"我家又不是贫困户，你这话该去问那些建档立卡的贫困户呀！"税岐洁像是被蜂子蜇了一下，说话开始带有火药的味道，和缓的空气突然像凝固了一样，让人沉闷得有些喘不过气来。税岐洁见大家沉闷的样子，又笑起来，说："我只读过乡初中，说不来书上那些屁话。当贫困户又不是什么脸上有光的事，叫我当我也不当，还莫说不叫我当。我才不像有些没长骨头的人，钻头觅缝地去找人送礼说好话，想方设法往贫困户的堆堆里钻。说实在的，这两年国家政策好，但过了这几年，国家没有扶贫政策了，你不过日子了？坐在火炉边烤火是安逸，但长期烤火是会烤出病来的。"

"税大姐，你说得真好，脱贫要靠自己，不能等、靠、要。你说半天，你还没说你们家有什么困难呢！"韩细妹很满意税岐洁的说法。

税岐洁却沉默不说话了，就去掰地里没掰完的苞谷，力气用得很大，像是和苞谷有仇似的。

田木叶听他们说话一直不语，只管帮忙扯萝卜。税岐洁看他的动作很笨拙，左看右看都不像做过农活的人，又开了腔，说："背包书记，你休息下，别弄了。"

田木叶不好意思笑了一下，就干脆坐在旁边一块石头上。他把裤脚卷起来，发现脚踝肿了，马上又把卷起的裤脚放下，怕别人看见。来的路上，脚崴了下，他一直忍着痛没吭声。

犟牯筋不断给陈调使眼色：天快要黑了，你们还要下山呢，天黑路不好走。

陈调像没看懂，过去帮税岐洁掰苞谷。税岐洁又笑了，说陈调："你来掰什么苞谷哟？听说你们驻村干部下来净干既掰竹子又掰笋子的事。"

"那可不敢！我就是有那胆子身体也不行啊！那我的腰还不得空痛半个月？"陈调明白税岐洁话里的意思是指个别作风败坏的干部下农户，和人家母女俩同时保持暧昧关系，马上正经起来。

田木叶没听懂他们说的话，但从两人的笑中知道那不是什么好话。

"我们还是回去弄饭吃吧，莫光想着给猪弄吃的。你们大老远从山脚爬上这鬼都不来的地方帮我做活路，这好比是用高射炮打蚊子，糟蹋你们了。"税岐洁一边把苞谷和菜往背箩里装一边说。

"税岐洁，在你面前我变矮了。你干活麻利，脑壳灵活，看问题真知灼见，不简单！"陈调觉得和税岐洁说话有趣，又找话说。

"你不会说我是阿庆嫂吧？她可是对付坏人的哟！你们不是坏人吧！"税岐洁又哈哈笑起来，说，"二书记，你也莫给我戴高帽子了，你给我戴个比房子高的帽子也不管用，我这辈子无论如何也变不成高挑的女人了。"

大家都忍不住笑。

田木叶坐了一会，脚疼也缓解了些许。他对税岐洁说："你说得对，我们这么远爬上山来，帮你弄猪吃的确实是大材小用了，你还是给我们说说你家里的情况和村里的事，我们只有了解了真实情况，才找得到帮你的法子呀！"

"那行，我们回家弄饭吃，你们也莫嫌弃农村人没得好东西待承，我们边吃饭边说。"

"行，他二舅娘说了算。快打电话叫他二舅把自己留的好茶泡起，好久没喝他泡的茶了。"犟牯筋说。

税岐洁背着菜和苞谷向家里走去。高背箩本就高出她的头一大

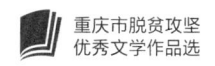

截,现在又在背篼顶沿码了高出背篼一大截的苞谷和菜垛,那情形就像是背的一座山,总让人疑心税岐洁的腰会随时被压断。

韩细妹陪着税岐洁说话,陈调和犟牯筋跟在后面。田木叶故意走在最后,不想让他们发现自己的脚崴了。

税岐洁家的房子全是用原木搭的,墙面还保留着没有用刀斧刮掉的原木的树皮,有点像电影《智取威虎山》里的木屋,房前屋后的几台土里全是绿得发亮的茶树。一个男人正坐在房前的坝子上喝茶,面前摆了一张几截圆木捆绑成的小桌子,上面放了一套粗糙的茶具。

田木叶、陈调、韩细妹这次比先前看到税岐洁时更惊讶。他们不敢相信自己的眼睛,在这深山老林中,竟然会有这等闲情逸致的村民。

"蒲卓尧你莫稳起,这几个是我们村的第一书记,一个是市医院派来的,一个是区文明办派来的,这个美女书记是区人社局派来的,快把你藏的野生红茶拿出来泡给几个第一书记喝。"税岐洁对喝茶的男人说。然后,从屋拿出一小瓶药酒,叫田木叶把裤脚卷起来,不由分说就把药酒抹在他的脚踝上,替他慢慢揉搓。

"背包书记,你真稳得起,脚崴了还走这么远的山路,不仅不叫一声痛,还不让人看。其实你一来我就看出来了。"税岐洁说。

陈调和韩细妹很惊讶,说田木叶真是只要工作不要命,脚崴了都不说一声。

田木叶故作轻松地笑了一下,说:"只是崴了一下,骨头还没断,隔肠子还远,有什么值得大惊小怪的?"

见田木叶脚崴得不严重,三人又开始说笑。

"蒲卓尧、税岐洁,匍着摇、睡起接,这两口子名字真是绝配。"陈调像念绕口令一样念了几遍,就忍不住笑。田木叶和韩细妹开始也没注意,听陈调这一念,也笑起来。韩细妹说,陈调像好久没刷牙了，什么话从他的嘴里钻出来就变了味。

蒲卓尧很听女人的话，跛着脚端来几把用原木做的凳子请大家坐下喝茶。

田木叶、陈调、韩细妹这才发现，蒲卓尧走路不但脚跛，而且屁股还有些翘。田木叶问蒲卓尧："你的脚和屁股怎么啦？"

"脚是出车拉货时为躲避一辆横穿公路的摩托发生车祸整跛的，屁股翘是因为得了股骨头坏死。"

蒲卓尧用自制的竹勺从粗糙的陶罐里舀出色白如雪的茶，给每人泡了杯，说："这是自己制作的山上的野生藤茶，不知两位书记喝得惯不？""藤茶？我在黄梯玛家喝过的，很好喝，他说是山上个朋友做的，这个人就是你？"田木叶看了一眼面前的茶具，虽然粗糙但也还别致，说："老蒲，你这茶具是哪里买的？没想到你还会茶艺。"

"这叫什么茶具哟！家穷，没得钱买，我就到山那边的濯水镇石鸡坨刘氏窑罐厂定制了一套，全是我自己设计的，我只读到初中就没读了，上面的字和画都是我用竹棍棍乱画的，鬼画桃符见不得客。这刘氏窑罐厂的烧制工艺还属什么非物质文化遗产哩。"

土陶杯子口小肚大，里外都没上釉，陶泥的原色，通体透黄，高雅超然。杯子上面烧有两行用竹棍画的字："别人多泛酒，我独解香茶。"落款更有意思："三塘野夫"。无论是字，还是内容，这哪像只读过初中的人。三人端着茶杯仔细鉴赏，无不暗自惊讶。

"茶艺是你自学的还是拜了师的？"韩细妹端着杯子爱不释手，好奇地问。

"前些年去福建安溪打工，那边的人都爱喝茶。我在茶厂打工，学了点皮毛。想到老家的山上野茶树多，就回来学着做茶。房前屋后这些茶树都是我从山里挖回来栽的，主要做红茶，现在给你们泡这个是山里的野生藤茶，以前没人发现，我把照片放到百度里查

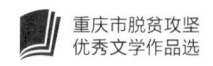

阅，结果才知道这树属于茶科。去年采了点回来制成茶，没想到还可以，我发出去请专家鉴定，他们说这茶可以防高血压、降血糖。"

"你家住在这山上，靠什么生活呢？"

"吃饭靠种粮，用钱靠卖茶。"

"你的茶是拿到集市里卖吗？"

"不，在网上卖。主要发沿海地区，每年都有好多人要我的茶。"

"你申请商标和绿色认证了吗？"

"自产自卖，我申请商标和绿色认证干么子？申请商标和绿色认证很麻烦，要走很多程序花很多钱。不过，我自己取了个名字，叫三塘盖藤茶和三塘盖红茶。没得专门的包装，全是牛皮纸口袋封装。"

"好卖吗？"

"好卖得很。"

"既然生意这么好，你怎么不多种点？"

"想过的，要想赚大钱需要规模种植，需要上设备。我打工带回的那点钱远远不够，再说，给细娃看病早就花光了，还欠了一屁股烂债。找银行贷银行说没得抵押物不能贷。没办法，我就找亲戚朋友借钱买了一辆旧农用车跑运输，本想慢慢攒点后再做茶，哪想到那年冬天把一辆横穿出来的摩托车撞了，骑摩托车的人重伤住院，我自己也把脚搞断了，成了跛子，结果，旧账没还，又欠了一屁股新账。为了还账，我两口子又找亲戚朋友借钱养鸡，哪晓得这些鸡长到快下蛋的时候又遭了一场鸡瘟，全死了。现在，二娃子又得了一种怪病，一直不见好，自己不仅摔成了跛子，还得了股骨头坏死的病，走路非常困难，几乎成了一个废人。一年做这点茶叶，还不够二娃医病开支，更不要说还账了。"

蒲卓尧这一说，田木叶、陈调、韩细妹才注意，开始在金溪河沟边跟着税岐洁的小男孩和小女孩坐在堂屋的大门口，小男孩抱着病恹恹的小女孩。

"你女儿得的什么病？怎么不送到重庆大医院去看下？"田木叶问。

"已经欠了一屁股的烂账，家里值钱的东西都卖光了，哪有钱上重庆给她看病哟！女儿一直不说话，医院检查，说一切都正常，可能是语言中枢神经发育缓慢，就是农村说的大种鸡公叫得迟，年龄稍大点自然会说话，我们不信，又去上海等地的大医院检查，大老远跑起去，医生只看了一分钟不到，就说是功能性耳聋，发现太晚了，治疗有难度，最好先去医院旁边一家门店里给孩子买助听器，方便孩子慢慢恢复。买助听器要万把块钱，我们家哪买得起哟！马上到了上学的年龄，还不能说话，真是把我们愁死了。"

田木叶听了眉头紧锁，对蒲卓尧说："我帮你们去联系下市里的医院，看看还有没有治的希望。"

蒲卓尧一边说话一边拿了半包红茶出来，说："这是留下来自己喝的，没舍得卖，三个第一书记是请都请不来的贵客，请尝尝这红茶，看怎么样？"

烧水、洁具、用竹制茶匙投茶、润茶、高冲水、出汤、分杯，一系列娴熟的动作让田木叶、陈调、韩细妹看得出神，要不是亲眼所见，几个人打死也不会相信这深山老林中，竟然有如此茶艺高人。

"三位书记，请赏茶。"

田木叶端起杯子，见汤色红艳，杯沿有一道明显的金圈，说有点像祁门红茶。说完，他微闭双目，把杯子凑近口鼻细闻，一股甜香沁人心脾，顿感神清气静。闻够茶香，抿一小口进入口腔并不急于喝下，让茶汤在口腔中慢慢流动，然后喝下。

田木叶放下杯子，给蒲卓尧比了个大拇指，说："老蒲，你这

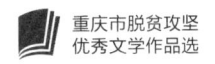

茶汤色红艳，闻香沁人心脾，入口醇厚，口齿留香，真是好茶。"

蒲卓尧一下高兴起来，两眼放光，没想到在自己简陋的家中能遇到品茶的知音。他说："只要三位第一书记不嫌弃，有时间就上来喝茶。明年我给你们专门弄两斤。"

"可以，但你必须收钱，这是我们的规矩。"田木叶说。

"钱的问题到时再说。酒逢知己千杯少，好茶只送有缘人。"

"蒲卓尧，吃饭了，把茶具收了。"税岐洁端出一陶钵白果鸡放在桌上，打断大家说话，脸上仍是笑呵呵的样子，说农村人没得好待承的，将就吃点。

税岐洁像变魔术一样又端出几碗菜放到桌子上，有腊肉炖海带、青椒炒南瓜鱼、辣子斑鸠等，都是田木叶喜欢吃的。田木叶悄悄数了一下，有九大碗。

田木叶觉得奇怪，问税岐洁："你这就是土家八大碗吗？"

"你数下，我这是八大碗吗？"

"我数过，你这是九大碗。有什么讲究吗？"

"在我们土家族没得土家八大碗的说法。土家族人待客，上桌的菜碗都是单数，招待贵客一般都是九碗四大盘，称九大碗。叫花子一年四季吃八方，所以八大碗是叫花子席，如果给客人安排八大碗是羞辱人家，那是要打死人架的。十大碗就更不行了，十碗谐音石碗，是猪才吃石碗，如果席桌的菜是十碗，那是羞辱人家是猪，也要打架的。"

"我在一农家乐吃饭时，看到店里挂的一块一个部门认证的牌子，上面写的是'土家特色餐饮八大碗'，这是怎么回事？"

"那是有些人胡乱编造骗人的。"

"今天真是收获不少，我又学到点民俗知识。"韩细妹插话。

"我们什么都没帮忙做，你竟然用土家族的最高礼遇招待我们，真有点不好意思。"田木叶说。

田木叶说的是真心话。她家里这么穷，还弄这么多好吃的，若在城里的餐馆，少说也要千把块呢！

　　"管他么子席？主人家既然弄来了我们就吃，看到这么好的东西，我不饿也饿了。"犟牯筋可能真是饿了，拿起筷子从中间陶钵里的鸡汤中夹出一块蛇肉送进嘴里。

　　"怎么，炖的还是龙凤汤？不是不准抓蛇吗，你从哪得的蛇呢？"田木叶诧异地说。

　　"上面说的是不准捕杀野生动物，但这蛇跑到我家鸡圈里咬死了我的鸡。"税岐洁笑。

　　田木叶说："那也不能杀呀，野生动物要保护。"

　　"我没杀它，我这款式的人敢杀它吗？是鸡把它啄死的。"

　　几个人语塞，一时找不到合适的话回答税岐洁。

　　"你们家这情况，完全符合贫困户的标准，怎么没申请呢？"陈调转移话题。

　　"我才不稀罕当什么贫困户呢！我也没申请，是组长报上去的，结果村里说我家有茶叶卖，就刷了下来，把名额拿给了原来的支部书记的堂舅子烧蛇痢。烧蛇痢好吃懒做是出了名的，属于茶罐倒了都不扶一下的那种人。"税岐洁说。

　　"他家确实穷，我们去看过。"田木叶说。

　　"你看到的是表面现象，他天天都有酒喝，有烤猪烤鸡吃，家里又没背债，他家有什么穷？再说，他家穷也是活该，太阳起来都晒到他屁股了，别人出门挖土都挖了一坡了，他还在家里睡瞌睡。这种懒人不穷才怪。"

　　"喝酒我看到过，有烤鸡烤猪吃，没听说过。"

　　蒲卓尧喝了口酒，说："话说来长得很，三天三夜都说不完。当贫困户、吃国家救济，他是'老革命'了。"

　　蒲卓尧给三人讲了烧蛇痢的故事。

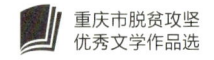

烧蛇痢的母亲当姑娘的时候歌唱得特别好，木叶吹得特别好，心性特别善良，人也长得漂亮，是这三塘盖山上的一枝花，周围团转好多寨子的年轻人都来提亲，但她都不答应。后来和我们磨盘塘寨的一个重庆知青好上了，这个知青为人好，爱学习，会医病，寨子的人都很喜欢他。烧蛇痢的母亲家庭成分是贫农，属根正苗红的那种，加上为人又正直善良，村里就安排她当了村妇女主任。两人都在生产队当保管员，主要负责在晒谷坝翻晒粮食，两人就是在那时好上的。晒谷坝边有棵三人才能合抱的大白果树，是我们磨盘寨的风水树，两人经常在白果树下吹木叶、看书。恢复高考那年，知青考起大学回重庆了，他走后不久，烧蛇痢母亲也外出了，有的说去了上海，有的说去了北京，有的说去了重庆，实际上谁也不知道她去了什么地方。知青在她出走后不久回村里接她到重庆，结果没找到，就抱憾回重庆了，以后就再没来过磨盘塘寨。

一年后，烧蛇痢母亲回到磨盘塘寨，和龚大姐现在的男人厚山大爷结了婚。厚山大爷当年是生产队的队长，不说是百里挑一，至少也是十里挑一的后生，十几岁就力气过人，天生就是办阳春的一把好手，加上为人憨厚，方圆十里，很多姑娘喜欢他，但他偏偏只喜欢烧蛇痢的母亲。婚后一年，生下了烧蛇痢。烧蛇痢自小不随厚山大爷，生性懒惰，经常仗着父亲当生产队长，干些欺负弱小的事。长到十来岁的时候，他带着几个半大孩子在家里耍，把一张毛主席像刺了个洞。因为遭太多人厌，有人把这事捅到了上边，上边来人调查，他硬把这事赖到了一个地主成分的崽子头上。童言无忌，加上他的贫农成分，上面相信他说的是真的，地主崽子的老汉因此被抓了起来，后来被批斗死了。烧蛇痢的母亲知道真相，她是个好人，这件事一直压在她心头过不去，没想到积郁成疾，没几年就去世了。妻子死了，厚山大爷就和寨子里死了丈夫的龚大姐结了婚住进了龚大姐家。父亲管不住，后娘管不了，烧蛇痫成了无笼头的马，像山里的野树一样自由自在地长大，好吃懒做的毛病也像疥疮一样在全身蔓延。土地下放那年，生产队考虑到他是一个无娘儿，就把责任地分在了离他家猪圈最近的地方，粪水不用挑，直接用打粪桶在茅厕里舀就行了。可烧蛇痫游手好闲惯了，责任地任它荒着，菜不栽、粮不种，每天喝酒睡大觉，没钱打酒吃肉就拆楼板卖，楼板拆完了就捅瓦片卖，瓦片卖完了就拆椽条和檩子卖，除了床的上空那几片瓦和几匹椽条、几根檩子没法拆外，全拆来兑酒喝换肉吃了，最后就剩下一张床了，床不能卖就把床板也拆来卖了，人就像练武功一样睡在几根床方上，再后来他把床也拆来兑酒喝了，这下睡瞌睡的地方没有了，就跑到村里废弃的装红苕的大屋窖里睡。过年的时候评救济，他是头一个，民政部门头天送来救济棉絮和棉衣，第二天他就换成了酒。从土地下放到现在，他年年吃救济，一直吃到现在，当贫困户都当上瘾了。前年畜牧局送来一批能繁母猪和一批鸡崽帮扶贫困户，他得了几十只鸡崽和一头能繁母猪，据说那能繁母猪是几千块钱一头。他说难得喂，累人。畜牧局的人前脚一走，他后脚就进屋拿刀把送他家的能繁母猪杀来吃了，鸡烤来干了。过几天畜牧局的人下来了解贫困户的养殖情况，他说鸡被黄鼠狼拖走了，猪害瘟病死了。

　　更奇葩的是，村里的红白喜事，他一把面条送一坡，一家要吃上两三天。他的办法就是，哪家过红白喜事，就找家亲戚借把面条去送人情。送了人情吃了三天后就对主人家说，某家要接儿媳妇，请他去帮忙，都是乡里乡亲的，空着手去不好，回家拿呢又难得走，让主人家先借把面条给他。主人家见他吃了三天还不走，想让他快点走，就把他送的面条又借给他了，他就拿着面条去另外一家，在另外一家吃了三天后又找主人家借面条走下一家。

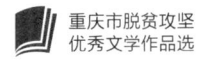

田木叶、陈调、韩细妹听了蒲卓尧讲的故事，心里很不是滋味。

韩细妹说："天下竟有这等奇人！这故事可能写小说的人都编不出来。"

"几个书记，在三塘盖待久了你们就不会奇怪了，这样的故事还多呢！"税岐洁笑着说。

税岐洁笑的时候特别好看，而且笑的时候特别多，从一看到她那一刻起，她好像总在笑。田木叶心想，这个女人娇小的身躯里是什么在支撑着她呢？男人残疾，小女儿长期患病，身上背着一屁股烂债，她还能笑得这样灿烂，一点看不出愁眉苦脸的样子，这身体里得蕴藏多大的韧劲呀！

田木叶突然觉得，这个女人出来当个村妇女干部或村文书之类的干部还可以，一方面村里确实缺干部，她能说会道，性格乐观，身上有一股不向贫困低头的志气，当个村干部很合适；另一方面觉得村干部好歹有点报酬，也可补贴下她家用。

"你愿意出来当个村干部吗？"田木叶问。

"算了，我本来人就矮，村干部这担子重，压在肩上我就更矮了，在你们面前还不得仰起头看你们的脸？"

"说起村干部呢，我倒觉得万贯财和税景阳可以，不过这两人都在城里。万贯财呢在城里开着厂子，不晓得他走不走得开。税景阳呢就怕他不愿意，因为他原来是村主任，为人正直，老百姓信服，上届他们搞灯，把他拉下来了。"蒲卓尧接过老婆的话说。

"对！对！这两个人可以，你们只要三顾茅庐，他们就有可能出山。"蒲卓尧刚说完，税岐洁就抢着说。

吃饭、喝酒、说话，时间很快，天色暗了下来。田木叶想，饭钱可能给不脱，就站起来走到税岐洁女儿面前，掏出500元钱准备放进她女儿的口袋里，说是给孩子买个书包。

税岐洁迅疾拦住田木叶，说什么也不准女儿接田木叶的钱。

田木叶说："我母亲也姓税，我俩说不定是远房的亲戚，给孩子买个书包是应该的。"

"有你这样的亲戚，我高兴。但我不能收你的钱，你们吃公家饭的只是得个面子，其实也没几个钱，工资比打工的差半截，房子全是按揭，父母亲有积蓄还好点，没得积蓄的一辈子当房奴。再说，我已经很矮了，人情大如山，收了你们的钱在你们面前我就更矮人三分了。"

韩细妹见田木叶送不脱，面子有点过不去，就说："先把钱存着。"

陈调喊犟牯筋起来走，说天快黑了。喊了两声没得响动，才发现他不知哪个时候已仰在椅子上扯起了鼾，看样子是醉了。

"这舅子只能在这里睡了，下山肯定走不动。"蒲卓尧说，天黑了，路不好走。留田木叶和陈调、韩细妹在他家过夜。

田木叶说回去还有事，就不在山上住了，犟牯筋喝醉了就让他在山上住一晚。

田木叶一边说一边走出了地坝。税岐洁走过来要送他们，说天黑路不好走，怕他们找不到路。

田木叶很感动，坚决不要她送，说背包里带有电筒，路好找，听着水声往下走就是了，万一找不到路有手机导航。

韩细妹劝税岐洁："你回去吧，三个大活人没事的，你女儿的病还是要到重庆大医院去看一下，莫耽搁了。田书记刚才说了，他来联系他们医院，无论如何要把你女儿的病治好。"

"那你们慢走，路上小心点。"税岐洁眼睛有些潮湿，看着三个第一书记走下金溪河沟边。

溪水不知什么时候退了，跳磴露了出来。叮咚响的水声如琵琶弹奏的声音。田木叶走过跳磴，望了一眼清清的山溪水，说："真

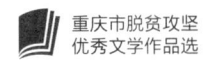

是易涨易退山溪水。"

韩细妹说："木叶书记，你发的什么感慨哟，这里又没小人。"说完，她就兴奋地唱起歌来："泉水叮咚，泉水叮咚，泉水叮咚响——"歌声轻快。

田木叶笑了，说："这时的意境和你唱的歌恰好吻合。"

三人高兴，一路说笑着沿来时的路回走。

山里的天黑得快，不一会原本就不算热闹的山村就被黑色完全吞噬。三人打着手电钻进黑黢黢的森林，走过一座坟茔后就迷路了。森林里的山包包都长得差不多，他们绕来绕去总是在那座坟茔前打转转，坟头上站着一只两眼泛着幽蓝的光的猫头鹰，在漆黑的夜晚显得异常的阴森可怖，三人感到全身的汗毛都倒立了起来。人类视猫头鹰为不祥之物，见到它就躲得远远的。手机导航信号不好，无法使用，三人转来转去都转不出猫头鹰视线，心里难免发毛。陈调从地上捡了块石头掷向猫头鹰，猫头鹰飞走了，翅膀扇出的声音怪异而尖厉。

田木叶感到身上冒出了冷汗，脸上惊恐的神情被浓浓的夜色严严地隐藏，陈调和韩细妹丝毫也没察觉。田木叶想起有同学说过，渝东南的大山里有个地方叫七十二乱堡，人进去后没有向导的话很难走出来，里面野猪多，还有狼。上世纪70年代末，有个林业专家进去调查林业资源，七天没出来，当地几十个村民拿着砍柴刀和火药枪进去找，发现这个林业专家躺在一丈多高的树丫上已奄奄一息，树下几只狼围绕树子转。村民把人救出来了，但从那以后就很少有人单独进去，中央电视台还专门报道过这事。听同学讲这故事的时候他不以为意，这时候有点身临其境的感觉，想起这故事，心里自然就虚了。

"我们是不是走进七十二乱堡了？"田木叶在心中问自己。

"我们是不是遭鬼牵了？"韩细妹露怯，顾不得一个女孩子应有的矜持，紧紧吊住田木叶的膀子怯生生地问田木叶，然后又说："野兽怕火，你俩快把烟抽起。"韩细妹本想说鬼怕火，但一想觉得不妥便改了口。

"要得，抽支烟，把鬼吓走。"陈调毕竟当过兵，不慌不忙掏出打火机打火点烟。

"这世界上哪有什么鬼哟，那是自己吓自己。陈调你烟瘾大，你想抽就抽吧！"田木叶本想说，你怕就抽吧，但想到说话不要伤人自尊，话到嘴边又改口了。要是在平时，田木叶肯定会想着森林防火的事而予以制止，但这时候为了壮胆，也就不反对了。心想才下过雨，森林里都是湿的，不可能发生森林火灾。

坟茔是新的，坟前的空地上还有许多炸鞭炮的纸屑。三人站在坟茔前故意大声说话、抽烟，韩细妹也要了支烟抽了起来，烟火很亮。

"给万笔杆打电话吧？让他找几个熟悉路的人来接下我们？"陈调说。

"那不惊动村民了吗？最好不要惊动村民。"田木叶说，他心里害怕这事明天张扬出去让人笑话。

"那给黄梯玛打电话吧？他对路熟，问下他怎么走。我们三个不可能在这坟前站一夜吧！再说，山里野猪多，碰到了也不安全。"韩细妹的声音明显有哭腔。

田木叶拨通了黄梯玛的电话，说在山上迷路了，问黄梯玛怎么走。他在电话里特别叮嘱："千万不要告诉别人，影响大家休息就不好了。"

"我晓得，保证没第二人知道。"黄梯玛好像明白田木叶的心思，在电话里问了田木叶现在的位置，说他们走到七十二乱堡里去了，叫他们往坟的左方朝前走，遇到一个山包包，有两条路，就往右拐，然后就按照左一拐右一拐，一拐一拐又一拐的口诀走。如果

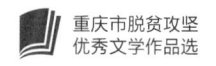

还不行就给他打电话。

三人半信半疑，大声说着话按黄梯玛说的口诀往前走。陈调一支烟快抽完了马上拿出烟来把火接上继续抽。

"没想到当过兵的人也怕。"韩细妹说。

"我是怕打火机打不燃。"陈调说。

三人边斗嘴边往前走，没想到，按黄梯玛说的走法，不一会儿就走出了林子，看见了村委会亮着的灯，三人心里如释重负。

黄梯玛在村委会和万笔杆聊天，见田木叶和陈调、韩细妹带着满脚泥巴进来，就笑了，说："你们三个胆还不小，居然敢走夜路，本地人好多都不敢走夜路。"

看来黄梯玛没说他们迷路的事，三人都很感激。

"黄师傅，这么晚了，你回去休息吧！感谢你在这里陪万笔杆。"田木叶说。

陈调讨好地给黄梯玛装了支烟，拿出打火机帮他点上。黄梯玛笑了一下，说："我今天得了两条鱼，一直在等你们回来喝酒呢！"

田木叶明白黄梯玛是要给他们压惊，只是不明说而已。

三人说笑着跟着回到黄梯玛家。黄梯玛说累一天了，喝点酒好睡觉。

"现在脚不痛了吧？你今晚酒喝了肯定能做个好梦。"陈调很兴奋，早忘了刚刚在七十二乱堡迷路的事。他拐了下田木叶，然后坏笑。

细妹儿见陈调坏笑，便知道这话里的话肯定是说税岐洁给田木叶用药酒揉脚的事，也跟着笑，不搭话。

黄梯玛果然弄有鱼。他端起酒杯，说："你们都是外地人，对我们三塘盖村的事这么上心，很难得，我敬你们一杯。"说完，就把杯中酒喝了。

三人一起举杯也把杯里的酒喝了。

"老黄，你现在不做梯玛了，恨我们吗？"田木叶问。

"我怎么会恨你们呢？做了半辈子梯玛，我越做越迷茫，我都不晓得这世界哪是真的哪是假的了，是你们让我醒了过来，我现在心里很踏实，每天晚上都睡得很安稳。"

"来，老黄，我们敬你一杯，是你让我们知道了神秘的背后一定不神秘，神秘是用来骗人的面罩。封建迷信在农村有市场，靠的就是故作神秘，你说对吗？"田木叶感慨。

陈调和韩细妹跟着田木叶把杯子端起一起敬黄梯玛，黄梯玛很感动，一仰脖子把酒杯喝了个底朝天。他用衣袖揩了下嘴角，说田木叶这个第一书记悟得太透了，将来一定是前途无量。

这话把田木叶逗笑了："这话我爱听。不管你说的是真话还是假话。"

黄梯玛见三人笑，以为大家不信他说的，一本正经地说："你们别不信，凡是真心给老百姓办事的人都会成为大人物，你们现在不就是我们小村里的大人物吗？回去后肯定要提拔。大领导讲话都说要重用第一书记。"

三人更笑。田木叶说："老黄，我们没想那么多，想的是如何把事情干好，本色做人，角色做事，多为老百姓办点事。"

睡觉的时候，田木叶给有风发了条微信，说今天见识了七十二乱堡，扶贫工作就如在这七十二乱堡里钻，只要找到正确的路了，就能走出来。

很快，有风回了微信，说唐僧西天取经，须经九九八十一难，你钻七十二乱堡不算什么，扶贫路上虽不是险象环生，但也不是一马平川。你和你的队友一定会迎来决胜的那一天。

十三

区文明办和人社局免费送来了一批扶贫鸡，让贫困户喂养，所有的鸡蛋和鸡包回收。田木叶和陈调、韩细妹细算过，40只土鸡一年最少可产土鸡蛋7480枚，按每枚2元计算，每户贫困户可增加收入14960元。田木叶、陈调、韩细妹得知后比领了鸡苗的贫困户还高兴，说文明办和人社局的职工是在为决胜脱贫攻坚办实事。

烧蛇痢也分得了40只鸡苗，这些鸡苗都在一斤重左右。韩细妹看见他高兴得像一个过年时放鞭炮的孩子，在人群里钻来钻去，逢人就说"这鸡好！这鸡好"，然后挑起分得的鸡就往山上跑，一边跑还一边唱着山歌。

太阳落土哦四山黑哟喂，
过路的大哥哦到屋歇哟。
没得菜吃呃烤鸡吃哦呃，
没得米饭呃舂谷种哦呃。

山歌声里，几个爱喝酒的男人跟在后面。

鸡苗发完了，分得鸡苗的贫困户陆续散去，没分得鸡苗的非贫困户在碓窝塘寨的公路边把送鸡苗的车围住不让走，说国家免费发的鸡苗，不能只给贫困户，大家都该有，他们贫困，我们比他们还贫困。文明办和人社局送鸡的几个干部对村民无论怎么解释，也解释不通。鬼点子站在自家的坝子上看着快失控的场面悄悄笑，然后回到屋里不再露面。

火就是鬼点子点起的。

鬼点子在周围团转的几个寨子里是数得上数的名人，从大人到小孩，没人不知道他。肚子里的点子比星星还多，眼睛一眨就是一个点子，嘴巴一笑就是一个灯。说话从不得罪人，见人总是未开口先带笑，一张比蜂蜜还甜的嘴既能让金溪河沟里的水无风也起三尺浪，也能让熊熊的冲天大火顿时灰飞烟灭，就连树上的麻雀他也能把它哄下地来。方圆十村八寨的人遇到难事都上门找他出点子，镇村的干部遇到村里解不开的疙瘩或推不动的工作都会问计于他。

早上，鬼点子看见烧蛇痢等贫困户挑着箩筐、背着背篼聚集在公路边等文明办和人社局的工作人员送鸡过来，就悄悄给没评上贫困户、意见大的几家打电话，说上面又免费送扶贫鸡来了，还说扶贫鸡是给贫困村的，不是给贫困户的。这话一传十、十传百，风一样吹遍了整个三塘盖。不知是谁领的头，一大群非贫困户齐刷刷地聚集到公路边，见鸡苗已发完，大家的怨气自然就像火山一样爆发出来，一股脑儿撒在区文明办和区人社局送鸡苗的人员身上。

韩细妹和万笔杆、万仁爱拼命劝，三个人的声音哪敌得过几十人嘈杂的吼骂声，只能是被吞噬。尽管两人把嗓子都吼嘶哑了，也没人听见他们在说什么。

很少到村委会的综治专干喂不饱也来了。"喂不饱"自然是村民给他取的诨名，他是原村支书的堂弟，真名叫万大权，不仅从小就爱打架，而且特别能吃，似乎没有饱足的时候。有一次在亲戚家他一口气吃了三十个二两一个的馒头，回来的路上见一家人户在炖猪肉吃，他又进屋喝了人家两斤白酒，吃了人家两根猪蹄子。后来当了村综治专干，比以前更吃得，就像陈大妮子说的，上个坡就要吃一锅，翻个坎就要吃一碗，只要碰到有人喊喝酒吃肉，从不放过。镇上来的驻村干部见他家是贫困户，又是村干部，就难免在政策上对他倾斜一些，时不时解决点小钱让他把自家猪圈修一下，把地坝铺一铺，诸如此类，一年都在给他解决钱，让他在村里能有个

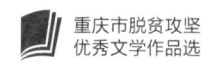

形象起个带头作用。可他倒好，每次得了钱后都不把事干完，留半截摆在那里。镇上的驻村干部气得实在忍不住了，骂他是喂不饱的狗。万大权从此便被别人唤作"喂不饱"。平时人们如此喊他，他一点不生气，他习惯了人们这样喊，好像他生下来就叫喂不饱一样。

喂不饱把分得的几十只鸡苗装背篼里，放在路边，然后站在高处对着扩音喇叭像打炸雷一样吼了一声，吵得不可开交的人群顿时像翻滚的开水里加了瓢冷水，恢复了平静，但很快又沸腾了起来。

"凶什么凶？你家是贫困户，分得了扶贫鸡，你当然没得意见。你是村干部，你家凭什么是贫困户？"

"你家得了鸡，你当然站着说话不腰痛！"

"你又是村干部，又是贫困户，腰杆都长起膘了，你都是个喂不饱，有什么资格在这里和我们说，要说也可以，你把你家这几十只鸡苗退了，我们就走。"

喂不饱气得说不出话来，两只拳头捏得咕咕响。

喂不饱有气，没得鸡苗的非贫困户更有气。有人见他凶神恶煞的样子，就吼："啷个嘛！你还想打人？我们现在还怕你不成？原来的书记和主任都遭抓了，你算老几？"

喂不饱僵在那里说不出话来，直喘粗气。

万笔杆趁喂不饱和村民争吵的空隙，溜出人群给田木叶打了个电话，告诉了这里发生的情况。

田木叶接到电话，叫上陈调火急火燎赶过来。见情况有些不可控，两人来不及细想就挤进人群，这种情况也不容他们有细想的时间。田木叶从喂不饱手里拿过话筒，高声说："乡亲们，我们是驻村工作队的，我是第一书记田木叶。有什么事，我们坐下来商量。文明办和人社局的同志给我们村建档立卡贫困户送扶贫鸡来，帮助我们三塘盖村发展产业，大家要感谢才对。请大家把路让开，文明办和人社局的同志回单位还有很多事情要办。下面，请大家到万智谋家的院坝上，有什么意见找我们驻村工作队。"

"要得，大家到我家院坝，有什么意见给他们说，他们是我们村的第一书记，大家的事情他们不会不管的。"鬼点子从屋里出来挤眉弄眼地招呼乡亲们把路让开。

"我们就相信这第一书记一次，让文明办和和人社局的人先走。"有人嘟囔着让开。田木叶见大家的情绪没有开头激动了，就把扩音喇叭交还给喂不饱，和陈调、韩细妹走过来与文明办、人社局送鸡的工作人员握手，并连连道歉。

"乡亲们有情绪可以理解，我们回去后立即向领导汇报，找畜牧局争取，如果这里不是禁养区的话，争取引进资金在这里发展规模养殖业。"文明办、人社局送鸡的工作人员说。

送走工作人员，几个村民簇拥着田木叶、陈调、韩细妹来到鬼点子的院坝里。陈调笑，悄悄对韩细妹说："这几个人是怕我们三个第一书记开溜，我们像是遭绑架了一样。"

无疑，院坝里的空气充斥着愤懑，就像久旱的夏天里堆满的干柴，只要有一星点火星就可能形成冲天大火。田木叶、陈调、韩细妹手心里都捏着一把汗。

鬼点子给田木叶和陈调、韩细妹端来一根长板凳，脸上堆满了笑。他请三人坐着和村民说话，三人都不坐，仍然站着，他们知道现在不能坐，村民都站着你却坐着，是对村民的不尊重，再说，你坐着和站着的村民说话，自己要仰着头，说话的效果自然就差了一截。

果然，见田木叶、陈调、细妹儿三人站着，嘟囔的人群顿时安静了下来。

"各位乡亲，我知道大家不是真心来抢鸡苗，大家也知道那鸡苗是区文明办和人社局的职工自己掏钱买的，是用来帮助建档立卡

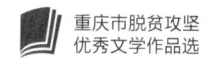

贫困户的，不是每家每户都有，大家之所以围住送鸡苗的干部不让走，不是因为不该送给贫困户，而是觉得这贫困户的评定不公平，该评为贫困户的没能评上，不该评上的却评上了。自古以来就有句话叫不患寡而患不均，大家心里有气，有人利用你们这心中淤积的气日弄你们，所以你们就来了。这事我们驻村工作队理解，也不怪你们。我们在这里要说的是，这贫困户的问题，我们要重新进行复查，精准识别，凡不符合条件的坚决退出，凡符合条件的必须纳入贫困户范围建档立卡。"田木叶故意把有人挑拨说成当地人能听懂的话——有人日弄。说的时候，田木叶的目光无意间撞到了鬼点子看过来的目光，鬼点子像触电一样迅疾把头转向别处。

陈调接着田木叶的话说："这些发给贫困户的鸡，不是财政拨款，是文明办和人社局职工自己掏钱给帮扶联系户买的，大家千万不要误会。再说，大家都是几十岁的人了，当贫困户又不光荣，磨盘塘寨的蒲卓尧、税岐洁两口子那么困难都不当贫困户，在场的哪个家里有他们家困难呢？"

韩细妹也很激动，她清了清嗓子，说："如果大家觉得贫困户的评定有问题，不公平，可以向我们驻村工作队反映，但像今天这样抢扶贫鸡，不仅达不到目的，反而是在臊我们三塘盖村人的皮。你们可以打电话问问在外面打工的细娃，看我说的对不对！"

村民没得鼓掌的习惯，加上在气头上，就更不可能鼓掌了。听了三人讲的话后，大家开始交头接耳，有的点头，有的瘪嘴，有的一脸木然。

"木叶书记讲得太好了，大家一定要相信驻村工作队，要相信三个第一书记。"鬼点子带头鼓掌，大家稀里哗啦敷衍地鼓了鼓掌。

"驻村工作队来我们三塘盖村后做的事，大家都看在眼里记在心里。就凭帮助陈大妮和烧蛇痫女儿看病的事，大家都应该相信三个第一书记说的话。不符合条件的贫困户退出，符合条件的纳入，相信三个第一书记能说到做到。但像烧蛇痢这种人，恐怕很难让他退出！"鬼点子又说。

田木叶听出鬼点子表面在维护驻村工作队，每一句话都把驻村工作队抬起，实际上仍不忘煽风点火。

下面又开始嘟囔："对，这懒汉都有政府管，我们一天累死累活却没人管，不公平。这烧蛇痢一天什么事都不做，天天有酒喝，年年有救济；这喂不饱都快被喂成巴掌膘的肥猪了，政府还在喂。"

"请大家放心，我们是扶勤不扶懒。像烧蛇痢这种人，我们决不会让他好吃懒做的。扶贫扶志，志智双扶，就是要大家立志，要大家开动脑筋，把我们三塘盖村建设成勤劳致富的新农村。"见议论声稍停，田木叶大声说。

田木叶故意回避了喂不饱的问题，因为喂不饱毕竟是村干部，有些问题没搞清楚之前，也不好当着老百姓的面说什么。

"大家要相信党，相信政府，相信驻村工作队。"鬼点子看了一眼田木叶、陈调、韩细妹，便在人群里劝大家回去，说饭要一口一口吃，问题要一个一个解决，驻村工作队几个领导又没得百双手，这么多问题哪能一下就解决呢？大家站在这里不起作用，要相信三个第一书记会解决问题的。

"还是回去算了，在这里饿了也没人管饭。"有人跟着附和说。

于是人群开始像懒蛇一样蠕动，陆续离开鬼点子家的院坝。

田木叶这时想起没看见喜欢凑热闹的烧蛇痢，问陈调，陈调说没看见。

鬼点子阴笑着说："烧蛇痢早等不及了，已挑着鸡苗唱着山歌走了。"说完，便大声唱了句山歌：

没得菜吃呃烤鸡吃哦呃，

没得米饭呃舂谷种哦呃。

万笔杆一听，说了声"糟了！"提着一根木棒朝磨盘塘寨方向

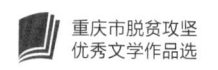

奔去。

见万笔杆招呼都不打，就心急火燎地提着木棒朝磨盘塘寨跑，陈调以军人的敏感预料要出事，在田木叶耳边悄声说："烧蛇痢可能在烤扶贫鸡，万笔杆肯定是去制止。"

田木叶觉得鬼点子无头无脑唱的山歌怪怪的，正想问个明白，这时一听陈调的话便恍然大悟。

田木叶顾不得和鬼点子说什么，就和陈调、韩细妹三步并作两步，急急地朝山上跑。

万笔杆自小在山里长大，脚力和体力自然不是田木叶和陈调、韩细妹可比的。等三人上气不接下气地赶到磨盘塘寨烧蛇痢家的时候，万笔杆正提着木棒追着烧蛇痢满坝子跑。烧蛇痢手里拿着一只烤熟的鸡苗一边跑一边喊："救命啊，村干部打死人了！"

院坝里除大屋窖的墙角蹲着几个和烧蛇痢年纪差不多的男人拿着烤鸡在惬意地喝酒外，再无其他人。他们看着追打烧蛇痢的万笔杆痴痴地笑，也不劝。院坝的中间一堆柴火烧得旺旺的，一副铁架子架在上面，铁丝穿着的几只鸡苗被火苗烤得哔哔剥剥作响。

"老子今天非打死你这狗日的不可。你叫么子人哟？人家文明办和人社局的职工自己掏腰包买鸡送你们养，帮你脱贫致富，你们倒好，人家前脚走，你们就烤来吃，你们还是不是人？"万笔杆一边追打一边骂，当然，每棒都离烧蛇痢差点距离，根本没打到他身上。烧蛇痢的老婆抱着孩子坐在门口号啕大哭，说这日子没法过了，叫万笔杆打死烧蛇痢，不要万笔杆赔命。

田木叶、陈调、韩细妹见这场景，立马明白担心的事终究还是发生了。陈调顾不得田木叶和韩细妹，跑到坝子中间几脚就把还烤着的几只鸡踢开，铁青着脸怒视烧蛇痢。烧蛇痢顺势就捡起地上的烤鸡跑到田木叶身后，喊书记救命，说万笔杆打死人。

田木叶拦住万笔杆。万笔杆气咻咻地把木棒摔在地上，说：

"天下竟有这种没脸没皮的人。"

烧蛇痂见万笔杆摔了木棒，反倒不依不饶耍起泼来，说："狗日万笔杆，你当个村干部不得了，你不是要打死我吗，第一书记来了，有本事你打呀！"边说边用身子去撞万笔杆。

陈调一把钳住烧蛇痂的手，让他动弹不得。烧蛇痂大吼大闹："大家看啊，村干部打人，驻村干部也打人。"见墙角那几个吃他烤鸡的人像看西洋镜，不站出来帮他说话，就停止哭闹，说："你们把鸡发给我了这鸡就是我的，我想怎么吃就怎么吃，想什么时候吃就什么时候吃，你们管得着吗？我一不是党员，二不是干部，你们能把我怎么样呢？"

听到动静，寨子里陆续有人过来看热闹。税岐洁也来了，她很生气地说："烧蛇痂，你真是臊皮，你不仅臊了你祖宗八辈人的皮，还把我们三塘盖村人的皮都臊尽了。"

韩细妹也说："你真丢三塘盖村人的脸。"

"鬼点子大哥，你说我丢你们脸没？"烧蛇痂看到人群里的鬼点子，就像落水的人抓到了一根救命稻草一样。然后嬉笑着反问韩细妹："你又不是我们三塘盖村人，你没资格说这话。我吃我的鸡，我丢哪个的脸？！"

鬼点子不说话，只打了几个哈哈。

韩细妹不恼，说："区上正在让我找好吃懒做致贫的典型，电视台会来做专门的采访，然后在全区播出，我看先从你开始。"说完，也不看烧蛇痂，拿出手机按了几个键，做出打电话的动作。

田木叶暗笑，把韩细妹放到耳边的电话往下压了压，说不忙打电话，再给他一次机会。

鬼点子看田木叶、陈调脸上满是鄙视，又听韩细妹要喊电视台来采访，就悄悄溜出人群走了。烧蛇痂见鬼点子走了，立马像漏了气的皮球，一下就蔫了。

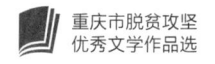

烧蛇痫老婆哭着说:"三个第一书记,你们别指望着他改,我已经给了他十几年的机会,他都没改。我要和他离婚,也不再指望他改了。"

一直在旁边安慰烧蛇痫老婆的税岐洁听她说要离婚,显得有些意外,说:"离婚?我支持你,这种男人,懒到烧蛇吃,白长一身膘,又不缺他打汤喝。"

"税大姐,老话说得好,宁拆十座庙,不毁一桩婚,我们还是劝和不劝离,十多年她都忍过来了,让她再给烧蛇痫一次机会,再不改,她不离我都要劝她离。"韩细妹说。

"鸡崽让税启烤来吃了,是我们驻村工作队的工作粗心了,事前没给他讲清楚。税启如果脑壳还正常的话,我相信他不会再干这没皮没脸的事,看得出,税启还是有脸皮的,他不会继续错下去。税启,你说对不?"田木叶说。

烧蛇痫像鸡啄米一样不断点头说"是"。

离开烧蛇痫家,一路上三人的心情都异常郁闷。

陈调说:"猪也好,鸡也好,我认为我们驻村工作队和村上的干部不能一发了事,还必须搞好后续跟踪,要看发的这些猪崽、鸡崽或果树苗是不是贫困户真正需要的,不能只管当时。对于像烧蛇痫这种因懒致贫,好吃懒做的人,我们必须探索一套有效的办法,不能老是让他们习惯于蜷在火炉边的日子,必须让他们把志立起来,就像人人教小孩走路一样,不能老是扶着小孩走。"

一直黑着脸的韩细妹听了陈调的话,很认真地表示同意:"陈调大哥的话站位高,看得远,说的问题应值得全区乃至全市的扶贫干部认真思考。"

韩细妹在手机备忘录里悄悄记下了陈调说的这段话,心想,陈调说得太对了,现在很多部门扶贫,不管贫困户的实际情况,想当然地弄一些扶贫物资给贫困户,结果是高原上烧开水,看着面上沸腾不止,结果却是泡不了茶的温开水。必须在扶志上想真章,出实招。

田木叶沉思着不说话。有风给他发来了微信,说贫困户烤扶贫鸡吃,表面上看是贫困户不立志,实际上是具体工作中扶贫的思路有问题,思路决定出路。

田木叶很奇怪,有风怎么知道贫困户烤扶贫鸡吃的事?

十四

"思路决定出路",有风的微信触动了田木叶的神经,回到村委会当晚,他和陈调、韩细妹商量,能人治村,是三塘盖村决胜脱贫攻坚的前提保证,健全村领导班子的事刻不容缓,一刻也不能耽搁。

田木叶让万笔杆在三塘盖村共同致富微信群里发了条推举村干部的短信通知。立刻,群里连续几天炒翻了天,就像一潭死水里丢进了一块大石头,闹热得很。说村民们不关心政治,那是没真正了解当下的村民。在广大的乡村,老百姓比任何人都关心政治,特别是谁当他们的直接领导。说"谁当都一样",那只是他们无奈之下的一种表象。所以,推举村干部的通知一发出,三塘盖的村民们既觉得新鲜,又感到兴奋,于是大伙就在群里七嘴八舌激烈发表各自对人选的推举意见。田木叶和陈调、细妹儿也看到了微信群里推荐的人选。

"万贯财和税景阳,这两个人都快成网红了,你们看清楚没有?微信群里面90%的人推荐的都是他们。昨天还有几个老党员从城里坐车回来,专门推荐万贯财和税景阳,说以党性保证。就是不晓得这里面有猫腻没。"韩细妹说。

"从这些天走访的情况看,这两个人在乡亲们心目中有很高的声誉,他们推荐这两个人应该说没有猫腻。"田木叶看完微信后高兴地说。他拨通镇党委书记电话,汇报了物色村干部人选和"三塘盖村共同致富工作群"里自发推荐的情况。木子书记在电话里说,从他们了解的情况看,这两个人不错。

"都晚上十二点了,你们怎么还没歇息?抓紧时间早点休息,不要想着一天就把一年的工作做完。"木子书记在电话里爱怜地说。田木叶看表，已是十二点过了，后悔不该打这个电话。木易副镇长曾告诉过他，木子书记因工作压力大最近患了失眠症，晚上一旦被吵醒就一夜睡不着。

木子书记一直关注三塘盖村班子人选问题，说三塘盖村是后进支部，加强基层组织建设，帮助改进后进支部是驻村工作队的职责，要求抓紧物色人选，把那些有能力、有事业心的人选入班子，三塘盖村不能再是"无头村"了。要把三塘盖村党支部建成坚强的战斗堡垒，要充分发挥基层党组织的战斗堡垒作用。

田木叶、陈调、韩细妹都感到木子书记的话传导了很大的压力。

"村里大多数年轻人都外出了，大多数党员也不在村子里，村子里留下的都是七老八十的老人，很难物色到合适的人选呢！必须从外面打工的人中物色人选。"陈调说。

"陈大哥说的是村头的现实情况。说实在的，现在要找两个愿意当村干部的人，还真是打起灯笼都不好找。要么是年纪大了干不动，要么是人太年轻属嘴上无毛办事不牢，真正年富力强的又嫌村干部二千来元的工资太低不能养家糊口，想干的又是些恨自己没得机会腐败的人。"韩细妹很感慨。

"村里的现状摆在面前，要物色两个合适的村干部确实困难，但组织上把我们派来了，把加强农村基层组织建设的任务交给我们了，我们就得完成，不仅如此，还要把任务完成好，要打造一支永远不走的驻村工作队。我们可以广泛发动党员和村民，多听听他们的意见，让他们帮忙推荐推荐，一旦有合适的人选，我们就三顾茅庐，我就不相信，我们千多人的一个村，找不出一个支部书记和村主任。"田木叶非常坚决地说。

"说到广泛发动，也是很困难的！"陈调很激动地说，"人都出

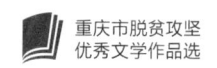

去打工了，入户走访见不到几个人，开群众会人又来不齐，就算来齐了也是些七老八十的老年人。物色到人选了，党员会、村民大会又开不起来，我们不可能把在外打工的都通知回来，就是通知了，他们也不可能回来。他们不回来，会议就达不到法定人数，选举就不合法，这农村工作真不是上嘴皮搭下嘴皮那么简单！"

"陈大哥说的问题确实是个问题。"田木叶接过陈调的话说，"在家的我们挨家挨户上门征求意见，不在家的，我们利用微信群发动或逐个打电话征询意见。选举可以利用'学习强国'平台上的视频会议，采取线上线下相结合的方式进行。"

"这个办法好！"韩细妹很赞成。

木子书记和木易副镇长很赞同田木叶的意见，说这个线上线下相结合搞选举的方法不错，是一个创新，可以尝试一下，以后村民议事都可以采用这种办法。

三人商量，田木叶和陈调入户走访，韩细妹在村里负责用微信群和电话联系方式与在外打工创业的人沟通。

田木叶想到了蒲卓尧两口子。前几天，他们提到万贯财和税景阳，陈大妮等好几个农户也提到了这两个人。他们说万贯财的父亲从20世纪50年代就担任村支部书记，当了几十年村支书的老书记直至退休。受父亲的影响，万贯财为人正直，对公益事业热心，他在黔江城里开修理厂，每年都要给村里考起的大学生捐款。税景阳是原来的村主任，这人为人正派，处事公正，上届选举被人搞小动作拉了下来，现在城里做生意。如果能说动他们回来当书记，保证没人有意见。

田木叶对陈调说，进城去见见这两个人，这次选举，万贯财和税景阳能否回村很重要，这不是除了胡萝卜成不成席的问题，关键是村干部待遇太低，农村很难找到愿意当村干部的人，更不要说公道正派的能人了。顺路去碓窝塘寨走访下冒牯天，他和黄梯玛那天也提到过这两个人。

冒牯天在给猪喂食,见田木叶和陈调过来,赶忙撵走吠叫的狗群,端出两把松木椅子请两人坐,给每人泡了杯茶。

冒牯天说,这是自己种的藤茶,可以预防高血压。

田木叶端起茶端详,汤色微黄,雾气熏进鼻孔顿觉清香,五脏六腑都有舒畅的感觉。他抿了一小口,茶在口中有一种苦尽甘来的甜。

"没想到我们的第一书记还会品茶,我可没得那么多讲究,只晓得这茶好喝。"冒牯天见田木叶喝茶的样子,笑着说。

"这茶不错,冒牯天你怎么不多种点?"陈调问。

"这是磨盘塘寨蒲卓尧给我的苗子,制这种茶的手艺也是他教的。我想过发展这个产业,但农业要讲规模效益,规模小了找不到钱。再说,我们村的村民都是团鱼脚板,没出过远门,没见过世面,你要租他的土地,他死个舅子也不会同意,宁可把地荒在那里长茅草也不租给你。银行也是嫌贫爱富的东西,你贷款没得抵押无论如何也不贷给你,上面说山林可抵押贷款,但银行说那不是他们说的,你那文件不管用。"

"如果我们能帮你协调到贷款,你愿意做不?"田木叶问。

自从在蒲卓尧家品茶后,田木叶一直在想能不能发展茶叶产业的事。三塘盖村的现实情况告诉他,整个村没有像样的成规模的产业,土里刨不出钱,村民无心办地,只好外出打工。田木叶心想,这可能就是三塘盖村脱贫之后又返贫的重要原因。

"如果能搞到银行贷款,我也不行,因为我没得挑头的能力,如果让磨盘塘寨的蒲卓尧和税卓挑头,可能问题不大。"冒牯天说。

陈调见田木叶和冒牯天没完没了说茶,赶快提醒田木叶:"木叶书记,你今天不是来问村干部人选的事吗?怎么扯到贷款上去了?"

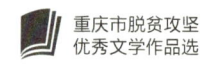

"我上次不是说了吗，选万贯财和税景阳两人当村干部最合适。实话实说，我和万贯财、税景阳尿不到一把夜壶，我和他俩都吵过架。但椽子是椽子，檩子是檩子，各归各。尽管我们有过节，但我还是要推荐他两个。他们如果愿意出来当这个村支部书记和村主任，我敢说，我们三塘盖村的人没得几个不同意。"冒牯天说。

冒牯天的话让田木叶、陈调怀疑自己的耳朵是不是出了问题。推举干部不夹私心和个人恩怨的人，在这世上早已是凤毛麟角了，虽然都是推举有能力的人，但眼光都局限在自己的三亲六戚或身边的朋友范围内，至少不会推举与自己有过节的人，就连一些领导都是这样。没想到这大字不识几个的冒牯天心胸竟如此宽阔，提出的人选竟是和自己有宿怨的人。

"冒牯天，我看你还正直，你怎么不出来竞选村主任呢？"见冒牯天不记仇，反而推荐"仇家"，陈调给冒牯天比了个大拇指。

"我不会参加竞选的，说句耿直的话，莫说村干部那点工资养不活我，就是你们公务员那点工资也眼气不了我。再说，现在的村干部都是全天值班，干的工作是过去一个乡政府干的工作，每天都在那里填些表表册册，没劲。"

"除了他们两个，村里还有其他人可以推选吗？"田木叶问。

"我认为，他们两个搭档最好。就怕他两个不愿回来干。说实在的，都在外面把钱赚得盆满钵满，哪个又愿回来干这个清汤寡水、吃力不讨好的村干部呢！"

"他两个如果不愿回来干，那你觉得又选哪两个好呢？"田木叶追问。

"黄梯玛可以，可惜他是梯玛。我听说他和你们喝酒吃狗肉，自己主动把武功废了。他不是党员，不然他干村主任还是个人选，他脑壳灵活，处事公正，为人大气，加上儿子又在外工作，社会资源广，找上面给村里要点项目也容易。这万笔杆呢，有知识，人年轻，但还差点历练，暂时不行。书记嘛，有个女的，叫杨美金，很漂亮，原来是我的兄弟媳妇，人还没过门亲事就吹了，为退彩礼，我们断绝了往来。现在人在广州，估计她不愿回来干，听说她在广东汕头买了房了。除了这几个人外，我还真没想到合适的人选。"

见再问也问不出新的人选，田木叶就和陈调离开了冒牪天家。走的时候，田木叶对冒牪天说，如果想起还有合适的人选，就电话告诉他们，然后就直奔黔江城。

黔江城不大，田木叶和陈调没费多大力气就找到了万贯财的修理厂。

时间已是中午，对于田木叶和陈调到来万贯财好像有预感。当时，万贯财正在办公室躺在沙发上小憩。他做了个梦，梦见自己成了诸葛亮，在林中读书，突然，有两个人提着两罐酒一前一后朝他走来。走在前面那个人是刘备。刘备走到跟前，说三塘盖村是深度贫困村，你诸葛亮却只顾自己在这里吃饱饭，一身本事全堆在肚子里了。后面一个人黑着脸，像是张飞，张飞跑到他面前要抓他，说那么多人都相信他，等着他，不去不行，捆也要把他捆去。他说，他去还不行吗，何必凶神恶煞的？

"谁凶神恶煞的，你要到哪去？"老婆税美仁送午饭进来，刚好听见男人说梦话，就把他叫醒，问他梦见谁了。

"我做了个怪梦，梦见自己成了诸葛亮，刘备来请我，张飞来抓我。"

"做梦娶媳妇，尽想好事。刘备是皇帝，你是谁？你那点墨水能比得上诸葛亮？一天不晓得在想哪个女的哟！"

"我怎么会做这个梦呢？难道是镇上真要来人叫我回去当村支书？"万贯财不理老婆，边吃饭边想梦中的情景。

三塘盖村共同致富群里好多村民都推举他回去当支部书记的聊

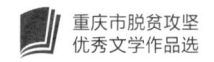

天记录，他看到了，虽很激动，但仍不打算回去。他和妻子进城打拼多年，挣起这份产业不容易，现在年创税50万元以上，可以安安稳稳过小日子，回去干啥呢？再说，厂里也需要打理，怎么走得开呢？但转念一想，这么多年了，生养自己的村子还是贫困村，而且还是个国家级深度贫困村，自己作为党员，有责任带领乡亲们脱贫致富呀！怎么能逃避一个共产党员的责任呢？老父亲干了几十年的支部书记，再贫穷都一直坚守，不就是想给村里的乡亲干点事吗？不就是想让乡亲们能富起来吗？一晚上，他辗转反侧不能入睡，反复思考这个问题，最后悄悄在心里说：钱是一辈子都找不完的，这世上还有比钱更重要的东西，那就是责任，如果组织需要，就服从组织安排。妻子也看到了微信，知道他一晚上翻来覆去睡不着觉，肯定是在想回不回村当支书的事，于是一大早就给他打预防针，说不管哪个来说，说上天说齐地，都不准回去。给家乡办事不是只有回去当村干部一种办法，每年给老家修路捐点钱不是一样的吗？更何况，这些年一直都在给村里考上大学的学生捐钱。妻子在群里说，感谢大家信任，但万贯财实在走不开。万贯财心里明白，妻子还有句话没说出来，那就是村里人来人往，当村干部那点钱还不够买烟搞接待。

"厂长，有两个人说是你们村的，专门来找你。"万贯财两口子正在为回不回村当支部书记的事争吵的时候，田木叶和陈调来到门口。

万贯财抬头看了门口两个人一眼，不认识。便问："你们不像是我们村的，找我有事吗？"

"万厂长你好，我们是三塘盖村驻村工作队的，这是市上派来的驻村第一书记田木叶同志，我是区交通委的陈调。"陈调指着田木叶介绍道。

"喔，贵客贵客，快请进。"万贯财把田木叶、陈调迎进办公室。"真是巧了，我刚才做梦就梦见有人来找我，没想到是你们。大中午来，两位肯定还没吃中饭吧？"

万贯财招呼税美仁再去弄两碗鸡杂面来。田木叶和陈调也不推拒，趁鸡杂面还没来，就开门见山和万贯财说村里的事。田木叶心想，都是明白人，昨天三塘盖村共同致富群里讨论村干部的事他一定知道，没必要再扯二门。

"两位书记，我是十几年的党员了，从讲党性的角度说，确实应该服从组织上的安排，但我走了，厂里一大堆的事没人管，稍有不慎厂子就毁了。就像一座山或一栋房子，一旦垮了就再难复原，厂子里几十个工人要吃饭，如果厂子毁了就是对他们不负责任。再说，娃儿也在城里读书，也要人管呀！庄稼没管好只误一春，孩子没管好是要误一生，所以，请组织上另选他人吧。"

田木叶说："万厂长，听得出你是一个很有责任感的人，大道理我就不讲了，昨天你也在微信群里看了，推举你回去当村干部是大多数人的意见，我们也走访了在家的农户，很多人都推举你，就连和你不对付的冒牯天也推举你，你总不能辜负了大家的期望吧？"

"我们知道你一直想给家乡做点事，也一直在给家乡做事，致富不忘穷乡亲，这很难得。我们希望你认真考虑一下。"陈调说。

"一个人富了不算富，全村人富了才算富。给家乡做好事多种多样，但我觉得，带领大家共同致富才是最大的好事。驻村工作队建三塘盖村共同致富群，意义就在于此。所以，我建议找一个你信得过的人帮你管厂子，你出任村干部，带领大家共同致富。现在条件这么好，扶贫政策这么多，上级的帮扶力度这么大，如果我们三塘盖村不抓住机遇，就永远落在别人的屁股后面了。到时，我们的后人就会说，当年三塘盖村的党员、干部都是些吃干饭的，那么好的机遇都不晓得去抓。"陈调继续说，说得很郑重。

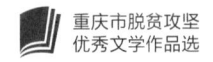

万贯财被说得有些激动，两个外人口口声声不离"我们三塘盖村"几个字，让他暗暗折服。外人都把自己融入了三塘盖村，自己作为三塘盖村土生土长的人，作为一名三塘盖村的党员，有什么理由拒绝呢？

"我考虑一下。"万贯财说。

"考虑什么？说不准去就是不准去。"声音明显是从门外传进来的，田木叶和陈调朝门口望去，见一个颇有几分英气的女人端着两碗面走进办公室，满脸不高兴。

听声音和说话的口气，田木叶猜到这女人是万贯财的妻子。

万贯财不好意思，赶忙介绍妻子，说自己堂客税美仁说话是个直筒子，请田木叶和陈调莫见怪。

田木叶和陈调不可能见怪，在来的路上他俩就猜测，觉得万贯财工作好做，他妻子税美仁的工作不好做。

"美仁，你莫要嚷嚷，这两个领导是我们村里的第一书记，是来我们村驻村扶贫的。"万贯财说。

"不好意思，我不认识。你们大老远过来，中饭都还没吃。"税美仁见田木叶背着个背包，就问，"你就是他们喊的背包书记？"

"他们是这样喊。"田木叶被问得不好意思。

"两位书记，不是我不让万贯财去，他是党员，他该去，可我家的情况是这个厂子离不开他，他走了，厂子就没得人管了，再说，娃儿还在读书，还需要他监督、辅导。你们也晓得，现在城里的学校，把好多事都推给了家长。"税美仁不说不让万贯财回村里当村干部的话，而是说了一大堆万贯财不适合回村的理由。

田木叶心想，多数时候，男人好说服，女人反而不好说服，她们表现出超强的定力。看来，这次说服万贯财问题不大，但要说服税美仁很难，但难说服也要说服。

从哪里开始说呢？田木叶大脑一片空白。

田木叶突然想起韩细妹，要是她在就好了，毕竟女人和女人好说话。

对，先夸她漂亮。女人都喜欢别人说她漂亮。田木叶突然想起韩细妹的一句话，说是女人只要你说她好看，说她能干，她就不会拒绝和你说话，但你不能说得太露骨。

"嫂子，今天看到你才相信他们说的都是真的。"田木叶故意不把话说完。

"木叶书记，他们说我么子？我这人可从没干过对不起乡亲们的事。"

"他们说你不仅人长得漂亮，而且特别能干，说这厂了要不是有你的话，没得这么红火。"

"对，这话我也听好多人说，说嫂子是我们三塘盖村的一枝花，聪明、能干、贤惠、识大体、爱帮人，全镇再找不出第二个。说你生了两个娃儿了还像个姑娘家。"陈调也正绞尽脑汁想如何说服税美仁，听见田木叶夸赞，便明白了他的用意。他把眼睛眯得像豌豆角，夸起女人来一套一套的，把税美仁说得抿嘴直笑。

"两个书记真会说笑，都老妈妈了，还姑娘家。"税美仁听了田木叶和陈调说的话很受用，语气明显柔和下来，脸上现出天边彩霞一样的红晕。

见税美仁很受用的样子，田木叶想："韩细妹这招还真管用。"

陈调还在继续夸税美仁，说税美仁当年不仅是筲箕滩镇的一枝花，而且还是远近都出名的学霸，只是因为家里穷才没能够上大学，一只金凤凰才没飞得出山沟沟。要是当年有人能帮扶一把，你就可能是城里的大干部了。不过，只要是金子，在哪里都会闪光，你看你现在不是当老板了吗？北大毕业生也不一定当得了老板。

"陈书记，你这嘴早上肯定抹得有蜂糖。读书的时候，你屁股后面没得一打女娃儿跟着才怪。"税美仁被陈调夸得喜不自禁。

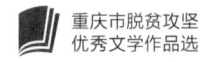

"嫂子好眼力,我也不哄你,读书时班上确实有女同学追我,但不至于有你说的那么多,只是有几个。"

这个家伙,没想到也爱听这些假话。田木叶见陈调说个没完,突然想到最近网上有个词叫"女泡",心想这个陈调读书时是不是"女泡"?

万贯财不说话,只是笑。陈调拐了田木叶一下,附在田木叶耳边说:"他这叫冷水泡茶慢慢浓,看样子浓得差不多了。"

田木叶听明白了陈调的意思,看了一眼笑得像花似的税美仁,说:"嫂子,你真的贤惠。你没来的时候,哥子说他哪个的话都可以不听,但你的话必须听,你叫他往东他决不往西,你叫他撵狗他决不撵鸡。他说你最明白事理了,这些年他给乡亲做点事,都是你叫他那样做的。我们来的时候,乡亲们也说,你是绝对同意贯财兄回村任支书的,就怕贯财兄自己不同意。"

"他说的有一句话是真的,乡亲们有困难找到他,我都叫他尽力帮。我经常想,小时候要是有人帮我的话,我肯定也像你们一样,当国家干部了。"税美仁说着说着,就有点感伤起来。

田木叶听出,税美仁骨子里还是多少有点"万般皆下品唯有读书高"的入仕情结,心里暗喜,便对她打起心理战,说:"嫂子,说实在的,人这一辈子就是要有点追求,物质上的和精神上的都缺一不可。精神上的呢,我认为最大的幸福就是周围的人都认可你,尊重你,你随时都会觉得自己身上有一种对大家的责任。我给嫂子说实话,我来三塘盖村,不但收入大大减少,连家庭也没时间照顾,但我在看到三塘盖村有那么多的贫困家庭的时候,一种责任感在我心中油然而生。我觉得,我在三塘盖村任第一书记,有一种价值的存在感,这种存在感是原来没有的,它让我幸福。"

"是的是的,木叶书记说的这种责任,我也是深有同感。我本可以在单位当我的调研员,无忧无虑,不承担任何风险和责任,但到了三塘盖村后，突然就觉得，人的一生还是要干点事，干点对乡亲们有意义的事。这好比桑蚕，给你吃了那么多的桑叶，你不能不吐点丝结点茧报答人类吧？"陈调想到桑蚕吐丝结茧的事，便以此劝说税美仁。

"你一个与我们三塘盖村不相干的城市人能来我们村当第一书记，并自己掏腰包给患病的贫困户看病，真的了不起，我听乡亲们说后，都流了眼泪。两位书记，你们说的话是大实话，说得很实在。我书读得不多，说不来那些高大上的话，但我给你表个态，支持他回村里当村干部，就是不晓得他有没有那揽瓷器活的金刚钻。"

"嫂了，这么多年了，你还不晓得哥子有没有金刚钻？"陈调见目的达到，就开玩笑。

税美仁脸红，说："你们这些臭男人都爱乱说，一天不说点那方面的事就生怕天不得黑似的。"

田木叶很高兴地问万贯财："嫂子同意了，你还有什么意见？"

"没得意见，我服从组织上的安排。明天就回村里工作。"万贯财说。

"好哥子，你下午把厂里的事安排下，晚上好好陪下嫂子。"陈调说，"回村了，嫂子很多时候都要撂荒在家了。"

"回去不遭揪耳朵才怪。"税美仁听出陈调又在开她玩笑，便笑着回骂。

田木叶和陈调站起来与万贯财握手，说他们在村里等他，乡亲们在村里等他。

出了万贯财的修理厂，田木叶说去找税景阳。陈调说给家里那个女人打个电话，晚上要回家睡。

"你给家里那个女人打个电话，难道外面还有一个？"田木叶高兴，也咬文嚼字抓住陈调话里的漏洞开玩笑。

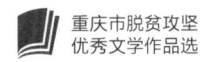

陈调笑，说好久没吃黔江鸡杂了，晚上请客去黔江鸡杂总店吃鸡杂。

陈调给黔江鸡杂总店打电话订雅间，田木叶也掏出电话打给税景阳，说自己是三塘盖村第一书记，想过去看看他。税景阳没拒绝，说他在芭拉胡景区的莲花广场等。

芭拉胡景区是"中国峡谷城"的主要景区，是"峡在城中、城在峡中"的大美风景，田木叶早有耳闻，一直想身临其境，但一直没找到时间和机会。税景阳说在芭拉胡景区等他，正暗合了他的想法。看风景、谈工作两不误，就像成都人在茶楼喝茶谈生意一样，时间又是星期天，不会有人说他们上班时间游山玩水。

出租车在城里绕了几个圈，像公交车一样沿途收了几次客。田木叶想着快点到芭拉胡景区的莲花广场，对出租车当公交车开很不满，但也很无奈。要不是因为赶路，他肯定下车不坐了。陈调见他焦躁不安的样子，忍不住笑了，说："木叶书记，少安毋躁！"出租车司机听陈调叫书记，看了一眼坐在副驾驶位置上的田木叶，见他相貌不凡，个子魁伟，以为是区上才来的一个大官，就加速前行，路上几次遇到客人招手都视若不见，只管朝前行驶。田木叶忍不住笑，说陈调真鬼。

芭拉胡莲花广场在景区北大门，税景阳早已等在那里，并给田木叶他们买好了门票。出租车刚停稳，税景阳就猜出是田木叶来了，赶忙拿着门票迎了过来。税景阳中等个头，皮肤黝黑，五十多岁，腰板笔直，走路难掩其军姿。田木叶猜出他就是税景阳，便笑着迎了过去。

"我是税景阳，你们是田书记和陈书记吧？"税景阳问田木叶。田木叶笑着点了点头，然后指着陈调说："他是陈调同志，也是我们三塘盖村驻村工作队的，想请你回村工作。"

税景阳并不惊讶，接到电话就猜出田木叶的来意。他握住田木叶的手说："田书记，我是军人出身，说话从不绕弯子。我在三塘盖村共同致富群里看到了你们物色村干部的事，也看到了大家的议论。我不是不想干事。俗话说，好马不吃回头草，我没得脸面回去重新当村干部，上届我是被选下来的，所以，我怕干不好，耽误了村里的发展。"

"村里上届选举他们搞小动作的事我们知道。这几天你可能在微信群里看到了，村里的群众都是信任你的。我们经过了解，群众反映你处事公道，给老百姓办事也很热心。"田木叶平静地说。

田木叶从税景阳的话里听出了他是一个爱面子的人，他不是不想回村里出任村干部，而是心里还记恨着当年被人搞小动作拉下来的事，只要帮他过了心里这道坎，请他回村出任村干部的问题就不大了。

"我是三塘盖村长大的人，给乡亲们办点事是应该的。但我想了很久，觉得你们还是另找他人为好。"

"你是嫌村干部的待遇低吗？"陈调问。

"待遇问题我倒不是很计较。钱这东西，多有多的用法，少有少的花法。我在城里有个店，好歹有些收入。"

"那是嫂子不支持还是店里人手紧走不开？"田木叶有些诧异。

"店里有一个人打理就够了。我家属也是一个很讲道理的人，对我给村上办事，她从不反对。上次选脱了，她懊丧了好几天。当她听说你们来村里的一些事后，更是支持我回村里工作。"

"那是什么原因呢？"陈调问。

税景阳不说话，从包里摸了一支烟点上，然后重重地吐了一个烟圈，烟圈在他的头顶盘旋上升，很久都保持着他嘴唇的形状。

"我们都是男人，是男人就要拿得起放得下。当年你被别人搞小动作拉下来那点事算什么，要换作是我，我还非回村里竞选村主任不可，还非回去干出点样子不可。"陈调激将税景阳，言辞里满

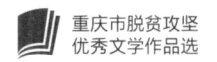

是鼓动的语气。

"人的一生有很多事情等着你去做，过去的事情就让它过去，人不能老是在过去的事情里纠结。乡亲们知道你的为人和办事能力，等着你回村里为大家做点事，乡亲们会记你的好的。"见税景阳还在犹豫，田木叶接着陈调的话说。

"我这人做事不需要人记我的好，我只在乎仰不愧于天，俯不愧于地，中间对得起做人的良心。"税景阳把烟头重重地丢进路边的垃圾桶里，对着三塘盖村方向的大山大声说。

田木叶听出税景阳话里的意思，知道他对回村竞选村主任有所心动，只是碍于面子不好明说而已。陈调也看出了税景阳的心思，认为先不着急让税景阳明确表态，得用煮饺子激冷水的办法，要先冷一下税景阳，然后再用话激他。

于是就给田木叶使了个眼色，故意岔开话题，说："税兄，我和木叶书记可是第一次来芭拉胡景区，真是百闻不如一见，不如带我们先参观参观？我们也算是没白跑一趟。"

税景阳听了陈调的话，沉思片刻，点点头，然后带着田木叶和陈调进景区参观。税景阳说芭拉胡景区是黔江的山水名片，是中国唯一的城市大峡谷，是亚洲最大的城市大峡谷，是世界罕见的砾岩溶洞群，是中国唯一以土家语命名的旅游城市品牌。人只要到了这里，所有的烦心事都会烟消云散。

田木叶很高兴，随着税景阳走进景区大门，来到莲花广场紧挨峡谷的边上极目四望。

酉阳山横亘在老城和新城之间，一条深深切入地心的大峡谷如一条绳锯把酉阳山锯成两截，然后又在城中间活生生锯出一条深难见底的地缝来，缝窄如绳，缝壁如削，猿不可攀。地缝从老城逶迤过来经脚底绵延而过直入阿蓬江。对面绝壁之上的摩崖观音手执净瓶柳枝，端坐莲台，指洒圣水，面目和祥。田木叶毕竟是研究生，他眯眼目测了一下，估计这壁摩崖观音像的高度至少在120米以上，宽度应该在70米左右，可能是目前全世界最高的观音雕像了。右边，是地缝的切入口，被锯断的山口两峰对望，好似随时都有可能紧紧抱在一起的一对男女眉目传情，北边岩壁半腰凸出的位置，一座文峰塔突兀地镇在那上面，就像棒打鸳鸯的蛮横老头横在中间，阻止了这男女拥抱的欲望，让两山成了幽男怨女。

　　田木叶问陈调那山的名字，陈调告诉说，那两座山叫公母山，北边的山高耸如伟男子，酉阳山拼命拉着他，但他仍用尽全身力气朝着东边的山峰移动，东边的山峰秀气文静，像被人拉着不忍动步的弱女子媚态地回首望着背面的伟男子。观音娘娘看见这情景百般动容，但考虑到两山一旦牵手拥抱，从八面山经这条地缝流向阿蓬江的水就会把老城堵成汪洋，老城的官民就会瞬间葬身鱼腹，便强忍心中的恻隐，派人在那里置塔镇守，让男人不得前行半步，老城的官民从此安然无恙，安居乐业，但这对幽男怨女千百年就在那里守望。为感念观音的大慈悲，老城的官民就捐资在东边岩壁的凹陷处修筑了观音庙，在这莲花广场对面的岩壁上雕刻了这壁世间最大的观音摩崖像。

　　田木叶听得动容，悄悄用纸巾揩了眼里快滚出来的泪滴，看见谷口东面的半山的凹陷处，一幢吊脚楼形状的庙宇紧贴在岩壁上，气势恢宏，有善男信女不断进进出出。

　　"没想到这慈悲为怀的观音也懂得大爱面前牺牲小爱。"田木叶感叹。他拿出手机，照了张摩崖观音像的照片，写了句"大爱面前牺牲小爱"的文字发到朋友圈里。有风很快回了他一句："你是说你们第一书记大家面前舍小家吗？"田木叶笑了，在微信里给他发了个调皮的"表情"。

　　"我们去观音庙看看吗？"陈调问田木叶。陈调说，观音庙那边有一壁摩崖石刻，是黔江末代县令王良鼎在辛亥革命的洪流中被迫

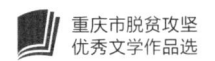

无奈孑然离黔时留下的，他在那里的岩壁上用馆阁体写了"望治情殷"四个粗粝的大字，并在前面写了一段序文，说"余于前清宣统三年辛亥十月莅任于民国元年壬子五月请假回籍时当改革无补民生行将去也因题数字以誌感怀。黔南赤水王良鼎书。"很多人不明就里，也不翻查史料，胡乱解读，说"望治情殷"言表的是这个王县令对观音岩滑坡治理的心声。然而，事实并非如此，只要看他序文里的时间，就知道他是官瘾还没过够，想继续在黔江当官，而不是想治理观音岩滑坡。

"观音岩的风景很美。"陈调继续说，田汉早年经恩施回乡途经此地，便作有四句短句，说"酉阳孤塔隐山岚，巨石撑天未可探；闻道鲤鱼长尺半，把竿何日钓龙潭？"有人望文生义糊弄人，根据短句中酉阳、龙潭字样，就说这是田汉写酉阳县龙潭的诗，殊不知有人较真，在田汉全集的《南归日记》中找到了真相，田汉在日记中说得明明白白，是在黔江观音岩看黔江龙潭河流经岩下形成的深潭作的短句。

陈调的介绍勾起了田木叶的兴致，但一看时间不早了，想起第二天还要在村委会开会研究选举的事，只好作罢，说下次再去看。田木叶拿手机又拍了几张山景和新城区的照片发到朋友圈，说黔江城是"城在峡谷上，峡在城中央"，是全球罕见、亚洲唯一的独特城市景观，是中国最有灵气的地方。

女儿田歌在微信里给他发了12个大拇指竖起的图标和一个调皮的图标，接着又发了一段话："老爸，你是去三塘盖村扶贫，还是去黔江城头看风景？"

田木叶笑，给女儿发了个亲昵的GIF动图。

有风也发来微信，说心中有景处处有景，找到了要找的人自会有好心情。

田木叶回复有风：扶贫路上时时有故事，处处是风景。

回完微信,田木叶、陈调和税景阳告别,田木叶说中国峡谷城这地方不但让人震撼,而且让人心灵得到洗涤。陈调感谢税景阳的全程向导,让他们不虚此行。并说,他记住了税景阳的话,知道他是个对得起做人良心的人。

田、陈二人只字不提请税景阳回村竞选村干部的事,好像什么事都没发生一样。

税景阳这时有些慌了,看见他欲言又止的样子,田木叶于是故作拉陈调去赶车,叫他赶紧走。走了一百米,税景阳急急地跑了过来拉住田木叶的手说:"两位书记,我愿意回去。"

十五

　　事情的结果可想而知，三塘盖村村主任选举会这天，税景阳早早地来到了村委会活动室的坝子上。他没想到坝子上早早地挤满了人，场景比赶集还热闹。来的虽然都是些老年人、残疾人和未出门打工的女人，但只要是在家的，只要能走动的都陆续来了，周围团转几个村在家的村民听说后也来了。大家围着医生咨询，未上学的小孩在人群中兴奋地玩着藏猫猫的游戏。老人机的铃声很大，接电话的声音也像打炸雷。

　　田木叶想起第一次召开村民大会，说上午9点开始，结果到11点才稀稀拉拉来了十几个人，而且来后没等他把话讲完就东一个西一个离开了会场。现在看到村活动室的坝子上人多得像插笋子的场面，两相比较，自然是喜出望外。

　　陈调和韩细妹也很兴奋，两人走到田木叶身边，说田木叶这方法比灵丹妙药都管用。

　　前几天田木叶和陈调、韩细妹商量，召开党员大会和村民大会的事不能再推了，必须尽快召开，选出新的支部书记和村主任。木易副镇长同意三人的想法，说这两件事必须抓紧，镇党委同意驻村工作队上报的选举方案，选举由驻村工作队全权负责。

　　召开党员大会不存在太大问题，毕竟有纪律约束，再说组织关系保留在村里的都是些受党教育多年的老党员，觉悟较高，只要通知了，都会风雨无阻赶来参加会议。年轻党员虽然多已外出打工，接到通知后虽赶不回来参会，但他们都会请假并态度鲜明地表明自己的意见。在单位退休，把组织关系转回村里的党员就更不用说了，每次开会，他们不仅踊跃参加，而且都怀着极高的热情发言。

但村民就不一样了，很多时候自由散漫惯了，像一盘散沙，村里组织开会来和不来全凭自己的兴趣和当时的心情。

"必须想个办法保证在家的村民能全部参加。"田木叶说。

"大集体的时候是扣工分或扣对党有意见之类的帽子，乡亲不得不参加。上世纪八十年代是放电影，这方法后来随着电视的普及也不灵了，后来就借鉴劳动技能培训学校发钱找人培训的办法，凡参会就发一碗面条钱。现在，这办法也不行了，大不稀罕你这一碗面条钱。"陈调有些无可奈何地说。

"要不，请重庆少数民族歌舞团来村里演出？他们每年都有送文化下乡的演出任务，不花钱。"韩细妹为自己想到这个办法而流露出满意的神态。

陈调和韩细妹唱反调，说："你那招也不行，现在的人文化品位不再是前些年的品位了，有几个人看演出？民族歌舞团利用赶场天每次送文化下乡在筲箕滩镇街上演出都没得几个人看，你一个村有几个人来看？"

韩细妹伸了下舌头，说："这也是，但这不行那不行，你总要说个行的办法呀！"

田木叶一直听陈调和韩细妹儿说话，突然脑里像灵光闪现了一样。他想到了颜武书记准备协调全市卫生系统专家和山东日照市卫生系统的专家到三塘盖村和筲箕滩镇义诊的事。说："你俩说演出虽不合适，但提醒了我，我们不是请颜武书记协调市里的大医院和山东日照市卫生部门安排专家来村里为村民搞一大型义诊吗？我们可以请颜武书记把义诊的时间放在选举这一天，你俩看怎样？"

"第一书记的脑壳就是好用，组织大重庆的医疗专家和山东日照市的医疗专家义诊，既为村民做了件大实事、大好事，又保证了在家村民参加选举会议。"陈调说，"我们怎么没想到这点？"

"陈大哥，你如果想到了，你就不是二书记了。"韩细妹想起税

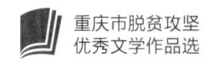

岐洁调笑陈调的话，就借来开陈调的玩笑。

田木叶打通了颜武书记的电话，汇报了自己的想法。颜武书记很高兴，说参加义诊的专家和医生名单早确定了，正准备这几天下来，现在好了，时间就定在村干部选举这一天，一举两得。

晚上，田木叶把这事打电话说给父亲听。父亲说，他也是参加这次义诊的人员。父亲还说，他当年当知青的地方就是三塘盖的磨盘塘寨，叫田木叶看到他后装作不认识，免得因他的原因乡亲对田木叶格外照顾，工作上受到情感因素的干扰。

"父亲想得太周到了。"田木叶在心里暗想。

村民还在陆续到来，先来的就挤到台前找专家咨询。烧蛇痢老婆见颜武书记坐在台上就径直挤了过去，热泪盈眶地说颜武书记是活菩萨，边说边把一篮子鸡蛋送给颜武书记。颜武书记见无法推托就收下了，他悄悄拿出200块钱连同烧蛇痢老婆送的一篮子鸡蛋交给秘书，叫秘书交给田木叶处理。

税岐洁两口子抱着他们的小女儿也来了，田木叶便叫韩细妹把他们引到那个年纪大的医生面前，让老医生看看。

那个年纪大的医生就是田木叶的父亲，就是村民们说的田知青。田木叶装不认识，在办公室隔着窗子远看。

田知青面前挤满了人，韩细妹带税岐洁两口子挤过去。冒牯天看见了，对蒲卓尧、税岐洁两口子说："你两口子来得正好，这医生是当年在我们三塘盖磨盘塘寨插队落户的田知青，他的医术可以说是华佗再世，你女儿有救了，他肯定能医好。"旁边的几个老年人也说："没想到田知青也来了，他的针灸当年救了好多人的命哟！你女儿这次遇到田知青，就是遇到了观音菩萨，那是有救了，她的病一定得好。"

田知青须发皆白，一副仙风道骨的样子。他问了蒲卓尧和税岐洁女儿的病情，然后给她号了脉，说小女孩是药物的副作用引起的功能性耳聋，用针灸扎几个疗程大概会有效果。田知青拿出身上带的针灸盒，取出几根银针，分别扎在小女孩的颈、额、耳后、脚心等处。不一会儿，小女孩竟然开口叫了一声："妈妈。"

税岐洁紧紧抱着蒲卓尧的膀子，像小孩子一样哭了，眼泪如扯断线的珠子一般，哗哗流个不停。她哽咽着说："丫头说话了，丫头说话了。丫头，不怕，爷爷扎针不痛。"

"不痛。"女儿说。

在场的人都忍不住流下眼泪，这么多年，他们只见税岐洁笑，从没见税岐洁掉过眼泪。

"田知青，你真是神了，你真是华佗再世。"冒牯天激动得大喊。

村民越聚越多。田木叶请示木子书记，说村民都来得差不多了，先开支部大会把支部选举的情况和镇党委的批复给全体党员宣布一下。

组织委员见木子书记和比树镇长点头，便站起来对着参加会议的党员宣读镇党委关于三塘盖村党支部选举的批复文件，然后请新当选的支书万贯财讲话。

万贯财站了起来，穿着一身笔挺的西装，新理的平头透着精明能干。他说："既然组织上信任我，大家相信我，我一定干好，不让三塘盖村的乡亲们失望，不让领导们失望，不让组织上失望。刚才听到老百姓有意见，这很正常，我们三塘盖村这些年做了些老百姓不高兴的事，老百姓不相信我们，也在情理之中。但我相信，有镇党委的坚强领导，有驻村工作队的大力帮助，有新一届村支两委的勠力同心，从现在起，我们三塘盖村不会再是过去的三塘盖村。"

掌声响起。木子书记高兴地站起来，说："万贯财同志刚才的表态非常好，掌声就是证明。万贯财同志把自己的企业交给家里人，在村干部待遇偏低的情况下不计个人得失，从城里回来担任村

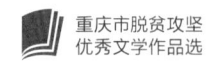

支书，这说明什么？这说明了一个共产党员坚定的党性，说明了万贯财同志心里装着乡亲，没有忘记入党的初心，没有忘记入党时的誓言。镇党委相信，新一届村支委一定能干出好成绩，一定能带领三塘盖村的老百姓决胜脱贫攻坚，走向共同富裕。"

木子书记的话音刚落，老党员们就开始激动地发言。

"小万，好好干，我们这些老家伙支持你。"一位八十多岁的老党员大声说。

"小万啊，我们是看着你长大的，你爹是老支书，给村里干了不少好事，你要像你爹一样，多给村里做点实实在在的事。"另一位八十多岁的老党员站起来说，情绪很激动。

田木叶很高兴，见大家发言差不多了，就向木易副镇长和组织委员说，外面村民都到得差不多了，村委会的选举可以进行了。

木子书记说："下面的村民代表选举会就由村支部和你们驻村工作队主持，木易副镇长和组织委员留在这里给你们指导。我和比树镇长去给颜武书记汇报下工作。"

田木叶和木易副镇长及镇党委的组织委员、新当选的村支书万贯财来到操场上。颜武书记和镇党委木子书记、比树镇长走了。田知青和义诊的医生进屋休息，进屋的时候田知青给田木叶悄悄比了个大拇指，这动作除了田木叶谁也没注意。

会议还没开始，鬼点子在人群里来回走动，不时说上几句，引发了乡亲们议论。

鬼点子此番举动不是为了自己当上村主任，而是如何不让村民选出村主任。他想把选举村主任的事搅黄，好看看驻村工作队的笑话。前几天，听说税景阳要回来竞选村主任，他就坐不住了，在家里天天抠脑壳。他不是说税景阳不好，也不是说税景阳和他有仇，而是觉得税景阳威信高，如果选上了，村民们有事就再不会拿着烟酒找他鬼点子出点子了，他的威信就消失了。鬼点子决意要把选举村干部的事搅黄。

田木叶、陈调、韩细妹清晰地听见了乡亲们的议论，不光是他们三人听见了，木易副镇长、万贯财、税景阳等人都听见了。

"管他上面定不定人，选哪个不选哪个，是自己的权利，不要人牵起不走，鬼牵起飞跑。"鬼点子对一个老年人说。很明显，"管他上面定不定人"这句话是针对税景阳和驻村工作队说的。

"我才不信鬼牵，这回选村干部，我还是要按自己的想法选，我们要选能给老百姓办事的人，哪个狗日的选那些只晓得往自己面前刨的人。"一个老年人喘着粗气，带着脏话回答鬼点子。

"选个屁，哪回不是上头说了算？喊我们来选，就是做个样子，人选早就是上面定了的。"万有孝大声嚷，他对那天晚上田木叶、陈调、韩细妹去他家的事一直耿耿于怀。

"我不信，这回来的几个第一书记说话做事都不像是在玩虚把头。你看陈大妮的病，要不是他们，她恐怕二世都有好大了。再看我那个小孙女，要不是他们，怕也早没命了。"龚大姐说。

"说的也是，你看冒牯天都不像以前见到干部就乱说了，每天都和驻村工作队的人嘻嘻哈哈的。"万有德说。

"我们还是要按我们自己的想法选，驻村工作队的人都说了，这是我们的权利。反正，我是要选那种说话做事都靠谱的人，处事不公、老鼠子过路都要扯皮毛的人我是不选。"黄梯玛站了出来。

议论的声音很大，像是在吵架，也像是有意说给田木叶、陈调、韩细妹和镇上的领导听的。

木易副镇长、田木叶、镇党委组织委员、万贯财、陈调、韩细妹在议论声中径直走到主席台。

没有扩音喇叭，没有会标。田木叶指着万贯财对村民们说："大家都认识，经支部党员大会选举，镇党委讨论同意，万贯财同志从现在起，任我们三塘盖村的党支部书记。"

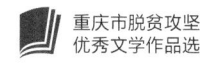

"他在城里有厂子，怎么会回来当书记？"田木叶的话还没说完，下面就像平静的水塘里突然有人丢了块石头。

人群里嗡嗡议论的声音有点像夏天的蝉鸣。

"他是不是脑壳被门卡了？当村头的书记有几个钱？这几年村里又没得国家的重点工程做了，再说，上面有规定，村干部不能沾村里的工程，他图啥？"

"这细娃当书记，我们可以相信。他从小就正直善良，像他老汉的样子！"

"听说是几个第一书记好说歹说动员回来的。这个人倒是选对了，但不晓得这几个第一书记给他灌了什么迷魂汤。"

待议论声渐停，田木叶继续说："今天，我们在这里开个村民选举会，由大家投票选举村主任。投票分两部分进行，一是在家的村民现场投票，二是在外打工的人在三塘盖村共同致富群里进行网络投票。"

"背包书记，我们投票算数吗？"有人发问。

"一定算数，只要大家投票是凭着公心、凭着良心、凭着为把三塘盖村搞好的真心，选举结果一定算数。"

"我们哪个晓得你们搞没搞灯？"

"投票结果当场公开，投票和唱票、计票、监票的人都由你们自己推选，我们驻村干部和村党支部成员都不参与。"

"要得。"冒牯天等几个老老汉站了出来。大家看见冒牯天，就嚷叫，说请冒牯天当监票员，滕老汉和另外两个当计票员。

田木叶正准备按程序请大家推选监票员和计票员，见大家都这样嚷，就说："没意见的举手"。见齐刷刷地全都举手，田木叶宣布："鼓掌通过。"

冒牯天走到桌子跟前，面朝大家把一个桌上的纸箱上下拆开，拆开的纸箱就像一个不遮不掩、无底无盖的方形铁桶，冒牯天把箱子的底部对着大家，里面什么都没有，大家能从纸箱的里面看到他那张正气凛然的脸。

"大家看清楚了，里面什么都没有，他们没哄我们。"冒牯天又把箱子的底部封上。

人群自觉排成一列弯曲如蛇的长队，懒洋洋地向前蠕动，在几个老老汉如炬的目光中把手中的票投进纸箱。鬼点子站在最后，他故意把自己填了税景阳的选票亮给田木叶和税景阳看。

村里多半的人都出去打工了，在家的不足三分之一，票很快就投完了。冒牯天把票当众倒出来进行清点，和参会的人数一致。田木叶便宣布唱票计票。

没有人发指令，人群自动地分作两拨，一拨围住唱票的老老汉，一拨围住在小黑板画正字的滕老汉。

滕老汉是腰了塘寨的，是交通委退休的老党员，能够识文断句，在村里颇有几分威信，算是个吃得开的人物，寨子里不管大事小事，村民都爱找他。田木叶和陈调、韩细妹注意到了这个人物。

"大家眼睛睁大点，我年纪大了，眼睛看不大清楚，大家帮我看看念错没，到时莫说我做人情，尽把张三念成李四。"滕老汉说。

滕老汉这话明显是在讥讽上一次村民选举的事。

叽叽喳喳的人群突然静了下来，唱票的声音很大。小黑板上一个名字很打眼，像现在有些新闻的标题一样。

"税景阳""税景阳""税景阳"……

税景阳名字后面排出了一个"正"字长龙。现场投票，税景阳高票胜出。

鬼点子见了，本来兴奋的脸变得能挤出水来。他拐了下烧蛇痢，怪他为什么投税景阳的票，然后黑着脸挤出人群，坐在坝子边一块石头上抽闷烟。

田木叶把手机放到桌上，和村活动室的智能电视连接。大家看

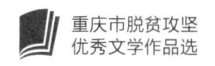

到电视屏幕上有人开始投票。几个老老汉拿出笔和纸开始记。

"又是税景阳高票。"几个老老汉异口同声。

田木叶请冒牯天宣布投票结果，会场响起经久不息的掌声。

"这次选举梆硬，没得卵弹扯。"冒牯天大声说。

田木叶叫万笔杆把结果发到群里，让大家知晓。群里又是好一阵议论。

"以前，我们在外面，从没人通知我们投过票，所以，村里选谁我们都不知道。背包书记这次搞这个线上选举，方便在外打工的人，这办法不错。"一个叫小蜜蜂的在群里发话。像在玩接龙一样，电视显示屏上又跳出好多微信，都说这种方法好，说新来的几个驻村第一书记是在干实事。

一个老老汉说，以前选举，拉帮结派，送钱送物，威胁恐吓，投票的时候几个少幺毛红眉毛绿眼睛地盯着你，唱票的时候明明是张三偏偏念李四，哪个敢说？！税景阳村长上次就是这样落选的。

税景阳上次落选，田木叶、陈调、韩细妹来村上的第一天就听说了。只是他没想到基层选举还有这么多猫腻，没想到村民对选举漠不关心的背后却有着强烈的愿望。有天晚上和黄梯玛一起喝酒，黄梯玛告诉三人，说那次选举，原来的村主任为了选上，挨家挨户送钱，不收钱的就用狠话威吓，这事镇上有干部参与。选举这天，本来不驻这个村的一个干部专门从另外的村赶过来和原村主任站在一起，身后还跟着几个手臂上刺有狼头的年轻人。村民都明白，都以提不起笔为借口，把选票交给原村主任的亲戚填。税景阳就这样被拉下了马，镇上对选举结果不满意，但又没抓到什么把柄，就认可了。果然，原来的村主任上台后就想尽一切办法捞钱，并说要把原来送出去的钱捞回来，说这话的时候脸都不红一下。他明码标价，盖一次章收100块钱，有谁出去说他就找人"修理"，大家敢怒不敢言。当然，坏事做多了总是要遭报应的，后来因争抢村里的矿山开采权，和外面的人打了一架，上面新账旧账一起算，把他抓进了鸡圈关了起来。大家高兴，但不敢挂在脸上，怕他日后出来报复。

老百姓看不起村干部，但对谁当村干部却很看重。田木叶和陈调、韩细妹那时就想，选举必须要充分体现民意，不能走过场。区委书记来三塘盖村调研工作时，三人都谈了自己的想法，说三军不能一日无帅，村里不可一天无主，要尽快解决村支书和村主任缺位问题。三人提出能人治村的想法，说有德无才的人叫庸人，有才无德的人叫坏人，只有德才兼备的人才叫能人。要充分发动群众，走群众路线，通过线上线下相结合的方式把愿意为老百姓做事的能人推举出来。

说这话的时候，田木叶没有脸红。他也不知怎么回事，以前在单位的时候，别人说这话他总认为酸，这些话自己也从说不出口，没想到来三塘盖村后，读大学上思政课时学到的这些话现在随时都会脱口而出，很顺口，不像以前，总觉得说这些话是在装，话还没出口就先脸红。

区委书记很赞成三人的观点，夸他们不但学历高，政治理论水平也高，同意驻村工作队采取现场投票和线上投票相结合的方式组织选举村干部。

基层干部很难得到上级领导的肯定，特别是村一级领导。区委书记的话让三人激动了好一阵。

"木叶书记，我把选举结果向筲箕滩镇党委木子书记报告了，他很满意，说要和你说话。"组织委员把电话递给田木叶。

田木叶接过电话，听见木子书记在电话里大声说："木叶同志，你和陈调、韩细妹辛苦了！这次选举很成功，刚才我们镇党委委员开了会，都给你们点赞呢！特别是你们这次搞的线上线下相结合的选举，是一次切合当前农村实际的有益尝试，这对今后村上开展工

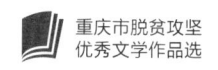

作很有帮助,许多重大事情今后都可以采取网络的方式和村民商量了,不担心参会人数达不到要求了。"

"谢谢镇党委的关心和支持,我们一定把工作做好。"田木叶等木子书记挂断电话后,就对万贯财和税景阳说:"你俩都是新上任,我建议还是给乡亲们说两句吧,就当是就职演说。"

"对,应该说两句,表个态。"木易副镇长附和。

"好的,我们表个态。"万贯财和税景阳激动地回答。

田木叶走上主席台,高声说,"刚才,经大家无记名投票选举,税景阳以全票当选村主任,请税景阳主任上前面来。"税景阳穿着冲锋衣走到桌前站在万贯财旁边,场上响起掌声。

"现在,我们三塘盖村村支两委选举都完成了,大家是完全按自己的意愿投的票,选出了自己的领头人,我们三塘盖村再也不是无头村了。下面请万贯财书记和税景阳主任给大家说几句。"

田木叶本想说请他们讲话,突然觉得那太官话,老百姓最恨干部说官话,便临时改口,把"讲话"改成"说几句"。

万贯财毕竟是在城里开厂办企业的人,见过世面,一点不显出紧张。他清清嗓子,说:"我的座右铭是大德铸就大业,小慧铸就小业,我就一句话,让三塘盖村人过上城里人生活。"

万贯财说最后一句话的时候把声音提高了几度。全场掌声雷动,每个人脸上都泛出兴奋。

鬼点子对身旁的烧蛇痫和万有孝悄声说了句什么,烧蛇痫就起哄:"万书记,火车不是推的,牛皮不是吹的,你不是在吹牛吧?"

"不吹牛!你们看到我什么时候说话不算话了?"万贯财不恼,反而反问大家。

"这倒是真的,他确实从没放过空炮。"大家议论。

讲话按顺序,书记讲完了自然该主任。万贯财讲完,税景阳接着说:"刚才万贯财书记说了,让我们三塘盖村人过上城里人生活,这是本届村支部和村委会的目标，请大家一定要相信。感谢大家对我的信任，我在这里表个态，我一定不辜负大家的期望，保证本色做人，角色做事，为大家做好服务工作，做不好，随时叫我'下课'就是了。"

谁也没想到税景阳能说出本色做人，角色做事的话。为官从政，最难的就是这八个字，很多人一辈子都没悟透，在组织给的位子上总是摆不正自己的位置，不仅吃了不按这八个字做事的亏，也给事业造成了损失。

田木叶和陈调、韩细妹几乎是同时感叹：万贯财、税景阳这样的农村干部难找。

十六

选举会后,颜武书记连夜赶回了市里。田知青和几个专家护士留了下来,在镇卫生院继续开展为期一周的义诊活动。

田知青不放心蒲卓尧和税岐洁的小女儿,一大清早就带着两个助手沿着金溪河沟溯流而上直往磨盘塘寨。两个助手很诧异,田知青怎么会对路这么熟,但一路上都不好问,只顾往前走。田知青说,40年前他在这里当知青,对这里的一山一水、一草一木熟悉得就像自己的鼻子耳朵,没想到40年过去了,这里仍山河依旧。

蒲卓尧和税岐洁知道田知青要来,这是昨天就说好的。田知青说小女孩的病要扎5天的针,刚好他这次在镇上要做一周的义诊。两口子很早就起来,把屋里屋外扫了个遍,然后用柴火慢慢炖鸡,等田知青到来。

田木叶知道父亲还在镇里搞义诊,但他没给父亲直接打电话,而是给木易副镇长打了个电话。他怕直接给父亲打电话被人听见,暴露了他们的父子关系。

当从木易副镇长口中得知父亲去了蒲卓尧和税岐洁家,田木叶心里很高兴,便叫上陈调和韩细妹赶去磨盘塘寨,说田知青要去给蒲卓尧和税岐洁的女儿扎针。两人听了很高兴,想再次见识下田知青那根神奇的银针。

田知青不知道蒲卓尧和税岐洁家在磨盘塘寨的准确位置,就去寨门口找一棵树,想在那里找过路的人打听一下。两个助手不明白他为什么不直接进到寨子里找乡亲问,偏要去一棵树下找过路的人打听。田知青也不解释,在寨子门口找到了那棵久久停留在他梦中的硕大的白果树。他在树下等了好一会儿时间,居然没看见一个人从树下过路。当年和心爱的村姑在树下说话，生怕有人从这里过，现在希望见到一个人，却连人影都见不到一个。

他茫然地朝寨子里走，终于见到一个老妈妈拄着拐杖过来。搭白的时候他惊异地发现，来人是当年生产队远近出名的铁娘子龚大姐。他记得，龚大姐比他大不了几岁，现在竟如此苍老，满脸皱得像核桃壳一样。

龚大姐指了蒲卓尧和税岐洁家的房子，田知青让两个助手先过去，他随后就过来。两位助手听话地先走了。

龚大姐不等田知青问起村姑，就开始抱怨，说田知青薄情寡义，没得良心。

田知青抢着检讨，说村姑当年坚决不跟他去重庆。后来他才明白，村姑不是不想跟他去重庆，不跟他去重庆是因为她知道到重庆上不了户口，会给他带来很多麻烦，自己也可能陷入出身差异造成的屈辱处境。她是一个很现实的人，看问题看得很明白。听了田知青的解释，龚大姐已眼含热泪。她告诉田知青，他走后不久，当年的村姑就外出打工了，一年多后才从外面回来，后来就嫁给了一直追她的生产队长厚山，也就是龚大姐现在的男人。他们生了一个带把的孩子，这孩子长到十来岁的时候，村姑就得病死了。

"真是遭孽啊！她死后，孩子没得人管，变得好吃懒做，成了村里出名的懒汉，大家都叫他烧蛇痢。我这个当后娘的，也管不住他。后来在比三塘盖还高还穷的八面山上给他找了个媳妇，心想有了媳妇他会勤快一点，哪想到他好吃懒做的烂毛病一点不改，现在是两个孩子的父亲了，可还是不理事，得点钱就拿去喝酒，家里的大事小事都不沾边，连茶罐倒了都不扶一下。上次小孙女儿生病，要不是田木叶他们三个第一书记，我那小孙女可能就见不着人了。"

龚大姐红着眼指了指烧蛇痢的房子，说烧蛇痢把村姑留下的房子像拆零件一样全拆来兑酒喝了，现在住在生产队修的大屋窖里。

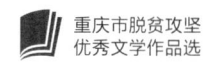

厚山住进了她的老房子，厚山和烧蛇痢现在是两爷子下水，各管各。

田知青心里很不是滋味，说过去看看，龚大姐就陪着走了过去。

烧蛇痢又在院坝烧小鸡吃，见田知青和龚大姐过来也不搭理。一个小女孩从屋里跑出来扑到龚大姐怀里，亲昵地叫奶奶。

"这是爷爷。"龚大姐对孩子说。小女孩笑着喊田知青"爷爷"。

田知青掏出1000块钱，递给小女孩，说给孩子买两件冬衣。烧蛇痢见田知青给孩子那么多钱，就对着田知青笑，眼里露出亮光。

田知青进到屋里，见屋里全是酒瓶子。村姑的相框挂在墙上，没有一点灰尘。眸子水汪汪的，漂亮的嘴仍然带着微笑。田知青永远不会忘记这水汪汪的眸子和清纯的微笑。在磨盘塘寨那一年多，是这水汪汪的眸子和清纯的微笑让他度过了永远难忘的日子，那是他一生中记得最牢最清晰的日子，比许多经历过的苦难事情还记得清楚。

后来他考上大学回城。走的时候他对村姑说，回城安顿好后就来接她，村姑一双水汪汪的眸子深情地看着他，微笑着拒绝，说磨盘塘寨养不家你，你们那儿也不是我过日子的地方。

那天清晨，村姑早早来到进出寨子必经的白果树下，那是他们经常幽会的地方。她没有对着田知青流泪，也没有拉着田知青的手不放，甚至也没有站到簇拥田知青的人群中来。她只是远远地站在那棵白果树下，心里默默地唱着《送郎调》，含着泪目送田知青远去。

那个画面，从此在田知青脑里定格。

"我来看你了，你怎么就走了呢？"田知青红着眼圈，在村姑的相框前烧了三炷香，然后拿出5000元钱偷偷放在相框后面。他本想把钱递给村姑的儿子烧蛇痢，但看到烧蛇痢的样子就改变了主意。

烧蛇痫老婆在坡上没回来。龚大姐还站在院坝指责烧蛇痫："田知青来，还给细娃这么多钱，你都不晓得招呼坐，你还是不是人？"

"那钱是给细娃的，又不是给我的。"烧蛇痫嘀咕。

田知青从屋里出来，见烧蛇痫的样子，心里异常难受，就独自朝蒲卓尧和税岐洁家走去。龚大姐放下两个孩子，狠狠瞪了烧蛇痫一眼，赶快上前替田知青带路。

两个助手早已把准备工作做好。税岐洁见龚大姐带着田知青过来，就说鸡汤已炖好了，先吃饭。

田知青说先把针扎了再说。他抱过税岐洁的小女儿，号了一会脉，说细娃的病不要紧，再扎几天就没事了。然后在几个穴位扎进银针。几个大人在旁边看着几根寸多长的针扎深深扎进肉里，紧张得大气都不敢出，可小女孩像没事人一样，一点不喊痛。

蒲卓尧把泡好的藤茶端给田知青，说村里的老年人都念田知青的好，现在来这个第一书记田木叶书记和田知青长得有点像。

"我第一次看到田木叶书记的时候，就觉得他有点像谁，你这一说，田知青和他还真像。"龚大姐说。

"我有什么好？当年没少给村里的乡亲添麻烦，是三塘盖的大山锻炼了我，是乡亲们养育了我。"田知青喝了一口茶，避开田木叶和他长得像的话题，说茶的味道很纯。

田木叶、陈调、韩细妹虽然是小跑着赶到蒲卓尧家院子的，但还是晚了一步，没能亲眼目睹田知青给小女孩扎针，只看见他在品茶聊天。

田木叶看着苍老但精神矍铄的父亲，笑着喊了声田教授。田知青笑着回应了下，招呼他和陈调、韩细妹坐下喝茶，说这茶很好喝，可以作为一种产业发展。

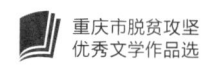

陈调说："木叶书记也是这么思考，准备提交村支两委扩大会讨论。"

"田教授，你说得太对了。"韩细妹看了一眼扎着针的小女孩，说，"这女孩的父亲是制茶的行家，木叶书记正想和他商量发展茶叶产业的事呢！"

"好！这个好！"田知青回答。

田木叶发现父亲有点心事重重的样子，以为是蒲卓尧和税岐洁的小女儿的病让父亲犯愁，心里也跟着沉了下来。但脸上一点没表露，仍然和大家说笑。

下山的时候，田木叶忍不住问父亲："蒲卓尧和税岐洁女儿的病能好吗？"

"他们女儿的病，需要持续治疗，保持得好的话，痊愈问题不大，幸亏孩子年纪小，恢复得会好一些。蒲卓尧股骨头坏死的问题也不大，现在算是常见病了，但要到重庆去做手术。"

"开始看到你像有心事的样子，还以为是这小孩的病不好治呢！"听了父亲的话，田木叶有些欣慰。

田知青说："我开始去了烧蛇痢家，心里有些难受。"

田知青把一万块钱悄悄递到田木叶手上，说："我只带了一万块钱，你替烧蛇痢管着，帮他发展个什么产业，让他尽快摆脱贫困。"

田木叶知道父亲说一个二的性格，也知道他乐善好施的品性，但为一个贫困的懒汉一下就拿出一万块，这还是头一次见。

"父亲这是怎么啦？"田木叶很疑惑。

"这种懒汉不值得这样帮。我要逼他勤快起来，靠自己的双手劳动致富。"田木叶悄声说。

"能帮则帮尽量帮，这事只能是你一个人知道。"

"遵命！"田木叶俏皮地笑了下，不再说什么。

十七

时令已进入冬季，农村开始清闲下来，早上也开始有了明霜，地里像发霉一样，长出很多白色的绒毛。这个时节，村民大多偎在火炉旁烤火不大出门了，在外打工的村民也如倦鸟归巢，特别是在新疆烧砖、种棉花的村民，提着大包小包的行李陆续回到村里。天气的原因，那里只有大半年的活，不像上海、广州，大多要在大年三十的头一天才往回赶。

这个时候，恰恰是驻村工作队最忙的时候。

要各种统计报表数据的电话和通知如满天飞舞的雪片，尽管一年的时间没完，但一年的工作要提前统计和总结。各种检查也如汛期的雨一般密集到来，现在的检查几乎都是请一些高校的学生进行所谓的"第三方"进行，检查的表格都是事先在办公室设计好的，整齐划一，你只要照着装数据就行了，不须花费太多的脑筋，但要花时间和精力。

田木叶和陈调、韩细妹的工作重心不得不转向，不得不腾出精力加班加点填报各种表格，整理和完善各种资料。

他们本不想把过多的精力放在这上面，想趁着冬闲的季节和村民一起好好谋划一下来年的产业。一年之计在于春，来年的工作必须在年前谋划好，不能像叫花子走夜路，哪里黑哪里歇。如果等到开春后再来说产业，那已是水过三秋，一切都晚了。

第一天是头一天的重复，填表写总结；第二天是第一天的重复，还是填表写总结；第三天是第二天的重复，仍是填表写总结。连续几天，这填表和写总结像设置好的程序把日子连缀着。大山里习惯看太阳不习惯看表，冬日里少了太阳村民就没有了时间的概

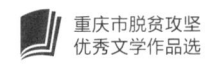

念,觉醒就起,瞌睡来了就睡。田木叶和陈调、韩细妹也没了看表的习惯,瞌睡醒了就开始统计各种报表,瞌睡来了就趴在办公桌上睡几分钟,然后继续做,饿了就吃碗方便面或啃两个面包,饱了就继续填表。

填表填到第四天的时候,田木叶说,不能把时间和精力再耗在填表和写总结上了,一年的时间都没完,填也填不准确。

"你说的倒是符合实情,但问题是这些表不填好,资料不整理好,检查时这些学生娃是不听你解释的,考核就会受影响,不仅是我们三人受影响,整个筲箕滩镇,乃至全区都会跟着受影响,这个责任就大了。"陈调说。

"陈调兄说的也对,总结写差点不要紧,关键是资料和表册必须弄好,这关系到大家的考核。上面说是减少痕迹检查,但真没痕迹记录的话,是很难脱得到爪爪的。"韩细妹也不赞成放下手上的填表和资料整理工作,说应对检查和其他工作同等重要。

陈调和韩细妹的话倒是提醒了田木叶。现在的检查不容你辩解,就像电视里演的西方国家的法官一样,你只需按照他们事先设计好的问题回答是或不是。检查的结果只影响自己一个人或驻村工作队三个人也就罢了,只要工作对得起自己的良心,对得起乡亲就行;但问题是考核的结果会影响一大片,这责任真让人背负不起。他很懊悔,说不该情绪化。

这时,方笔朴过来说:"上面来电话了,要求马上报明年的产业发展规划。"

田木叶苦笑,陈调摆脑壳,韩细妹不说话。

税景阳说:"每年这时候,上面都会下文件统计各村的产业发展规划,往往都是电话一到,立马就要,没得调研的时间。"

"那以往是怎样报?"田木叶问。

"根据上一年的情况报。"税景阳说。

"报上去后完不成怎么办？"陈调问。

"你报什么没人追究你，你只要把上面下达的产业发展任务完成了就行了。"税景阳说。

"那上面通常下的都是些什么产业计划呢？"韩细妹好奇。

"大多是些劳动强度比较大的产业，如烤烟之类。"税景阳说。

"还是要以市场为导向因地制宜发展产业。"万笔杆插话。

"建议先按照去年的产业发展项目和任务上报，然后再根据调研的实际情况发展我们的产业。"税景阳说。

"你那叫用实实在在的形式主义对付官僚主义。"陈调忍不住笑了。

田木叶觉得不妥，但自己也说不出更好的办法，就让万笔杆按照年初上面下的项目和任务先报。

田木叶说："从现在开始，取消双休，白天下农户走访和调研，晚上做资料和统计报表。"

话说到这里，大家没了做资料的兴趣，话题仍在产业上打转转。

韩细妹说："要发展朝阳产业，烟叶这种夕阳产业不能作为长效性产业，现在，国家卷烟生产量逐年递减，烟叶生产最终呈夕阳发展趋势，加上烤烟产业的劳动强度特别高，村里的青壮劳力都外出打工了，在家的老年人根本不能干这产业。"

陈调说："发展脆红李也不合适，现在全区发展太多太快，冷藏和运输问题没跟上，现已烂市，不宜大量发展……"

驻村工作队和村里的几个干部你一言我一语抢着发言，田木叶用速记法飞快记录着。最后，统一了两点意见：马上召开村支两委扩大会议，全体党员和村民小组组长参加会议，主要学习习近平总书记的重要讲话，讨论如何发展产业、持续扶贫成效；实行土地流转，集中发展规模产业。具体发展什么产业交大家讨论。

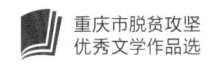

正准备散会,外面传来说话的声音:"这个办法好,村里的事就是要大家商量着办,扶贫的事就是要考虑激发内生动力的问题。"几个人说着话走进了村活动室。前面的高个男人面带微笑,田木叶认出是区扶贫办的春主任,跟在后面的是木易副镇长和电视台派驻筲箕滩镇肾豆村的第一书记牛一嘴。

"春主任,你们这么晚没休息,在查岗吗?"田木叶问。

"查岗是纪检委和组织部的事,我本是要到牛一嘴书记驻的肾豆村看看蚕桑产业,路过你们这里,见灯亮着,进来看看你们。"春主任说。

"领导真辛苦,晚上了还在乡下跑。"田木叶说。

"老百姓说我们在上头一天开会看文件,安逸得很,说你们在下头累得心慌,你们可要注意身体哟,身体是革命的本钱!"春主任面带微笑,问田木叶刚才在讨论什么。

陈调和春主任很熟,坏笑着回答,说:"上头怎么想,下头就怎么动,木叶书记在下头确实累得很,刚完成村支两委的选举,就开会研究扶贫产业的事。"

见陈调坏笑,牛一嘴和韩细妹漂亮的脸蛋红得像抹了胭脂。田木叶不明就里,也顾不上问为什么,看着春主任回答:"农村工作没有固定的作息时间,也没得一日三餐的说法。时间不等人,马上就过年了,眼睛还来不及眨就开春了,我们村的扶贫产业还八字没得一撇,心里着急。刚才上面来电话,叫马上报产业规划,我们在商量怎么报。"

"报什么报?开口就要闭口就要到,典型的官僚主义作风。我已批评了有关科室,叫他们通知下面,必须在充分调研后再报。"春主任很生气。

"我们觉得上面下达的烤烟、脆红李、青蒿都不适合三塘盖村的实际情况,刚才大家讨论,觉得要因地制宜,按照上头茶、中间桑、下头酒的思路部署产业，同时，发展规模养殖业，形成山地立体农业模式，明天准备开个村支两委扩大会讨论，大家达成共识后再发到三塘盖村共同致富群里组织在外打工的村民讨论。"田木叶说。

牛一嘴很赞赏，说："木叶书记，你融入得好快哟！"

"木叶书记确实融入得快，不愧是市卫扶集团派来的干部。"春主任爽朗地笑出了声，说田木叶的思路很不错，工作方法也很好，就是要多走群众路线，不然的话，再好的思路也只能放在肚子里沤粪，不能付诸实践。

牛一嘴突然捂了下肚子，像是胃疼，田木叶看见，心想他们可能没吃饭，问："春主任，你们还没吃晚饭吧？这么晚了，干脆到我住的地方弄点吃的再走。我们也还没吃。"

"你不说我还真忘了，今天只吃了顿早饭。行，那就到你的乡下'别墅'去弄点吃的，我们边吃边聊，也顺便检查下你们是不是吃住在村。"

"没问题，上头每次明察暗访我们都在。"田木叶给陈调使了个眼色，叫他给黄梯玛打个电话，说有贵客过来。

陈调走在前面带路，春主任把万贯财和税景阳叫在一起走，牛一嘴紧挨着田木叶和韩细妹走。

"你怎么来了？"田木叶问牛一嘴。

"春主任说过来看你，我有点嫉妒。我来看看你不行吗？"牛一嘴脸红，眼里放出火辣辣的亮光。

"怎么不行呢？我巴不得呢！"

"你有女朋友吗？"

"你不该问我有女朋友没有，该问我孩子有多大。"

"你结婚了？喊来我看看？"牛一嘴诧异，眼里露出不易察觉的光亮。

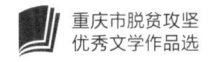

"孩子都上初中了。"

"我明白了,你那是在网上给自己虚拟的一个。还要吗,我在抖音上再给你找一个?"

"你在上面给我画一个?"

韩细妹跟在后面一直不说话。

"我说嘛,早上起来白果树上那么多喜鹊叫。没想到今天这么多贵客临门。"黄梯玛迎了出来。

田木叶给春主任介绍黄梯玛,说驻村工作队就住在他家。

春主任借助夜晚的星光,看清了黄梯玛的家就在千年白果树下,说田木叶、陈调、韩细妹真会选地方。田木叶说,他们喜欢这棵树,喜欢这撮箕口形状的吊脚楼。

黄梯玛动作比女人还麻利,很快就把酒菜摆上了桌。

春主任皱了下眉头。田木叶看见了,知道他心里在想什么。就说,黄梯玛以前是这一带的梯玛,自驻村工作队来后,他就吃了狗肉自废武功,不再做梯玛了。他是村里的活档案,自他自废武功后,就一直帮助我们,做了很多事。

听说黄梯玛自废武功不再做梯玛,并帮着驻村工作队开展扶贫工作,春主任顿时来了兴趣,说三塘盖村驻村工作队在扶贫工作中首战告捷,把一个梯玛转化成了脱贫攻坚的战士,了不起。

"在贫困的乡村,除了物质贫困外,最顽固的就是思想上的贫困,脱贫攻坚,最基本的任务是消除物质上的贫困,让老百姓过上幸福美好的生活,最艰巨的任务就是消除思想上的贫困,激发老百姓的内生动力。你们首先就把一个梯玛转化了,这很有典型意义,必须好好宣传下。"春主任说。

黄梯玛脸红了一下,他给每个人面前的碗里倒上自制的桑葚酒,说做了半辈子梯玛,越做越迷茫,直到三个第一书记来了,才算清醒过来,家里人有病得靠医生,消除家庭贫困得靠劳动,梯玛跳神是糊弄人的，跳了半辈子神，自己从没看见过神，所以，就自废武功，不再干那事了。

田木叶端起酒杯敬春主任和木易副镇长，说这桑葚酒是黄梯玛自制的，有滋阴壮阳的功效，下一步准备把山脚那些小酒坊进行整合，依托蚕桑产业做一款走中低端市场、不愁销路的桑葚酒。

春主任端起酒杯呷了一口，连呼好酒。说这个想法好，一乡一业、一村一品，把产业做成一个链条，是突破产业发展瓶颈的关键，到时候，酒生产出来了，扶贫办帮忙推销。

"感谢春主任，过年的时候，扶贫办消费扶贫莫忘了买三塘盖村的桑葚酒哟！"牛一嘴插话。

"春主任买我们三塘盖村的酒，你感谢什么？你又不是我们村的。"陈调笑着调侃牛一嘴。牛一嘴脸一下红到耳根子，伸手拍了陈调一巴掌，说他老不正经。

"消费扶贫只是一项帮扶措施。关键还是要靠产品的质量，靠市场。你们开始说的上头茶、中间桑、下头酒，我认为思路很好。我知道，山顶的磨盘塘寨海拔高，终年云雾缭绕，很适合种茶，但要找农委的专家论证一下，适合种什么茶。半山腰的腰子塘寨海拔高度很适合发展蚕桑，桑叶养蚕，桑葚泡酒，桑枝做菌，你们可以到山东日照考察下，他们对口帮扶我们，在技术上找他们寻求支持。山脚的碓窝塘寨有上千年煮酒的历史，水质好，酒的品质也不错，可以好好整合一下，可以把煮酒、种植、养殖综合考虑，搞成种、养、加一条龙。外面这棵白果树有上千年的历史，来观赏的人也不少，是老祖宗留下来的难得的旅游资源，可以找文旅委的专家帮忙策划一下，发动农户发展特色乡村旅游。现在各大医院、养老院护工紧缺，你们也可以朝这方面思考，搞一个护工方面的企业。还可以依托市卫扶集团帮扶筲箕滩镇的优势和人社局帮扶三塘盖村的优势，思考建立卫生扶贫车间。要注意培养致富带头人，产业没

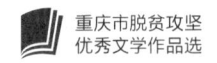

得规模发展不了，发展规模产业没得致富带头人引领不行，致富带头人要通过本村培养、外地引进等办法培养。扶贫工作要和乡村振兴工作有机衔接，区文明办联系帮扶三塘盖村，你们很占优势。"

春主任说得大家暗暗佩服，没想到一个区扶贫办的领导对三塘盖村的情况竟然如此了解，说起产业来理论和实践都一套一套的，像大学教授。

"我就喜欢听你们这些高人说话。"黄梯玛见酒喝得差不多了，就泡了一壶茶出来。

"这是什么茶？味道醇厚、苦后回甘。"春主任端起茶杯品尝，问黄梯玛。

黄梯玛说，这是自己向磨盘塘寨一个农民学炒的藤茶，是一种野生茶。

"你们说上头茶，指的就是这茶吗？"春主任兴奋地问。

"是的，山顶有1000多亩这种原始的野生茶树。"田木叶说，"山上有个不是贫困户的'贫困户'会制茶，而且还懂茶艺。"

"这很好，你们抓紧找农委的专家去实地看一下，弄个具体的方案给我。这茶不错，可以考虑发展。"春主任对田木叶说，"你刚才说那个会制茶的农户是不是贫困户的贫困户，是什么意思？是不是原来村里没调查清楚？你们一定要精准识别，动态调整，不符合条件的要精准退出，符合条件的要精准进入。"

"农户自己不愿当贫困户，说当贫困户不好听，要靠自己脱贫致富。"

"精神可嘉，内生动力很强。我们扶贫工作就是要把激发内生动力作为重点。扶贫不扶懒，扶弱不扶强，坚决消除等、靠、要思想。"

春主任从包里掏钱递给黄梯玛，说酒香菜好，吃得舒服。黄梯玛坚拒不收，说这里是驻村工作队的伙食堂，生活费早就交了。春主任不依，说那是他们的生活费，今天的酒菜算他的，必须交。

"那是你们的纪律，在我家里，要按我家的规矩。你给钱，是瞧不起我们农村人。"黄梯玛还是不收。

春主任把田木叶叫到一边，把钱悄悄递给田木叶，叫他过几天买点酒送给黄梯玛。

田木叶不好当着黄梯玛的面推拒，把钱悄悄揣进裤包里，心想，这事真不好处理，到农户不吃农户的饭，农户说你瞧不起他，你吃饭给钱农户又坚决不收，不给钱又是违反规定。

春主任转身对黄梯玛说："你对村里的情况很熟悉，要多多支持驻村工作队的工作。"

田木叶、陈调、韩细妹送春主任一行到白果树下，牛一嘴把一包东西悄悄放进自己的包里。韩细妹看见，很不自在。

此时，月明星稀，春主任一行消失在暮色中。田木叶看着眨眼的星星，心里想，明天又会有温暖的太阳。

十八

村支两委扩大会议在一个阳光灿烂的日子里召开，参加会议的人员较以往任何一次会议都齐整，除了留在村里的七八十岁的老党员，村民小组组长、贫困户代表、打工回村的青壮年们，能来的都来了，有几个八十多岁的老党员还是专门从城里坐公交车回来的，这让田木叶、陈调、韩细妹很感动。几个老年党员聚在一起大声谈笑，说好几年没人通知开会、没人组织开展活动，心里有好些话憋得难受。田木叶和陈调拿着烟走过去，给每个参会的人员装上一支并掏出打火机帮忙点上。

"老人家，你们身体好硬朗哟！都满七十没？"田木叶问几个年纪大点的人。

几个老年人笑得很开心。"要是只有七十的话，要笑死哟。"一个老年人把大拇指和食指伸出，比了个八十的手势，说："我们这几个都是这个数以上了，都是五六十年党龄的老党员了。"

"你们这么大岁数，参加村里的这些活动，身体有什么问题吗？"

"有什么问题？"几个老年人抢着回答，说参加支部活动，是党员必须履行的义务，不管年龄大小，都必须参加。

万贯财过来告诉田木叶，在家的党员和村组干部都到了，可以开会了。田木叶看了一眼会议室的人员，除了几个村干部外，在会议室坐着的多是六十岁以上的老年人，心想，年轻党员都出去了，一年到头只有春节才回来，平时组织开展活动，就只有在家的老党员了，这种现状在偏远的贫困乡村恐怕不是个例。

万贯财组织大家学习了习近平总书记关于扶贫工作的几段论述

和区里关于扶贫工作的几份文件，然后大声说，今天村里开个村支两委扩大会，用田木叶书记的话说就是开个诸葛亮会，请大家为三塘盖村的产业发展出谋划策。

喧闹的会议室瞬间静寂下来，变得鸦雀无声。大家都朝着田木叶和万贯财、税景阳看，一副听领导发言的样子，突然要大家发言，好像还不习惯。

"今天的会主要是听大家的意见，看大家对村里的产业发展有什么建议。"田木叶启发大家。

终于有人发言，是村里的综治专干喂不饱。

喂不饱气鼓鼓地说："我家喂了几头牛，但没得牛圈关，想请政府解决点钱修个牛圈。这个问题我给驻村工作队反映过多次，但一直没解决。"

大家笑，说喂不饱真是个喂不饱。

发言顿时激烈起来。受喂不饱的影响发言的内容大多是房前屋后或自家院子的事。有几个还为前两年对区级部门送来的慰问品分配不公的问题争吵起来。

"今天的会重点是讨论全村的产业问题，不是某一家的问题。"见大家发言的内容都离不开自己小圈子，田木叶心想不能把会议内容整偏了，便提高嗓门说，"大家的具体问题我们会帮助解决。这段时间，驻村工作队和村支两委经过反复调研，发现我们三塘盖村三个组各有特色，发展产业都有很好的条件，比如说山顶磨盘塘寨这个组，野生茶树多，是难得的野生资源，是不是可以发展茶叶产业？半山上的腰子塘寨这个组，栽桑养蚕有上百年的历史，区上引进了浙江的资金，对栽桑养蚕有很多的鼓励政策，这个组是不是可以发展蚕桑产业？再说山脚碓窝塘寨这个组，地势相对平坦，交通也方便，煮酒也很有历史，能不能考虑种养加结合，搞立体农业项目？再如，现在医院护工和养老院护理人员短缺，我们是不是可以

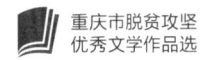

把外出务工的妇女招回来搞个这方面的服务公司？当然，我只是提个思路，大家讨论，说对说错都不要紧。总之，我们不能老是把工作放在给建档立卡贫困户'打点滴'上，那样会让他们产生药物依赖性，穷病永远断不了根。要斩断穷根，必须发展产业，要把他们带到产业路上来，让他们自己有造血功能。有很多贫困户本来不懒，就是因为'点滴'打多了，'打点滴'的时间长了，就睡着不爱动了，长此以往，就产生了依赖性。"

田木叶查过资料，三塘盖村曾整体摘掉贫困的帽子，后又返贫并成为深度贫困村，一个重要的原因就是没有产业支撑，脱贫成效不能持续。他和陈调、韩细妹及万贯财、税景阳的意见一致，一时脱贫容易，但长期保持不贫困却很困难，必须要找到适合三塘盖村实际的长久性产业，让老百姓能稳定脱贫致富。这件事，哪一任领导不这样说？上嘴皮碰下嘴皮，一下就说出来了，但真正要做到不是那么简单了。田木叶和陈调、韩细妹一直反反复复走访农户，找有关部门的专家咨询，好不容易才有了这思路。昨天到陈大妮家走访，说了这思路，陈大妮高兴得跳了起来，说这么多年，很少有干部来问计于民。

昨天，田木叶、陈调和韩细妹去陈大妮家，犟牯筋破天荒地拿出桑葚泡的药酒招待。田木叶问："大家都喜欢用桑葚泡酒，这里桑树多吗？"

"前面这条金溪河沟，水从山顶一直往下流到山脚碓窝塘寨，水质好得惊人，碓窝塘寨用这水煮酒的有好几家，生意特别好，城里开着小车来这里打酒的人像穿的羊肉串，每天都要来好长一串的人。山顶的磨盘塘寨山上产一种野生茶，蒲卓尧在手机上发出去让人辨认，说是叫藤茶，能预防高血压和高血糖。磨盘塘寨位置很高，那里有个地方叫双岩，常年都是云遮雾罩，种出的茶特别好。

腰子塘寨，大集体的时候就栽桑树养蚕子，那时候归四川管，全省都很出名，当时好多地方的人都来参观。滕老汉在这栽桑养蚕方面是个能手，领导经常给他戴大红花，他就是靠栽桑养蚕当上了镇里的'八大员'，'八大员'是当时各乡镇为了发展产业临时请的农民技术员。滕老汉就是凭'八大员'这块跳板转为国家干部的。"

田木叶眼里闪过一丝亮光。三塘盖村发展什么产业，这几天一直困扰着他和陈调、韩细妹。上面也催促几次了，问三塘盖村产业发展情况统计表怎么还不交。田木叶说，才来村里，还在调研。田木叶说的是大实话，三塘盖村是没有村干部的无头村、土地严重撂荒的产业空白村、集体账上显负数的经济空壳村、多数院落无人住的空巢村。这时听犟牯筋如此一说，大有茅塞顿开的感觉。他端起酒杯，对犟牯筋说："感谢你刚才说的话，如果山脚发展酒类产业、山顶发展茶叶产业、山腰发展蚕桑产业，你觉得怎么样？"

"好是好，但哪来本钱呢？再说，村里的人都出去打工去了，家里很少有人呀！"

"那就发动在家的人干呀！不愿干的就把土地流转出来别人干呀，或者找外地的老板来干，村民用土地入股或把土地流转给老板，土地流转给老板后还可以到企业务工挣劳务费。这比自己种苞谷、水稻划算！"田木叶越说越兴奋，被酒烧红的脸这时更是红得像鸡公冠子。

"可很多人宁可把土地荒在那里长草，说死说活也不愿把土地租出来，现在连那些好田好土都长满了一人多深的芭茅草，真是可惜。"陈大妮说。

"关键是我们把产业选准，土地流转问题我们来商量，我相信，大多数老百姓还是讲道理的。"陈调也跟着激动起来，说任何一个地方，都有少数人不讲道理，但只要讲通了，他们也会支持工作的。

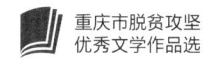

在三塘盖，祖祖辈辈生活几百年了，从没人想过这些问题，都是各自为政，打自己的小算盘，小讨小吃，从没想过靠山吃山过大富大贵的日子。田木叶抛出来的思路，大家惊愕，一点不奇怪。

"我认为这个思路可以，这几个项目都是我们三塘盖村的传统项目。很多年了，一直不成气候，当然，上面也没人像你们几个第一书记这样调研过。我想了下，不成气候的原因就是不成规模，但要成规模首先要解决的是土地流转问题。现在，'土地归个人'的意识在很多人的心中落地生根，集体的概念早没有了，谁动他的责任地就像挖他家的祖坟，说什么都不行，宁可荒着长草，也不拿给别人种菜。"一个八十多岁的老党员说。

"现在，村里的好田好土大量撂荒，真是可惜了，想想当年开荒种粮，看看现在撂荒长草，想起来就包不住眼睛水。"另一个八十来岁的老党员说。

自古以来，土地是农民的命根子。说到土地，讨论又热烈起来。

"流转土地没意见，到时候土地能还原吗？"

"土地流转，在上面栽的庄稼怎么处理？"

"庄稼都好说，是本地人来做还是外地人来做？如果是外地人来做，跑了怎么办？如果是本地人做，他不给你付钱你咬他两口？"

……

见大家七嘴八舌说得差不多了，田木叶说："看来，大家对山顶做茶，山腰搞桑，山脚煮酒的思路不反对，焦点是土地的流转问题，这可以理解，毕竟土地是农民的命根子嘛！"

陈调有些不耐烦，想站起来说什么，田木叶用眼色制止了他，然后继续说："我们三塘盖村，没得规模产业，没得稳定的收入来源，这是我们返贫的主要原因。大家要明白，没得规模产业，我们的公路就修不上山来，没有公路，我们三塘盖村的基础设施就得不到改善，我们的传统农业就找不到钱，我们的脱贫成效就很难持续，就会陷入脱贫返贫再脱贫再返贫的循环怪圈。所以，我们一定要用好现行的扶贫政策，在规模农业上做文章。今天来的大多是党员和村组干部，还有在外打工见过世面的乡亲，站位要高一点，看问题要远一点，不能像小脚女人，老是迈不开步。村看村，户看户，社员看干部，如果我们老是打自己的小算盘，老是翻过了时的黄历，还怎么带领老百姓脱贫致富？过去是五天一场，得两个鸡蛋要拿到集市上去卖，差东西必须等赶场的时候去集市上买，现在不同了，足不出户就可在家里上网买卖东西了，时代变了，社会进步了，我们不跟上形势就会永远受穷。远的不说，就说离我们三塘盖村不远、大家熟悉的贵州十八洞村，论地理位置它比我们三塘盖村还偏，讲自然条件它比我们三塘盖村的山高、比我们三塘盖村的土薄、比我们三塘盖村缺水，他们为什么比我们日子好过？为什么成了全国脱贫致富的典型？除了他们不甘贫困外，一个重要的原因就是他们的思想观念发生了变化，他们不再是按传统的思维方式搞农业，而是整合资源搞现代农业。"

田木叶越说越激动，他自己都不相信，在单位几个人的会上发言都要脸红的人这时候怎么会口若悬河呢？

万贯财接着田木叶的话说："我们三塘盖村之所以会成为深度贫困村，一个最重要的原因就是老鼠子的眼睛，看不远。除了这个外，就是固执、脑壳不开窍，明明把地用来养鱼一亩可赚5000块，却偏要种水稻，结果除掉种子、农药、化肥等开支后，黄泥巴揩屁股倒巴一坨。其实，种地也要算账，哪样赚钱就种哪样，哪种方式找钱多就按哪种方式做，只有这样才能够摆脱贫困。我这几年在城里打拼，悟出一个道理，就是大德铸就大业，小慧只能铸就小业。所以，我觉得我们三塘盖村的脱贫攻坚工作就是要把眼光放远一

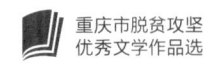

点，不能老是盯着脚尖尖那点利益。不能老是盯着帮扶干部慰问的那点钱和东西。"

"三个第一书记和贯财书记、景阳主任都是见过世面的人，说的话听起来句句在理。我也是有着快五十年党龄的老党员了，也当过多年的村组干部。我想给几位领导建议，发展产业的事是不是可以先找个组试点，成功了再推开？支部组织生活也有好久没开展了，原因大家都明白，我就不多说了，我建议支部活动要按制度经常开展，我们这些老党员都有这个想法。"一个看样子有八十来岁的老党员很严肃地说。坐在周围的几个老党员也不断点头，说好久没像今天这样开会了。

"如果三个第一书记放心，村支两委放心，我来说服我们磨盘塘寨的人，一起发展茶叶和高山蔬菜产业。我们组先试点。"一个年轻人站起来，身板笔直，声音像打雷。

说话的人叫税卓，是部队转业的年轻党员。田木叶认出，他就是那天抱烧蛇痢女儿下山的年轻人。

"税卓，看来你没睡着嘛！"一个老党员笑着说这个年轻党员。

会场里所有的眼光像聚光灯一样聚集在税卓的脸上。税卓涨红着脸，说："我在部队干了几年，本事没练出多少，却练了一身的胆量。我年轻，不怕失败。大不了我把我自己的转业费全赔上，我就不相信我们闯不出一条路来，我就不相信贫困的帽子会永远戴在我们头上。"

田木叶、陈调、韩细妹带头鼓掌，大家也情不自禁跟着鼓掌。

田木叶眼睛有点潮润，他想起春节年欢晚会上的一首歌，叫掌声响起来。心想，只要说到老百姓心头去了，掌声就会自发地响起来。

十九

天已大亮，打印机打印材料的时候，田木叶伸了个懒腰，然后想起好久没收到有风的微信了，就发微信过去，说终于找到适合三塘盖村的产业了。有风马上回了微信，说决胜脱贫攻坚关键是发展产业，产业对路了，扶贫成效就能持续，三塘盖村决胜脱贫攻坚的大道上一定会开满产业之花。

昨天村支两委扩大会讨论产业发展问题，散会的时候已快天黑。万贯财说都是单身汉，干脆就在田木叶那里去喝酒，喝完酒后都不回去了，趁热打铁商量下一步工作怎么干。

田木叶也正有这种想法，就打电话给黄梯玛，说有人给他带了酒来，让他多备两个人的酒菜。黄梯玛在电话里头说没问题，问是哪个带的酒。

田木叶故作神秘，说："到时候你就知道了。"陈调以为田木叶在开黄梯玛的玩笑，说："木叶书记，黄梯玛不大你辈也长你岁，你开他的玩笑要不得哟！"

"我没开玩笑。"田木叶从墙角拿出一个10斤装的塑料桶，里面装满了酒，说是扶贫办春主任给黄梯玛打的。陈调和韩细妹会意，明白是春主任变相给那天晚上的伙食费。韩细妹说："这春主任真不愧是当领导的，太智慧了，既照顾了黄梯玛的面子，接了地气，又没违反群众工作纪律，值得学习。"

黄梯玛是一个好面子的人，听说是扶贫办春主任给他带的酒，高兴得像小孩，一边弄菜一边哼起歌。几个村里的大人物忍不住笑。田木叶说，这件事说明，执行政策要结合实际，不能生搬

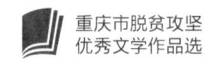

硬套。

"小事情中悟出大道理，佩服。"陈调给田木叶倒了杯酒，说，"木叶书记，你今后长成大人物了制定政策时千万要结合实际，免得我们基层的一天动脑筋去想那些变相的法子哟！"

"你这拍马屁的话我爱听。不过，你放心，我成不了的，如果我成了，我一定让你想不出变相的法子。"田木叶忍不住笑了。他想起一个县委书记的故事。故事说有个县委书记在用人上引起了全县干部的反响，但这位县委书记一点不恼，在一次干部大会上他高声讲，说他当县委书记只用三种人：一种是干事的人，他当县委书记需要政绩，需要一批干事的人，干事的人能给他创造政绩；另一种是身边的人，因为身边的人他了解，知根知底，知人善用；再一种就是会拍马屁的人，说是人就喜欢听别人说好听的话，他也一样。既不会干事，又不会拍马屁的人坚决不用。

田木叶笑着给他们讲了这个故事。

"你属肯干事的人，你肯定能够长大。"陈调调侃。

"我肯干事，但我不是领导身边的人，阳光雨露洒到我头上的时候，雨露早就被太阳晒干了。"田木叶笑着说，"开玩笑归开玩笑，我认为人生在世，关键是要做点事，官不官都是空的，那都是过眼云烟。社会上流行一句话：管你正厅副厅，退下来一样的是在公园走路散心；管你正部副部，退下来后也都在河堤上走路散步。人要活得有意义，还是要想着给老百姓做点实实在在的事。麻雀飞过路都会留个影子，人在世上走一遭，还是多少要留下点给老百姓办事的痕印。"

田木叶突然深沉起来，大家一时找不到话说。

"你们怎么不说话了？我听说你们今天开会很闹热呢！大家都说我们三塘盖村有希望了。"黄梯玛端出最后一个菜，坐上桌子，说三塘盖村按今天讨论的思路走的话，一定会像万贯财说的，农村人也能过上城里人的生活。

大家又找到了话题，一边喝酒一边讨论起下一步如何干的问题。

陈调说："在三塘盖村这段日子，我一直在思考，为什么土地流转不了？为什么产业发展会遇到那么多阻碍？我认为，首先是思想狭隘。思想狭隘注定了我们三塘盖村贫困的命运，注定了我们很多人贫困的命运。我们很多人在利益面前首先想到的不仅仅是自己如何得到好处，而更多的是想方设法如何让别人得不到好处，一副望人穷的心态。比如土地流转，既利己也利人，尤其是对土地撂荒的人户，这无异于天上掉下一块人糍粑，但有的人算来算去，总认为这事便宜了别人，所以，死个舅子也不答应把土地流转给别人，宁可撂荒。其次，就是没有一个很好的利益联结机制把大家捆绑在一起。大家七爷子八条心，你唱你的歌，我哼我的调，一个好端端的产业就成了黄泥巴揩屁股，不是死（屎）也是死（屎）。如果能把农户的资源变为资本，把产业扶贫资金变为股金，把农民变为股民，成立农民专业股份合作社，让农民自己当老板，老百姓的积极性就会充分调动，就会形成共同致富的利益联结机制。"

"陈调同志说得对，狭隘的思想是精神贫困的主要表现，这比物质上的贫困更为可怕，必须下力气根除这种狭隘的思想观念。关于利益联结机制问题，这是个大胆的构想，要施行这个构想，就得有勇气对运行了几十年的家庭承包经营体制挑战。必须得有第一个吃螃蟹的胆量，必须得有敢为天下先的勇气，必须要得到村支两委干部及广大村民的认可和支持。目前农村以家庭承包经营为基础的统分结合的双重体制导致资源分得太彻底，资金过于分散，人心长期不齐的状况出现，唯有成立股份合作社，抱团发展产业方可解决这些扶贫成效持续中的重大的问题。"

田木叶问陈调、韩细妹、万贯财和税景阳怎么看。

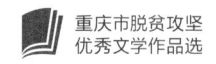

万贯财说，成立股份合作社，发展规模产业，才能实现规模效益、持续增收，让农民过上城里人的生活才可能变为现实。只有这样，一些村民中存在的狭隘思想才可能消除，空口说消除思想上的贫困等于瞎子戴眼镜，不起任何作用。

税景阳说他在外闯荡这些年，明白了产业须抱团发展。

"英雄所见略同。"韩细妹说。

陈调说："很多时候人的想法都是一致的，区别就在于如何行动。有的人是有想法而不善于付诸行动，结果只能是抱憾终生；有的人是想好了就干，咬定青山不放松，结果是终有所成。"

"心动莫如行动，说干就干！酒不喝了，反正我们几个都是睡素瞌睡，不如不睡，干脆连夜起草个方案交全体村民讨论，送上级审定。"田木叶说。

按照几个人讨论的意见，田木叶在电脑笔记本上敲下了如下内容：

推行三变改革——变土地为股权、变资金为股金、变农民为股民。报请列入全市试点单位，争取经费支持。

实施三确一建——确权定资产，确权定股东，确权定归属，组建股份合作社，经营主导产业。

培植"五朵金花"——发展茶业、蚕桑、酒业、护工、乡村旅游五大持续性产业。

走"一点引爆，全村开花"的路子——先在有积极性的三组磨盘塘寨试点，然后全村推开。

田木叶让韩细妹去床上休息，然后对陈调、万贯财、税景阳说，你们几个老儿子家今晚就找个地方挤一下。说完他一个人就把上面的内容"穿靴戴帽"整理一番，形成了一份很规范的草案。

第二天，田木叶把几个人叫起来，把打印出来的草案拿给他们，叫他们修改一下。几人看了，都说没修改的，说研究生就是研究生，写的东西就是不一样。

田木叶把草案以邮件的方式发给扶贫办春主任和镇上的木易副镇长，请他们指示，然后又把草案发到三塘盖村共同致富群里征求意见。

吃过早饭，田木叶喊万贯财和陈调一起到磨盘塘寨，叫税景阳和韩细妹在村委会把这草案印出来，发给在家的党员和村民，听听他们的意见。税景阳说，昨天大伙都参加了会的，内容和昨天说的都差不多，再征求他们意见没有多大的必要。

"对三塘盖村的老百姓来说，这是个人动作，我们要把前戏做足，不然的话，你对的也是不对的。"田木叶说。

"这话说得在理。"税景阳不再说什么，就和韩细妹朝村委会走去。

田木叶从屋里拿出几件牛奶。陈调明白他的意思，说田木叶脑壳很空，这么快就学会了春主任的变通方法。

"人家税岐洁家那么困难，给你煮饭吃又不收你钱，怎么办？我想，她女儿有病，又正是需要营养的时候，所以，就买了几件牛奶。"

"木叶书记，你想得真周到。"万贯财很感动，从包里取了200块钱放进牛奶盒子里。

一路有人说话，走路自然不觉得累，三人很快就到了磨盘塘寨前的金溪河边。税岐洁正蹲在跳磴上洗衣服，见有人来，下意识地伸手从背上把衣服往下扯了一下，把露出的肉遮住。

"我说是哪个？原来是几个书记哟！"税岐洁笑着打招呼，请三位书记进屋喝茶。

"你今天不请我们，我们也要进屋呢！"田木叶说。

三人跟着税岐洁到了院坝，看见蒲卓尧正在装茶，税卓在旁边

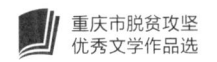

帮忙。

万贯财把三件牛奶抱到屋内，说这是田木叶书记给细娃买的，让细娃好好补补。蒲卓尧和税岐洁很感动，说全靠驻村工作队请医疗专家来义诊，田知青治好了他女儿的病，他们这辈子都报答不了，现在又买东西来，他们真不知说什么才好。陈调看见税岐洁用手揩眼睛。

"不客气，细娃正是长身体的时候，加上又有病，我这当叔叔的买点营养品也是应该的。我今天来，是要告诉你们一个好消息，我把蒲卓尧以及整个三塘盖村患股骨头坏死病的情况给我们医院领导报告了，医院领导、专家和日照市派出的对口支援黔江的医疗专家决定对蒲卓尧和村里所有得了股骨头坏死的病人统一安排手术，并酌情减免他们的医疗费用。他们明天就派车过来接大家到重庆，你也准备下。"

税岐洁抱起女儿，一下跪在田木叶面前，叫了声："背包书记，你们才把我女儿的病治好，现在又要给蒲卓尧换骨头……"，然后就哽咽着说不出话来。田木叶一下慌了，赶忙拉税岐洁起来，开玩笑说："把你这经典款式衣服弄成这邋遢款式就不好看了！"

税岐洁被田木叶的话逗得破涕为笑，几个大男人也被田木叶"这款式那款式"的话逗得忍俊不禁，气氛顿时活跃起来。

蒲卓尧已经冲泡了红茶，请几位书记赏鉴。田木叶问税卓，昨天说的是真话还是假话？

税卓红着脸说："是真话，是从肺里说出来的话，穷怕了，不怕亏，亏了大不了重来！"

"村里的年轻人都出去打工了，你怎么没出去？"

"家里只有老父亲和老母亲两个，年纪大了，身体不好，经常是三病两痛的，我必须留在家里照顾。"

"孝感天地，孝老得福，你一定会好运连连。"

田木叶把昨晚写的方案详细说给税卓和蒲卓尧听,说穷不可怕,怕的是没有改变贫穷的想法。税卓听得激动起来,说早就想这样干了,只是一直没有人支持。昨天回来后就一直在做寨子里农户的工作,基本差不多了。刚才就是在找蒲卓尧大哥商量,想拉他一起挑头干,因为他懂技术和经营。

蒲卓尧点了下头,说很赞成村上这条思路,他也可以和税卓兄弟一起出来挑这个头,但问题是资金不好解决,光靠他那点转业费是远远不够的,更何况他家是贫困户,没得钱,家里老人经常是病,也需要钱。

"钱的问题我们共同想法了,可以找信用社贷款。关键是你们是不是看准了,敢不敢做,寨子里的人愿不愿意做。"万贯财说。

"天下之事,以一而成,二三而败。我敢说,只要我们齐心,大家捆在一起搞,就一定能赚钱。既然万书记说可以贷款,我就不怕了,我就和税卓兄弟一起挑这个头,先试这个点,不丢这个人。"

真是一屋不出两样人。税岐洁在大山一样的生活压力面前不失乐观向上的韧劲;蒲卓尧身残志不残,面对生活的残忍仍不失创造美好生活的信心,不仅如此,还要和同样贫困的税卓一起挑头带领乡亲们共同发展产业,这种宽阔的心胸和创造美好生活的动力,让田木叶内心深处受到强烈震撼。

"你们把方案做细,我们驻村工作队和村支两委会全力挺你们。"田木叶拍了一下蒲卓尧和税卓的肩膀,心想"一点引爆,全村开花"战略就从这里开始。

二十

　　农村工作不像机关工作那样，能够常常做到有条不紊。很多时候，农村工作都会因为突发性的事情把整个工作部署打乱，让你忙乱无章。

　　田木叶突然有预感，建档立卡贫困户和低保户的精准识别问题不及时解决，乡亲们的积怨会越来越大，往后的工作做起来就会很吃力，特别是上次发生哄抢扶贫鸡事件后，自己在碓窝塘寨当着那么多村民的面承诺要把不符合条件的建档立卡贫困户和不符合条件的低保户拿下来，村民都眼巴巴看着。虽然情况都摸得差不多了，但这几天不是开会就是填报各种上报的表册、完善扶贫APP信息，这事一直没抽出时间讨论。很可能，马上就有村民到村委会来"闹事"。田木叶决定把其他工作放一放，先处理贫困户的精准识别问题。

　　果然，他正召开党员和村组干部会讨论的时候，有几个村民就怒气冲冲地嚷着来到村委会，说三个第一书记说话像放屁，不符合条件的贫困户还没退出，还在享受扶贫政策，不符合条件的低保户也没拿下，还在享受低保政策，要驻村工作队说话算数，不能把吐出来的口水舔回去。

　　听见外面吵嚷，万笔杆出来看情况，见鬼点子在几个吵嚷的村民后不远处的一棵白果树下张望，明白又是鬼点子在背后日弄。

　　"你几个没长脑壳吗？别人说风你就是雨。你们眼睛都瞎了吗？你们的耳朵都是用来配相的吗？你们没看见三个第一书记为了我们三塘盖村的产业发展脚都跑大了吗？他们来我们三塘盖村这么长时间，哪个时候说话不算数了？"万笔杆气不打一处来，瞪着眼睛质问几个村民,见几个村民不说话,便把话温和了一些,说:"木叶书记在碓窝塘寨说的话是一定算数的,对建档立卡贫困户必须组织回头看,进行精准识别,凡不符合条件的必须坚决从建档立卡中退出;对吃低保的情况重新进行审核,凡不符合条件的必须坚决拿下。上面对这项工作有严格的要求,你们好好看一下,今天开会不正在讨论吗?"

见万笔杆不像说假话敷衍的样子,几个吵嚷的村民就蹲在院坝,说在院坝耍下,不影响开会。

屋里开会的人都听见了外面的对话。田木叶说,干脆就请他们一起参加会议,就权当他们是村民代表参加会议,让他们监督监督,这对宣传解释有好处。

"各位老乡,外面天气冷,大家进屋坐吧!"陈调热情地邀请几个村民进到会议室。

会议继续进行。税景阳说:"根据这段时间调查走访的情况,我们三塘盖村确实存在不符合条件的农户进入建档立卡名单,不符合吃低保条件却吃了低保等问题。喂不饱家庭人均收入一直都远远高于贫困户标准,他是村干部,必须坚决从建档立卡名单中剔除;腰子塘寨的万江燕当年是学生,为进入贫困户名单,村里把她单列为户主,从而享受了扶贫政策,现在她已作为三支一扶人员安排在镇政府工作,按规定,财政供养人员家庭不能作为贫困户,必须退出;磨盘塘寨万有孝的父母,为了吃低保,万有孝把父母的户口单列不赡养,违背低保政策,必须取消他父母吃低保的资格;碓窝塘寨的万全有家开着小车吃低保,也违背低保政策……"

税景阳逐一介绍了新的建档立卡贫困户名单和吃低保人员名单,请大家审议。

见自己的名字列在被剔除名单的第一位,喂不饱"呼"的一下站起来大吼大叫:"税景阳,你这是公报私仇。我承认,上届选村

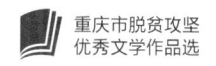

委会主任没投你票，可这次我投了你的票呀！这综治专干我不干了还不行吗？我退党还不行吗？"说完便怒目圆睁，摔门而去。

万笔杆想出门劝喂不饱回来，被田木叶制止。田木叶说："要走让他走好了，作为一名村干部，一名共产党员，成天喝酒，胡搅蛮缠，视国家政策不顾争当贫困户，简直不像话。先不理他，大家继续讨论。"

在确定把喂不饱列入剔除名单的时候，田木叶和陈调、韩细妹都想到了喂不饱会暴跳如雷，但没想到他会负气而去，并拿辞职退党来要挟。喂不饱也没想到三人会不顾情面把他从建档立卡贫困户的名单中剔除。他在会上大吼大叫说税景阳公报私仇，那是说给田木叶听的。田木叶虽然对农村这种惯常的指桑骂槐的语言不很熟悉，但还是听出了喂不饱话中夹着的话。

喂不饱真正要说的是要牛圈款的事。

田木叶、陈调、韩细妹来村上没几天，一位区领导带着人社局的领导来看望贫困户。喂不饱既是党员、村干部，又是贫困户，区领导自会带着人社局领导和其他相关部门领导去慰问。喂不饱把区领导一行带到自己人畜混居的老房子，滔滔不绝地汇报自己的脱贫致富产业计划，说自己养了十来头黄牛。

区领导和人社局领导都很高兴，问喂不饱有什么困难。喂不饱说，他想发展黄牛养殖产业，但差几万块钱修牛圈，目前的十来头牛是在露天坝拴着喂。

区领导问人社局领导："有没有这方面的扶持政策。"

区人社局领导说："目前只有财政贴息贷款可支持。"

喂不饱说："我已贷过了。"

区人社局领导说："这种贷款每人可享受两次，前提是要先还清原来的贷款。"

喂不饱很失望，不再言语。陪同的镇领导说："发展黄牛养殖业不错，下来研究下，镇上会尽可能地帮助你。"

第二天大清早，喂不饱就给田木叶打电话，问区领导说给他解决几万块钱修牛圈的问题什么时候解决。

"昨天区领导没说给你解决几万块钱的事，再说，现在的财政资金都是专款专用，不符合政策谁也不敢表态。"田木叶很奇怪，昨天他自始至终都和区领导、部门领导在一起，没有谁表态给喂不饱解决钱的问题。

"昨天区领导、人社局的领导、镇上的领导都说了，叫你们驻村工作队解决几万块钱给我修牛圈，你是第一书记，难道你不落实吗？"

"昨天我一直在场，没得哪个领导说这话呀！只是说你可以向就业局申请财政贴息贷款。再说，我们驻村工作队又哪来这笔钱呢？"

田木叶听到电话里打酒嗝的声音，便问："你大清早喝酒了吗？"

"喝了点，不多，可能有二两。"

"你喝酒了，不和你说。今后只要喝了酒，就不要给我打电话！"

田木叶生气地挂断了电话。黄梯玛劝他："没必要和这种人置气。他外号就叫喂不饱，从来没有满足的时候，国家给再多的钱，再多的物资，他都嫌少。他家根本不穷，经营有挖机、种有几十亩花椒，儿女也在外面打工，但靠着原村支书是他堂弟的关系当了贫困户。政府帮他解决了易地搬迁扶贫款新修了房子，他死皮赖脸不搬，仍住在老房子里，每次上面的干部来慰问，都会在政策之外给钱给物，但他总是不满足。他儿子马上要买小车，你说他修牛圈会拿不出钱？这都是他姐夫鬼点子出的烂点子。"

这件事一直梗在田木叶心里。

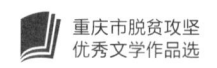

喂不饱走后,大家看着田木叶、陈调、韩细妹不说话,几个临时被田木叶邀请参加会议的村民你看我我看你,也不说话。会议一时陷入僵局。

田木叶明白,大家不说话,除了怕喂不饱打击报复外,还有一个深层次的原因,就是喜欢别人当恶人自己当好人,都是乡里乡亲的,不想去得罪人。

"大家不要怕,我不怕代过,这个名单是我草拟的,我做事上对得起天,下对得起自己的良心。喂不饱家的收入水平大家都心知肚明,不管从哪方面说,他都不符合贫困户的条件,必须从建档立卡的名单中剔除。还有,万全有家,开着小车吃低保,必须拿下来。"税景阳打破僵局。

"把喂不饱家从建档立卡名单中剔除我同意,但万全有家剔除下来可能有障碍,当时是因为要流转他家土地办养猪场而答应的条件。"万笔杆说。

"那也不行,流转土地有流转土地的政策,用吃低保来满足他的无理要求是严重违反政策的,再说,他家的条件根本不符合吃低保的政策规定,必须剔除。再说,那养猪场建好后,他家得了一笔补助和财政贴息贷款,但一直没养猪。"万贯财说。

"万江燕家也必须拿下来,她现在是财政供养人员。"一个组长说。

讨论渐渐激烈起来。田木叶、陈调、韩细妹很高兴。

田木叶说:"关于精准识别的问题,各组都先组织讨论了,但交上来的名单都是外甥打灯笼,照旧。这说明了大家怕代过的心理。村民怕代过,我们是干部,我们是党员,我们不能把自己等同于一般的村民。今天讨论的名单交各组再组织村民讨论,在村务公开栏里和三塘盖村共同致富群里公示,广泛征求意见,接受群众监督。"

开始吵嚷的几个村民高兴地离开会议室。

二十一

快过年的时候，继新疆烧砖、种棉花的民工之后，在上海、广州、福建等地打工的也开始断断续续地回到了寨子里，尽管多数选择了在外过年挣钱不回来，特别是女人，但毕竟还是有大部分男人回来了，这些人有老父亲和老母亲守望在家里，沉寂了一年的三塘盖村又开始有了些许人气。

明显的标志就是炊烟。很多房子一年甚至几年都没有烟火气，这时候尽管大多女人没回来，但回来的男人还是毛手毛脚地把屋里屋外收拾了一下，再去山林里找来些松枝等把火塘里的火燃了起来，标志有人的青烟便蔓过屋顶袅袅上升。这时候，就会看见一大家人，抑或一个院子的人围坐在某一家的火塘边。无疑，这一团火在这时候不再是单纯用来取暖的一团火，而是把一家人、一族人、一寨子的人团拢来的一团火。

磨盘塘寨税卓家就一直旺旺地燃着这团火，从入冬以来它就一直没熄灭过。一到夜晚，回到寨子里的人和寨子里一直未外出的老人围在他家的火炉旁，一边用火钳把树疙篼火拨得旺旺的，一边谈天论地，说些家长里短或山外有山的事，说到兴奋的时候，也会对着女人说些打情骂俏的荤段子，时而引起众人的哄堂大笑，时而又逗来年轻女人的打骂。笑声、骂声、疙篼火燃烧出的噼啪声自然就组合成了山寨里生活的声音，比起城里的夜生活来，自然就多了几分再穷也不会缺乏快乐的生趣。

围着熊熊燃烧的一团火说笑够了，大家自会说些正事。

种茶的事自然是谈得最多的事。磨盘塘寨今年回来过年的人比往年多了许多。他们大多是被税卓用电话喊回来的，喊他们回来当

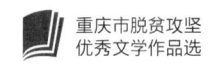

然是说把撂荒地重新开垦出来种茶的事。因涉及自己的土地，平时用八抬大轿都请不回来的他们，接到电话后就急急地赶了回来。

"种茶确实能赚钱，但哪来技术呢？我们自己炒的茶不是嫩了泡不出味，就是炒煳了不好喝。"

"我认为种茶可以，我家去年那几棵老茶树，妈老汉在屋还卖了几百块钱。"

"你那是小打小闹，再贵的价钱也卖不了几个钱。"

"说的也是，一年只能炒几斤茶，确实也管不了几个钱。"

"我这几年在外跑，种茶确实卖钱。只是我们磨盘塘寨的茶树都砍得差不多了，剩下的茶树每年也产不了多少。"

"外面产茶的地方，都是成片成片的茶山，我们没这条件呀！"

"没得茶山不要紧，我们把荒芜的土地全挖出来栽种茶树，要不了两年，我们磨盘塘寨的山就变成茶山了。"

"说得轻巧，茶树苗子从哪来？去外面买，哪家有钱？我看哪家都是两爷子比脑壳，差毬不多。"

"我看呀，种茶可以，但不能两爷子下水各刨各。要是有人承头把大家的土地捆在一起就好了。外面都是这样干，单打独干都成不了气候。"

"我们磨盘塘寨的茶确实好，特别是山上那野生藤茶，但要我把土地拿出来，我不会干。"

"我也是，这土地是我的，拿出来和大家一起干，我死也不干。"

说到种茶，大家都兴奋，说到流转土地，大家就吵，每晚上都这样，一直没吵出个所以然来。

磨盘塘寨的茶叶产业能否搞起来对"一点引爆，全村开花"思路的实施至关重要。田木叶、陈调、韩细妹自是不敢掉以轻心，几乎每天晚上都和万贯财、税景阳一起去税卓家的火炉边摆谈。听见有人说土地流转打死也不干，税景阳就忍不住鬼火冒，说："大家要弄清楚，这土地是集体的，不是私人的，你只是责任承包。如果不种，撂荒了土地，政府是要追责的。"

"我们又不是吓大的，你说的这些我们听多了，那么多土地撂荒在那里，谁在管？你们说上天说齐地，我茅锥的土地反正不搞。"一个老人嘟囔着。

自称茅锥的老人看上去六十来岁，头发乱如一个麻雀窝，像生下来就没洗过一样，满脸的沟壑里积满了乌黑的灰垢，衣服油光发亮，看不出颜色。他蜷在火炉边的草墩上，一直拿着火钳不停地拨弄火炉里的糠壳和树疙篼，弄得灰尘夹着火星四处迸溅。

税景阳被茅锥噎得说不出话来。田木叶赶忙打圆场，说："国有国法，土地撂荒是肯定不行的。今天先不说土地撂荒的事，还是先讨论流转土地种茶的事。"

田木叶明白，改革开放几十年，让"土地归个人"的观念在农民心中早已根深蒂固，"集体所有"四个字几乎荡然无存。如果在这个问题上继续掰扯，可能说九天十夜也无济于事。他想到了迂回的办法，说："在磨盘塘寨发展种茶业，大家都没得意见，在土地流转问题上有分歧，那我们就分两步走，愿意一起干的，就先成立一个专业合作社，大家把土地流转给专业合作社，由专业合作社挑头，规模发展种茶业。土地问题，专业合作社保持原来的边界不动。愿意一起干的，专业合作社对土地给租金，涉及的农户可以在专业合作社务工，领取工钱，当然，也可用土地入股专业合作社，分取红利。不愿一起干的不勉强，想通了再来加入专业合作社也可以。"

"这法子可以。"下面开始嗡嗡议论。

"我不要租金，用土地入股，大不了是土地荒几年，反正现在也是荒着的。"有人说。

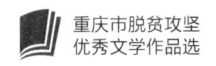

"这样吧！愿意加入专业合作社的留下来继续讨论，暂时不愿加入专业合作社的可以先走。"田木叶说。

"我们还是等等看。"烧蛇痫和茅锥等几个农民边往外走边说。

他见没走的有二十多家，心中暗喜："一点引爆，全村开花"的思路可以按预想的推进。看到烧蛇痫往外走，田木叶想起父亲说的话，就喊烧蛇痫留下。

烧蛇痫留了下来，田木叶带着严厉的口气说："税启，你连饭都吃不饱，土地荒着干啥？你要么自己开挖种粮食，要么流转给专业合作社。"

"今年发展产业的资金不补给个人，必须补在产业上，你家土地荒芜，产业也没有，这政策你怎么享受呢？"陈调说。

"挖地我没得力气，那我流转给合作社，但要现钱。"

"要现钱没得问题，但不能拿去打酒喝。"万贯财大声说。

"看来留下的这二十多家愿意捆在一起干，我看不如趁热打铁，大家商量下成立专业合作社的事。"田木叶悄声和万贯财商量。

万贯财说："话冷了说得，铁冷了就打不得了。那我们就来讨论下如何成立专业合作社。"

"各位大爷大奶奶、伯伯伯娘、叔叔婶婶、哥哥嫂嫂、兄弟兄弟媳妇、侄儿侄女侄媳妇，这几天把发展茶叶产业的事给大家说得很清楚了，现在留下来的都是我们磨盘塘寨税家院子姓税的家族人员了，既然大家留下来了，说明大家都愿意一起干。我走南闯北在外当兵这么多年了，看到外面发展产业都是捆在一起的，要赚一起赚，要亏一起亏。小打小闹，搞不出名堂。"

"税卓这个细娃说得很有道道，去年猪价高，一头猪赚一千块钱，我喂了十头，才赚了一万块，人累得不得了。如果像其他养猪场，喂个几百头，我不大赚了吗？"

"税卓，你当过兵，又在外面闯了这些年，见的世面多，你出来领着我们一起干，我们都相信你。要赚一起赚，要亏一起亏，亏了大不了重来。我的土地算成钱入股，亏了就当是土地荒了几年。"

"我看要得。税卓，你就领着我们干。我的土地也折算成钱入股。"

"我们搞茶叶产业，我觉得要把蒲卓尧和税岐洁两口子拉进来。蒲卓尧制茶的技术那么好，如果他两口子能加入，我们就放心了。"

"蒲卓尧大哥今天走不开，医院来车接他到重庆动手术去了，两口子都去了。走之前我和他商量过的，他说只要大家一起搞茶叶产业，他一定加入，他家的土地全部入股，保证大家能够赚钱。"税卓见大家都信任他，都愿意捆在一起发展茶叶产业，就说，今天把专业合作社成立了，大家商量下，取个喜气点的名字。

"背包书记是研究生，是大城市来的，认的字比我们吃的米还多，不如请背包书记取个名。"一个村民说。

"这主意好，干脆就请背包书记取个名。"大家都点头同意。

"背包书记，你就莫推了，你就帮忙想一个名字嘛！"不知什么时候，牛一嘴和几个不认得的人站在了田木叶的身后。

"你什么时候来的？这几位是和你一起的？"田木叶很诧异。

"听说你要在磨盘塘寨的双岩山种茶树，发展茶叶产业，就帮你请来了这几位土壤学专家和茶叶专家，让他们帮你看看，刚才，几位专家到山上看了，说这里的土壤和气候非常适合发展茶叶产业。特别是藤茶和红茶。"牛一嘴笑着问田木叶，"难道你不欢迎吗？"

"螃蟹上树，我们的第一书记木叶同志是求之不得呢！"陈调笑着说。

"怎么会不欢迎呢？来，我们大家鼓掌欢迎牛书记和几位专家。几位专家来了，我们就吃了颗定心丸了。"说完，田木叶带头鼓起了掌。

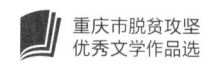

田木叶说:"这名字不用多想,就叫黔江三塘盖双岩山茶叶专业合作社,大家不要嫌这名字土,这土就意味着绿色生态,黔江空气好,是清心养肺的地方,是可以安放心灵的地方,这在全国都是出了名的,三塘盖双岩山不仅是地名,而且从这地名就知道这地方是岩多泥少、山高树绿的地方,再加上一个茶字,就成了双岩山茶,意思也就变了,一听就知道这茶是岩山上长的茶树上的茶,是纯天然的茶,名字响亮并带有环保绿色生态的味道在里面。外面的人一喝到这茶,就知道世界上有一个叫三塘盖的地方。还有,双岩山的双是好事成双的意思,我们磨盘塘寨不仅要靠茶富起来,还要像我们万贯财书记说的,过上城里人一样的生活。"

"这名字好,研究生就是研究生,水平高,我们祖祖辈辈生活在这里,没想到两壁石岩还有这么多讲究。"大家情不自禁又鼓起掌来。

"名字取好了,那就来选一下我们双岩山茶叶专业合作社理事会成员。"税卓站起来,从旁边的箩筐里舀了碗苞谷子,拿了几个碗过来,准备用最原始的方式选举。

"选个啥子哟,就是你来当这个理事长,我们相信你。"一个老汉指着税卓说。

"对嘛,还选啥子嘛,就是你和蒲卓尧领着我们干就行了,我们都相信你两个。"大家都附和。

"不行,还是要选举才行。要选出理事会和监事会。"田木叶说。

"没得选法,选也是选税卓和蒲卓尧两个,何必脱了裤子打屁,多此一举呢?税卓你莫推了,就是你和蒲卓尧领着我们干就行了。"大家几乎是异口同声。

大家点头,都把手举起来。

理事会和监事会人就这样被推举出来,税卓任理事长,蒲卓尧任监事长。

田木叶没想到,税卓和蒲卓尧两人的威望这么高,大家的意见惊人地一致,选举竟省去了许多烦琐。

"既然大家相信我们,我也就不推了。蒲卓尧大哥昨天和我商量了一个入股的方案,我说给大家听下,看行不行。"税卓说,"成立股份专业合作社,核心是三变,即资源变资产,资金变股金,农民变股民。200元算一股。田按每亩300元折算,计1.5股;土地和林地按每亩200元折算,计1股。"

"我们的土地入股不要钱,但买茶树苗子、翻地的钱不够怎么办?"有人问。

"找信用社贷一点,找区农委争取列入项目支持一点。"田木叶抢着回答。

在场的农户都很激动。税卓说,择日不如撞日,下个赶场天就举行合作社成立仪式和茶树栽植基地开挖仪式。

二十二

猪叫和羊叫是山寨冬天里最吉祥的声音，这声音预示着某户人家不是有大红喜事，就是某户人家有肉过年，日子有滋有味。

在冬天一个太阳还没有从山垭口冒上来的清晨，几声猪和羊的嘶叫犹如大山里洪亮山歌声，从税卓家的院坝里传了出来，叫醒了懒洋洋的磨盘塘寨。税卓领着几个人在院坝上杀一头足有三百斤重的大肥猪和几只羊，几个中年妇女在院坝里择菜，大门的左边端正地悬挂着一块"三塘盖村双岩山茶业股份合作社"的吊牌，吊牌用红绸遮掩着。屋内火炉里的青冈柴燃出的火很旺，把屋内照得通红。一台挖机扎着一朵大红花如一头大水牛停在房前长满荒草的土地里，机身上粘贴着一幅醒目的标语——"要赚一起赚，要亏一起亏，亏了大不了重来"。几个年轻人正在挖机周围的树上挂鞭炮。

田木叶和陈调、韩细妹醒得特别早，他们把万贯财和税景阳叫了起来，说三塘盖村双岩山茶业专业合作社是"一点引爆、全村开花"战略孵出的第一个小鸡娃，今天无论如何要到现场参加成立庆典和开工典礼。

路上，烧蛇痢和茅锥笑嘻嘻地跟上来。

"磨盘塘寨今天成立专业合作社，我喊茅锥去帮下忙。"见到田木叶一行，烧蛇痢笑嘻嘻地说。

"我没得好话说你两个，你烧蛇痢也是专业合作社的社员，你不去帮忙就算了，还喊上一个不是专业合作社的人去混吃混喝。"税景阳很不耐烦。

"噫！税村长你莫打倒一大片呢！他是他我是我，上次选举我还投了你的票，你怎么提起裤儿就不认人啦？"

"茅锥，你这话是啥意思？难道你投了我的票，我就不能说你？你两个好吃懒做的东西，等会儿到了磨盘塘寨，好好学下人家，不要一天到晚东游西逛，混吃混喝。"

"那又怎样呢？现在又不兴饿死人，你还敢把我饿死不成？你是村长，决胜脱贫攻坚的标准你不会不知道吧？"

"茅锥，你这话就不对了，人要立志，要靠自己的劳动脱贫致富，不能老是想到上面的帮扶和别人的施舍。"万贯财也有点耐不住性子。

"还是背包书记有水平，上面来的就是不一样。"茅锥嬉皮笑脸地说，"我不是不立志，是我们三塘盖村太穷让我立不起志。我虽然是低保户，但我的志向大着呢！我是想等上面把路都修好了，自来水都接通了，房子都新修了，我也像有些低保户那样，每天开着宝马车兜兜风。"

"茅锥，我看你这是做梦娶媳妇，尽想好事。天下哪有这好事？！这些话你都说得出口？真是臊你八辈子祖宗的皮哟！"万贯财有些生气，嘴里心里都骂。

"真是个无赖。"田木叶不说话，在心里狠狠骂了一句。他突然觉得，一个地方贫困的真正原因不是山有好高坡有好陡路有好远地有好偏，而是生活在这个地方的人不愿破茧而出的心性，消除贫困，不能只是在物质层面挖空心思，而是要在消除精神贫困上下功夫，否则，扶贫成效就很难持续。

"几位领导，你们慢慢来，我们先走了。"这时，有猪的嚎叫声从磨盘寨方向传下来，声音先很高亢，听得出是拼了生命最后的力气，很快，这声音就变得有气无力，最后就没了声音。茅锥和烧蛇痢听见这叫声，立马像打了鸡血一样，更加兴奋起来，没了和几个书记斗嘴的兴致，朝磨盘塘寨奔去，速度比山猴子还快。

"你们慢点，注意安全！"田木叶吼了句，生怕两人掉进沟里或

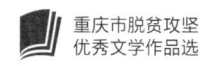

摔到岩下，心中的不快很快就变成了对两人安全的担心。

"没事的，木叶书记你不必为他们担心，他们从小就在这山里跑惯了，鼻子比狗还灵，隔几座山他们都能闻到别人煮肉的味道，只要听说是有好吃的，比山猴子还跑得快。"税景阳说。

"要我说，这种人就不该管。扶勤不扶懒，扶弱不扶强，扶贫就是只帮扶那些勤快人，像这种懒汉二流子管他做什么呢？"万贯财说。

"扶贫容易扶志难。这两个人就是扶不上墙的稀泥巴。"税景阳说。

"那怎么行呢，扶贫路上不能让一人掉队。"韩细妹反对两人的说法。

大家本来很高兴的心情被烧蛇痢和茅锥一搅和，一下变得沉重起来，话题自然就从专业合作社转到了扶贫扶志上面。

"扶贫路上不能让一个人掉队。我们必须在政策上、体制上做文章，要根除他们这种懒汉二流子习气，要通过政策的调控和产业的发展彻底改变他们好吃懒做的思想，把他们变得勤快起来，把他们带到产业致富的路上来。如果，只是解决了他们物质上的贫困，而思想上的贫困没解决，我们的扶贫任务就不算完成。"韩细妹说。

韩细妹说这话的时候，田木叶突然想起前两天茅锥和他女人来村委会告状的事。

那天中午，田木叶、陈调、韩细妹正在村委会和几个村干部开会讨论产业发展的问题，一个快50岁的女人披头散发地哭着闯进会议室向田木叶告状，说她男人茅锥打她。

田木叶一见茅锥，就回想起他就是那天晚上在磨盘塘寨税卓家火炉边唱反调的人。田木叶问女人："茅锥为什么打你？"告状的女人红着脸吞吞吐吐说了一半天，三人才好不容易听明白了。原来这女的和她男人茅锥超生了第三胎小孩后就被计划生育结扎了，后来大女儿上山砍柴被野猪拱下山崖摔死了，二女儿在上学的公路上被摩托撞死了，超生的儿子长到十几岁的时候得病死了。村里人觉得他平时嘴巴虽然臭，讨嫌，任何人都要锥一下，但也可怜，就给他家安排了吃低保。两口子没吃低保前，每天都要到地里劳动，日子过得虽然苦涩，但很少吵架。自吃了低保后，两口子就很少下地劳动了，甚至连菜也不种了，成了村里出名的懒汉。茅锥每天喝酒，没事的时候就和女人大白天在家里睡觉。这天中午，女人吃了饭后要出去打牌，茅锥不同意，要女人上床和他造细娃，女人不愿意，说自己像被劁母猪一样被镇卫生院的医生劁了，现在用磨子都压不出细娃了，死活不从。两人说着说着就打了起来。茅锥也来村委会告状，说他女的一天到晚只晓得出去打牌，和他睡下瞌睡她就喊累。女人哭得更厉害，说茅锥每天晚上都出去喝酒，白天才睡觉喊她和他造崽崽。

看热闹的人都笑了起来。田木叶脸一下红了，不晓得怎样劝。韩细妹装作上厕所就走开了。

陈调强忍着笑，一巴掌拍在桌上，说："一天到晚饭吃饱了没事干，这么大年纪了不害臊，还跑来告状。我看，把你家的低保取了，看你们还没皮没脸地说这些。"

陈调这句话还真管用。被陈调这么一说，他两口子也觉得面上挂不住，又怕万一被取消低保，那更是得不偿失。于是两人悻悻而去。

望着茅锥远去的背影，田木叶说："刚才韩细妹说得对！我们确实要思考如何才能做到政策不养懒人。"

"背包书记，这个问题简单，凡是不做事的人不管他就行了。"税岐洁突然出现在眼前，手牵着她女儿。

"蒲卓尧的手术做了？你什么时候回来的？哪个在医院照顾？"

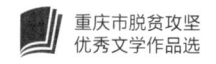

田木叶很惊诧。昨天早上颜武书记还给他打电话，说蒲卓尧的手术很成功，过两天就可以出院了。

"田叔叔，我爸爸马上就出院了，说要感谢你呢！"税岐洁女儿开口说话，大家都很高兴，说田知青是妙手回春。

田木叶望着税岐洁和她女儿，她们娘儿俩都笑得很开心。

税岐洁又说："蒲卓尧说今天成立专业合作社，让我回来帮忙。我是昨天晚上回来的，颜武书记还说要一起过来看你，因为有事，可能过几天来，让我向你问好。田知青也带信问你好。"

"哦！女儿的病好了，蒲卓尧的手术也成功了，这是天大的好事。今天，你们磨盘塘寨的茶叶专业合作社挂牌，你要支持工作哟，蒲卓尧康复后你要让他全身心抓好技术工作。"

"这是肯定的。你是我们家的恩人。不支持工作我还是人吗？更何况，成立专业合作社也是为我们全磨盘塘寨的人好，也是让我家男人的手艺有了用处，我有什么理由不支持呢？"

"对，如果你男人不支持，你就不准他上床，叫他睡猪圈。"陈调总爱开玩笑，只要有机会就不放过。

"二书记又乱说，你们男人都巴不得老婆不让上床，好在外面打野食哈！"陈调被呛得说不出话来，只是笑。

城里的男人都爱开玩笑，在漂亮女人面前特别爱说荤段子，经常说得城里的女人无话可答，但在山里的女人面前，就很难占到便宜。税岐洁开玩笑的水平，陈调早有领教，就不再说什么。

税岐洁在前面带路，说税卓一早就组织人把自家的猪杀了，叫她过来接几个领导。

税卓家的院坝里，税卓和几个年轻人正在对一头大肥猪开膛破肚，茅锥和烧蛇痢站在旁边看。

"背包书记，我们都准备好了，等你们来后就架势。"见税岐洁带着田木叶几个人过来，税卓赶忙搬来凳子。田木叶不懂架势的意思，问陈调，陈调说架势就是开始的意思。

税卓招呼大家站到挖机前，然后以标准的军姿站到挂着大红花的挖机上，说黔江三塘盖村双岩山茶业专业合作社成立仪式暨茶叶基地开工典礼马上就架势了，请大家安静下来，听木叶书记给大家讲几句。

田木叶和陈调、韩细妹、万贯财、税景阳被几个年轻人请到挖机上。田木叶看着面前站着的人群，心里突然感到有一股热流，特别是看到很多人穿着单薄的衣衫、挂着鼻涕站在那里，顿时有了一种重任在肩的感觉。他来不及细想，亮开嗓门说："父老乡亲们，今天是个好日子，黔江三塘盖村双岩山茶业专业合作社马上就成立了，双岩山茶树种植基地马上就开工了。这是我们三塘盖村的第一个专业合作社，也是我们三塘盖村的第一个产业基地。我相信，有大家的共同努力，我们三塘盖村双岩山专业合作社一定会红红火火，我们磨盘塘寨老百姓的日子一定会红红火火。"

院坝里响起热烈的掌声。听着这掌声，田木叶眼睛有些潮湿。

万贯财用手拐了下税卓，叫他也说几句。

税卓说："驻村工作队来我们村的日子，大家都看见了，贯财哥和景阳哥回村里的这些日子，大家也看到了，他们是全心全意帮助我们。人活一张脸，树活一张皮，饭蒸一口气，我们人可以穷但志不能穷，一定要争口气。我还是那句话，要赚一起赚，要亏一起亏，亏了大不了重来。我宣布，黔江三塘盖村双岩山茶业专业合作社正式成立。放鞭炮。"

鞭炮声特别大，和掌声响在一起，盖过了所有人说话的嘈杂声音，在三塘盖村上空形成了经久不息的回响。

韩细妹附在陈调耳边说："税卓的发言是迄今为止我听到的最简短的就职演说，也是最铿锵的演讲。话不多，声音不大，但掷地有声。税卓写的这幅标语也是迄今为止世上最接地气，最有鼓动力

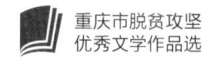

的标语。"

陈调点头，说："韩细妹，你说话有香香的味道。"说得韩细妹红着脸拍了他一巴掌。

万贯财和税景阳揭下蒙在吊牌上的红布，现出"三塘盖村双岩山茶业专业合作社"几个大字。税卓开动挖机，二十多个扛着锄头的股东像训练有素的士兵，在鞭炮声中，甩开膀子抡圆锄头。赶来看热闹的人或坐或站挤满了山坡。

三个鬓发斑白的老老汉从看闹热的人群中挤出来，径直走进税卓家的堂屋，也就是三塘盖村双岩山茶业专业合作社的办公室。

"这专业合作社靠谱吗？"走在前面的一个老老汉一边走一边问，身后没有其他人，这话好像是在问自己。

"靠什么谱？我看的话，到时都是用来砍柴烧。"烧蛇痫和茅锥闻到灶房的肉香，朝灶房走去，正好听见这老老汉的话，就说，"前几年栽核桃树，后来不是全砍来当柴烧了吗？"

"你俩说话像放屁。"这个老老汉白了一眼烧蛇痫和茅锥。

两人装作没听见，径直走进灶房从锅里抓了块骨头啃，因为烫手，双手不停地换着。

田木叶这时正好在堂屋和税卓说话。三个老老汉走到田木叶面前，掏出一盒香烟给几个人装。田木叶认出三个老老汉是腰子塘寨的，走在前面那两个，一个姓滕，一个姓税，都是退休后归园田居的老党员，走在后边的那位是陈老汉，是腰子塘寨过去的村支书。

"三位大伯有事吗？"田木叶问三个老老汉。

"听说磨盘塘寨今天成立专业合作社，我们就上来看看，这专业合作社怎么个弄法？我们组没几个人在家，全都是些老老汉，土地都荒芜了，我们看现在扶贫政策多，就想着利用现在的扶贫政策为乡亲们做点事，你那天说发展蚕桑产业，说到我们心窝子去了，这几天我们几个在家的老老汉一直在念这件事，都认为发展蚕桑好。"说话的是走在前面的滕老汉。

"滕大伯，你们这想法好啊！我们全力支持。"田木叶叫税卓把黔江区三塘盖村双岩山茶叶专业合作社的资料送一份给三个老老汉，说三个老老汉是三塘盖村的乡贤，不仅见多识广，而且有着丰富的人脉资源，是三塘盖村宝贵的财富。腰子塘寨很适合发展蚕桑业，筲箕滩镇是区上规划的蚕桑重镇，有很多政策支撑。发展蚕桑，不仅经济收入增加了，而且还保护了生态。

滕老汉戴着老花镜认真看了税卓给过来的材料，然后说："我们三个老家伙一直都有着很深的乡愁，我和税老汉退休后一直归园田居，住在腰子塘寨的老房里。陈老汉是腰了塘寨作为自然村时的老支部书记，随子女在城里生活了一段时间，不习惯，也回来了。我们三个商量，想发挥自身的一些优势，利用这些年积攒的一些社会资源，把在家的人组织起来，成立个蚕桑专业合作社，把大家捆在一起，共同致富。我们虽没有垂范乡邻的能力，但我们有效力桑梓的决心。我们不想看到我们的村落在强势的'城市主义'面前终结。"

田木叶像是睡瞌睡被人弄醒了一样，一下没回过神来。到三塘盖村这么长时间，他和陈调、韩细妹一直都在思考激发乡村内生动力的问题，但一直都没想到激发内生动力必须要有来自各方面的外在力量的注入，而乡贤的力量自是一股。

二十三

　　天快黑了，陈调还没回来，电话也打不通，听筒里"对不起，你拨打的电话暂时无法接通"的声音像外面站在树上的猫头鹰的低吟。将晚未晚的这段时间里，猫头鹰一直躲在被落日的阴影笼罩的树上。平日里，田木叶和韩细妹根本不在意它的声音，但今天就有些不同了，早不来晚不来，偏偏在陈调电话打不通的时候来烦人。韩细妹在心里直骂，说大自然怎么会有这种不吉祥的鸟。田木叶实在听烦了，就走出屋子来到村委会院坝边的树下，捡了块石头对准不知趣的猫头鹰狠狠地掷过去。猫头鹰极不情愿地飞走了，村委会里安静下来，所有人都不说话。

　　陈调是一早走的，去城里为茶业专业合作社跑启动资金。

　　茶叶专业合作社已经成立，茶树基地已经开挖，茶树苗已经联系妥帖，就等着区农委列入项目给予支持和信用社给予贷款了，特别是信用社的贷款，如果争取不到的话，废了九牛二虎之力才弄成的茶叶产业就可能夭折，"一点引爆，全村开花"的产业发展战略就可能成为泡影。田木叶和韩细妹一直守在村委会，直到太阳偏西了还没有陈调打来的电话，突然产生了一种伍子胥过昭关一夜愁白头的焦虑。现在天快黑了，这种对资金能否争取得到的焦虑又变成了对陈调安全的焦虑。从村委会到城里，山路崎岖不说，山上不时下掉的滚石就让人心惊胆战。韩细妹的父亲就是在进村扶贫的途中为躲避山上的滚石而翻车死亡的。想到这里，田木叶忍不住狠狠地用当地骂人的语言骂了一句："背时砍脑壳死的猫头鹰！"

　　"木叶书记，不着急。船到桥头自然直，事情总会解决的，万一不行的话，把我在城里的房屋做抵押，贷款把茶树苗买回来。"

韩细妹劝慰田木叶，见田木叶不说话，知道他现在是在担心陈调的安全，又说："陈调兄是当过兵的，福大命大，不会遇到危险的。"

"那怎么行呢，你能下来驻村帮扶就很了不起了，再让你拿房产做抵押贷款，怎么也说不过去，再说，你家人也不会同意的。"田木叶也不同意韩细妹的意见，言语中不提陈调，把对陈调的担忧压在心底，避免引起韩细妹的担忧。

"一文钱逼死英雄汉。很多时候，就是银行不贷款，把一些能让老百姓致富的项目整死了。"黄梯玛说，他原来看准城里新华东路房产的前景，就邀约几户贫困户找信用社贷款，想在城里的新华东路买地建房，结果信用社见他们穷，怕还不起，就不贷款给他们。第二年，新华东路的地价翻了一番，现在那些在新华东路修房的人家，每年房租都要收几十万，早致富了。

几个人在焦虑中正东一句西一句说着话的时候，陈调戴着一顶有耳朵的黄军帽，裹着一件军大衣，满脸是血地突然出现在天刚麻麻黑的微光里。

"抢钱的来了！"几个在村活动室院坝上玩耍的小孩吼了起来。

陈调不知田木叶他们在说什么，一进门就抱了抱田木叶，又抱了韩细妹，然后又抱了万贯财、税景阳和黄梯玛。在场的每一个人他都抱，抱得大家悬了一下午的心踏实了下来。

田木叶连连说："人没事就好！人没事就好！"

几个孩子不解地望着陈调，说他的样子像是电视剧里从抗日前线下来的兵。

韩细妹眼角挂着泪滴，但嘴上还开玩笑问陈调是不是走路看姑娘撞到树了。陈调只是摇头，说农村连一棵稍稍漂亮的树都被挖进城了，哪还有什么姑娘哟。然后他就笑，当然笑得很勉强，完全不像平日里开玩笑时的笑。

田木叶看他脸色很苍白，说话的时候眼里有泪珠要滚出，就问

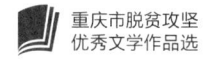

他是怎么回来的。陈调说坐摩托回来的。

"你真以为你是当过兵的身体？这么冷的天坐摩托。"

"这冬天坐摩托，真是太冷了，冷得脚都好像不是我的。"

几个人赶忙帮他揉脚，他喊了一声"疼"，叫大家用力轻点。田木叶拿来一根挤干了开水的热毛巾帮他揩了脸上的血污，见脸上只是破了丁点皮，没有大的伤痕就放心了，叫他靠近取暖器烤下火。

黄梯玛说不能靠得太近，靠近了皮肤容易遭烤伤。他端来一盆热水，叫陈调背对着火烤，然后帮他脱掉鞋和袜子，让他泡脚。田木叶看见他膝盖上一块皮不在了，沁出红殷殷的血。

"你是不是摔倒了？"田木叶问。

陈调点了点头，没说话，感觉有泪珠在眼眶里打转转，他怕一说话泪珠就会不听招呼滚落出来。

"一个大男人怎么能当着这么多人流泪呢？"陈调悄悄擦掉快要滚出来的泪珠，心想，现在还活着，还在一群温暖的人中间活着，太幸运了。他决定把刚刚过去的危险作为秘密隐藏起来，不让大家为自己刚刚经历的危险后怕。就像人经历病痛一样，没必要呻吟出声让身边的人跟着痛苦。

今天上午，陈调去农委跑磨盘塘寨茶叶项目的事。农委业务科室的领导给他说了大实话，说每年安排的项目资金都是年初定了的，年底不可能改变，就是没用完也不能用在其他项目上，更何况所有政策规定的项目中根本没有茶叶项目。上面每年在征集各区县项目计划的时候都很急迫，往往都是开口要，闭口就要到，上午下文件下午就要报项目材料。当时农委报项目时根本来不及调研，只好按往年的情况报了蚕桑、脆红李等一些传统项目，没有茶叶产业。但农委的领导听了陈调的情况汇报后很感动，当即安排下面的科室负责人，将磨盘塘寨的茶叶项目列入明年的规划上报，争取政策支持。农委领导还说，过两天要组织人到三塘盖村实地调研。

"只要纳入明年的计划上报争取项目支持，我们就放心了。我代表三塘盖村磨盘塘寨的全体村民感谢你们！"陈调说。

从农委出来，陈调又去了几家金融机构，想用山林做抵押贷款，发展茶叶产业。但金融机构的领导几乎都是众口一词，说山林抵押贷款的政策有，但不是他们金融部门出台的政策，所以，用山林做抵押是不行的。贷款必须要有房产之类的抵押物或是有实力的人担保。陈调说："那就用我的房产做抵押吧！"金融部门的领导劝陈调要慎重，为老百姓的事私人担风险不值得。陈调嘴上说感谢，心里却有些不满："金融部门是这世界上最世俗的部门，天冷要炭的时候他们不来，出大太阳的时候却来问你要不要炭。"

茶叶项目立项的事算是有着落了，贷款的事虽然是用自己的房产做抵押，但也算落实了，陈调心里很高兴。他跑到妻子的单位看了看妻子，像暖男一样说了几句温暖的话，然后就要回三塘盖村。妻子有些不舍，在同事的笑声中追了出来。陈调附在妻子耳边悄声说，生二胎的事下次回来再议，然后朝妻子挥了挥手，钻进一辆候在那里的出租车。妻子羞红了脸，朝陈调挥手。她已经习惯了，自从到部队和陈调结婚以来，他们总是聚少离多。

出租车司机一路抱怨，说生意本来就不好，现在又钻出什么滴滴车，让人真是无法活了。

陈调想着村里的事，想着赶回村里向田木叶汇报跑农委和金融机构的情况，无心答理一路絮叨的出租车司机。

出租车司机见陈调不说话，就打起哈欠来。陈调赶忙打开车窗，让冷空气吹进车内，想让出租车司机莫打瞌睡。山区的天气本来就很冷，加上司机没开空调，车窗一打开陈调就打了个冷战，他赶忙把棉军帽扣在头上，披上军大衣。

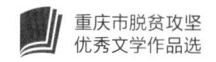

出租车司机也怕冷，又把车窗关上，说他拉陈调到筲箕滩镇好几趟了，问陈调是干什么的。

陈调说是扶贫的。

出租车司机说扶贫是应该的，但现在好多人一天睡大觉，晒太阳，屋里茶罐倒了都不晓得扶一下，这种人都是稀泥巴糊墙，扶不起来的，你给再多的钱都是空了吹。他们一天风里来，雨里去，一年三百六十五天没睡过一次安稳觉，有哪个管他们呢？

陈调说，扶贫是扶真贫，是扶勤不扶懒，扶弱不扶强，那些好吃懒做的我们是不扶的。

出租车司机说，像你说这样就好了，但现在很多地方不是这样的，都是在哄人，一级哄一级。

出租车司机越说越激动，说他就是农村的，他们村评贫困户要看是不是村干部的亲戚，要看送没送礼，上面来的扶贫款一路跑冒滴漏，落到贫困户手里就没得几个了，扶贫建设项目也是，本来就不多，这个老板赚一坨，那个当官的吃一绺，连上面拨下来改厕所的砖都要吞几块。上面来检查，找几家得了好处的面子上看得的敷衍一下就完事了。

陈调说，没得依据不能乱说，不能用个别现象来说明一切。

陈调本想还对出租车司机说几句，开导开导他。但一想到他在出城的路上不经同意就擅自上客下客扰乱交通运输秩序的事，就没了说话的兴趣。心想，他要是当了村干部，肯定比他说的村干部还要歹毒。

出租车司机好像是一个不说话就要打瞌睡的人，在快到碓窝塘寨的一个急弯处发出了如雷的鼾声，陈调惊叫一声，吼出租车司机开车莫打瞌睡，但已晚了，出租车轰然一声翻进路坎下的坡地里，顺着斜坡滚了两圈后被一根大白果树挡住了。陈调抱着头，惊魂不定。出租车司机这时彻底醒了，从车里爬出来，围着车子转了一圈，见车的挡风玻璃已碎成花瓣状，引擎盖朝天翘着，急得喊了一声："撞他妈的鬼呀，我的车哟！"陈调这时也缓过神来，只觉头发涨，脚被座椅卡住动弹不得。他强忍着对司机的愤懑，说："莫光看你的车，车撞坏了可以修，只要人没出事就好！"出租车司机这时才想起车里还有个人，赶忙跑过来，见陈调被安全带牢牢绑住，脚朝天头朝下倒着，赶快用刀帮着割断了安全带，吃力地把他从车里拖了出来，用带血的手摸了下他的头，捏了捏他的手脚，连声说对不起，对不起，车费不要了。问他要不要去城里医院检查下。陈调哭笑不得，伸了伸手和脚，见身体部件都还在，只是膝盖擦掉了块皮，有点隐隐作痛。再看看车，车头被撞得稀烂。大白果树的下边就是悬崖，车再翻一转就会掉下悬崖。陈调想起粉身碎骨这个词，倒吸了口冷气，说："小伙子，开车要休息好，不要做要钱不要命的事，你不要命别人还要命呢！"出租车司机朝着大白果树跪下，说陈调肯定是好人，肯定做了不少好事，积了不少阴德，不然的话，今天就栽定了。

陈调把出租车司机拉起来，说人还在就庆幸了。本还想抱怨出租车司机几句，但没说，心想经过这事后，出租车司机一定会反思的。出租车司机哭了，说是遇到好人了，他要叫摩的把陈调送到三塘盖村委会。陈调说不急，陪他等来了救急人员后才坐上摩的回到村委会。

一路上，陈调强忍着伤痛，一直不敢闭眼，生怕一闭眼摩托车就翻沟底了。一到村委会，看见田木叶他们，就不管不顾地拥抱了他们。

田木叶帮陈调给膝盖搽了药。陈调就把今天跑去农委和银行的情况做了简单的介绍。田木叶动情，其他几个人也说陈调用自己的房产做抵押，真是太伟大了！

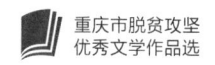

陈调见几个人都很高兴，就不忍心把出车祸的事告诉他们。他又想到妻子追他出来的眼神，想到车子再翻一转就掉下万丈深渊连骨头渣渣都不剩，心猛烈地疼了一下，不敢再想下去。再看周围几个人在火炉边说说笑笑，就想，这人世间最幸福的事应该就是安安全全地活在世上，一家人团聚在一起吧？

二十四

马上就要过春节了,时令已快到立春了。田木叶、陈调、韩细妹都在手机上翻看万年历,三人想到了一起,离春节只有一个月了,春节前要集中火力抓好几件事:联系茶叶苗供应商赶快供货,春节前务必把茶苗栽植下去;联系茶叶销售商前来磨盘塘寨考察,确保茶叶的销售渠道畅通;腰子塘寨的蚕桑产业和碓窝塘寨的观光农业项目、白酒项目迅速启动;上面易地搬迁的政策和任务已经下来了,马上落实易地扶贫搬迁的事;从碓窝塘寨经村委会到磨盘塘寨的路已批准立项了,马上做好土地调整工作;分头走访慰问贫困户和三类特殊户,了解他们的生活状况,确保家家户户过年都要有肉吃;填写各项表册和二维码信息,确保不漏项、无差错,年终有个好成绩。

陈调说,茶树苗供应没问题,昨天晚上联系供货商了,他们就这两天拉过来。农委这边已联系过了,他们到时过来帮助验收质量。茶树苗的价格是和磨盘塘寨的业主按货比三家的办法谈的,没有走招标的路子。有关部门的招标价要比市场价多几个点子。

万贯财说,腰子塘寨的蚕桑项目,滕老汉、税老汉、陈老汉等几个乡贤已筹划得差不多了,就这两天落实动工的事。

碓窝塘寨的农业观光项目和白酒项目没大问题,六九养殖科技发展公司和老麻农业庄园公司的老总这两天要来考察和洽谈。韩细妹汇报。

易地扶贫搬迁和修路调整土地的事很麻烦,还要做大量的说服工作。税景阳说。

大家你一言我一语说着当前工作的进展情况和困难。

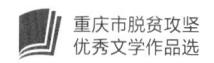

万笔杆在会上通常是不说话的，但今天，却在会议记录上记下大家的发言后说了一大段话，他说："填表和完善二维码信息也不能掉以轻心。现在的工作很多时候就是在填表和完善二维码，这两项工作不做好就等于一年的工作白干了，上面来检查验收主要是看你的表册是否完善。现在难度最大的是填这些表册农户不配合，特别是在房屋的墙壁上贴二维码和明白卡，农户意见很大。说他们的手机被各种APP弄得喘不过气来，墙上贴得像挂尿片，都是些不起作用的花胡哨，是弄给上面看的，对老百姓没得好处。"

听了万笔杆的发言后，田木叶、陈调和韩细妹都很体谅。田木叶说这是上面的安排，他们必须做好，马虎不得。

田木叶叫万贯财通知开个党员和村组干部会，研究下易地扶贫搬迁问题。易地扶贫搬迁政策性很强，老百姓非常敏感，区上的政策已经下来了，希望三塘盖村动员5户贫困户到青杠工业园区集中安置点居住，其余的就近安置。

万贯财问田木叶，党员和村组干部会，要不要通知喂不饱参加，他前几天提出退党，还说村综治专干和组长也不干了。

田木叶很生气，说："喂不饱的问题，群众反映很大，上次开展精准识别工作时把他从建档立卡贫困户名单中刷下来后，他一直有抵触情绪。我找他谈了几次话，但没得效果，还是动不动就说辞职、退党的话，不仅如此，还经常在群众中说些消极落后的言论，影响极坏。这次会议先不通知他，但要让他知道开党员和村组干部会。我平生最恨私欲得不到满足就撂挑子，用辞职退党要挟组织的人。好像离了他这地球就不转了。"

陈调说："他说是说了，可他没写退党申请。我们应再找他谈话，让他深刻认识到自己的错误。"

韩细妹说："我认为，不能放弃他，扶贫路上不能让一人掉队，何况他还是个党员。"

万贯财说:"我也认为,给他一次改正错误的机会,让他在全村党员大会上做出深刻检讨。"

田木叶沉默不语,心里颤了一下:"我这是怎么了?扶贫是一场没有硝烟的战争,扶贫的路上荆棘丛生,充满了许许多多偶然和未知的风险,全国几千万扶贫干部离妻别子奔赴贫困地区,在扶贫路上舍小家顾大家,不分白日黑夜地在这条路上忘我奔走,不就是为了让大家都过上美好的生活吗?不让一个人掉队是第一书记的责任,我怎么能够意气用事,放弃一名党员呢?"

田木叶后悔起来,面露愧色,说大家批评得对,扶贫路上不能让一个人掉队。他叫万贯财通知喂不饱参会,但必须要求他在会上做出深刻检讨。

陈调和韩细妹会心地笑了,给田木叶比了个大拇指。

散会后,田木叶拉着陈调、韩细妹去喂不饱家。韩细妹说,加上前面去的次数,今天是第十三次到喂不饱家了。

"干脆通知喂不饱到村委会来,给他一个震慑。"陈调说。

"要转变一个落后的干部,必须得有不厌其烦的精神和把铁杵磨成针的韧劲。我们还是去家访,效果会好些。"田木叶说。

喂不饱对三人的到来像有预感一样,一点不惊讶。他把三人领到他那破旧的木房内。两个穿着看不出颜色衣服的老年人蜷在火炉边的木头上、以抱膝的姿势烤着火,那是喂不饱的父亲和母亲,田木叶认识。床上的铺盖散乱地堆着,上面还能隐约看见"民政救济"几个快要褪了色的字。灶台上的锅碗瓢盆全是黑黢黢的,让人疑心几十年都没洗刷过。十几只鸡懒洋洋地在灶台边的潲水桶里啄食。

田木叶、陈调、韩细妹每次来都是这场景。喂不饱每次都说搬到新房子后就不这样了。

喂不饱看出了三人的心思,但一点不在意,说易地扶贫搬迁的

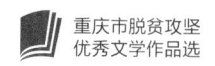

房子还没完全弄好,等过段时间弄好了就搬过去,全部换新的。

"万大权,你这话我耳朵都听出茧子了。易地扶贫搬迁的钱早打给你了,你的房子也早修好了,怎么还不入住呢?"田木叶说。

"快了,装好了就搬过去。现在不好找工人,不然的话,早搬过去了。"

"那上次人社局送你的新棉被哪去了,我不是说让你把老年人的被盖换一下吗?"田木叶又问。

"上年纪的人不讲卫生,所以,就没给他们换。我把这些东西放在新房里了。"

"那我们到你新房去看看。"陈调说。

"新房还没弄好,见不得人。"

"没弄好不要紧,我们去看看。"田木叶不想当着喂不饱的父母说更多的话,而是坚持要到他新屋看看。

"我们先看看,过几天上头要来对易地扶贫搬迁项目进行专门验收,凡还没搬迁入住的一律收回下拨的财政补贴款。"韩细妹很严肃地说。

喂不饱有些尴尬,只好硬着头皮带着三人到新房。新房离老房不远,中间一根田埂连着,不到一支烟的工夫就到了。喂不饱打开新安装的大门,只见堂屋里全是电器和家具、棉絮等,看样子都是区上的部门送来的,堆了整整一屋,人根本无法挤进去。

大家只好站在台阶上。田木叶开始和喂不饱谈话。

"你家是建卡贫困户,你又是村干部,国家的易地搬迁扶贫政策你享受了,房子也修好了,怎么还不搬迁入住呢?"

"还没装好,装好了就搬。"

"那行,上头来验收前,你必须搬迁入住。你是党员,必须带头。做得到吗?"

"没问题。那搬迁后,老房不拆行吗?"

"必须拆除，宅基地必须复垦。这是政策规定。"

喂不饱面露难色。田木叶装作没看见，继续说："万大权，听说你如今挺能干的，喂了百十头猪牛？"

"那是胡扯，也就喂了十二头牛、八头猪。"喂不饱不假思索脱口而出。

"那这一头牛能赚多少钱，一头猪多少钱？"田木叶追问。

"没多少。"喂不饱有些忸怩。

"我就是问问行情，帮一个想搞养殖的朋友讨教讨教。"田木叶说。

"……行情好的话，一头牛一年能纯赚3000块钱，一头猪要赚4000块钱。"听田木叶这么说，喂不饱放松了警惕。

"哦那可以嘛，听说你两个儿子在上海打工，上海消费高，那你这还能接济下你俩孩子？"田木叶说。

"木叶书记，那你说错了，我的两个细娃不乱用钱，每个细娃一年还最少都要给我寄6万块钱回来。两个细娃都要买小车，可惜路没修通，不然早买了。"说到两个孩子，喂不饱满脸自豪。

韩细妹本以为田木叶会和喂不饱"周吴郑王"地谈话，没想到田木叶和喂不饱不露声色地拉家常。听到这里，她忍不住笑了，心中暗暗佩服田木叶的谈话技巧。

"你家一年的收入算起来不少嘛，比我们公务员多得多哟！"韩细妹说。

"说实在的，我们这是要做才有，不做就没得，不像你们公务员，天晴落雨都有。"

"你家的收入大大超过了贫困户的标准，上次把你从建档立卡的名单中刷下来，你作为党员和村干部，怎么会有那么大的意见呢？"田木叶突然转了话锋，两眼直直地望着喂不饱，不怒自威的样子。

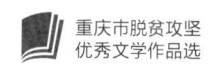

"木叶书记,搞半天你是在套我。国家的钱,又不是哪个私人的钱,不要白不要。不符合贫困户条件的人户又不是我一户。"

"作为一个党员,一名村干部,这是你该说的话吗?是你该干的事吗?"

"那我退党,不当这个村干部了。"喂不饱开始耍无赖。

"万大权,说话做事要过脑子。什么国家的钱不要白不要?我可以明确地告诉你,国家的钱不该得的坚决不能得,得了也要退回来。我还告诉你,党章明确规定,党员有退党的自由。你今晚好好想一下,这些年你这个贫困户该不该当,做的有些事该不该做,如果想通了就写份深刻的检讨,如果还想不通,还是想退党,你也可以提交书面申请。"田木叶面露严厉之色。

喂不饱耷拉着脑袋,闷着头好一阵不说话,最后嗫嚅着说:"我堂弟,就是上任村支书,犯事遭抓了,全村人都在看我们家的笑话,我有一段时间走路都是把头夹在裤裆里的。我知道,我家的状况根本不符合建档立卡的条件,早就该拿下来了,可我就是舍不得。这次把我家从贫困户名单中刷下来,我的皮臊大了。"

"看来你还是没认识到你的错误。你晚上好好想一下,好好和周围的人比一下,远的不说,你就和蒲卓尧、税岐洁两口子比一下,你的觉悟还不如一般群众。别人是立志不当贫困户,你却是千方百计争着当这个贫困户,和他们比,难道你真的不脸红吗?"

党员会和村组干部会在一个午后进行。天空突然下起小雨来。山寨里的人都有看天气和农历的习惯,见小雨霏霏的样子,有人说快立春了,这雨下得真及时。有人说这雨下不下不关紧要,反正现在靠的是党的好政策,靠天吃饭的历史已经过去了。有人说,光有好政策也是不行的,路还得靠我们自己走,自己不走,政策再好又管什么用呢?就像现在,扶贫政策很多,自己不抓住机会老实做,好日子又能持续多久呢？

田木叶说大家说得好，扶贫就是要解决大家"等、靠、要"思想，不能靠青杠树上落糍粑。

见党员和村组干部来得差不多了，喂不饱也来了，田木叶宣布开会，对喂不饱投来的不自在的笑脸回了一个严肃的面孔。陈调和韩细妹也装作没看见。

万贯财讲了全区的扶贫政策，重点讲了扶贫搬迁政策，说扶贫搬迁是盘古开天辟地以来的大好事，是利国利民的大好事，一定做好群众的工作，希望党员和村组干部带头，并深入做好贫困户的工作。

田木叶给大家分了工，每人负责几户。田木叶问大家还有什么疑问，希望大家在会上提出来，千万不能干会上不说会后乱说的事。

田木叶很严肃，大家都看出田木叶今天说话的样子和以往不一样，没有笑脸。

一名党员站起来说："国家花这么多钱，劳心费神为我们着想，是千百来年的好事。我在这里表个态，为了下一代着想，我愿意从山上搬下来。"

田木叶带头鼓掌，说："共产党员要起先锋带头模范作用。村看村、户看户，社员看干部，面对纠纷、利益，如何说话做事，如何取舍，都要好好想一想，群众的千百双眼睛看着我们。"

田木叶用严厉的目光看了喂不饱一眼，然后继续说："前段时间开展贫困户精准识别工作时，万大权同志不仅不主动申请退出，反而还闹情绪，把辞职退党挂在嘴边，这种行为是非常错误的，这也说明，我们有些党员组织观念、纪律观念极其淡薄，必须加强政治学习。"

喂不饱站起来，一副悔恨的样子。他把几页写满字的纸交给田

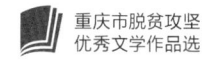

木叶，说是写的检讨。

喂不饱的事这些天一直像块石头压在大家的心上，这时候见他当面交检讨，大家自然很高兴。田木叶说："一个人犯了错误不要怕，怕的是认识不到自己的错误，不改正自己的错误。你今天能交检讨，说明你开始认识到自己的错误，那你就在这会上给大家好好检讨一下。"

喂不饱站在会场中间，红着脸说："我家的条件大家都知道，不管怎么算，都不该在建档立卡的贫困户名单中。我本该主动申请退出，但享受扶贫政策享受惯了，一下让我不享受了，真是有些舍不得，我是党员，又是村干部，这次把我家刷下来，我面子上挂不住，所以就闹情绪。乡亲们喊我喂不饱，真没喊错。这些年我享受了不少政策，也得了不少帮助，可我还不满足，还在和大家争。驻村工作队反复找我谈话，对我进行批评教育，我这才认识到了自己的错误，我不该和村民争贫困户名额，不该和老百姓闹忤逆，不该欺负弱小，更不应该用退党辞职来要挟组织，希望木叶书记给我一个改正错误的机会。"

田木叶说："不是希望我给你一个改正错误的机会，是希望组织上给你一个改正错误的机会。"

"木叶书记，陈调书记、细妹书记，各位党员，我知道错了，我家不符合贫困户的条件，把我家从建档立卡名单中剔除是对的，我保证做好家人的工作。"

喂不饱站在会场中间不断检讨，大家认为他对错误的认识还算到位，就分别发言对他进行了帮助。

田木叶说："能认识到自己的错误并自觉地改正自己的错误，是一个人最基本的修养，希望万大权用实际行动来证明自己改正错误的态度。"

田木叶叫万贯财把安置政策发在微信群里，在村委会的公示墙上贴出来。

不出田木叶所料，易地扶贫搬迁的事很快就在村里炸了锅。三塘盖村共同致富微信群里就已激烈地讨论开了，什么选址啊，补贴多少啊，怎么安置啊，到了青杠怎么生活啊……说什么的都有。

田木叶决定开个村民大会。让陈调结合新农村建设画了几张建设规划图。

涉及每个村民的切身利益，在上海、广州、深圳、新疆等地打工的村民都赶回来了。

税景阳宣读了关于易地扶贫搬迁的安置文件。田木叶说："易地扶贫搬迁是涉及千家万户利在千秋的惠民工程，每个村民都有发言的权利，都可以表达你们的意思。相信村民们有很多问题要问，请大家尽管问，我们驻村工作队的几个同志和村里的万贯财书记、税景阳主任都会尽量解答你们提出的问题，由村文书万笔杆做好会议记录，白口红牙，我们说的每一句话都是算数的。"

田木叶叫陈调把青杠集中安置点的小区图和几张村上的集中安置规划图挂在墙上，对到会的村民进行了详细介绍。

茅锥习惯性地用尺多长的竹棒棒烟杆在鞋底上敲了敲，问田木叶："发财不离老屋基，每个人都有自己的家，每个家都在一个地方住几代人了，房前的树，房后的山，大家都习惯了，搬迁的目的是什么呢？"

"统一规划，统一建设，整齐美观。一来可以极大地降低建房成本，让村民用极少的钱就可以住上城里人住的房子，享受城里人干净漂亮的人居环境。二来可以极大地争取政府对我们自然条件恶劣的贫困村基础设施建设的投入，同时也减少了政府的投入额度。比如说前几年，一个领导在我们村扶贫，山顶上有两户人家没通电话，这个领导联系电信部门投资100多万元拉通了到这两家人户的电话线，就为两户人家安装两门电话，电信部门就投入了100多万

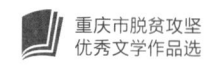

元呀！你们说这划算吗？要不是这个领导发话，你们说电信部门会为了两户人家不通电话投巨资吗？这第三呢，通过易地扶贫搬迁，集中安置居住后，对于村民就医、文化生活、子女上学都是很方便的事，比起大家单村独户住在高山上，公路难以修到家门口，自来水难以接到家里，烧饭做菜只能靠砍柴烧的日子，不知要好多少倍。更重要的是，集中安置居住后，就有了培育和发展后续产业的条件，就能更好地帮助大家脱贫致富，到时候，大家就不用再去砍柴来烧饭、烤火了，山区的自然生态就恢复了，我们三塘盖村就会是绿水青山了。外面的人就会慕名而来，我们又可以发展乡村旅游了，那个时候，村里的年轻人就不会外出打工了，他们在家门口数钱都会数得手抽筋的。"

大家笑了起来。一个在上海打工的年轻人问："每个村民都符合扶贫搬迁的条件吗？"

陈调指着几张图纸说："按照文件，扶贫搬迁的对象必须是贫困户。一是生活在自然条件差、生存环境恶劣，无法就地脱贫，且具备搬迁和安置条件的农村贫困人口；二是生活在生态位置重要、生态环境脆弱地区，亟须搬迁且具备搬迁和安置条件的农村贫困人口；三是遭受滑坡、泥石流等地质灾害和洪涝灾害严重威胁，亟须搬迁且具备搬迁和安置条件的农村贫困人口；四是遭受地方病严重威胁，亟须搬迁且具备搬迁和安置条件的农村贫困人口。区上的文件把扶贫搬迁安置的方式分为集中安置、分散安置、其他安置三种。我们三塘盖村山高沟深，公共服务配套成本较高，很多地方要靠肩扛马驮才能把建材运进去，仅是二道搬运费就让人难以承受，因此，根据我们三塘盖村的实际情况，村支两委主张尽量选择集中安置，当然，具体选择哪种方式随村民自愿，村里不强迫。"

"区里在青杠安置点给我们村计划了5户易地扶贫搬迁集中安置名额，那地方距城近，学生上学方便，青壮年可以在工业园区安置务工，有意愿的可以找税景阳主任报名。政策是符合条件的贫困户，如果选择到这地方去，就是原住房由区农投公司收储，自己按户籍人口给购房补助款。凡愿在企业务工的一律进行培训就业。不愿去那里的，我们也预选了几处地方，大家商量一下，看合不合适。贫困户易地扶贫搬迁，政府按户籍人口补助，村里的集中安置点三通一平及其水电路等基础设施争取上级资金解决，到集中安置点居住的，仍可享受政府的补贴政策。"田木叶说。

"我们非贫困户也可以去集中安置点建房居住吗？"一个在城里打工的非贫困户问。

"为了把易地扶贫搬迁和新农村建设结合起来，改变农村人居环境，我们请示了上级，同意非贫困户也可采取宅基地置换的办法进驻集中安置点，也就是说原宅基地复垦，交回村集体，但没有政策补助。"

"这样做，国家不是要拿出很多钱吗？"龚大姐问。

陈调说："龚大姐，你说得很对，党和国家一心想着老百姓呢。按现有的扶贫搬迁政策，补助给大家的政策款看起来是不多的，老百姓的资金缺口还很大。但累计起来，这个数就很大了，这是其他国家都很难办到的。所以，大家一定要支持。我们三塘盖村山高沟深，可供安置的用地很少，搬迁安置的用地调整难度很大，少数人只顾自己，只顾眼前利益，把自己承包的土地拿出来就像割了他身上的肉一样，客观上给易地扶贫搬迁集中安置增加了很大的难度。所以，我们希望大家要把眼光放远一点，在调整承包地的时候要大力支持，不要出难题。这是我们大家的事，不能因你一个人的小算盘而坏了全村人的大好事，不能让子孙戳脊梁骨。"

"谢谢你们，谢谢你们，你们这么远来掏心掏肺地帮助我们，真是辛苦了。"龚大姐说。

"婶子，这是党和国家的政策。集中安置我没意见，我想问下，

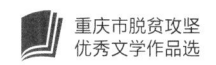

这工程谁来监督呢？上面拨了多少钱，我们老百姓又哪个晓得呢？"茅锥双手笼在袖筒里，蜷在会议室的角角里说。

田木叶说："茅锥，你既然知道这是党和国家的政策，那你就一定知道上面的监管要求。外面有村务公开栏，我们按区委区政府的要求，对实施的每一个项目，对到位的每一笔项目资金及使用情况，都会在上面公示。我们还会对项目的实施进行全程跟踪检查，对每一笔资金的使用情况进行审计。上级有关部门也会通过交叉检查、重点抽查、随机抽查等多种方式进行监督，严格按管理规定拨付项目资金，杜绝挤占、挪用、截流项目资金的现象。"

"我们又怎么知道你们公示的是真的呢？以前也在公示，还不是照样被糊弄？反正我们老百姓好糊弄。"

"茅锥，你相信我们几个第一书记，你如果不相信，你们也可自己推出一个项目监督小组参与监督呀！"

"相信，相信。"茅锥用衣袖揩了下鼻涕。

大家就笑，说茅锥过去只是爱锥人，现在又开始出风头，顶冒牯天的班。

茅锥说："老百姓就是好糊弄，给一两百块钱或是送一包化肥就千恩万谢，殊不知那是你该得的。你真以为那些对口帮扶干部给的钱、化肥是他们自己掏的腰包吗？那都是政府给的，他们以自己的名义给你，是让你感恩，检查的时候让你莫要乱说。"

"茅锥，人要知足，说话要讲良心。上次你生病，你家的帮扶干部给你买的牛奶也是政府发的吗？"龚大姐反诘道。

"婶，那是他们知道我这个人说话直，有啥就要说啥，所以买点东西堵我的嘴。"

田木叶有些哭笑不得，说："茅锥啊茅锥！你真是沾倒就拍不脱的茅锥。那些结对帮扶的干部送你们的钱、物都是他们自己省吃俭用挤出来的，你还说这样的话。你有没有良心哟？"大家也说茅锥说话昧良心。

田木叶不再理会茅锥，任他一个人在那里咕哝。

有四家在黔江城里打工送学生的贫困户报名，希望搬迁到区上统一修建的青杠集中安置点居住。田木叶很高兴，见区上下的5户的任务只差一户，就动员茅锥，茅锥说金窝银窝不如自己的狗窝，死也不去。

田木叶说："青杠集中安置点建设得非常好，拎包入住就行，为了让搬进的贫困户能搬得进，住得下，能致富，区上成立了专门的领导班子和工作班子，去了那里，务工和子女入学都有人专门帮忙联系，到时睡着了都会笑醒的。"见田木叶这样说，另一个贫困户就报名，说愿搬到青杠集中安置点。

几个贫困户向田木叶说感谢。田木叶说："我只是把上面的政策宣传给大家，不值得你们感谢，要感谢就要感谢党和政府。"

田木叶叫陈调把几套村里集中安置点选址和土地调整方案给大家介绍下，征求大家的意见。

大家对集中安置点的选址和田木叶的想法不谋而合，都认为在黄梯玛家旁边的银杏林最好，那里坡度平缓，背靠大山，左边的山梁上满是苍松翠柏，右边山梁略低一点，上百棵银杏傲然挺立，中间一片坡地缓缓延伸，正前方是层层梯田。

黄梯玛说："没想到几个第一书记还懂风水，背后的靠山厚实，两边的山梁子就像椅子的扶手，活脱脱的金椅子风水。更难得的是左边的山高于右边的山，青龙高过白虎，我们几代人生活在这里，怎么就没发现这地方呢？这里作为安置点，我们三塘盖村还不发才怪呢！"

听黄梯玛这么一说，大家都笑了，说几个第一书记一个是研究生，一个是搞文明的，一个是做人事的，肯定比他这个端公懂风水。

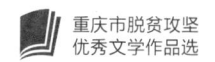

田木叶说:"要发家致富得靠勤劳和智慧,我们共产党人不讲风水,我们也不懂风水。之所以选这个地方,那是我们只是觉得这里山清水秀,风景美丽,地形独特,地理位置相对集中,交通相对方便,一到秋天,金灿灿的银杏加上前面金灿灿的稻谷,完全是一个金色的世界,很适合发展乡村民俗旅游。一来是这里离村委会近,老百姓到村委会办事方便;这第二呢,就是好找区交通委立项,修条公路上来,方便老百姓出行;三呢,是这里水源好,给水利局打报告,立项解决自来水问题也容易批准。这些问题解决了,我们是想通过大家的努力,把这易地扶贫搬迁安置与乡村民俗旅游结合起来,将这地方建成土家第一寨。我们商量了一个方案,所有房屋全部按土家吊脚楼风貌依山就势建造,既节约建设成本,又彰显土家吊脚楼特色。我们三塘盖村共有十三个姓,一直都是以宗族为单位聚族而居,所以,我们就建十三个院落,今后这地方就叫土家十三寨。这个名字一宣传出去,外面的游客不就蜂拥而至吗?到那个时候,我们不是就有生意做有钱赚了吗?"

大家的情绪顿时像炸开了锅,一下兴奋起来。龚大姐站起来,说:"背包书记,你说的好是好,只是我们家的撮箕口房子是明清时期祖上修的,柱头都有水桶大,只是到我们这一代,家道中落,成了贫困户,房屋年久失修,虽然破烂,但结实牢固,拆了可惜。政府能把易地搬迁扶贫的补贴发给我们,自己对旧房进行维修吗?我们可以少要点。"

有几个贫困户也附和,说他们是一个院子的,房屋都是祖上在明清时候建造的撮箕口形状的穿斗式吊脚楼,拆了可惜。田木叶和陈调、韩细妹一下被问蒙了,但三人很快冷静下来。田木叶说:"这类房屋不拆不安全,若不拆两不愁三保障问题就算没解决。但像这种保存完好的明清时代留下的传统村落已经不多了,拆除确实可惜。可是,按易地扶贫搬迁政策,把政策补贴用来维修又对不了号入不了座。我想，有两种办法可以解决，一是马上向上级报告，看政策能不能变通，对这种村落进行维修，修旧如旧，只要安全就行；二是向上级申请，把这种村落纳入传统村落保护范围，进行保护性维修，既解决了住房安全保障问题，又保护了传统村落。"

"这个办法好。"陈调说，"这样一来，我们三塘盖村的易地搬迁扶贫方案就更完善了，归纳起来就是区集中安置点迁住一批，村建集中安置点搬迁一批，传统村落保护解决一批，其他方式安置一批，通过这四个一批，全村的住房保障问题不仅会得到有效解决，而且，还和乡村振兴战略有机结合，我们三塘盖村将会成为现代版的《清明上河图》。"

乡亲们大多不懂《清明上河图》的意思，但从田木叶描绘的前景和陈调眉飞色舞的发言中，他们如黑夜中行走的人看到了东边天际的光亮，顿时明白《清明上河图》是一幅无比好看的画，全都兴奋起来。

二十五

易地扶贫搬迁集中安置点的设计图纸出来了，有四合院和撮箕口形状的，也有联排样式的，还有独门独院的，全都是仿古土家建筑。田木叶把效果图贴在村务公开栏最显眼的位置进行公示，征求大家的意见。消息像风一样吹进了三塘盖村的几个寨子，很快就有村民跑到村活动室的村务公开栏围着图纸议论。

这是我们三塘盖村吗？草坪、白果树、翠竹、流水、风车、街道、商店、电影院、摆手舞广场、雕塑、幼儿园、学校……简直比城里的小区房环境还牛气。

大家怀疑。

万贯才、税景阳两个村里的一把手站在人群外听群众的意见，不时在笔记本上做记录，对村民的一些疑问做解释。

万贯财说："大家不要不相信，有党和政府的关心，有上级各部门的帮扶，有我们大家不等、不靠、不要的信心和决心，我们一定会住和城里人一样的房子，过上比城里人舒适的生活。不是我吹大话说瞎话，至少我们的生态比城里环保，我们的空气比城里健康，我们的蔬菜比城里的新鲜。"

大家说万贯财说的是真的，城里哪样都好，就是空气不新鲜，蔬菜不新鲜，连猪肉都没得乡下人吃的猪肉香。

税景阳问大家喜欢哪种类型的房屋。大多数人指着图纸说四合院和撮箕口形状的房子安逸。税景阳说，贫困户的房屋拆迁有严格的面积规定，一家人是住不了一个四合院和撮箕口房屋的，四合院要住四家，撮箕口房屋要住三家。非贫困户的住房面积要看原来的老房面积。一般不能超过原来的住房面积。选房的顺序是贫困户先选，然后非贫困户选。

当场有贫困户选了联排房，说选四合院和撮箕口房不好选，大家都想住正房，联排房是一个模式，不分正房偏房，大家是公平的。

茅锥看着图纸不选，心里一直在盘算，自己不拆迁，也不维修旧房，如何才能把国家的政策补贴款弄到手。他说，房屋不安全是他自己的事，垮了打死人了他不找政府麻烦，问税景阳能不能直接给他钱，房屋就不拆迁了，上面来检查就说是他自己不搬，与村里无关。

万贯财听见，哭笑不得，走过来拍了下茅锥的肩膀，牛气地说："茅锥啊茅锥，你的灯比天上的星星还多，鬼点子都要拜你为师了。如果你把你这些花花肠子用在正道上早就不是贫困户了。保障住房安全，是扶贫工作的大任务，你既不拆迁也不维修就白领钱，这是套取国家政策，是犯罪，你知道吗？"

"我只是问下，你不同意就算了，何必那么凶嘛！"茅锥不敢看万贯财，耷拉着眼皮嘬嚅，说反正不搬，派出所来了也不搬，看能把他怎么样。

这时，龚大姐和院子里的几个人过来了，看公示栏里没有他们院子的维修图纸，就急了，问旁边的税景阳："木叶书记上次开会说，我们院子的房子可以自己维修，怎么这上面没得图纸呢？"

税景阳说，上次木叶书记说的是你们院子的情况要请示上级。木叶书记亲自请示去了，现在还没回来，你们先回去，等木叶书记他们回来再说。你们要相信，扶贫工作不会丢下任何一人的。

"那要等到什么时候？说是请示上级，不晓得请示哪个上级？他们不就是上级派来的吗？我看他们是在糊弄我们。"茅锥又来精神。

"龚大姐，不是糊弄你们，你们的情况比较特殊。你看，上面

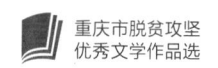

的领导来了,是专门来调研的。"田木叶、陈调、韩细妹陪着一群人走过来。田木叶向大家说,明副区长和交通委、水利局、建委、文旅委的领导、专家今天都来了,今天就要对我们村的易地扶贫搬迁问题和基础设施建设问题进行现场研究。

万贯财和税景阳走到明副区长面前,说大家对易地扶贫搬迁集中安置点的图纸很满意,很多贫困户当场就选择了户型,签了易地扶贫搬迁合同。这几个老年人不愿搬到这里,他们舍不得离开自己现在住的院子,说院子是明清时期的老房子,住了几辈人了,拆了可惜,对不起老祖宗,想维修下,政府少拿点钱都可以。

"三个第一书记都给各自的主管部门报告了,也给我们区里请示了,区里也请示了上面,上面同意我们区里的意见,在保障住房安全和不违反有关政策的前提下因地制宜,能够集中安置的尽可能集中安置,能够保护的传统村落要尽量加固维修进行保护,不搞一刀切。"明副区长叫龚大姐带路,说去他们院子看看。

龚大姐住的院子在磨盘寨后一道山梁子边的龚家院子,山梁子上满是苍松翠柏,像一道绿色的天然屏障,鸟窝挤满了虬髯般的枝丫,成群的白鹤在枝头站成了一片白云。明副区长问龚大姐,山上常年都有这么多白鹤吗?

龚大姐说,这里原来是没有白鹤的,几百年前祖上在院子旁栽下一棵柏木树,柏木长成百年大树后,引来了一群白鹤,于是,龚家祖上就定下了保护柏木树和白鹤的铁规矩,不允许任何人捅鸟窝掏鸟蛋,捕杀白鹤及各种鸟类。从此,白鹤每年都会如期而至,在柏木树上筑巢产卵,几百年来从未断过。现在,这里成了一道风景,每年都有好多人来拍照和参观。拍照的人都很有钱,都很大方,每次都要在农户家里吃饭,从不谈价,农户说好多就给好多。

翻过山梁子,龚家院子就到了。茅锥早早地端了把凳子坐在大门口,见明副区长打着空手随三个第一书记和龚大姐过来,眼里流露出明显的失望，想关门进屋已来不及了。明副区长和他打招呼，问他在忙啥。他说农村人没得啥忙的。明副区长走进院子，其他人也跟着进了院子，一股强烈的粪臭味钻进大家的鼻孔。

"茅锥，你这院子比茅厕还臭！喂这么多鸡，你随时把鸡屎掏一下嘛！这么多鸡屎，连脚都没得放处。"龚大姐骂。

茅锥的房子是九柱三间带转角的撮箕口形状的穿斗式木结构，水桶粗细的柱头全立在雕花磉墩上。阶檐用废弃的农膜或破碎的尿素口袋围住，里面挤满了鸡。堂屋里零乱地堆满了收回来的玉米和稻谷以及红苕洋芋，只能进去两三个人。田木叶和万贯财陪明副区长随着极不情愿的茅锥走进堂屋。堂屋两边的门开着，左边房间里有一架床和几个装粮食的柜子，床和柜子破烂歪斜。床上的铺盖像一个人蜷在那里，已看不出颜色。堂屋的右边是厨房，黑咕隆咚的灶上站着一只正屙屎的公鸡，灶的上方挂着几块被熏得漆黑的腊肉，四周的板壁已被烟火熏得乌黑。

明副区长问："大哥，一年有多少收入？"

"区长莫叫我大哥，我有名字，叫茅锥。吃的是有，就是没得钱用。"

"一家几口人？都在干什么？"

"就我和老伴，是贫困户加低保户。"茅锥把贫困户三个字说得很响。

明副区长不再说什么，叫站在院坝里的几个干部进来和田木叶一起帮茅锥把卫生打扫一下。然后跟龚大姐来到院子坝里一边听她说房子，一边慢慢地查看着每一根柱头，每一个雕花窗子，每一个石雕磉墩。田木叶他们打扫完卫生后一句话不说就去了龚大姐家。茅锥不甘心，厚着脸皮跟了出来，想看看明副区长是不是要给龚大姐钱。

龚大姐家就在茅锥家旁边。见田木叶他们过来，龚大姐的老伴

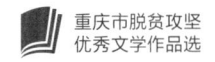

厚山大爷放下手中的扫把，赶忙端来几根板凳，请大家坐。龚大姐家的房子也是撮箕口样式，雕花木窗，看成色估摸也是好几百年的历史。龚大姐说，这些年，外面一直有人来村里买这些木房，然后全部拆走，连磉墩也运走，有人给她出价5万元买她这房子，她没卖，她想老祖宗留下的东西，不能随便卖，后来听说这些房子的柱头有很多是金丝楠木，很值钱，就更不想卖了。

明副区长起身看了看龚大姐烟熏火燎的房子，然后对田木叶等人说，易地扶贫搬迁不能搞一刀切，这些房子都是明清时的建筑，用的都是些名贵的木材，很有特色，拆了确实可惜，应该作为传统村落保护下来，进行必要的翻新加固，修旧如旧，保证安全。明副区长叫田木叶打个报告，把传统村落保护资金和易地搬迁扶贫资金整合使用。

明副区长说："项目资金的使用不能死搬教条，该整合的要整合，要用在刀刃上，要发挥资金整合的最大效益，避免不必要的浪费。"

龚大姐很感动，说房子有救了，感谢领导。

田木叶、陈调、韩细妹也很感动，说领导很有魄力，说基层干部往往是打酱油的钱不敢打醋，明明人家有醋不需要酱油却非要人家打醋。因此有领导这句话，我们的工作就好做多了。

明副区长说："不是我有魄力，我们搞工作必须是实事求是！用易地扶贫搬迁的项目资金对这些房屋进行安全加固，不仅住房安全得到了保障，而且，这些日渐消失的传统特色村落也得以保护下来。保护传统村落，我们就是保住了乡愁。不仅如此，还少花钱多办事，节约了财政资金，有啥不可以呢？现在很多部门就是搞本本主义，抱着部门利益不放，耍部门权威，各自为政，导致资金不能整合，这很不好。你们搞的脱贫攻坚联合作战指挥部就很切合实际，整合资金实施传统村落保护的事你们大胆干，有什么问题我负责，但前提是必须保障住房安全，资金使用安全。"

茅锥见明副区长只是说话，没有向龚大姐给钱的意思，便转身要走。明副区长看见，便问："茅锥老大哥，三个第一书记没经常来你家吗？"

"来倒是经常来，第一次来的时候还买了两箱牛奶。"茅锥回答，并狡黠地看了田木叶一眼，意思是没给钱，而且不是每次来都给东西。

"他们的工作做得不好吗？"明副区长听出了茅锥的言外之意是他来没买东西，也没送钱，心里又气又笑，便对田木叶、陈调和韩细妹说："茅锥老大哥家的环境卫生，你们驻村工作队要特别关心一下。如果不行，联系学校组织点学生过来搞下义务劳动。"

茅锥本想讽刺一下这明副区长狗气，看贫困户不买东西不送钱，没想到反被挖苦，还让学校组织学生来做卫生，面子上过不去，又不好发作，便说："这卫生环境差，和三个第一书记没关系，和学校也没关系，我媳妇回来后马上打扫。"

"怎么会没关系呢？组织上派他们来扶贫，不只是帮助你们脱贫致富，还要帮助你们把环境治理好，把你们的乡村建成美丽乡村。环境卫生都没搞好，怎么能叫美丽乡村呢？你看你住在一个人禽混居的环境里，鸡屎到处都是，连灶上都是鸡屎，这怎么行呢？人再穷也不能懒嘛。区上开展农村人居环境专项整治行动，区级帮扶部门每月都派出人员帮你们打扫环境卫生，主要是起到一个引领示范作用，关键还要靠你们自己。"

"领导放心，下次来我一定把卫生搞干净，保证地上没得鸡屎。"茅锥有些赌气地说。

"茅锥老大哥，三个第一书记可以帮你扫一次，甚至可以帮你扫两次三次，但不可能永远给你扫下去嘛！"

茅锥自觉无趣，于是悻悻离去。

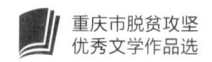

离开龚家院子,明副区长对一行人说:"扶贫,国家可以帮助修路,可以帮助建房,老百姓不好的卫生习惯反映出他们精神上贫困的问题,大家肩上的责任很重啊!"

田木叶点了点头,脑子里闪现出刚来村里走访农户时的画面。很多农户房子修得很好,但环境卫生很差,一些农户习惯在大门两边的窗户上搁置鞋袜,在待客的堂屋里胡乱堆放杂物。秦家山院落一个老师家庭,男人是中学的退休教师,女人在家务农,按理,他们家应是院落里最卫生的家庭,但恰恰相反,他们家和茅锥家没什么区别,人在床上睡,猪和鸡在床底歇,家庭卫生是全村最差的,村里的干部多次上门相劝,但这个老师的家属把村干部的话当耳边风,以致整个秦家山院子的卫生在全筲箕滩镇成了高山挂粪桶的院子,臭名远扬。镇上和区上每次开会,只要一说到环境卫生整治,说到精神文明建设,都要把秦家山院落作为反面例子,田木叶、陈调、韩细妹三人很头痛,反反复复上门做工作,一而再再而三地协调文明办和人社局的职工来搞义务大扫除,脚板都跑破了皮。人要脸,树要皮,绝大多数农户觉得不好意思,环境卫生多有改变,唯有这个老师家庭仍是"外甥打灯笼一切照旧",三人想了个办法,请学校校长组织学生到这个院子参加人居环境卫生整治,重点帮这个老师家庭打扫环境卫生。没想到,这一招很灵,这个老师家属听说学校要组织学生帮她家打扫卫生,想到课堂上那些毕恭毕敬的学生要来这副模样的家里,面子上挂不住,立刻跳起来把院子打扫得干干净净。

这件事让田木叶、陈调、韩细妹三人明白一个道理:只要有铁杵磨成针的精神,再困难的事情都能办好,环境卫生问题只要上门给村民反复灌输,就一定能改变。

二十六

从龚家院子回来，田木叶、陈调、韩细妹都很兴奋。三人连夜召集村支两委干部开会，按照明副区长在龚家院子的讲话意见安排易地扶贫搬迁和传统特色村落的保护工作。三人都认为，把易地扶贫搬迁和乡村振兴建设、传统特色村落保护、乡村旅游结合起来，对三塘盖村的扶贫成效持续大有裨益。

万贯财说，易地扶贫搬迁、传统村落保护，村民很配合，除茅锥和烧蛇痫外，涉及的农户都签订了易地搬迁集中安置合同和传统村落保护房屋维修合同。茅锥和烧蛇痫油盐不进，死活不签。田木叶说，烧蛇痫不签，他是怕搬到新房子后没得政策了，吃不成救济，所以赖在烂房子里。茅锥懂政策，他不是不签，是在熬政策，看能不能把钱熬进自己的腰包或是多熬几个钱，我们暂不理他两个，先把工作推起走，最后他们自己会找上门来的。

税景阳说，这种人就是不能将就。很多人身上的毛病都是惯出来的，千万不能惯了他们的臭毛病。

陈调说，易地扶贫搬迁集中安置的点现在定下来了，大公路到易地扶贫搬迁集中安置点的路要作为当前工作的重点抓，这涉及易地扶贫搬迁集中安置点的建设成本问题。交通委已经同意我们的请求，立项建设这条路，交通委何局长明天就带人下来调研。

陈调的这个消息让在场的每一个人都很兴奋。这条路乡亲们日里夜里盼了好多年，由于少数村民扯皮，项目下了又收，收了又下，反反复复，一直都没能修成，这条路在交通委领导和职工的耳朵里都听出茧子了，幸亏陈调曾在交通委工作过，加上文明办这块牌子，人家又才再次同意把这条路纳入规划。

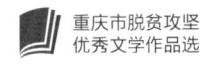

田木叶说:"要想富先修路,这个项目涉及三塘盖村能否决胜脱贫攻坚,得来实在不容易,前前后后跑了好多趟,动用了好多人际关系,千万不能再弄飞了,必须把前戏做足,把老百姓的工作做细。"

万贯财和税景阳把修路涉及土地的农户梳理了份名单,田木叶按照名单给几个人分了工,要求连夜上门做好宣传和说服动员工作。

快到午夜的时候,田木叶、陈调、韩细妹和万贯财、税景阳才走完了农户。几人回宿舍洗了把脸,小憩片刻,天已蒙蒙亮。于是几人又深一脚浅一脚地跑到村委会通往大公路的山路上。

到那里时,万笔杆已带着几个村民在路边的地里开始测量,十几个村民围在那里,像在争吵。

"修路我没得意见,但要多占我的地建错车道我打死也不同意。"

"我的房子又不在集中安置点,这条路我不得享用,我不同意占我的地。"

"造桥修路是行善积德,是千百年的好事,怎么能说不享受就不同意呢?"

"我们几十年都靠脚走路,没得公路也过来了,修不修公路有什么了不起呢?"

"你没得本事买车,你开不来车,但你细娃买得起车呀!他们要开车回来呀!"

茅锥的声音特别大,田木叶、陈调、韩细妹和村里的两个主要领导老远就听见了。茅锥说:"修路我支持,但我地里的树要按市场价赔偿。"

茅锥站在自家的地里帮万笔杆拉皮尺,拉的时候把皮尺悄悄卷了一节捏在手里。万贯财看见,就走过去从他手里拿过皮尺,说:

"你们就知道吵,茅锥这么大年纪了,让他来拉皮尺,你们好意思吗?"说完,就把皮尺交给了冒牯天。

茅锥脸红了一下,讪讪地说:"没事,站着也是站着,拉皮尺又不费力气。"

几个老年人见田木叶、陈调、韩细妹过来,就围着三人问这问那。说你们修路不反对,但不能多挖地。

田木叶说:"各位乡亲,不是我们修路,是我们大家修路,是我们三塘盖村修路,路修好了是大家受益。不能说哪个受益哪个不受益,所以,大家都要支持。村里争取这个项目不容易,等交通委领导来了,大家都要表明对修路的渴盼,不能有反对的声音。对征地有什么意见,我们回村上商量。总之,我们一定要把路修成。"

田木叶掏出电话,在共同致富微信群里给在外打工的人发了条信息,叫他们给家里的老年人打个电话,劝大家要全力支持修路,不要给村里出难题,不要因为个人的小利而影响了全村的发展。田木叶还在群里说,机不可失,时不再来,如果因少数人的利益没得到满足而阻拦,就可能导致交通委把项目收回,损失就大了。

微信刚发出去,就见几个老年人开始接电话。很快,这些老年人都不作声了。

有个老年人说:"我儿子来电话,修路占用家里的地,只管用不要任何赔偿。"其余几个老年人也说,修路用地他们支持,要好宽挖好宽,但要把边沟修好,保埂砌好,保证路的质量。

陈调和韩细妹很诧异地看了眼田木叶,不知他想了个啥鬼办法。田木叶暗笑,说:"感谢大家,请乡亲们放心,我们一定保证公路不会是纸糊的。"

田木叶想起到三塘盖村的第二天遇到村民堵路的事。

那天,腰子塘寨的老捏攥给儿子娶亲,连边接界的肾豆村有十

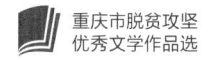

几个村民把碓窝塘寨经腰子塘寨老捏攥家门口的路堵了,说路是他们修的,老捏攥没出钱,迎亲的队伍可以步行走这条路,但车辆一律不得通行。眼看迎亲的车队快到了,老捏攥急得快掉眼泪,喜烟装了几包,但堵路的村民仍无动于衷。老捏攥扑通一声跪倒在地上,哀求堵路的几个村民让迎亲的车队过路,说:"只要你们让迎亲的车队过路,什么事都好商量。"几个堵路的村民装作没看见,仍不为所动。

田木叶、陈调、韩细妹很奇怪,下车问一个看热闹的老年人是什么原因。老年人告诉三人说,下跪说好话的老老汉叫老捏攥。土家族语言里面,捏攥是指把钱看得很重,宁可饿死也舍不得花钱的人,所谓的视钱如命,分钱都要捏出水。老捏攥自然是这个老老汉的诨名。

人如其名,老捏攥看重钱的程度,在周围团转里都能算是排头的。他今天的下跪缘于前年肾豆村修路。那年,肾豆村的村民集资新修的路要从老捏攥家房前的地里过,但老捏攥死个舅子都不答应,肾豆村的人好话说尽,说拿钱也行,用地换也可以,可老捏攥高矮不同意。人家没办法,只好绕了一个大弯,把路修通了。路通了,老捏攥走路、拉东西,肾豆村的人从不干涉,像什么事都没发生一样。老捏攥很得意,认为自己没拿一分钱,没出一分土地,路照样走,东西照样拉,人前人后还炫耀。可他万万没想到肾豆村的人会在他儿子娶亲这天不准他过路,臊他的皮。

"这种人活该,他以为自己天大的本事,万事不求人。看他今后还怎么见人。换作是我的话,早吐泡口水把自己淹死算毬了。"有人愤愤地说。

田木叶、陈调、韩细妹心里都不是滋味,说这世上怎么会有这种人呢?

这时,鬼点子走到老捏攥面前,说:"老捏攥,人家修路从你家房前土地上过，给你拿钱、找你换地，你高矮不同意，你没想下，修路你不拿一分钱，路修好了你也白用，你还不同意，你说你傻不傻嘛，你真是活该！"

"鬼点子，你灯多，快帮我想想办法。算我求你，给他们说下，让接亲的车队过路，我什么条件都答应。路从我家房前重新修，地不要钱，修路我自己掏钱，修那截弯路的钱也由我出。"

"老捏攥，不是我说你。人家白送你一个右客，你却往外推，天底下哪有你这么猪的人。我劝你，今后遇到大家的事，遇到村里公益上的事，不要固执，不要只想到自己占便宜，要多支持，这是给子孙积德。""猪"在三塘盖村的人嘴里就是笨和傻的意思，鬼点子说完老捏攥后转过身来，对堵路的几个村民说："都是隔壁邻户乡里乡亲的，低头不见抬头见，没必要把弟兄关系搞成妯娌关系。老捏攥刚才的话你们也听到了，他已经认错了，请大家看在我鬼点子的面上，让接亲的车队过。人家大喜的日子，你们肾豆村的人都是知书识礼的人，就不要和他一般见识了。"

鬼点子从老捏攥手里拿过两包烟，自己揣了一包，然后撕开一包给每人装了一支，连推带拉，把堵路的人劝走了。

老捏攥转涕为笑，又拿出一包烟递到鬼点子手上。

想到这里，田木叶哑然失笑，自能热炒热卖，把鬼点子用以毒攻毒的办法解决堵路纠纷的招数换成"儿子医老子"的招数，没想到还很奏效。

"看来，今后对留守家中这些老年人的思想工作还得从在外打工的年轻人身上做文章，因为他们在外面见得多，接受新鲜事物快。"田木叶这样想的时候，陈调领着交通委的何局长和人社局的陈局长一行人过来了。何局长问田木叶："修路的土地调节好了吗？老百姓都支持吗？"

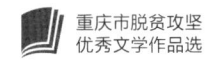

田木叶意味深长地看了一眼周围的老乡，说土地问题都已调节好，老百姓都很支持。

何局长说，很多地方修路，我们把项目放下去了，但老百姓往往因个人的私欲没得到满足，千般阻拦，结果工程无法进行，交通委只好把项目收回。陈局长也说，这个项目来得不容易，希望大家珍惜。

几个村民听了，都说在三塘盖村修路是在帮助老百姓，是千百年的好事，不支持是在烂良心。

何局长很高兴，随三个第一书记和村里的两个主要领导步行察看至集中安置点。田木叶把易地扶贫搬迁的方案做了介绍，说这条路修通后将极大地减少易地扶贫搬迁的运输费用，对老百姓今后的出行和乡村旅游的发展都很有意义，希望得到交通委的支持。

"没问题，三塘盖村脱不了贫，我们也脱不了爪爪，帮助解决路的问题责无旁贷。刚才来的路上，我看到了你们在测量土地，说明你们工作很主动，这里的老百姓也很积极。交通委党组听了陈调的汇报，同意安排项目资金帮助三塘盖村修通这条路，让这条路成为三塘盖村名副其实的致富路，希望你们驻村工作队和村支两委一定要加强监管，保证工程质量，把这条路修成全区乃至全市的标杆路，千万不能偷工减料，搞成豆腐渣工程。"何局长看了一眼陈调，说，"特别是陈调同志，你曾经是交通委的干部，尤其要把质量监管抓在手上，千万马虎不得！"

茅锥一直跟着。何局长看完集中安置点后说去看下烧蛇痢和喂不饱。这是他联系的两个贫困户，茅锥就主动带路。

田木叶有些踌躇，烧蛇痢烤扶贫鸡吃的事一直揪着心，何局长去了，万一碰上烧蛇痢又在烤扶贫鸡吃，那就难堪了。

"何局长，到税启家和万大权家，路远呢！"田木叶说。

"我是管修路的，那更要去看看。这两家是我联系帮扶的贫困户,我去过好多次。税启很懒,要多引导他,不能坐等吃现成的。这万大权呢,总是不满足,老是伸手向上要,得好好批评教育,我想看看他新房子修好后搬迁入住没有。"何局长说,坚持要去两家看看。

正要上路,从磨盘塘寨伸向易地扶贫搬迁集中安置点的山路上,从上往下两个人影慢慢走过来,田木叶认出那正是喂不饱和烧蛇痾。

"何局长正要上磨盘塘寨去你们两家看看呢,没想到你俩消息还很灵通,自己先过来了。"烧蛇痾和喂不饱走到跟前的时候,田木叶带着有点讥讽的口气说。

何局长给烧蛇痾和喂不饱各装了支烟,问他们年猪杀了没有,参加茶叶专业合作社没有。烧蛇痾脸红,说:"何局长,你送过来的猪崽我没喂好,害猪瘟死了。今年过年又没得肉干了。"

"明明是你烤来吃了,还在何局长面前编,脸都不晓得红一下。"喂不饱笑话烧蛇痾。

"你好意思说我,何局长送你的那两个猪崽,头天送你,第二天就卖了,然后又找镇政府要。你真是枉为村干部。"烧蛇痾回敬。

"那是我当贫困户时候的事,我知道以前错了,现在我已改了,不当贫困户了。"喂不饱的脸一下红得像下蛋鸡母的冠子。

何局长诧异,问喂不饱是怎么回事。喂不饱红着脸说:"我家的收入标准早超过了建档立卡贫困户的规定标准,但我一直赖着没退出。前段时间搞精准识别,我家从建档立卡名单中退出来了,我家现在不是贫困户了。"

"你家不是退出来的,是被刷下来的。"烧蛇痾一句钉一个钻,故意顶喂不饱的老疮疤。

何局长开心地笑了,说喂不饱:"万大权,精准识别时把你家从建档立卡贫困户的名单中刷了下来,说明你脱贫了呀!这可是件大好事,作为党员和村干部,你这个头带得好!"

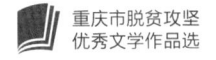

喂不饱不断点头，脸一直红着，手脚显得无处放的样子。

田木叶见这情势，赶忙给喂不饱下台阶，问喂不饱和烧蛇痢有什么事。

烧蛇痢气鼓鼓地说："税卓和蒲卓尧搞的茶叶专业合作社是他们税家大院的专业合作社，社员都姓税，蒲卓尧不姓税但他老婆姓税。两个人有什么本事？不就是仗着驻村工作队几个第一书记支持才把专业合作社搞红火的吗？喂不饱开始没加入，现在要加入，他们不同意。他们两个凭什么不同意？不就是喂不饱不姓税吗？专业合作社用的是扶贫款，是国家的钱，他们有什么权利不让喂不饱参加？我看不惯，就拉喂不饱来找木叶书记评理。喂不饱现在虽然不是贫困户了，但参加专业合作社的权利还有。"烧蛇痢越说越来气。

何局长问田木叶："税启说的是真的吗？"

田木叶说："这事要调查下，当初万大权确实是自己死活不加入，要政府把产业扶贫资金现款给他们。他家的情况不符合贫困户的标准，前些时间，村里组织回头看，把他家从建档立卡贫困户名单中刷了下来。"

"把喂不饱从建档立卡贫困户名单中拿下来，这事你们做得对，必须严格按照条件，该进的进，不该进的坚决不能进。对刷下来的农户要做好思想工作，不能一刷了事，要继续关心他们的生产生活。关于进专业合作社的事，给税卓和蒲卓尧做工作，要共同致富，不能丢下他们不管。"何局长说。

"就是就是，扶贫路上不能让任何一人掉队。喂不饱虽然不是贫困户了，但他加入专业合作社的权利还是有的。"烧蛇痢说。

烧蛇痢见何局长空着手没提东西，说有事就走了。喂不饱见状，也说有事先走了。望着两人远去的背影，何局长颇有感慨地说："解决思想上的贫困，任重道远啊！"

二十七

原来让人脑壳痛的公路建设用地调整工作，没想到让田木叶用"儿子医老子"的办法轻而易举地解决了，大家围着那团能把人聚拢在一起的火，显得格外兴奋，话题自然就转到了如何修路上。万贯财说公路开挖的费用他老婆税美仁私人承担，不用大家分摊。大家很感动。田木叶说万贯财的话提醒了他，不能好心办坏事，凡涉及工程建设老百姓都很敏感。他提议由村民选一个人专门负责工程监督和资金使用监督，税美仁私人负责开挖费用的事要在共同致富群里公开。

大家同时想到了冒牯天，说他为人正直，平生最看不惯捡便宜的人，也不怕得罪人。韩细妹把这个提议发到微信里，除鬼点子外，群里没一人反对，大家的意见惊人地一致，说驻村工作队找对人了，监督这事，除冒牯天外，村里再找不出第二人，还说万贯财、税美仁两口子经常私人出钱帮村里做好事。

鬼点子问冒牯天："这种遭人白眼的活路你也要应承？做工程的人恨死你，村民怀疑你。这不是老鼠子钻风箱，两头受气吗？"

"这事要放在以前，死个舅子我也不干。现在看在几个驻村第一书记的面子上，我答应干。只要没得人在里面吃得到冤枉，我心里就像大热天喝凉水，舒服得很，受不受气无所谓。"

黄梯玛听说公路马上开工，立马翻出万年历选了个黄道吉日，说修路动土是大事，是好事，必须要选个好日子。他说这不是封建迷信，是图个好彩头，时间就是1月6日8时，这个日子是百年都难遇到的好期程，月、日、时连起来是168，听起来就是一路发，很吉利。

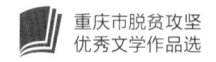

田木叶笑了，说："黄师傅，借你吉言，这条路一定会带着我们三塘盖村老百姓一路发。"

黄梯玛也笑了，说有知识的人说话就是不一样。

1月6日8时快到的时候，黄梯玛悄悄来到公路开工仪式现场边一块巨石旁，摆上猪头和香烛，然后跪在地上对着大山念念有词。田木叶看见，问黄梯玛在干什么。黄梯玛说修路动土是大事，不能冒渎神威。说今天修路动土，是给全村人做好事，神灵一定会保佑开工大吉，一切顺利。他说他这不是在搞迷信，他是在用自己特有的方式告诉这片土地上的祖先们，党和政府派人来给三塘盖村修路了，三塘盖村过去因为路的阻隔，村民们不知外面的世界。现在终于修路了，三塘盖村的日子就会一下子跨越千年，打开外面世界的大门。

韩细妹也站在焚燃的香烛前，默默地看着黄梯玛做着这一切，两颗晶莹的泪珠挂在漂亮的脸上。田木叶看见，知道她是在心中告慰牺牲在扶贫路上的父亲，便悄然把一张纸巾递到她手上。

田木叶受到感染，表情也肃穆起来。他看了下表，时针刚好指向8点。这时，冬天难得出来的太阳早早钻出云层，把金色的阳光洒在插满彩旗的开工仪式现场和大家的身上，现场一下充满了暖色调，消解了冬日特有的寒冷。一种表示喜悦的东西亮晶晶地从很多人眼里流了出来，那是喜极而泣的泪珠。大家都说着相同的一句话：盼了几辈人的路终于要动工修建了。

田木叶、陈调、韩细妹、万贯财、税景阳爬上一块突兀在路边的巨石站定。他们的头上是暖暖的太阳，前面是比家里添人进口还兴奋的人群。没有专门的主席台，没有专门的音响设备，没有猎猎作响的彩旗……一次旷世简朴的开工典礼就在这暖暖的冬日下开始了。田木叶对着前面站着的村民们，以高八度的声音说："我们三塘盖村通往'康庄大道'的这条路马上就要动工了，这条路修通后就会在我们三塘盖村的大山里蜿蜒，把我们三塘盖村的每一个院落像珍珠一样串联在一起，当然，这路不仅是这里和那里的简单连接，对于我们三塘盖村的人来说，它连接的是大山与大海，连接的是蛮荒的过去与新时代的今天。从今天开始，我们三塘盖村的人就会和徒步出行与货物进出靠肩挑背扛的生活方式说声再见；我们三塘盖村的农特产品就会沿着这条路源源不断地进入重庆、上海、北京；大城市的人就会源源不断地坐着汽车、小车来到我们村观光旅游，采购我们的农特产品；我们三塘盖村的人就会修起别墅、买上小车，过上和城里人一样的生活，过上和祖先们完全不一样的人生。"

站在下面的乡亲们很激动。说这么多年了，从没听过这么实在的话，从没这么新鲜的话。几个第一书记根本不把自己当作是上面派来的，讲话总是左一句"我们三塘盖村人"，右一句"我们三塘盖村人"，总让人感到亲切。

税岐洁站在万仁爱旁边，悄声说："这背包书记书读得多就是不一样，我们只晓得修路好，修桥修路是积德，就只晓得点赞，但说不出更多的东西，但背包书记却能说出这么多的好处，说得我们大家心里都像大热天喝凉水，舒服得很。"

文明办的庄主任、人社局的陈局长、交通委的何局长也来了，悄悄站在下面听田木叶讲话。何局长说，这田木叶真不愧是上面派来的货真价实的第一书记，讲话的确有水平。

陈调首先发现了他们，便向田木叶打招呼，使眼色。田木叶根据陈调的提示，也发现了站在下面的三个部门领导，先是很惊讶，然后是很感动。他没想到三个部门的主要领导会来参加开工典礼，更没想到三个部门领导会是"悄悄进村"，连镇上的领导都不知道。

田木叶鼓动大家用热烈的掌声欢迎他们给大家讲话。三位部门

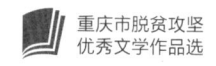

领导就推何局长讲几句,说今天的主题是公路开工,该他讲。何局长不好推拒,就在村民热烈的掌声中走上突兀在路边的那块巨石上,说:"刚才,我和文明办的领导、人社局的领导听了第一书记田木叶同志的发言,感慨良多。我作为一个修路人,对修路的意义有着深刻的理解。一个地方有路和没路,意义完全不一样,这关系到一个地方的文明进步,关系到一个地方的经济发展,关系到一个地方的脱贫致富。要想富先修路,我们修路,就是为了让老百姓过上幸福的生活,就是为了给贫困乡村脱贫致富插上腾飞的翅膀。作为交通委的领导,我给大家表个态,区交通委一定全力支持三塘盖村这条路的建设。因为,你们不等不靠的精神让我们感动,你们决胜脱贫攻坚的精神让我们感动。"

何局长的讲话换来了雷鸣般的掌声。万贯财在雷鸣般的掌声中大声宣布开工。工地上顿时鞭炮齐响,挖机轰鸣。

税岐洁看着刨路的挖机,说这条路修好了,茶叶专业合作社的茶卖起来就方便多了。

"你们的茶叶这下可卖大钱了,我想喂几只鸡,到时卖几个鸡蛋找点渣渣钱,不晓得行不行。"烧蛇痢老婆说。

"可以啊!你把你们家的空地栽上茶树,茶树下放鸡,保证这种鸡生的蛋好卖。"税岐洁说。

"我还要去问下我家大丫头,钱都是她在上海打工寄回来的。"烧蛇痢老婆说。

"烧蛇痢还赌吗?"税岐洁问。

"狗哪改得了吃屎的本性,喊他做活路,他就说身上这里疼那里痛,有人喊喝酒打牌他就立马从床上爬起来,身上到处都不痛了。他每次喝酒打牌回来都说把手指拇宰了,可就是控制不住,一有人喊喝酒打牌爬起来就跑。大丫头每月寄回来的钱我藏了又藏,生怕他又拿去输了。我要替丫头藏着,给她置办嫁妆。"

"丫头结婚的事定了吗？"

"还没有。男方人很老实，在重庆富民公司驻上海码头的龙吴港打工。烧蛇痢说把女儿养这么大，不能白白送给人家，要人家拿20万元彩礼。男方家也是贫困户，一下子哪拿得出那么多钱嘛！"

"也只有你能忍耐。说句不该说的话，你缺男人打汤喝吗？像烧蛇痢这种男人，你要来有哪样用哟？"

"他不赌的时候，还是疼人的，经常给我弄好吃的。"

"那是他自己好吃，哪是给你弄好吃的哟！"税岐洁忍不住哈哈大笑，说，"你就拿钱买几十百把只鸡养吧，剩下的钱你悄悄拿来入股专业合作社，我保证你拿来的钱能下崽崽。"

"你和蒲卓尧、税卓我是信得过的，我说土地入股，他说你们专业合作社靠不靠谱还是碗盖起的，是儿是女要生下来才晓得，他说怕打漂漂，不如得点现成银子好，结果土地租金领来后他两天就赌出去了。把大丫头的钱拿来入股，我要和她说下，但你千万不能让烧蛇痢晓得哟！"

"要得，你和你丫头商量下。养鸡的事你就按我说的方法养，这个烧蛇痢我来帮你收拾。"

烧蛇痢老婆看着比自己矮半截的税岐洁大笑起来，她弄不明白，连三个第一书记都拿她男人头痛，比自己还要矮半截的税岐洁会有什么办法收拾她那又懒又好吃的男人呢？

两个女人的笑声不遮不掩，在人群中久久回荡，惊动了旁边的何局长和田木叶。

何局长认出税岐洁和烧蛇痢的老婆，便问田木叶："烧蛇痢还赌吗？"

田木叶说，比以前改了一点，但仍然好吃懒做，喝酒赌钱的毛病也不时犯。

"等会儿去他家看看，扶贫工作不能放弃一个农民兄弟，扶贫

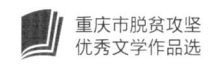

路上不能让一个人掉队。"何局长说。中午饭后,文明办庄主任和人社局的陈局长有事先走了。通往磨盘塘寨的崎岖山路上出现几个行色匆匆的人影,那是田木叶、陈调、韩细妹陪何局长的身影。他们是去烧蛇痢家走访,一路上每个人都在肚皮里准备了好多鼓励烧蛇痢的说辞。

烧蛇痢老婆和烧蛇痢正在房前的茶树林里用篾条围篱笆,税岐洁也在那里,她旁边放着两个装了几十只鸡苗的竹笼子。

"税启,太阳从西边出来了?你今天这么勤快?"田木叶说。

烧蛇痢见是三个第一书记和空着手来的何局长,失望的神情从两只浑浊的眼里表露出来。他懒洋洋地放掉手中的活走上院坝,嘟嚷着说:"税岐洁送我100只小鸡,叫我围一片茶树林,喂虫草鸡。"

"虫草鸡?"何局长很诧异。

税岐洁哈哈笑,说:"这烧蛇痢在茶树下喂的鸡,每天吸的是三塘盖的仙气,吃的是地里自己长的虫草,这样喂出来的鸡不是虫草鸡那是什么鸡呢?"她故意把虫和草连着说。在场的人都被逗笑了,说税岐洁是做广告的料,开个广告公司保证生意火爆。

"鸡喂大了,下蛋了,要还税岐洁的鸡娃钱。"等大家笑够了,烧蛇痢老婆笑着说。

田木叶、陈调、韩细妹、何局长感觉像发生地震一样,半天没缓过神来。几个人心想,这税岐洁是吃了熊心豹子胆了?她哪来的胆子送鸡给烧蛇痢喂?这不等于是把钱往水里丢吗?

何局长有些郁闷,想起去年烧蛇痢把畜牧局送来的能繁母猪烤来吃了的事,心里就来气。他问税岐洁:"你就不怕烧蛇痢把你送的鸡娃烤来吃了?"

"不得不得,我发誓,哪个背时砍脑壳的再干这样的事。再说,税岐洁每天早上都要来点数的,少一只赔两只,我赔得起吗?"烧蛇痢见何局长翻他的老黄历,红着脸说。

"发誓就不必了，去年你烤扶贫猪吃，也发誓说不再干这样的事了，今年你不是还烤扶贫鸡吃吗？你发誓不赌博，说赌博就宰自己的指拇，你宰了吗？"田木叶想说"你发誓就像放屁"的粗话，但话到嘴边又咽了回去。

何局长不再理会烧蛇痢，问税岐洁："税启当老赖怎么办？乡里乡亲的，你总不可能为这几只鸡娃去法院告他吧？再说，就算你到法院把他告了，又能怎样呢？现在这么多老赖的案子都执行不了。"

"领导，我不怕的。烧蛇痢在上海打工的大女儿把每月给他养老的钱全打在我的账户上，让我替他管着，如果烧蛇痢把鸡烧来吃了，他女儿叫我从中按两倍的价钱扣。吃国家和别人的他不心痛，但吃自己的他心痛。"税岐洁笑着说。

"就是就是，我那砍脑壳的死丫头都把钱打在税岐洁的银行卡上了，我们家的钱都让她管起来了，我赖得了吗？"烧蛇痢有些垂头丧气的样子。

烧蛇痢老婆在旁边只是笑，何局长似乎看出了什么，就说："税启，税岐洁好心帮扶你，你一定要立志哟！这回我相信你。"

田木叶、陈调、韩细妹也看出了这是税岐洁和烧蛇痢老婆商量好的，忍不住笑了。田木叶悄声对税岐洁说："这事也只有你税岐洁干得出来。"

"背包书记，我这样做也是没得法的法，你和陈调书记、细妹书记帮我家做了那么多事，帮我们村做了那么多事，我和我家蒲卓尧很感动，总想报答你们。烧蛇痢和我们住一个院子，看他每天好吃懒做，成天就只晓得找你们要这要那，还把发下来的扶贫鸡烤来吃，心里很不是滋味，就想了这个法子，想把他逼上靠自己劳动吃饭的路子，这不犯法吧？"税岐洁小声回答田木叶，脸上的笑意里充满了得意的味道。

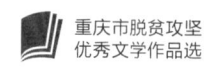

田木叶悄声对税岐洁说:"你这没得法的法对烧蛇痢这种人,可能比其他任何法都管用。我感谢你。"

"感谢我干啥?要不是上级派你们来我们村,我可能也是一团没糊上墙的烂泥呢!"

"看来,只要功夫深,烂泥也能糊上墙。"何局长笑了起来,大家也跟着哈哈笑起来。

二十八

田木叶打开手机的图库，准备把公路开工的图片和与何局长到烧蛇痫家走访的图片整理出来交给万笔杆作为资料保存，以备上面检查。田木叶已养成习惯，不管工作再苦再累，每天晚上或早上都坚持把当天或头天的工作图片进行整理，在纸上留下工作痕印。开始，是为了应付检查的规定动作而为，后来就成了一种自觉行为。他每天都像牛反刍一样，坚持把一天的工作进行再一次咀嚼。当然，这种咀嚼让他得到很多营养，让他感到每一天的太阳都是新的。

他把烧蛇痫在园子里喂虫草鸡的图片发给有风，说税岐洁逼烧蛇痫养鸡，逼烧蛇痫靠劳动吃饭。有风回信，说一个不会游泳的人你不逼他往水里跳，他就一辈子不会游泳，好吃懒做的贫困户你不把他们往产业上引，一天就去问他有没有吃的穿的，不去问他的产业，结果会让他更懒更穷，税岐洁的做法值得借鉴。

有风的话让田木叶很吃惊，难道这个有风在农村扶过贫？他正想着把微信的内容拿给陈调和韩细妹看。韩细妹笑着走了过来，给他端了杯热牛奶，说山脚碓窝塘寨的鬼点子终于点头同意了，今天商量引进69畜牧科技公司和老麻农业科技公司，成立专业合作社的事，请田木叶、陈调和万贯财支书、税景阳主任参加。

田木叶一听，抓起牛奶就喝。韩细妹还没来得及制止，田木叶就叫了起来，说："美女你想烫死我呀？"陈调坏笑，说："我想遭烫死还没得机会。"说得韩细妹脸红。

田木叶不搭理陈调的话，一边用嘴吹牛奶，一边把整理好的图片发给万笔杆。

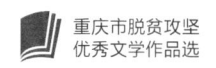

陈调问韩细妹，这次成立白酒专业合作社和生猪养殖专业合作社，鬼点子没再出鬼点子吗？

韩细妹说，前几次的事，大家都把他看白了，不再相信他说的话。特别是上次组织碓窝塘寨的村民到69畜牧科技公司建在沙坝乡的69豚生种猪场和老麻农业科技公司建在濯水古镇旁边的老麻庄园参观，大家看了后就像是没坐过飞机的人坐了回飞机，大开眼界，都很后悔听了鬼点子的话，误了阳春，好在后悔还来得及。鬼点子转弯也快，说他也不晓得农业园项目是这么回事，他怕农业园项目是兼并大家的土地，专业合作社是走大集体的老路没前途，怕大家吃亏，但他的心是好的。大家回来就商量如何引进69畜牧科技公司和老麻农业科技公司，成立专业合作社。现在的问题是两家公司现在还来不来，她是动用了各种关系才说服他们来碓窝塘寨投资的，没想到走路碰到鬼，两家公司来考察的时候会遇上鬼点子日弄大家堵车的事。

三人来到山脚的时候，碓窝塘寨的人都聚集在组长家的院坝里，正在议论指责怪那天几个村民千不该万不该堵69畜牧科技公司罗总和老麻农业科技公司麻总的车。参加堵车的几个村民有气无力地嘟囔，说他们是团鱼脚板，没出去见过世面，哪个晓得现代养猪场和农业园是什么东西？组长和几个村民很激动，说堵车的村民长的是猪脑子，人牵起不走，鬼牵起飞跑。鬼点子知道是在说他，满脸的不自在，装没听见，埋头抽他的烟。

见田木叶、陈调、韩细妹一行过来，大家赶紧让座。组长叫大家安静，说："磨盘塘寨的茶叶专业合作社眼看就要赚钱了，按理说碓窝寨条件是全三塘盖村最好的，有几家一直都在煮酒卖，酒的品质虽然好，但产量不高，一年也没能卖几个钱。韩细妹书记两个月前引进69畜牧科技公司和老麻农业科技公司来碓窝寨考察投资，大家意见不统一，有几个村民受别人日弄上路堵车，把人家气跑了。一个好端端的项目就这样被你几个沟眼虫臭走了。"组长本想说"屁眼虫",突然觉得话不能太粗鲁,话到嘴边就把"屁"字改成了"沟"字。"沟眼"在当地方言中是不喜欢别人,容不下别人,给别人下绊子的意思,他没想到这一改还改对了,表达的意思更准确了。

组长说:"韩细妹书记是个姑娘家,她千方百计给我们碓窝塘寨引进项目,还不是为我们大家早点致富?你以为她引不进项目,就真的脱不了爪爪?人家韩细妹书记不记大家的气,前几天又自己掏钱租车带大家到69畜牧科技公司的豚生种猪场和老麻农业科技公司在灈水古镇旁边的老麻庄园去看了,想必大家都有很大的触动,那里的农民有土地入股的保底收入,有在养猪场和庄园里务工的工资收入,都不用去外边打工了,啷个要不得嘛!真是自己找不到媳妇人家送你个右客还嫌人家脚大,人脑壳里装猪脑髓。今天,三个第一书记都来了,村里的万支书、税主任也来了,说明驻村工作队和村支两委很重视这件事。大家今天好好掂量一下,看我们这个项目还引进不?专业合作社搞不搞?"

组长这么健谈,是田木叶、陈调、韩细妹都没想到的。田木叶不明白沟眼虫的意思,但他猜出那是一句骂人的话。见人来得这么齐,听得也很认真,心想有戏,就说:"乡亲们,刚才组长说的话都是他掏心窝子的话。韩细妹同志重点联系碓窝塘寨,她利用自己的人脉资源,提出的这个引进69畜牧科技公司建养猪场和老麻农业科技公司搞农业产业园,组建专业合作社把煮酒这个产业做大做强,增加大家收入的思路,是经过她反复调研得出的思路,也是经我们驻村工作队和村支两委慎重讨论做出的决定,镇里的木易副镇长和区上有关部门的领导都很关注这件事情,认为这路子很对。大家想一下,坡土种的苞谷高粱用来煮酒,酒糟用来喂猪和搞稻田养鱼,养出来的猪和鱼又可作开农家乐的主打菜,煮出来的酒作为农

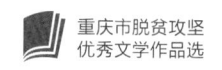

家乐的专用接待酒,这样一来,我们碓窝塘寨的人是不是不出门就赚钱了?火车不是推的,牛皮不是吹的,韩细妹同志带你们到沙坝乡的69畜牧科技公司豚生种猪场和濯水古镇旁官村坝的老麻庄园看了,想必大家不会认为我是在忽悠吧!"

"背包书记,你说得太好了。关键是69畜牧科技公司的罗总和老麻农业科技公司的麻总让我们给气跑了,他们还会来吗?好事不出门,坏事传千里,现在还有哪家大公司愿意上门呢?"一位喂奶的妇女把涨鼓鼓的奶子塞回衣服里,站起来大声说。

"是啊!是啊!"大家七嘴八舌小声议论,虽然说法不一样,但都是一个意思,就是赞成这个喂奶的妇女的说法。

"少数人堵路把69畜牧科技公司的罗总和老麻农业科技公司的麻总气走的事情影响确实太坏,事后我厚着脸皮专门给两个企业的老总道了歉,两个老总都是通情达理的人,倒是没把这事放在心上。但我猜想,要让他们消除思想上的顾虑来我们这里投资,肯定没那么容易,换作是我,我也不会轻易表态再来。不过,只要我们是诚心诚意地请人家,消除他们的思想顾虑,我相信他们还是会来我们碓窝塘寨投资的。"韩细妹说。

"细妹同志说得对,只要我们诚心诚意上门请,我相信,这两家企业会来我们碓窝塘寨投资。关键是我们大家对引进这两家企业来投资的意见统一得起来不?大家对土地流转是不是赞成?搞白酒专业合作社大家愿意不?"田木叶说。

"愿意!这么好的事哪个不愿意?"大家开始议论。

万贯财说:"大家不要光是嘴巴说愿意,趁大家都在,干脆投票表决,个别没有人来的农户,会后由组长单独征求意见。"

田木叶说:"为了不影响你们投票,我和陈调、韩细妹先回村委会,你们投完票后把结果告诉我们。如果大多数人同意的话,你们推几个代表,下午和我一起先到老麻庄园公司拜见他们麻总。"

二十九

已经过去两个小时了，碓窝塘寨的投票结果还没出来。韩细妹坐不住儿，拿着手机在田木叶面前来回走动。田木叶说："美女，你坐一会儿，莫要着急，你把我的眼都晃花了。"

陈调抿嘴笑，说人家还没晃，你的眼就花了。

韩细妹不理他们，继续来回走动，说她是按照手机软件完成每天走路的规定步数。

说这话的时候，韩细妹的电话响了，是碓窝塘寨的组长打来的，说引进69畜牧科技公司和老麻农业科技公司考察投资、建白酒专业合作社的事全票通过，包括没参会的在外打工的村民。

"耶！"韩细妹情不自禁地发出一声惊叫："背包书记，碓窝塘寨的事搞定了。"

田木叶高兴地站起来，背上背包，说："那我们就来一次说走就走的旅行。"

陈调说："拜会69畜牧科技公司和老麻农业科技公司老总，我就不去了，腰子塘寨三个老老汉搞蚕桑专业合作社的事还没完全搞定，我和景阳主任过去看看，这涉及我们发挥乡贤发展产业的事。"

田木叶给木易副镇长打了个电话，在电话里简单汇报了碓窝塘寨村民对引进69畜牧科技公司和老麻农业科技公司投票的事。木易副镇长很高兴，说要和田木叶他们一起亲自上门请两个公司的老总再次来碓窝塘寨考察。

韩细妹先给麻总打了个电话，说木易副镇长和田木叶书记、万贯财支书要到公司拜访他。麻总先犹豫了片刻，然后说欢迎光临公司指导工作。

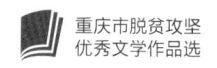

韩细妹把麻总在电话里的态度报告给木易副镇长和田木叶，木易副镇长听了哈哈一笑，说："企业有顾虑可以理解，遇到村民堵路的事，换到哪家企业都可能有顾虑。好在人家还没把门关死，同意见我们，说明这事还有希望。给老百姓办事，哪怕只有一线希望我们也要争取。"

麻总早早地等在了公司门口，见木易副镇长、田木叶、韩细妹、万贯财一行过来，就热情地把他们迎进办公室。不等木易副镇长说明来意，就直接说，碓窝塘寨地势平坦，水源充足，是发展农业产业园的好地方，但公司上次考察遇阻，公司高层现在对到碓窝塘寨投资存在不同意见。

碓窝塘寨组长心急脸红，说："麻总，上次少数村民不明真相，干了不该干的事，后悔得想吐泡口水把自己淹死。请麻总大人不记小人过，继续到我们碓窝寨投资，我保证再没得村民出来捣乱！"

韩细妹拿出碓窝塘寨的投票结果给麻总看，说："麻总，上次是我的工作没做好，政策宣传不到位，造成了老百姓的误会，也让你见笑了。这次的情况不一样了，我们和老百姓都做了反复沟通，来之前都商量过了，大家还专门投票表决，100%的村民都欢迎您去碓窝塘寨投资。"

"说老实话，对于农业投资来说，碓窝塘寨不仅风光美丽，而且地理条件、气候条件、水源条件都非常好。看了韩细妹书记给的资料后，我们公司也非常看好。我也毫不隐讳地告诉各位领导，上次考察遇阻给我们留下了阴影，如果我们去投资，就算现在大家都同意都支持，万一在我们进来把项目实施到一半的时候，有人出来阻挠怎么办？如果这时候你们都还在那里没调走，可能会帮我们企业解决问题，如果你们都调走了，新的领导来个新官不理旧账，那我们的损失就惨重了。所以，我们公司高层在你们来前议过，大家对到碓窝塘寨投资持不同态度。"

麻总还是不松口，明显露出逐客之意。

木易副镇长、田木叶、韩细妹、万贯财、组长心里都很着急，但又不能表露出来。田木叶突然想到麻总爱喝酒，他这个老麻庄园公司就是因为他喝酒老是醉而得的名，便想出一个"曲线救国"的办法。他说："麻总，我听说你是二级白酒品酒师，每年都有好多白酒企业请你品鉴，这是真的吗？"

麻总表现出谦虚的样子，但田木叶看出他心里乐滋滋的。

木易副镇长开始很奇怪，田木叶不和麻总谈项目引进的事，却偏起杀一枪，半道里杀出一个二级白酒品酒师的话题。后来才恍然大悟，明白了田木叶的用意，便带着欣赏的口气说："麻总，我还第一次听说你是白酒品酒师。"

"我家是煮酒世家，我从小就是在酒坛子中泡大的。这品酒师资格证是我在重庆富民公司驻上海龙吴港务公司重庆队打工时考取的。没几个人知道，不值一提。"麻总说。

"麻总，你真厉害，重庆富民公司可是我们重庆在外的一张劳务品牌，在上海可是响当当的。你不仅在这个公司干出了名堂，还考了个二级白酒品酒师资格证。这个证不是任何人都可以拿得到的，因为白酒品酒师必须具有敏锐的色觉、视觉、嗅觉、味觉和分析、推理、判断等能力，评定十分严格，所以，到现在为止，获白酒品酒师资格证书的，全国总共也才几十个，没想到麻总你就占了一个。白酒品酒师总的才分三级，你还是二级，真是厉害。"田木叶说。

韩细妹这时才明白，出发前田木叶为什么专心地在百度上查看白酒资料。

"看来木叶书记对白酒也是很有研究。我算是找到知音了。"麻总高兴地说。

见麻总有了谈话的兴致，田木叶很高兴，说："不瞒麻总，我

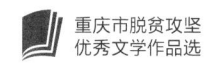

也报名参加过白酒品酒师资格考试，结果比考研究生难多了！我费了很大的力气，结果还是榜上无名。"

麻总把秘书叫过来安排晚宴，说难得木易副镇长和田木叶书记、韩细妹书记、万贯财书记一行大驾光临，也难得遇到一个知音光临公司，晚上请大家尝尝他珍藏的几瓶酒。

这正合田木叶的意思，木易副镇长也暗喜。老麻庄园公司到碓窝塘寨投资十有八九能成，很多项目不是在酒桌子上谈成的吗？

"木叶书记，在企业喝酒合适吗？"韩细妹悄悄问田木叶。

"这有什么不合适的？为了给老百姓找项目，是我们求人家，人家不求我们什么，这酒有啥不能喝？只要项目能谈成，喝死也值得。"田木叶悄声说。

麻总把大家带到他的私人酒窖参观，看见韩细妹对田木叶说话的表情，笑了。麻总说："细妹书记，你放心，我知道你们有规定，你们不能吃企业的饭喝企业的酒，但今天不是我们企业请你们，是我私人请你们，是不开发票的，酒也是我自己珍藏的酒。今天我要和几个书记煮酒论产业。"

韩细妹不好意思笑了，突然想起来的时候田木叶交给她的酒，那是碓窝塘寨鬼点子酒坊里煮的酒。她恍然大悟，明白了田木叶带这酒的意思，赶忙说："麻总，我这里带了点酒，想请你品鉴一下，你对酒文化有研究，看我这酒如何？"

麻总一直都哈哈笑个不停，听了韩细妹的话，更是笑得前仰后合。他高兴地说，我这里珍藏的这些酒，可能还不如民间作坊里生产的老酒。今天晚上，先品你带来的酒。

田木叶和木易副镇长、韩细妹、万贯财在老麻庄园公司喝酒的时候，陈调、税景阳也在腰子塘寨滕老汉家和几个老老汉喝酒。

滕老汉对陈调说："景阳主任是知道的，我们腰子塘寨历史上就栽桑养蚕，产出的蚕茧可做世界顶尖级的蚕丝。归四川管的时候，我还去成都领过奖呢！后来受国际市场价格的影响，大家都不种桑了，年轻人都外出打工了，桑园全都荒废了。那可是我们这一代人一锄一锄刨出来的桑园呀，现在全撂荒了，看着满园的野草，心里就像在流血啊！"

滕老汉端起酒碗敬了一下陈调和税景阳，继续说："我和税老汉、陈老汉都是有着四十多年党龄的老党员，听说磨盘塘寨成立了茶叶专业合作社，茶还没产，订单就有了；山脚的碓窝塘寨也在搞什么产业园和白酒专业合作社，我们三个老老汉真是板凳上有钉子，坐不住了啊。我们好歹也是领了几十年工资的干部，大言不惭地说，也算是村里的乡贤，也该为乡亲们做点事，也该像蚕吃桑叶一样，该吐点丝了。所以，我们三个老家伙合计了下，想把在家的这些老老汉、老妈妈组织起来，把荒了的地重新收拾出来，栽桑树养蚕子，桑树下种羊肚菌。这既绿化了荒山，又增加了收入，还保护了耕地。"

陈调和税景阳都很兴奋，端起酒碗和在座的人碰了一下，然后一饮而尽。陈调不无激动地说："区农委的干部专门来看过，说我们腰子塘寨的土壤很适合栽桑养蚕，区农办的春主任也是这看法，说桑枝还可以用来培植桑枝菌，山东日照市可以提供技术帮扶。现在青壮年都外出打工了，农村发展产业难就难在找不到人挑头，你们这把年纪了还能站出来挑头，真是让人感动，我们驻村工作队一定全力支持。"

田木叶在电话里听陈调说了情况后，也很高兴。他叫陈调组织大家讨论下土地流转和成立专业合作社的事。他和韩细妹、万贯财随后赶过去。

陈调打电话的时候，税景阳端起酒碗敬大家，说："现在政策太好了，从中央到地方，都出台了好的帮扶政策，各级帮扶部门也

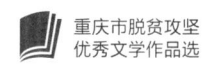

是倾力相帮。市卫扶集团的领导过几天还要专门来我们村调研，他们听说村里几个老党员、老乡贤挑头发展蚕桑产业，很激动，说要来看看我们村发展产业有什么困难。大家如果不抓住机会，可能真是没机会了。"

陈调和田木叶通完电话，见税景阳在讲话，就在三塘盖村共同致富微信群里发了条征求腰子塘寨在外打工的村民意见的短消息。很快，微信群里闹翻了，都说驻村工作队是在干实事，是替老百姓着想，都很赞同。于是，他打断税景阳的话，告诉大家在外打工的人都在微信群里表明了支持的态度。说木易副镇长、木叶书记、细妹书记、贯财书记马上从濯水镇官村坝村的老麻庄园赶过来。

滕老汉、陈老汉、税老汉和在场的其他老老汉、老妈妈都很激动，说驻村工作队真是辛苦，这半夜了还要过来。原本说要问下在外打工的儿子的意见的几个老人也不再说什么，表示全力支持。

田木叶和木易副镇长、韩细妹、万贯财赶到的时候，腰子塘寨在家的男男女女老老少少都还在滕老汉家等。也许是疙篼火光映照的原因，抑或是久违的兴奋使然，他们进来的时候，围坐在火塘边的二十多个老人全都满面红光。

和磨盘塘寨的专业合作社选举一样——选举以最原始的投豆子的方式进行，滕老汉被选为理事长。

山里人凡事总爱讨个好兆头，理事会和监事会选出来了，合作社取名又成了大家的兴奋点。讨论七嘴八舌，名字总难取舍。滕老汉是腰子塘寨最有文化的人，又是在党政干了多年的退休干部，他最后把专业合作社取名顺青颉股份合作社。滕老汉解释说，"顺"就是顺国家农业农村工作改革之大势，顺势而为成立股份合作社；"青"就是坚持绿水青山就是金山银山的发展理念；"颉"谐音"吉"，就是指党和政府的关心和支持就像吉星高照一样，指导、护佑我们奋进。

　　一个简单的取名，却要大家共同讨论，在一些人眼里觉得是大可不必，但在滕老汉、税老汉、陈老汉三个乡贤看来很有必要。滕老汉说："既然是股份合作社，凡事就得商量着办，让大家商量取名字就是让大家明白，股份合作社的事是大家的事，不能个人说了算，凡事必须讲个章法，不能坏了章法。"

　　一点小事，隐藏着巨大的玄机。田木叶、陈调、韩细妹很佩服几个老党员、老乡贤凡事商量着办的心智。

三十

天刚亮，田木叶就接到了木易副镇长的电话，说昨晚69畜牧科技公司的罗总和老麻农业科技公司的麻总答应今天来碓窝塘寨考察，叫驻村工作队和村支两委的同志早点过去等着。

韩细妹有些焦虑，说麻总今天不一定来，因为很多领导都说，喝酒前说的话不算数，喝酒时说的话不算数，喝酒后说的话还是不算数，麻总是生意人，他昨天说的话算数吗？

陈调说："这不算数那不算数，哪个时候说的话算数？"

田木叶说："商人把诚信看得比生命还重。昨天喝酒时看得出麻总是个说话算数的人，我们必须先到碓窝塘寨去等着，客人来了主人不在，就不礼貌了，也显得我们太没诚意了。"说完，他给万贯财和税景阳打了个电话，背起背包就走。韩细妹赶忙拿起几个面包跟上，自己吃一个，给田木叶和陈调手里各塞了一个。

麻总果然是个说话算数的人。田木叶、陈调、韩细妹刚到碓窝塘寨与先到的木易副镇长、万贯财、税景阳会合，麻总的车就到了。

"我昨晚没喝醉吧？我这个人从来是说话算数，说今天来就不会明天来，说上午来就不会下午来，没骗你们吧？"麻总下车，见到木易副镇长和田木叶就笑着说。

在田间干活的几个人放下手中的工具围了过来。鬼点子双手在衣服上揩了揩，握着麻总的手说："麻总，上次真是不好意思，你们公司上次来我们碓窝塘寨考察，我们不了解情况，把你们的好心当成驴肝肺了。这全是我鬼点子的错，全是我出的烂点子，我现在给你道歉。请麻总大人不记小人过。"

参加堵路的几个村民也在旁边跟着说,说他们是狗咬吕洞宾不识好人心,请求麻总谅解。他们赌咒发誓地说,今后哪个再出来干扰大家的好事一定不得好死。

麻总笑了,没有记仇的样子,他说:"这不怪乡亲们,农业项目投资大,有些公司投资农业项目半途而废,老百姓吃亏吃怕了。这心情我理解,换了我是你们,也可能和你们一样。我是一个把信誉看得很重的人,如果我们公司选择了碓窝塘寨搞现代农业园,就一定对大家负责,让大家有收益,不会让大家吃亏。我老麻决不会干火柴头修磨子,走一路黑一路的事。碓窝塘寨的条件非常好,我们上次考察得出结论,这地方很适合发展水产养殖和种植,搞立体农业开发。今天我看到了大家的诚意,所以,我说服了公司的董事,决定来你们碓窝塘寨投资。不知大家想过没有,这养鱼养虾养黄鳝,比种植水稻要多几倍的收入,而且劳动力成本比种水稻低得多。如果我们公司把塘挖好了,中途不做了,吃亏的是我们,你们不是白捡了便宜吗?不花一分钱就可以搞水产养殖了。所以,我也不哄你们,我们来投资,最担心的是你们中途变卦,不让我们经营下去。如果迫不得已打官司,在法院的天平上,我们企业是强势的一方,法院会更多顾及弱势群体和社会影响,我们就会吃亏。再说,无论输赢,企业就怕吃官司。所以,既然我们决定来投资,就表明我们对你们有信心。"

听完麻总的话,大家都开心地笑了起来。没想到麻总说话这么耿直,在场的村民都对麻总表示信服。

大家笑的时候,只有鬼点子一个人没笑。等麻总把话说完后,他问麻总:"我见人见事见了千千万,没见过谁像麻总这样把底牌翻给大家看,值得交。麻总,你把底牌都翻给我们看了,你真不怕我们翻脸变卦?"

"说不怕,那是骗你们的,至少我来之前是很怕的。因为你们

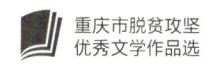

堵路的事，我一直像喉咙管里卡了根鱼刺。现在我不怕了，因为我刚才看到了大家的纯朴、善良和诚意，看出大家不是那种说话不算数的人。更重要的是大家有目标、有决心，哪有说话不算数的理儿呢？"

"麻总都把话说到这个份上了，我鬼点子不服不行。说实在的，我一直以来也是望人穷的心态，只想着自己好过，容不得别人的日子比我好过，只要别人有好处，我就会想一些歪点子让他得不到。所以，我一辈子都不能大富大贵。上次参观你在濯水镇旁边的官村坝建的老麻庄园，我就像睡瞌睡睡醒了一样，这做事还是要抱团才行，成人才能达己。"

鬼点子的话让木易副镇长、田木叶、陈调、韩细妹像冬天听到打雷一样吃惊，没想到鬼点子的弯转得这么快，像搁着石头的心终于没有了石头一样。

见大家对自己说的话表现出满意的神情，鬼点子也把笑挂在脸上，但谁也不知道，他还有自己的划算，或者说他比人家想得更多或更远。他透过麻总的笑脸看到了自己酒坊的商机，他想借助麻总这股力量和扶贫政策的东风把酒坊变成酒厂。

鬼点子把脸笑得像朵花，请麻总参观自己的酒坊，帮忙提点意见。

碓窝塘寨的苞谷酒好喝，度数虽高但不刮喉，酒虽醉人但不打头，鬼点子煮的酒在碓窝塘当属"花魁"的位置，周围团转的人也煮酒，但比起鬼点子的酒来总差那么一点。有煮酒的乡亲求教时，鬼点子总笑眯眯地指点，一副毫不保留的样子，但回去按鬼点子指点的方法煮出来的酒还是比不上，总差那么一点劲。有人就找鬼点子拜师，白天跟着师父干，晚上跟着师父睡，但出师后煮出的酒还是赶不上师父煮的酒。有人说，鬼点子是不会把手艺教完的，教完了，师父到哪里找饭吃？大凡做手艺的人都这样，都会留一手看家绝技，这应了一句老话，话越带越多，手艺越传越少。

组长说："碓窝塘寨煮酒的历史少说也有几百年了，酒坊和手艺都是祖上一辈一辈传下来的，原来家家都煮酒，在周围团转多少有些名气，因为能够小讨小吃，没人想过要靠酒发大财的事。这两年大量的外地瓶装酒涌进来，我们的酒受到了冲击，所以煮酒的人就少了，全寨子还有两三家在煮酒，主要靠给别人加工或卖点散装，利润薄得不好意思说。"

鬼点子在前面带路，木易副镇长和田木叶一行陪麻总走进酒坊。鬼点子从酒缸里给每人舀了一提酒，请大家品尝。

麻总先把酒放在鼻子下两寸处闻了闻，然后抿了一口在舌尖上铺开品咂，酒像水一样顺着口、喉咙直达胃中，一股暖意顿时传遍全身。

"好酒！好酒！"麻总高兴地连声夸赞。

麻总建议："搞个专业合作社，把大家绑在一起，坡上种苞谷，苞谷用来煮酒，酒糟用来喂鱼，鱼作为特色餐饮的主打菜品，形成循环农业。"

"酒坊要扩大，要坚持土法煮酒，但用土法煮出来的酒要用很特别的酒壶包装出售，要注册自己的商标。"麻总又说。

"特别的酒壶装酒，注册自己的商标。不要说乡亲们没听说过，就连我鬼点子也是头一次听说，就更不要说做了。"麻总品酒的动作和对酒的评判，让鬼点子暗喜，对麻总情不自禁地恭维。

"时下有句流行的句子，叫'喝一壶老酒'，我看这酒的名字就叫'一壶老酒'。我们公司入股，不知欢迎不？"麻总说。

"麻总的建议很好，这事就这样定了，欢迎麻总入股。"田木叶像时下的小孩儿得了玩具一样高兴。他对鬼点子说："麻总投资入股你们的酒业是千载难逢的好事，你和组长来牵头落实，怎么样？"

"没问题，我们已商量过了，成立两个专业合作社，一个叫碓

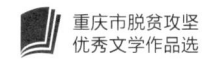

窝塘寨种养专业合作社，一个叫碓窝塘一壶老酒专业合作社。"

"还差一个生猪专业合作社。"一个陌生的声音钻进了大家的耳朵里。声音明显是从酒坊外传进来的。大家朝门口望去，一个身材敦实、面容憨厚的中年汉子撵着声音走了进来。田木叶一眼就认出是第一天来黔江时在黔江鸡杂总店一起喝酒的69畜牧科技公司的罗总。

"木叶书记、细妹书记，你们请麻总来投资，就不请我们69畜牧科技公司来投资，瞧不起我们吗？我们在沙坝的豚生种猪场好歹也是西南片区唯一的国家命名核心育种场嘛！"

"对不起，对不起，我和木叶书记正准备明天到贵公司向你赔礼道歉，并请你来考察投资呢！上次你和麻总来考察，村民堵了你们的车，我们一直过意不去，碓窝塘寨的村民也很后悔。"韩细妹说。

田木叶歉意地笑了笑，握住罗总的手久久不放。罗总说："麻总和我是多年的合作伙伴，他把情况给我说了，我们本来约好一起过来，突然接到上海生猪协会的通知，说上午洽谈在黔江建200万头无抗猪产业基地的事，所以来晚了，请原谅。"

罗总认识木易副镇长，他对木易副镇长说："三个第一书记把发展养殖业的思路给明副区长汇报后，明副区长很赞同，多次给我打电话说这事。我悄悄进村考察过几次，发觉在这碓窝塘寨搞无抗猪养殖很适合，就一直想来投资，上次村民堵路，是因为他们对我们的环保不了解，我今天来，就是想请木易副镇长和三个第一书记、村支两委的干部支持一下，组织村民到我们69豚生种猪场实地参观参观。让我们69畜牧科技公司在这里建设10万头的无抗猪养殖场，为包括上海市在内的全国市场提供无抗猪肉产品。69在周易卦象中，6为阴、9为阳，我们的公司之所以取名69，寓意就是阴阳合抱，繁衍发展，和谐共生。我相信，我们69畜牧科技公司和碓窝塘寨合作，一定会和谐共生，共同发展。"

木易副镇长问田木叶、陈调、韩细妹，三人点头。三人问万贯财和税景阳两人，两人点头。两人问组长，组长点头。组长问围过来的村民，村民们都点头。木易副镇长见一路问下来都点头，就说再增加一个69畜牧科技公司三塘盖十万头无抗猪养殖场。

三十一

　　年关将近的时候，正是整个三塘盖处在和平时完全不同的景象的时候，白色成了这个时候的主打色调，留守在家的村民和打工回家的村民在入冬第一场雪的大清早，推开大门，望见苍天把天地粉刷成耀眼的白色，把人们对秋天的记忆重重抹去。

　　这个时候不宜农事，村民大多闭门不出，被一团暖暖的火召集在一起，一生勤劳闲不住的老人坐在火边或剥玉米或整理开春时要用的农具。打工回家的青壮男女因为在外累了，就聚集在某家的火炉边或打牌喝酒或谈论在外的酸甜苦辣，间或也到村委会坐一坐，和驻村工作队的人聊聊天，说说家里的事和外面的事。小孩因为不怕冷，不是在外堆雪人打雪仗，就是踢毽子或抱着平板玩游戏。

　　这个时候，恰恰是驻村工作队事情最多的时候。报表，看望五保户、贫困户、低保户、残疾人户，迎接上头一茬接一茬的各种检查……所有的事情全都堆在了一起。田木叶、陈调、韩细妹这些日子和万贯财、税景阳等村干部可以说是忙里忙外，忙上忙下，忙左忙右，忙东忙西。一会是产业发展，一会是数据填报，一会又是接待检查，没得哪一天不是忙得双脚打战两手抽筋。田木叶把数据填报和资料整理这块最为烦琐的工作交给万笔杆和万仁爱，他和陈调、韩细妹以及万贯财、税景阳就专门负责产业发展和接待。接待是最闹心的事，但凡每拨人到来，他都必须出场接待，因为他是第一书记，他不出场就会被人家认为是怠慢，是傲慢无礼，人家就会把针尖大的工作疏漏说成天大。因此，田木叶、陈调、韩细妹每天就尽量抽出时间接待上面来的人，即使没时间陪，也要见上一面打个招呼，尽到基本的礼数。但他们万万没想到，颜武书记这时候会下来，因为田木叶知道，上面部门在年终时和村里一样，各种检查也是应接不暇。

颜武书记的秘书准备打电话给田木叶说一声，但被制止。颜武书记说，下去是工作，不是去游山玩水，给人家打电话就等于通知人家接待。人家不接待你，你会觉得人家不懂礼数，瞧不起你，你心里或多或少总有些疙瘩，给自己弄得不愉快。如果接待你，人家就会什么事都干不了，专门在办公室等你，给你准备这准备那，这不是给人家忙上添忙吗？

颜武书记下基层不打招呼已成为他的工作习惯，市医科大学附一医院尽人皆知。

颜武书记是早上5点钟从重庆出发的。渝湘高速重庆段有两多。一为隧洞多，二为限速路段多，司机想高速也高速不了。所以，到三塘盖村碓窝塘寨停车的时候已是上午10点过，颜武书记一行足足坐了5个小时的车。秘书提出在碓窝塘寨休息一会儿再走上山。

"颜武书记年纪大了，太累了。"这句话秘书闷在心里没敢说出来，怕颜武书记生气。颜武书记最不喜欢哪个说他年纪大、身体吃不消之类的话。他在车上对随行的几个工作人员说："坐车就是休息睡觉，那些扶贫干部，那些第一书记每天天不亮就起床，半夜三更还在农户跑，他们都不喊累，我们有什么资格说累？"

"不休息了，先上腰子塘寨吧，去看看那里的几个老老汉发展蚕桑产业有什么困难。"

秘书不好再说什么。路上飘起了雨夹雪，因为接近年关天气寒冷，这雨雪像是纺车织布转出来的一般，又密又细。

颜武书记不管不顾，披上雨衣换上雨靴就往山上走。

腰子塘寨滕老汉、税老汉、陈老汉三个乡贤为不让土地荒芜，为让在外打工的年轻人回家，挑头发展蚕桑的事迹屡见报端，颜武书记看了很感动。偏远、贫困的农村目前普遍存在院落空巢、集体

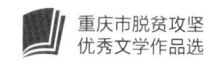

经济空壳、家庭空心的现象,像腰子塘寨这种由归园田居的乡贤挑头发展产业、带动贫困户脱贫致富的情况实属少见,比起时下盛传的"工作是国家的,身体是自己的"消极言论来,三个乡贤的情操自是像莲花一般高洁。所以,颜武书记一定要去实地看一看,了解下他们发展产业有什么具体困难。

山区的路本就崎岖不平,经雨雪浸湿后,就如在路上泼了桐油,滑得让人寸步难行。随行的几个年轻人可能生下来就没走过这么滑的山路,不时滑倒在地。见领导一大把年纪了走这又烂又滑的路却稳稳当当,自感惭愧,不好意思把滑倒在地的疼痛叫出来。

快到腰子塘寨时,二十多个老老汉、老妈妈披着蓑衣戴着斗笠在平整出的陡坡上有说有笑地锄草、挖坑、栽桑、覆膜,领头的正是滕老汉、税老汉和陈老汉三个乡贤,他们在寒冷的风中谈笑风生。

"哇噻,这镜头太绝了,就像电视里的一群身怀绝技的武侠。"颜武书记秘书拿出手机拍了下来发到微信朋友圈里,朋友圈里马上就有很多人点赞。

颜武书记停下来,大声问:"老哥,这么寒冷的天,你们怎么不在家烤火休息?"

听见有人问,老老汉老妈妈们直起腰看,见颜武书记身后的几个年轻人糊得像泥巴人,忍不住哈哈大笑起来。滕老汉点燃一支旱烟,问颜武书记:"同志,你们是哪里的?这山里的路落雨后滑得很呢!你们这是到哪里去?"

"我们是重庆来的,准备到腰子塘寨看看滕老汉和税老汉、陈老汉三个乡贤呢!"颜武书记回答。

大凡领导出门,遇到不认识的人都只说自己是哪个地方或哪个单位的,不会说出自己的名字,更不会说自己的职务,因为你说出来人家未必知道你是谁,也不相信你说的是真的。多年前有个区委书记带着新调来的秘书去一个单位调研,门卫不认识便不准进。这位书记就对门卫说自己是某某某。本来，书记报出自己的名号，一般情况下都会让对方惊讶，会赶快把笑容堆在脸上放行。偏偏碰到这个门卫是个死脑筋，只晓得自己单位的领导名字，不知道区委书记的名字，就硬是不放人进去。区委书记的秘书也是新来不久，顾忌是否应该说出区委书记的身份，只是犹豫地站在书记的背后。说来说去，让区委书记有些气，只好自报家门说他是区委书记。门卫一听是区委书记，这才赶快堆出笑容放行。颜武书记的秘书读大学时听说过这件事，懂得和领导出门，遇到对方不认识领导就要主动替领导介绍。

"你是颜武书记？"颜武书记的秘书正准备介绍，滕老汉抢先认出了颜武书记，说上次在村委会专家给村民义诊时见过他。

"老哥记忆力真好，我是市医科大学附一医院的颜武。"

"欢迎欢迎，没想到是颜武书记来了。前几天就听田木叶书记说颜武书记要来我们村，没想到这么快就来了，怪不得早上起来喜鹊在我们寨子里叫个不停呢！"滕老汉马上放下手中的锄头，和税老汉、陈老汉走到颜武书记面前，拿出包里的朝天门香烟装给大家，自我介绍，他是这个组的组长，姓滕，也是顺青颉股份合作社的理事长。

颜武书记要下地里帮忙干活，三个乡贤坚决阻止。

"颜武书记，你们大老远从重庆赶过来，又冒雨走了这么长的山路，衣服都淋湿了，让你们干活不是打我们耳光吗？"滕老汉不由分说，和税老汉、陈老汉一起把颜武书记一行接到寨子里自己的家中。

山里的人本就好客，更何况颜武书记是从市里来的大官。几个老老汉跑进跑出，翻箱倒柜找来几件新衣服叫颜武书记一行把湿衣服换下来烘烤下。颜武书记说不要紧，他们穿的是冲锋衣，里面没湿，用湿帕子揩下泥巴就行了。

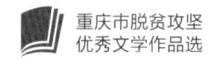

三个老老汉就不强求。滕老汉把火塘里的火拨开，放进几块青杠柴，然后鼓着腮帮子对着吹火筒把火塘里的青杠柴吹得噼噼啪啪燃了起来。火焰飞舞，红色的火光映红了火塘边每一个人的脸，火塘边的每一个人都感受到了火的热气，每个人衣服上的湿气都随着火焰一起上升。

滕老汉把一个铁三脚放进火塘，说老婆婆们都上坡干活了，没人弄吃的，他们几个老儿子家先给书记一行弄点油茶喝，解解乏，暂时填下肚子。

土家人爱喝油茶，而且是最尊敬的客人来了才煮油茶，颜武书记和几个年轻人听说过，但没听说过油茶还能填肚子，觉得好奇，就想尝一下，加上在城里一日三餐的习惯和半天的奔波，肚子早就饿瘪了，听滕老汉这么一说也就不推拒。

颜武书记说："滕老哥，你帮忙弄，让这些年轻人解解馋，我请客，但我们事前说好，你必须收钱。"

"好说，好说，吃了再说。"滕老汉笑着回答。

几个年轻人也不说什么，拿出手机把镜头对着滕老汉，专心看他做油茶。

滕老汉从楼上取下一个像枕头一样的稻草包，剥开，用刀切了一块皮黄心白的腊猪油放进三脚上的铁锅里。锅里"嗞——"的一声冒出一溜青烟，把腊猪油的香味送进每个人的鼻孔。猪油化尽，滕老汉又掺进菜油煎熬……

要是平时，几个来自大医院的人一定会觉得这腊猪油不卫生，但此时完全不觉得。他们只是认真好奇地看，心无旁骛。很快，一人一碗漂浮着茶叶和阴苞谷子，汤色微黄的油茶汤就做好了，两个荷包蛋裹在茶叶和阴苞谷子中间，露出如小孩肚皮一样的半圆，不说香味，单是几样食材组合出来的图案就足以让人馋得心慌。几个年轻人尽管早已饥肠辘辘，但都不忍破坏这绝美的图案，端碗前都先用手机拍下照片，发在微信朋友圈里。颜武书记的秘书突然想起"请喝一杯酥油茶啊"的歌词，便即兴写了句"请喝一碗油茶汤"与图片一起发了出去。

油茶汤果然解乏止饿，大家喝了后，突然都感到不瞌睡了，肚子也不饿了。要是在重庆，这时候早就习惯性地把头偏在办公桌上打起了瞌睡，或打开放在办公室的行军床午睡了。大家这才明白，一日三餐那是城里人的生活，在偏远的农村，没那么多讲究。

田木叶看到了颜武书记秘书在朋友圈里发的图片，很惊喜，没想到颜武书记这么快就悄悄进村了。他马上给陈调、韩细妹和万贯财、税景阳打了个电话，说颜武书记来了，叫他们回村委会等着，自己就深一脚浅一脚地赶向腰子塘寨。

颜武书记很惊讶，田木叶进屋的时候他差点没认出来。

"木叶，你怎么糊得像泥人？脸也黑了，人也瘦了，但比在机关更精神了。"颜武书记不无爱怜地说。

田木叶不好意思笑了笑，紧握着颜武书记的手说："颜武书记，你来怎么不提前让秘书给我说一声呢？我也好到大公路边接你啊！我刚才要不是看到朋友圈里的图片，我都不知道您来村上了。"

"我是来调研的，如果先给你说我要来，我还能了解到你驻村的真实情况？"颜武书记笑着说。

趁田木叶和颜武书记说话的空当，滕老汉麻利地弄了碗油茶汤端给田木叶，叫田木叶赶快喝，说冬天寒冷，油茶汤不但提神解乏，还可以祛寒。

看着田木叶喝油茶汤的样子，颜武书记笑得意味深长，说三塘盖村的油茶汤养人。

"颜武书记，你们派田木叶书记来我们村，真的是派对了，自他来我们村后，我们村发生了很大变化，莫说其他，单是懒汉、二流子变勤快这一件事，就了不起。现在我们腰子塘寨，你不要看在

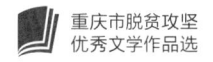

家的大都是些七老八十的老老汉、老妈妈，但没一个人在家吃闲饭。过去大家是睡在家里等儿女媳妇在外寄钱回来过日子。人老病多，寄回来的钱多数都被医院收走了，现在不同了，自田木叶书记他们支持我们弄了这个蚕桑专业合作社后，白天在家睡大觉的人没有了，大家天不亮都上地里去干活了，你说这也怪，大家突然没什么病了，身体比以前好多了。这还真应了老班子的话，人懒生百病，干活无病魔。"滕老汉激动地对颜武书记说。

"滕老哥，你们腰子塘寨的事早就在外界传开了，真是了不起。你们挑头搞蚕桑专业合作社的事，田木叶书记专门给医院党委写了个报告，我们很受教育呢！所以，院党委研究决定，给你们专业合作社支持400万搭建蚕棚、修产业路、进购桑枝菌生产设备。你们还有什么困难吗？"

颜武书记的话一下把大家惊呆了。

"没有了没有了，颜武书记，你们真是雪中送炭啊！我们几个老老汉这几天正在为没钱搭蚕棚的事犯愁呢！正商量着把自己的老木卖了筹资，没想到你们不声不响就帮我们天大的困难解决了。真是及时雨啊！"滕老汉说，这下好了，有了这蚕棚，有了这产业路，腰子塘寨就再也不会年年扶贫年年贫了，就会重振当年的雄风了，子女们就再也不用跑到老远的地方去打工了。滕老汉说话带有明显的哭腔。

田木叶喝完油茶汤，身子一下暖和了许多。颜武书记从包里拿出100块钱递给滕树文，说是茶汤费。滕老汉推拒，说什么也不肯接。

"喝一碗茶，说什么钱呢？你们帮我们解决了这么大的问题，我们感谢都来不及呢！"滕老汉不但不收钱，还执意留颜武书记吃晚饭。

颜武书记说："钱必须要给，这是我们共产党人必须遵守的纪律。扶贫是党中央最关心的大事，帮助乡亲们解决生产生活中遇到的困难，是组织上安排给我们的任务，也是我们的责任，是我们应该做的，也是我们必须做的。我们做得很不够，让大家受苦了。"

颜武书记把钱强行塞给了滕老汉，滕老汉感动得老泪纵横，他把钱交给旁边的一个老老汉，说放在专业合作社的账上，作为产业发展基金。

滕老汉说："《增广贤文》说富在深山有远亲，这话看来过时了，腰子塘寨是穷在深山也有远亲。说实在的，那种输血式扶贫，不但解决不了根本问题，还养出了在青杠树下等糍粑的懒汉。现在好了，改输血式扶贫为造血式扶贫，不给钱给物了，产业反而发展起来了，这真是天大的功德呀！"

有几个村民这时挤了进来。滕老汉一看笑了，问他们有什么事。这几个村民都是自己不干事等着看做事的人的笑话、说别人风凉话的人，看到滕老汉、税老汉、陈老汉三个乡贤带着大家不仅把专业合作社搞成了，还搞得很火，很后悔，见今天上面来的大官又表态给专业合作社解决400万元的产业资金搭建产棚、修产业路，就像凳子上放有钉子，坐不住了，想来加入专业合作社，但又不好意思开口。

"老滕，我们的土地也入到你们合作社，你们要吗？"相邻磨盘塘寨的一个年老的村民嗫嚅着问。

"怎么不要呢？都是乡里乡亲的。有钱大家一起赚。脱贫路上不让一人掉队。"滕老汉回答得很干脆。

三十二

　　田木叶在前面带路，一边走一边向颜武书记介绍村里产业扶贫的情况。修路的村民不断和田木叶打招呼，田木叶不时对村民说："注意安全，注意质量。"

　　有个村民见田木叶领着一群人往村委会走，就把田木叶叫到一边，说："背包书记，你来得正好，刚才烧蛇痢和冒牪天吵了起来，一块石头滚下他家的菜地里把一棵野树苗苗砸断了，烧蛇痢不准施工。两人跑到村委会找你评理去了。"

　　田木叶看见，路边的地里，被石头打断的树其实是一棵小得像才出生的婴儿一样的野生树苗，说："那是根野生树苗苗，又不管钱，有什么大惊小怪的？"

　　村民说："背包书记，刚才冒牪天也是这样说的，可烧蛇痢不依，非说他那是什么名贵树，要冒牪天赔他1000块钱。冒牪天气得脸色发青，捏起锭子想擂他，被大家拉开了。烧蛇痢趁机马上跑了，说是要去告冒牪天。"

　　颜武书记见田木叶脸色不好，问发生什么事了。田木叶就把村民的话说给颜武书记听。颜武书记说，基层工作很具体，挑不上筷子舀不上勺的扯皮拉筋事多，但你必须随时记住，村民的事无小事，保持冷静，不能犯简单粗暴的错误。

　　田木叶点头，说领导教育得对，就加快了脚步，生怕烧蛇痢和冒牪天闹出事来。

　　烧蛇痢和冒牪天吼架的声音从村委会里像炸雷一样传了过来。

　　"你冒牪天就是在整我，修路我是同意的，但没说你们修路损坏了我地里的树苗不赔啊？上次量地时，我就说了，修路我支持，但打坏了我地里的东西就必须照价赔偿。"烧蛇痢大声吼。

冒牿天的声音更大:"修路是大家的事,我出来监管修这条路,没要一分钱报酬,完全是看在驻村工作队实实在在给老百姓办事的面子上,我家的果树苗也被修路滚下去的石头打坏了不少,我那是拿真金白银买来的,我都没要村里赔,你撂荒地里长出的一棵野树子苗苗,你还好意思找村里赔,你抢钱啊?你八辈子没见过钱啊?"

陈调和万贯财、税景阳也在吼。税景阳说:"烧蛇痢,你不光是懒得烧蛇痢,居然还这么不要脸。你的地撂荒,村里还没找你算账,你还好意思在这里耍横!修路滚石头下去打烂的是烧柴都不要的烂野树苗,你居然还来要赔偿!你当三个第 书记是城里来的就不晓得你那撂荒地里的树是野树?你真是把我们三塘盖村的人皮臊尽了。要不是这个村主任的皮皮披在身上,我真想一锭子捶死你。"

烧蛇痢还是不示弱,但声音里明显没了先前的底气,他说:"你们都晓得我横,不讲道理,哪个不让着我嘛!"

颜武书记听到烧蛇痢的话,忍不住笑了,说这人还真横出了水平。

吵架的声音突然没有了。田木叶看见龚大姐和烧蛇痢老婆拉着烧蛇痢出了村委会大门,龚大姐悄悄说了句什么,烧蛇痢听后就像屁股着火了一样,飞快地往山上走。田木叶喊烧蛇痢,烧蛇痢头也不回,说:"没事了,冒牿天欺负我家穷,说不起话,我不服气,和他吵了几句,现在没事了。"烧蛇痢老婆不好意思,朝田木叶笑了笑,说烧蛇痢刚才是喝酒了发酒疯。

听见田木叶说话的声音,知道是颜武书记来了,陈调、韩细妹、万贯财、税景阳迎了出来。

汇报是免不了的工作流程。万贯财代表村支两委对全村决胜脱

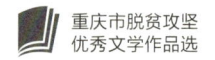

贫攻坚的工作情况做了汇报，在场的人员也都发表了自己的意见。颜武书记一直在笔记本上记录，大家说完后，他抬起头看了看大家，说："除了先前说的给腰子塘寨的蚕桑产业项目400万元外，市卫扶集团第五协作组的几家单位决定给磨盘塘寨的茶叶项目150万元，给碓窝塘寨的农业观光园项目、白酒生产项目、无抗猪养殖项目300万元。另外，市卫扶集团决定支持三塘盖村建一个扶贫车间，专门生产医用服装和医用床单，现在，扶贫工作已到了攻坚阶段，希望驻村工作队和村支两委要严格按照党中央的要求抓好决胜脱贫攻坚工作。"颜武书记讲话时，一个工作人员拿出手机照相，被颜武书记摆手制止。

"工作留痕是上级要求的，你不拍两张照片，怎么能证明抓了工作呢？"工作人员说。

"工作留痕的要求是对的，但不能片面理解。工作留痕的意思是说把工作的痕迹留在大地上，留在实实在在的决胜扶贫攻坚工作中，而不是走一走看一看，拍两张工作照就叫留痕。我对时下一些人在工作群里晒工作照的现象很反感，今天晒某局长在某某村看望贫困户，明天又晒某科长在贫困户家慰问，一个人在和贫困户说话，一群人在用手机照相，你说这有意思吗？这哪是在晒工作，分明是在标榜，是在玩所谓的尽职免责游戏。"

会议一直开到次日凌晨两点钟，田木叶安排颜武书记住宿，颜武书记拒绝，说要连夜赶回重庆。田木叶不忍，说赶回重庆要5个小时，天都亮了。颜武书记拍着田木叶肩膀说："人年纪大了，瞌睡就少了，我们在车上打下瞌睡就到重庆了，工作睡觉两不误，只是司机辛苦点。"

田木叶不放心，和陈调、万贯财一起坚持把颜武书记一行送到碓窝塘寨的大马路边，再三叮嘱司机路上小心，车开慢点。

三十三

送走颜武书记，几个人见鬼点子的酒坊还亮着灯，便走了过去。田木叶说69畜牧养殖科技公司的罗总和老麻农业科技公司的麻总要来碓窝塘寨组织测量土地，和老百姓签订土地流转合同，一壶老酒专业合作社也要挂牌，干脆在鬼点子的酒坊找个地将就睡两三个小时算了，免得明天一早又往这里跑。万贯财说这样最好，只是不晓得他这个城里来的干部在作坊睡得惯不。

鬼点子正在酒槽接口看新酿出的酒，见田木叶和陈调、万贯财过来，很惊讶。他接了几盅掐头去尾的酒过来递到三人手上。

"几位书记怎么深更半夜还来我的酒坊，是对69畜牧科技有限公司和老麻庄园公司明天来碓窝塘寨测量土地、签订土地流转合同的事不放心吗？"

"万智谋，不是我们不放心，是刚才送颜武书记到大公路边上车，见你酒坊的灯亮着，晓得你还没睡，就过来找你商量，在你这酒坊将就睡几个小时，免得明早又从村委会这边过来参加你们的土地流转签约仪式和一壶老酒专业合作社挂牌仪式。你看行吗？"田木叶说。

"哎哟，这怎么不行呢？几位书记光临我的酒坊，这不就是书上说的什么蓬荜生辉吗？"鬼点子端起酒缸，说，"欢迎几位书记深夜大驾光临寒舍，本人不胜荣幸，我鬼点子敬你们一杯。"说完，一仰脖子，把酒盅喝了个底朝天。

"真是好酒！"万贯财也仰起脖子把酒盅里的酒喝得一滴不留。

田木叶看酒盅里的酒足足有二两，心里犯愁，这一口喝下去不醉才怪，看到两人喝得很豪放，突然想起在城里鸡杂总店吃鸡杂喝

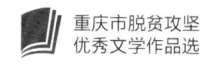

酒时牛一嘴说的话："酒嘛，水嘛，喝嘛！"便端起酒盅豪爽地一口干了。

陈调和万贯财、鬼点子都很高兴，他们从没看见田木叶这样喝过酒，说酒品看人品，没想到田木叶书记酒品和人品一样好。

田木叶笑了笑，说："酒逢知己饮，我们是扶贫路上结识的知己，所以，我要敬每人一盅。"田木叶从鬼点子面前拿过酒壶给每人倒了一盅，摇摇晃晃站起来，说："贯财书记，感谢你能说服家人，放弃城里厂子的生意回来当这个村支书，带领老百姓脱贫致富，你这种精神让我感动，值得我学习，我敬你一盅。"说完，也不听万贯财说话，就端起酒盅一口干了。

鬼点子一见这架势，知道田木叶要喝醉，马上拿过酒壶，说剥两颗花生米吃了再喝。田木叶不依，抢过酒壶给自己的酒盅里满上，说："万智谋，你的点子比天上的星星还多，但以前你很多时候没用在正道上。这次你改了，你现在出的是好点子不是歪点子，都是帮村委会出的让乡亲们尽快脱贫致富的好点子，我代表驻村工作队敬你一盅。你以后再出鬼点子了，要多为三塘盖村的发展出好点子、金点子。"说完就一口把盅里的酒干了。

鬼点子可能是从没听到有人这么评价他，眼泪不易察觉地流了出来。他用手悄悄揩了，然后也一口干了盅里的酒，说："谢谢你这个第一书记看得起我，我今后一定不再出烂点子。如果再出烂点子，生个孙子没虫子。"

也许是一天太累了，也许是酒过量了，田木叶喝完第三盅酒就趴在桌子上睡着了。万贯财和鬼点子赶快把他抬到床上。

"让他好好睡一觉，他太累了。"万贯财说。

"一个城里的娃娃，跑到我们这穷山沟来吃苦受累，为哪样哟？再不立志，再不支持工作，我们还是人吗？"鬼点子端起酒盅敬陈调和万贯财。

田木叶醒来的时候天已大亮。他不是自然醒,是被外面杀猪的声音吵醒的。

韩细妹提着几个造型如筲箕一样的土陶酒瓶子进来装酒,见田木叶醒了,笑着问木叶:"是不是嫂子走了你就醒啦?睡着都在笑。"

田木叶知道韩细妹是在开他的玩笑,但做梦和媳妇在一起还真让她蒙对了。媳妇在梦中说,扶贫是大事,不能马虎,她在天上看着。她叫田木叶给女儿找个妈妈,说韩细妹很不错。

看到韩细妹讲来,他不好意思地笑了笑,说媳妇在扶贫路上走了快两年了,她在天上看着我呢!

韩细妹样子有些别扭,说她知道。

田木叶很奇怪,韩细妹怎么知道自己妻子牺牲在扶贫路上的事。但来不及细想,就听韩细妹说:"这酒瓶是麻总亲自设计后找人在灈水古镇石鸡坨土陶作坊烧制的样品,那是个非遗产品生产基地,烧制土陶的历史有几百年了,特别是这家作坊烧制的土陶罐装酒,有一种特别的清香,酒味绵甜。蒲卓尧的茶具就是在那里烧制的。"

酒罐确实很特别,是三个惟妙惟肖的筲箕造型,釉面是竹子的颜色,酒罐的肚子上"一壶老酒"几个字是明副区长写的,他不仅是畜牧方面的专家,还是个书法家。酒罐的最下边是筲箕滩镇三塘盖村老酒坊专业合作社。

田木叶仔细观看,很喜欢这种造型。他叫韩细妹马上给罗总和麻总打个电话,同时通知专业合作社的成员和村支两委的几名干部过来开个会。

罗总和麻总早就到了,正在地里看土地测量。接到韩细妹电话,就和万贯财从地里回到鬼点子的酒坊,田木叶老远就听到了他

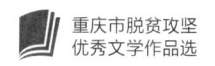

们谈笑的声音。

"麻总，你这酒瓶设计太漂亮了，太别致了，再加上一壶老酒的商标、老酒坊专业合作社酿制的落款，真是绝了，酒的质量我不说，单是这个瓶子，简直就是一件艺术品。我昨天已和我老婆商量了，我家的修理厂订购100件。"万贯财说。

"万书记，感谢你。我是个嗜酒之人，也喜欢收藏酒。这个酒瓶的设计呢我只是说了我的一些想法，在设计和制作过程中，大家听说是一款扶贫产品，都给予了支持。比如美术设计我就请了黔中的高级美术教师黎明操刀，他听说是三塘盖村一个专业合作社的扶贫产品，就欣然答应，并分文不取；这字是明副区长写的，他说他从不给企业和商品题字，但涉及扶贫产品就例外。"

田木叶迎了出来，很有歉意地对罗总和麻总说："昨晚喝了点酒，睡过头了，你们过来我也没能陪，实在是抱歉。"

"没事的，我们来的时候见你正睡得香，心想一定是昨天太累了，不然怎么会睡在农户家里呢？所以，就没惊扰你。试制的酒瓶你看了吧？觉得怎么样？"麻总说。

"很好，我正请大家来说这事呢！酒瓶子的样式就这样定了。"

见人来得差不多了，田木叶就招呼大家站到鬼点子房前的院坝上。陈调和韩细妹早已把会场布置好，还请来了电视台和报社的记者，说是给"一壶老酒"打个软广告。

大家走到堂屋的大门口，站成一排，老麻庄园公司的工作人员给院坝里站着的人每人发了一瓶"一壶老酒"的酒瓶子。

万贯财大声宣布："筲箕滩镇三塘盖村一壶老酒专业合作社、三塘盖村碓窝塘寨种养加工专业合作社、69畜牧科技公司三塘盖十万头无抗猪养殖专业合作社挂牌仪式开始，请第一书记田木叶同志讲话。"

田木叶从热烈的掌声中走到大家面前，大声说："筲箕滩镇三塘盖村碓窝塘寨的三个专业合作社今天都正式挂牌成立了,这意味着我们三塘盖村碓窝寨的白酒生产项目、农业观光园项目、10万头无抗猪养殖项目正式启动了。大家看一下手中的酒瓶子,里面装的酒是万智谋请大家喝的,酒瓶子是麻总设计烧制的,看大家对酒瓶的设计还有什么意见,提出来便于修改。"

"酒瓶设计太漂亮了,没意见。"大家几乎是异口同声。

"这鬼点子这回怎么这么大方?"有人问。

"鬼点子是什么人?鸡蛋里都能算出骨头,哪个算得过他?白酒专业合作社肯定能赚大钱。"一个老年人回答。

"说得对,万智谋确实会算账。他划算来划算去,觉得成立白酒专业合作社,大家一起干,比自己一个人煮酒赚钱多,成立白酒专业合作社的点子就是他出的。这是让大家共同发财的好点子,不是鬼点子。"田木叶听到大家对鬼点子怀疑的议论,就赞扬鬼点子。见鬼点子很高兴,议论的村民不断点头,就继续说:

"如果大家对酒瓶子的设计没意见就这样定了。挂牌仪式就此结束,接下来就请大家喝酒。今天的酒是万智谋私人招待大家的,杀的猪是69畜牧科技公司罗总提供的,菜是老麻农业科技公司麻总出的钱,都不记在专业合作社的账上,目的是庆祝三个专业合作社挂牌,图个好彩头,大家吃好喝好。这里,顺便告诉大家一个好消息,69畜牧科技公司罗总表示,每年免费送1000头生猪给我们三塘盖村的贫困户喂养,生猪出栏后按保底价包回收。"

偏远的土家山寨一直有个习俗,凡事有喜事都要办九碗席,乡亲都要聚拢来喝杯喜酒,凑个热闹。所以,三个专业合作社成立,罗总、麻总也入乡随俗,和碓窝塘寨的组长、鬼点子商量办了这个不收礼的酒席。开席的时候,那边量土地的农户也量得差不多了,大家就聚到鬼点子家的院坝上来凑热闹。

酒席上,韩细妹凑到田木叶耳边,悄悄说了几句话。田木叶笑

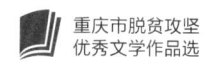

着不断点头。他端起杯子，站起来说："乡亲们，今天是我们碓窝塘寨的好日子。刚才，韩细妹同志告诉我，好几个单位的干部职工在微信朋友圈里看到我们一壶老酒的图片后，都赞不绝口，找韩细妹订购一壶老酒，我们单位也来电，很多职工都要订购这一壶老酒，据刚才粗略统计，目前收到的订单已达2000件以上。这真是一个好兆头啊！我相信，有各级政府部门的关心和支持，有我们立志脱贫的信心和决心，我们一定会过上和城里人一样的日子。请大家举杯，祝我们的老酒坊专业合作社和农业产业观光园风光无限。"

　　院坝里响起经久不息的掌声。田木叶眼睛潮润，不再说话，一口把酒干了。

三十四

除夕的早上,田木叶、陈调、韩细妹回到了城里。

陈调独自回家。韩细妹说春节期间长途汽车票不好买,要开车送田木叶回重庆。田木叶坚决不同意,说一个人开车到重庆再回来,往返要七八个小时,很累,叫韩细妹把他送到西站坐公共汽车。韩细妹说那就坐飞机回重庆。她不由分说,开车把他送到武陵山机场,说春节回重庆的机票好买,而且票价很低。路上,她叫机场公司的蒲总给田木叶买了机票。

临过安检的时候,韩细妹交给田木叶一个包裹,说是给他父亲和女儿的礼物。

田木叶一直很忙,给父亲和女儿买礼物的事忘了,见韩细妹帮他买了,很感激,情不自禁地想拥抱下韩细妹,但看周围人多,便改成了握手。

过安检后,田木叶听见有人吹木叶,忍不住回头看,见韩细妹站在机场坝子的一棵白果树下含着一片树叶看着他,木叶的歌声是从那片树叶里传出来的。

> 送郎送到豇豆林,
> 手摸豇豆诉衷情。
> 要学豇豆成双对,
> 莫学茄子打单身。
> ……

这是土家族的情歌《送郎调》,歌声很悠扬,田木叶非常熟悉,

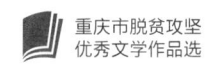

他不止一次听父亲站在白果树下吹过。

田木叶没告诉父亲和女儿自己回重庆的具体时间，他想给他们一个惊喜。他也没告诉表妹和同学他回重庆的具体时间，他不想让他们到机场来接机。好久没回重庆了，他想坐轻轨，想感受一下刘姥姥进大观园的那份感觉。

武陵山机场到重庆江北国际机场，空中飞行时间不到40分钟，一眨眼工夫就到了。田木叶看到机场都是蚂蚁搬家一样涌出重庆的人，走路都是归心似箭的样子，就想到了家的温暖。他提着行李坐上轻轨，没想到平时人多得像插笋子一样的车厢里变得很空。他一个人坐了一节车厢，突然觉得很不习惯，像听惯了男人如雷的呼噜声的女人突然听不见男人的呼噜声一样。

轻轨每到一个站，不管有人无人都会停靠，播音喇叭里都会呆板地报出每天一成不变的话。几个民工提着油迹斑斑的工具箱轻松自如地走进车厢，找个地方蹲下来坐在自己的工具箱上，好像工具箱里装着金银财宝一样。田木叶很奇怪，指着身边空着的座位，问他们怎么不坐在座位上。一个民工扯了扯身上沾有油污的工作服笑了笑，说身上衣服脏，怕把座位椅子弄脏了惹乘务员不高兴。

田木叶见工作服上印着重庆富民公司的字样，想来是在果园港工作的民工，听口音知道是黔江人，就说："累了一天了，还是坐椅子上吧！下车的时候用纸把椅子揩一下不就行了吗？"

几个民工接过田木叶递过去的几包餐巾纸，坐到座位上，很感激地说："感谢老师，过年好！"

"过年好！"田木叶很高兴，问他们怎么不回家过年和家人团聚。一个民工说，春节期间主城居民的下水道容易堵塞，都回家过年了，谁帮他们通下水道呢？再说，果园港口在春节期间为保证春节物资供应特别忙，都回家了谁来搬运这些物资呢？春节在港口上班，一天算两天的工资，下班后帮人家通下水道，工资也比平时高，何必要赶在春节回家呢！节后再回家和家人团聚是一样的。

田木叶心里涌起一股暖流，心想这个城市要是没有这些农民工会怎样呢？

这样想的时候，几个民工下车了，下车的时候又朝田木叶笑了笑。田木叶看见，几个民工用他送的餐巾纸把坐过的座椅揩得干干净净，见车厢里没有垃圾桶，就把餐巾纸揣进裤兜里带下了车。

回到家里，田木叶推门看见父亲和女儿田歌在客厅里看电视。田歌高兴地扑进他的怀里，一双小手缠绕在他颈子上不下来。

"爸，过年好！"田木叶抱着高兴的女儿问候父亲。

父亲站起来看田木叶，觉得儿子一点不像原来的样子了，皮肤明显比以前黑了，体格明显比以前健壮了。父亲说："还以为你晚上才回来呢！你岳母回去了，姑妈和表妹到超市买年货去了。"

比起三塘盖村来，重庆的天气很暖和。田木叶脱掉外套，打开韩细妹给的包裹。包裹里是一台7R微单相机和一双手工制作的棉布鞋。相机的包装盒上有一张精美的纸片，上面有几行小字，内容是："祝：田歌同学新年快乐。三塘盖村驻村工作队阿姨韩细妹"。田歌很高兴，没想到这个没谋过面的韩阿姨这么懂她的心思，心想这个阿姨一定很漂亮，和爸爸肯定很亲近。

不用说，棉鞋肯定是送给父亲的。田木叶看见棉鞋里的鞋底上绣着不老松的图样。他拿给父亲，说是驻村工作队的一个同事送他老人家的。父亲很激动，拿着棉鞋久久不放，眼里开始潮润，然后拿着棉鞋回到书房。

父亲特别喜欢穿布鞋，他的一个木箱里全是手工布鞋和手工鞋垫，那些鞋的鞋底和鞋垫上都绣有鸳鸯或双喜图案。田木叶曾在一次酒后给韩细妹说过父亲这个秘密，没想到她这么细心，但不知道她是怎么知道女儿爱摄影的。想到这里，心里暖暖的。

这时候有快递小哥送来快递，说是田木叶的。田歌接过快递

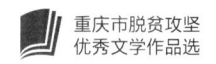

打开。

"哇噻！好酷！"田歌惊叫，说有人给爸爸寄的沙漠靴。

田木叶很奇怪，是谁对他这么了解呢，他的脚是汗脚，这鞋对他下村入户走山路太适用了。

正想着是什么人的时候，微信的声音响了。田木叶打开一看，是有风发来的。有风说："千里之行始于足下，鄙人奉鞋一双以祛仁兄汗脚之苦，祝新年快乐。"文字后面是调皮的图标。

"老爸，有风是谁？怎么对你这么大方？"田歌好奇地问。

"不知道，没见过。"

"不可能吧？爸是不是谈恋爱了？"

"女儿瞎说，你看他叫我仁兄，应该是个男的。"

"爸，仁兄是称呼你，没有说明对方一定是个男的。"

"宝贝，爸不骗你，这是你表姑介绍的微信好友，我也不认识。"

"那就对了，表姑在妇联就是管这事的，不可能把男的介绍给你，肯定是个女的。"

田歌半信半疑，又高兴地研究韩细妹送她的7R微单相机去了。

"有风到底是谁呢？他好像总在自己的身边，对自己什么都了解。"田木叶想了一阵，还是想不出个所以然来，就想着问下表妹。他给表妹打了个电话，问她好久回来。

"还以为你要晚上才回来。"表妹惊讶。

"想你们了，所以一早赶回来了。"

"想我们是假，想有风同志是真。你等着，我们马上回来，为你这个第一书记洗下身上的灰尘，吃年夜饭。"

表妹和姑妈提着大包小包年货回来了，一进门，就大惊小怪地叫起来："天哟！我们的第一书记走的时候白嫩得像水豆腐，怎么才半年时间不到就像黑牤牛了？等会我用我的面膜给你敷一下。"

"我又不是女泡，我才不用你那面膜哟！"田木叶笑着说。

"有风同志真有本事，她反对男生用面膜，你就不用面膜？"

听见表姑在外面说有风，田歌从自己的房间里跑出来，问："表姑，有风是男的还是女的？"

"当然是女的。"

"我就说是女的，我爸还不信。"田歌给田木叶做了个鬼脸，又回到自己房间。

"表哥，你对有风感觉怎么样？"

"没见过，对她不了解。"

"你见没见过无所谓，样儿我包你满意。至于不了解的问题，我认为谈恋爱不需要太了解，了解了就像白开水，没味道了。"

"你的道理一套又一套的。你那个他怎么样？"

"才认识，八字还没一撇。"

"表哥，你真的变了，变得喜欢玩深沉了。"

"也许吧！自你嫂子在扶贫路上走了后，我在亲人的心目中突然变成了一个亲人百般呵护的小宝宝。现在离开大家的呵护，独自一人去到那么远的地方，像你的嫂子一样，像千千万万的扶贫干部一样，独自面对那么多的事情，还要成为那么多人的依靠，不变行吗，不长大行吗？"

"那你今天再当回小宝宝，春节后再回村里长大。"

表妹还真的说对了，吃饭的时候，一家人还真把田木叶当小宝宝了，小得比他的女儿田歌还小。每个人都往他碗里夹菜，连田歌也给他夹菜，好像他在三塘盖村受了好多苦一样，好像他一年没吃过肉一样。

姑妈问："你在村子里有人欺侮你吗？"

"姑妈，有谁会欺侮我呢？我可是那里的第一书记！"

"你以为你这个第一书记是好大品官？"姑父说。

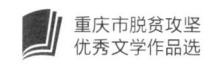

"那里的乡亲善良得很,一到寒冬腊月,每天都有人请我们吃刨汤。"田木叶说。

听田木叶这样说,父亲很高兴。他说:"天天有人请你们吃刨汤,说明乡亲们认可你们。我当知青的时候,乡亲们尽管日子很艰难,杀猪的时候都要请我们这些当知青的。"

姑父不以为然,说:"木叶,如果有人问你在那边干什么,你可千万莫说是三塘盖村的第一书记,就说是扶贫书记。"

听了姑父的话,父亲的脸黑了下来。

姑父一向惧怕父亲,不再说什么。

姑妈白了姑父一眼,说:"村第一书记怎么了?不是单位表现好的、年富力强的、政治过硬的还轮不上。你那是官本位思想,一个开出租车的居然还有官本位思想,说出去别人不笑掉大牙才怪。木叶,不要听你姑父的,好好干,你是有前途的,我们田家就靠你光耀门楣了。"

"姑妈,表妹不是已经光耀门楣了?她可是主城的一个区妇联主任,级别不低哟!"

"别往我这里赖,我不姓田。再说,我妈一天到晚都在想着法子撵我到别家呢!"表妹说。

田木叶笑。姑妈假装生气,说:"姑娘家,早晚是人家的人。"

"表哥,莫听我妈乱说。什么光耀门楣?什么官大官小?关键是要给老百姓办事,这才是真的。"

姑妈不理会表妹,又关切地问田木叶:"听说现在农村有些贫困户不但懒,而且还赖,成天就等着国家来扶持,想着法子要救济,你是第一书记,可千万不能助长这种风气哟!"

"这有什么稀奇?猪用嘴往前拱,鸡用爪往后刨,各有各的吃法。他们要那点算什么?有人用手中的权力,随便一挥手,一个村、一个镇的扶贫款就无踪无影了。"姑父生气地说。

一直不怎么说话的父亲听了姑父的话，说久走夜路必撞鬼，这些人总有一天会遭清算的。

姑父叹了口气，说："都是在杞人忧天，我一个出租车司机，现在吃了上顿有下顿，白天有酒有茶，晚上有房有床，日子过得舒坦，想那些干什么？现在政策这么好，多活几年才是真的。"

姑妈又白了姑父一眼，正想数落，被田木叶看见，他不想这大过年的大家斗嘴摆闲龙门阵搞得不愉快，就赶紧转移话题。他想起了黄梯玛、冒牦天、蒲卓尧、税岐洁、烧蛇痢、茅锥、鬼点子、犟牦筋……想到犟牦筋说"不生男儿郎，决不下战场"的话，忍不住笑了。他给大家讲他们的故事，就像说自己的亲人一样。他说乡亲们勤劳、勇敢、机智、善良、诙谐，说得大家都笑了。

父亲说："木叶说的是真的，不要一说到山里人，就把懒惰成性、不讲卫生等字眼往他们脸上贴，好像城里和机关干部就没得这些人似的。"

"爸，你当过知青，你对山里人很了解。"田木叶欣赏父亲说的话。

"那时候真年轻啊！"父亲感叹。

"爸，那时候选择去当知青，你后悔过吗？"

"儿子，你选择当第一书记后悔啦？"

"不后悔，反而为能参加并见证决胜脱贫攻坚战役而骄傲。"

"对嘛，自己选择的路就不后悔。"

年夜饭吃到晚上十二点，解放碑响起了新年的钟声，大家相继散去。

大年初一的早上，阳光把暖色铺陈在大地上，解放碑一早就喧嚣起来。田木叶想陪着父亲和女儿过一个真正的重庆新年，天刚开亮口就起来为父亲和女儿每人煮了两个大汤圆，然后穿戴一新地去

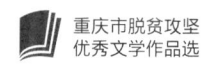

了解放碑。田歌兴奋地拿着韩细妹送的新相机对着解放碑和爷爷不停拍照。

田木叶想起父亲讲的小时候过年的故事。

父亲小时候家里很穷，没钱买炮仗，就用卖废纸的钱买两分一盒的火柴，然后一根一根地小心翼翼地刮掉火柴脑壳上的丁点火药自己做炮仗。从正月初九到大年十五，各家各户院子里或大门口每天晚上都有人跳狮子灯或舞龙灯。追着表演灯舞的队伍跑叫撵灯，大家每天晚上撵灯都要撵到半夜，乐此不疲。

每当忆及这些，父亲都很感慨，现在过年的活动越来越丰富多彩，但年味却越来越淡。尽管感慨，脸上仍是掩饰不住的满满喜悦。

看着父亲穿着韩细妹送的棉布鞋很高兴的样子，看着田歌拿着韩细妹送的相机不停地拍照，田木叶想起了韩细妹和有风。他用手机拍了张解放碑节日的照片发给她们两个，并在微信里说："人世间最自由的莫过于思想，无论时空多远，它都在一念间会抵达。祝新年快乐。"

韩细妹在微信里做了个俏皮动作，问："你自由的思想现在到了什么地方？一家人逛解放碑好幸福！"

有风也发来了微信："你还去逛解放碑呀！你自由的思想里有风随同吗，会因为有风飞到我这里来吗？"

怎么两个人回的信息都相似呢！田木叶很惊讶。他给两人回了相同的话："逛解放碑是个由头，找个机会一家人在一起才是真的。"

韩细妹发了一个大拇指图标后不再说话。有风继续说："我妈说只要我陪这一个春节了，明年过后就不要我陪了。"

"为什么呢？"田木叶诧异。

"我妈说，有风到木叶身边去了，女儿的心飞到了一个叫第一书记的人的身边了。"

"你爸妈知道我？"田木叶觉得和有风说话很有趣，就决意和她海阔天空聊聊天。

"我告诉他们了。用你做挡箭牌，免得他们一天为我提亲。"

"那你马上嫁给我呀！"

"我连你是不是麻子都不知道就嫁给你，写小说吗？"

"你好久回重庆？"

"你怎么不先问我是不是重庆的人？"

"我表妹介绍的，你不可能不是重庆的。"

"如果我不是重庆的呢？"

"远近不是距离，我也要你嫁给我。"

"你什么时候回三塘盖？到时我来看你，见见面。万一我是麻子，你后悔还来得及。"

"快立春了，村里好多事等着我，过几天就回三塘盖了。"

有风不再说话，发了一张姑娘吹木叶的图片，但看不清脸，只看到两片漂亮的嘴唇和一张木叶，旁边有几句歌词：

> 大山的木叶烂成堆，
> 只因那小郎不会吹。
> 哪年吹得木叶响，
> 只用那木叶不用媒。

三十五

茶园里的茶树和草地里的草一样，开始发出新绿，桑园里枯了一冬的桑树和山坡上的树木一样也开始绽出新芽。这一切都在立春的日子里告诉人们，大地的一草一木总是要绽放出自己的精彩，世间的众生万物总会竭尽全力让自己的生命美丽如花。

春节后，田木叶、陈调、韩细妹在万物复苏的初春时节又回到了三塘盖村。

"你们回来了啊！"路上，不断有乡亲这样打招呼。

三人很高兴乡亲们这样打招呼，最喜欢听乡亲们说"回来了啊！"这句话。

"年过得怎么样？"陈调问田木叶和韩细妹。

"年年过年年年过，岁岁朝朝各不同。今年的年过得很有仪式感。"韩细妹回答。

"年不过是时间长河里的一个休止符，是岁月往前滑行过程中的一个顿号，她让奔波了一年的人们在这个时候缓缓气，然后又上路前行。所以，自古以来，人们给这个节赋予了太多的文化意义，让人们从中找到不断新生的力量。旧的不去，新的不来，旧年过去，新年到来，人们在新的一年里不断更新和完善自己，就像这路边的小草在春天里破土新生一样，在新的一年里又会出现新的郁郁葱葱。"田木叶说。

"细妹的爱情会在这新的一年里破土发芽，郁郁葱葱吗？"陈调眯着眼睛问田木叶。

韩细妹脸红，唱了一首山歌：

月亮要亮又不亮，

星星要明又不明。

哥哥有话又不讲，

含含糊糊到如今。

田木叶脸也红了，唱起了《红梅赞》。唱完歌，他说："趁今天还没上班，我们去看看张九章刻在关口的摩崖石刻吧？"

陈调和韩细妹很赞同，说虽然生于斯长于斯，但一直没去看过。

张九章的故事，田木叶的父亲不止一次给他讲过。

张九章是山西定州人氏。1888年，他"奉命于危难之间"，出任清朝黔江第九十任知县。为官之地距他家乡千里之遥，绝非"换手抠背"可比。他单枪匹马上任时，黔江一片赤贫，教案频仍，鸦片肆虐。面对此情此景，他既没有像前几任知县那样怨天尤人、无所作为，更没有与地方官痞同流合污或是奉调逃离，而是来到关口驿道边一块房屋大的巨石下勒石为记，凿下"砥砺廉隅"四个径约六十厘米的大字，让进出的士民官商远远就能看见，告诫为官者要有为官的风范，要经得起磨砺担当。张九章这是把自己的誓言昭示天下，把自己的言行主动置于士民官商的监督之中。

三人久立在"砥砺廉隅"四个字下，细细察看早已被荆棘掩径的古时驿道，环顾四周夹峙的高山，细品巨石上清晰可辨的四个大字。看得出，张九章不是书法大家，其书法艺术并无可欣赏玩味之处。刻字之处风景亦实属平常，决非非去不可。但"砥砺廉隅"四个字凸显的别样意义却十分耐人寻味。

三人和闲散的村民及不断前来的干部模样的人闲谈，配合着手机上的百度百科，了解到张九章在黔违命开仓济荒、率民众修复水毁河堤、修志续史、集资兴建名宦乡贤节孝祠、创办墨香书院、兴

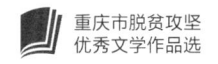

建小学堂、亲自讲学授课等故事，懂得了张九章把勒石为誓的地方选在关口夹岇的山中巨石上的真正寓意——壁立千仞无欲则刚。

三人很感慨。田木叶说，百姓对一个好官的感激和怀念不会因时空的遥远而间断。陈调说张九章作为一个封建时代的官吏，却能胸怀黎民百姓，在这廉隅之地绽放出生命的光华，实在令人敬佩。

韩细妹像是被历史撞击了一下，她看着满山的新绿和地里忙碌的村民，富有激情地说："我们扶贫干部应该用自己的担当赋予'砥砺廉隅'四个字新的历史内涵，让贫困的历史被决胜脱贫攻坚的如椽之笔重重盖去。"

天快黑的时候，三人回到住处。黄梯玛早已做好了饭菜等着。万仁爱和另外一个穿着时髦的女人也等在那里。

见三人过来，万仁爱指着穿戴时髦的女人介绍，说她叫杨美金，是三塘盖村在外打工当老板的女强人。听说村里的变化后，想返乡创业，回村挑头办一个公司，组织村里的妇女就近从事医院护工和养老护工服务。

田木叶想起冒牯天提到过这个女人，见她精明能干的样子，打心眼里高兴。

"几位第一书记，我不是什么女强人，我只是比别人吃得苦而已。我也是党员，回村办这个企业，不图赚多少钱，只想给乡亲们找点事干，有点固定的收入。外面的护工很俏，所以，我就有了回村组织青壮妇女做护工的想法，特别是在三塘盖村共同致富群里看到家乡的变化，看到三个第一书记所干的事，更坚定了回村创业的决心。因为在外多年，对家乡的情况很多都不了解了，很多工作还望几位书记多多支持。"杨美金很懂礼仪地伸出手和三个第一书记一一握手。

杨美金的话说到了三人的心坎上。去年快过年的时候，田木叶和陈调、韩细妹想到了组织开展护工服务的事，几次找到区卫生健康委和各大医院，请求他们支持。区民政局、卫生健康委和几家大医院都很高兴，说田木叶、陈调、韩细妹干这件事，不仅是帮助了贫困农民，也帮助了医院和养老院，希望能尽快搞起来。现在是万事俱备，就差挑头的人。没想到，杨美金这时候回来主动挑这大梁，真是求之不得。田木叶毫不犹豫表态，坚决支持。并安排韩细妹和万仁爱负责抓好协调工作。他明天就去区人社局，请求提供技术培训方面的支持。

杨美金很激动，说三塘盖村有三位这样的第一书记，一定会脱贫致富。

万仁爱见田木叶、陈调、韩细妹都很高兴，说真是新年新气象，市卫扶集团和区人社局支持的"卫之情"扶贫车间也建起来了，只等招人、培训就可开业了。

"新年新年，好事连连，你看才开春，老板就一个接一个来了，三塘盖村不发才怪。"黄梯玛在一旁高兴得跳起了摆手舞，他一边跳一边说，说得大家哈哈笑起来。

三十六

　　大家都感觉到三塘盖村和往年不一样了。出大年十五了，村民还很少有人外出。不仅如此，外面还不断有人回来，特别是在外打工的妇女，像倦鸟归巢一样，一群接一群往回飞。往年这个时候，青壮年早像候鸟一样，成群结队飞走了，房顶上聚了一冬的炊烟渐渐消散，村子成了空巢村。

　　驻村工作工作队安排了韩细妹，村里安排了万仁爱专门负责协助"卫之情"扶贫车间和"金溪护工"的人员招聘及培训工作。"卫之情"是颜武书记根据市卫扶集团帮扶筲箕滩镇而专门取的名字，"金溪护工"是杨美金根据三塘盖村的金溪河沟而注册的公司名字。

　　因为这两个名字在三塘盖村共同致富群里不停地推送，一个因为女人流失而寂静了多年的三塘盖村突然间热闹起来，每天都有三五成群的女人像归巢的鸟一样叽叽喳喳回到各自的窝里，女人回来了，男人也就回来了，三塘盖村顿时有了暖暖的人气。韩细妹和万仁爱每天都赶到大公路边迎接返村的妇女，因为这些归来的妇女都是她们替"卫之情"和"金溪护工"招来的员工。

　　一辆公共汽车驶过来，在硾窝塘寨前的公路边靠边停下，车上先是跳下来七八个穿得花花绿绿的女人，然后是十几个包裹砰砰扔在了地上。下车的女人像一群山喳子叫个不停，嘴巴没有一刻空闲。出门在外没有家的这些年，她们真是太累了，她们想在鬼点子家的院坝里歇歇脚再爬坡回到久别的家里，靠在很长时间没见的男人身上好好喘息一下。

　　这是最后一批回到村子里的妇女，韩细妹和万仁爱迎过来。韩细妹她们不认识,万仁爱因为她们走的时候还小也不大记得了,尽管如此,因为出门太久,一见面也像见到亲人一般,很快亲近起来。

初春的天气乍暖还寒,太阳出来得较晚,阳光暖融融地照在她们身上的时候已接近中午。她们顾不得长途车颠簸和爬坡带来的疲惫,在韩细妹、万仁爱的带领下直接走进了村会议室,年前回来的妇女和前几天回来的妇女早已等在了那里,见她们进来,大家情不自禁地鼓起手掌,掌声在会议室激荡,差点把大家的眼泪撞出来。

田木叶受到感染,说话竟然有点结巴起来,但他很快恢复了平静。他一一介绍了坐在主席台上的陈涧、韩细妹、万贯财、税景阳和市卫扶集团、区文明办、区人社局、区卫健委、富民培训学校、城区几家医院的领导,然后高声宣布"卫之情"扶贫车间、"金溪护工"服务公司正式挂牌运行,首期员工技能培训班即日开班。

这时,有噼噼啪啪的鞭炮声从不远处的院落里传过来,和会议室热烈的掌声碰撞在一起,声音里透出满满的喜悦。

三十七

从易地扶贫搬迁集中安置点到村委会的公路很快修通了，各项工程建设自然加快了进程。眼看安置点的房屋就要竣工了，茅锥还是没来村委会签订房屋搬迁合同，万贯财和税景阳等几个村干部上门做了几次工作都没做通。茅锥说坚决不签，后来说要等三个第一书记来了再说，态度明显没有开始的时候强硬。

田木叶对陈调和韩细妹说，是时候了，去看看茅锥，看他到底签不签。

茅锥正在和烧蛇痾、喂不饱喝酒。茅锥问烧蛇痾："你那天和冒牯天吵架要村里赔偿你那野树苗苗，怎么见背包书记来了你就跑了呢？你怕他吗？"

烧蛇痾说："我不是怕他。那天正要和背包书记扯的时候，我后娘和我婆娘来了，说是在我娘的遗像后面发现了5000块钱，不知是谁放的。我一想，肯定是田知青，他去给税岐洁女儿扎针那天，到过我家院子，进过我的屋，还在我娘面前燃了三炷香，出来的时候，他眼睛有点红，一句话不说就走了。我不明白，他为什么要给我娘上香。这钱我没敢动，我每次想去拿的时候，我娘好像在看着我，她的眼神好像是说：这钱不能动。后来明副区长和背包书记去我家，翻我烤扶贫猪和扶贫鸡吃的老底，又把我狠狠骂了一顿。我连续几晚上睡不着瞌睡，翻来覆去地想，后来就想明白了一个道理，人是越懒越穷，越穷就越被人看不起，就像一个国家一样，你越穷，你在国际上就越没得地位。我烧蛇痾这么些年是怎样过来的，你最清楚，活得一点都没得尊严。"说到这里，烧蛇痾眼里有了泪花。他喝了口酒，继续说："税岐洁是个好女人，她赊给了我

100只鸡,我每天就专心喂,不像以前那么懒了,开始几天像戒烟一样,还有点不习惯,后来就习惯了。你说也怪,现在身体也好了,酒也不馋了,老婆也给我笑脸了。我的鸡去年春节的时候很抢手,卖了点钱,除了还税岐洁本钱外,还余了点,我又买了些鸡苗,我估计,年底的时候,卖鸡卖蛋的钱加上茶叶专业合作社的分红,至少也有4万块以上。田知青不晓得怎么知道了,托背包书记给我带了1万块钱,让我把房子改造下。我想了一下,现在对贫困户的政策这么好,这旧房子我不要了,干脆把易地搬迁合同签了,搬到安置点住,那里环境那么好。田知青给我的钱我拿来扩大养鸡规模,赚钱了一定要还给他。我不能平白无故要他的钱。"

"田知青为什么对你那么关心呢?"

"也许是我不懒了吧?"

"鬼才相信。"

"茅锥,你还别不信,烧蛇痫现在真是变勤快了,田知青是个善良人,当知青的时候就喜欢帮助人,那时候他对懒人看都不看一眼,但对勤快人却是蛮大方的,裤儿都可以脱来给你穿。"一直只喝酒不说话的喂不饱说茅锥。

"喂不饱,你相信是你的事,我反正不相信。"

"茅锥,你一辈子总得相信个人,不能老是哪个都不相信。三个第一书记来咱们村后,你看他们为我们干了好多事。"喂不饱说。

"你还给他们说好话,他还不是照样整你?还不是把你的贫困户抹了!"

"这事我开始也不服,好歹我也是个村干部嘛!一点面子都不给。再说,我领的是国家的钱,又不是领他们的钱。"

"对嘛!"

"对个屁!后来开党员会,大家都不理我,说我真是个喂不饱,他们的眼神都是瞧不起的眼神,我真受不了。当然,三个第一书记没来的时候，他们见到我也是这眼神，只是那时候我没意识到。这次精准识别把我从建档立卡的贫困户名单中刷下来，我才开始反省。我用辞职、退党要挟他们，但他们不记仇，还说不放弃我，开党员会还照样通知我，特别是田木叶书记，不厌其烦地找我谈话，教育我，我很感动。后来我在党员会上做了检讨，现在我真心实意认为把我从建档立卡的贫困户名单中刷下来是对的。万有孝他那横婆娘开始也不服，要把他老汉老娘拉到村委会，结果看我家都被拿下来了，就不好再说什么，悄悄把他老汉老娘背了回去，还主动把他老汉老娘住的天穿地漏的房子上的瓦翻修了，说三个第一书记做事公正，莫去讨骂。"

"那是万有孝胆子小。"

"有理走遍天下。你真觉得万有孝的老汉老娘该吃低保？万有孝该享受当贫困户政策？"

"早就该取消资格了。"

"对了嘛。我说茅锥，你就不该和三个第一书记抬杠，你就该把搬迁合同签了，搬到易地扶贫搬迁集中安置点去住，那地方多好呀！"

茅锥不说话，站起来去上茅厕，突然发现田木叶、陈调、韩细妹站在房前的树下看他们。便笑着说："我就知道你们一定会来。这话我早就说了的。"话中句句带刺。

田木叶、陈调、韩细妹站在树下听见了他们的谈话，对烧蛇痢和喂不饱的表现都很高兴。烧蛇痢和喂不饱站起来和三人打了招呼，便各自回去了，走的时候对三人说，茅锥像茅厕里的石头，又臭又硬。

茅锥上完茅厕回来，见喂不饱和烧蛇痢走了，就鬼笑着说："我说你们还要来就是还要来！"

"老伯，我们三个第一书记来看你。"韩细妹故意把"三个第一书记"的话说得很重，想从气势上给茅锥震慑。

"细妹书记，我不叫老伯，我的名字叫茅锥。"

韩细妹被噎得脸红。陈调想发火，被田木叶制止。

田木叶说："茅锥，你这日子过得舒坦嘛！又是酒又是肉的。"

"木叶书记，就许你们当官的大坨大坨地吃肉大碗大碗地喝酒，就不准我们贫困户用点肉渣渣塞下牙缝用点小酒打湿下肠子？"

"我看你的牙缝是大象的牙缝，要用猪脚杆塞才行。你的肠子也是大象肠子，两三碗酒怕是打湿不了。"陈调看了一眼桌上的酒和肉，用讥讽的口气说。

茅锥也不生气，又鬼笑，然后看了一眼韩细妹和陈调，又看了一眼田木叶，重复开头的话说："我说过，你们还会来的嘛。"

韩细妹气不打一处来，大声说："茅锥，我们忙得很，没时间在这里和你磨牙齿，你的易地扶贫搬迁合同是签还是不签？"

"细妹书记，生么子气嘛！再说，是你们自己来的，我又没请你们来。"

田木叶见茅锥一副无赖的架势，也很生气，但还是装出心平气和的样子说："茅锥，这春耕大忙的季节，在危房里气定神闲地喝酒，我们三塘盖全村恐怕只有你才做得出来哟！"

茅锥又鬼笑，说："木叶书记，我这是危房，这可不是我说的，是你这个第一书记亲口说的哟！"

"茅锥，这话是我说的，你这是危房，区住建委给你挂了牌的。"田木叶指着门口一块牌子说。

"你们三个是上面派来的扶贫第一书记，让我们贫困户有安全的住房保障，是你们的职责。你们让我这个贫困户、低保户住在危房里是脱不了爪爪的！"茅锥露出狡黠的笑。

"所以，我们来就是让你签合同，享受政府出台的易地扶贫搬迁的政策呀！"韩细妹说。

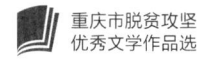

茅锥白了韩细妹一眼，说："我不签又怎么样呢？"

"不签搬迁合同，就签放弃合同。"陈调拿出放弃搬迁的合同放在茅锥面前。

茅锥瞟了一眼面前的合同，说："这个合同我不会签的！"声音里充满了肯定。

"那就签这个合同。"韩细妹把同意易地扶贫搬迁的合同摆在茅锥面前。

"这个我也不签。我就住在这烂房子里，等你们领导来。上次我的卫生没搞，领导就叫你们搞，你们不会这么快就忘了吧？我晓得，我一天住在这烂房子里，你们就一天脱不了爪爪，你们不但提拔不成，还会挨领导的板子。"茅锥端起面前的酒喝了一大口，摆出一副无赖架势，但声音里明显显露出犹疑，没有一开始坚决。

陈调说："我们挨板子也不怕，但你在全区也是个不好的典型。领导讲话会随时拿你做例子。"

"少用这些来吓我。我无儿无女，老婆也是有她不多无她不少，我怕什么？我早就是死猪不怕开水烫了，我还怕领导讲话把我拿来做例子？"说完，茅锥又喝了一口酒，有眼泪流出，他用衣袖揩了揩，然后哽咽着说："我今天吃了不想明天，我今天有酒今天醉，我怕什么？我什么也不怕！"

看人看眼，听话听音，田木叶看见茅锥流了泪，从他的话里听出他不是不搬，可能是有心结没解开。是什么心结呢？恐怕只有龚大姐这个年纪的人才知道。

田木叶对陈调和韩细妹使了个走的眼色，说："今天我们三个第一书记来，茅锥高兴，他喝醉了，让他休息下，再想想。龚大姐家这边的房屋维修不知怎样了，我们去看看。"

三人走出来，韩细妹说这茅锥不是不懂政策，他明明知道不可能给他一个人出政策，却偏偏胡搅蛮缠，真搞不懂他是怎么想的。

陈调说茅锥不是没得钱，再说，他的房屋按照传统村落进行保护维修，自己也花不了什么钱，他为什么不搞呢？

田木叶叫两人去万有孝家看看，茅锥的事他来解决。陈调说："这可是块硬骨头，你一个人行吗？"

"没问题，我的牙是安了钢的。"

陈调和韩细妹走后，田木叶独自朝龚大姐家走去。路过一家贫困户的时候，见喂不饱在帮忙掏猪圈，就问："喂不饱，你怎么在这里掏猪圈呢？"

喂不饱不好意思笑了笑，说："木叶书记，这是我联系的贫困户，他家没得劳动力，眼看就春耕了，我帮他家把猪圈掏一下，准备点农家肥。再说，你们给了我改正错误的机会，我得拿出点实际行动来，不能是嘴巴上说改正。"

龚大姐听见田木叶的声音，迎了出来，笑着说："背包书记，自你们三个来三塘盖村后，村里人都开始变勤快了，讲道理了。"

"龚大姐是在哄我高兴，我们的工作还有好多没做好。比如说茅锥，他死活不签合同，说就住在烂房子里，死了就埋在烂房子里。"田木叶边说边走，进到龚大姐家院子。

几个老木匠正在对她家的房子进行保护性加固维修，田木叶看了几个老木匠的手艺，很高兴，说在这三塘盖村没想到还有人会传统的木匠手艺，不晓得这茅锥是怎样想的，政府拿钱让他搬迁或是对老房子进行加固维修，他就是不干，还尽说带刺的话。

这话是田木叶故意说给龚大姐听的，想从她嘴里套出茅锥的心结。

"他哪是不干哟？是心里有道坎没过得去。"龚大姐说。

龚大姐给田木叶讲了茅锥的故事。

茅锥本名叫毛醉。他父亲的祖上勉强算是这三塘盖上的大户。他父亲从小就在外地读书，后来长大了，听说在外面加入了地下党，解放后在重庆一个区政府里当大官，再后来在政治运动中全家就被下放到老家劳动改造。他的母亲很漂亮，虽然是重庆的大家闺秀，但到了三塘盖磨盘塘寨后一点没有城市人的娇气，每天和大家一样上坡干活，从不特殊。他父亲虽然是当过大官的人，但干起活来一点不比当地的正劳力差，待人说话都很和气，一点没有官架子。那时时兴开批斗会，因为这磨盘塘寨穷，没有地主。一个叫牛忙的工作队队长就说毛醉家祖上是大户，那就是地主，他父亲就是地主崽儿。后来又说毛醉的父亲不是地下党，是特务，国民党有个大特务叫沈醉，他给儿子取名毛醉，就是跟随沈醉的意思。他叫手下用报纸糊了顶地主崽儿加国民党特务的高帽子戴在毛醉父亲的头上，每天晚上组织大家批斗。毛醉父亲也真是条汉子，任批斗的人拳打脚踢，也不呻吟一声，背始终挺得笔杆直，始终不承认自己是特务。按理说，毛醉的父亲是特务，那他的母亲就是特务老婆，是女特务，也应该一起戴高帽子进行批斗。可这位牛忙队长说，男人是特务，他老婆不一定是特务，不能冤枉一个好人。有人说，是那个姓牛的队长看上了毛醉母亲的姿色。后来，毛醉的父亲被他们活活斗死了，毛醉上学的资格自然被取消。从此以后，他在寨子里就抬不起头了，走路总是弯着腰。生产队按照这个牛忙队长的意思把毛醉和他的母亲安排在双岩山上一个岩阡里，专门负责给生产队捡畜粪做肥料。时间长了，两母子在大家心目中便被慢慢淡忘了。

突然有一天，毛醉出现在寨子里和筲箕滩镇的街上，人们才想起磨盘塘寨双岩山上的岩洞里还有他们两母子。这时，批斗会已因吃不饱肚子穿不暖身子的日子而淡化，见毛醉在山上出落得如此光鲜、标致，就有人给他说媒，但他谁也不看。原来，他和他的同学牛德美，也就是牛忙的女儿，早就好上了。他们去拿结婚证，镇里无论如何不给他们拿。他俩像着了魔似的，发誓拿不了结婚证也要在一起。他们在双岩山上一间茅草棚中的草堆里光着身子打滚的时候被人看见了。这还了得？后来的事情连傻子都想象得出来，毛醉被当作强奸犯抓了起来。服刑的前一天晚上，在关他的屋子里，他妈妈给他揩了眼泪，换了干净的衣服，然后回到寨子换了干净衣服，去牛忙家外的一棵白果树上吊死了。

　　服刑期满，他去母亲坟前上了三炷香，然后上双岩山的岩阡里养蜂。实行家庭联产承包责任制的时候，他从双岩山上下来了，回到周围团转长满了茅锥草的老房里。从此他就变了，变得异常懒惰，房周围齐腰高的茅锥草任其年年疯长，从不打整，进进出出身上总是粘满了茅锥刺，拍都拍不掉，当然，他也从来不拍，任茅锥刺在破旧的衣服上粘着。有人说他喜欢茅锥草，加上又和他的名字毛醉谐音，就给他取了茅锥这个诨名。毛醉似乎很喜欢茅锥这个称呼，自从得了这个诨名后就更不怕人了，像他父亲一样把腰杆挺得笔直，只是不像他父亲随和，遇到任何人他都要说几句带刺的话，锥别人一下。村里缺吃少穿但不缺好心人，有人怜悯他，给他说了现在这个媳妇，以为他娶了媳妇后会变勤快，会说话不锥人，哪想到他除了坚持喂几桶蜂子外，其他一点不变。后来人们才知道，他喂蜂子的钱都拿去给牛德美医抑郁病了。

　　"再后来的事你们都知道了，就不再说了。"说到这里，龚大姐叹了口气，说："真是世事无常啊。"

　　田木叶说："那是个荒诞的时代，国家也经历了前所未有的灾难，每一个人都难以置身事外，像茅锥这样的家庭所遭遇的不幸又何止他一家呢？"

　　"话是这样说，但过去的事情在茅锥心里总是过不去。"

　　茅锥的故事让田木叶、陈调和韩细妹三个人郁闷了好几天。三人商量在网上给茅锥买了台专门摇蜂蜜的剥离机，然后到筲箕滩镇买了些卤菜，在碓窝塘寨买了一壶老酒，带着蜂蜜剥离机去了茅

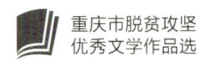

锥家。

茅锥看见田木叶送来的蜂蜜剥离机，就像小孩过年放鞭炮一样高兴，接在手里不停地摆弄，说："三个第一书记真是想我们贫困户之所想，有这玩意，出蜜率就高多了。"

田木叶说："毛醉，认识这么久了，还没和你一起喝过酒，今天我们高兴，喝一杯？"

茅锥怔了一下，然后很郑重地说："背包书记，我叫茅锥不叫毛醉，毛醉死了。"

陈调端出一个蜂桶，在上面铺了一张报纸，把带来的酒和卤菜放到当桌用的蜂桶上。

田木叶和茅锥喝了一口酒，说他昨晚做了个梦，梦见一个老板路过双岩山的一个岩阡，见一个俊秀的小男孩在睡觉，想把他叫醒一并上路去赚钱，可能小孩在做一个很甜的梦，无论这个老板怎么叫，他都不睁开眼睛。没办法，这有钱的老板就走了。小孩醒来，发现老板走了，自己还睡在岩阡里，就伤心地哭了起来。

"我只听说有编故事的，没听说过有编梦的。"

"假如你是那个小男孩，你是愿醒过来和老板一起到前面去赚钱，还是继续睡你的觉在梦中不醒来呢？"

"我又不是傻子。"

"毛醉呀！既然你不傻，你为何老是活在过去里不出来呢？在那个荒诞的年代，经历不幸的也不是只有你的父亲、母亲、你和牛德美。你父亲是被冤枉的，你母亲也死得不值得，你也不该去蹲监狱。"

茅锥一听，突然一怔，随即泪就像决堤一般涌出来，到后来一把眼泪一把鼻涕，哭得很伤心。这么多年，他似乎一直在等待，因为自前些年父亲获得平反以来，就再没有人提过他的父亲和母亲。

"既然你们都知道了，那你们说我有罪吗？"

"生命诚可贵，爱情价更高。"

茅锥端起酒碗说："三个第一书记，我敬你们一碗。"

"一生爱过，刻骨铭心地爱过，值得！你要为爱你的父亲、母亲，爱你的恋人幸福地活着，活出人生的精彩。"田木叶端起酒碗说。

田木叶和陈调、韩细妹走出院坝，不说签合同的事。茅锥追出来，拉住田木叶问："合同带来没有？我签字。以前是自己跟自己在心里较劲，不愿用'毛醉'这个给父亲、母亲和本人带来不幸的名字。"

田木叶拍了拍他的肩膀，说："万贯财会来找你，你要多支持村里的工作。"

目送三个第一书记走远，茅锥放了一把火，把房周围干枯的茅锥草点燃，顿时火光冲天。毛醉在熊熊火光的照映下笑得很灿烂。他感觉自己又活了过来。

三十八

田木叶、陈调、韩细妹都感觉时间过得快,转眼又进入了层林尽染、瓜果遍地的秋天。

国庆节前,田歌给田木叶发来微信,说:"老爸,快放国庆长假了,我把你原来发来的三塘盖秋色组照转发到我的摄影爱好群里,大家吵着要来三塘盖,为你这个第一书记助一臂之力。我和你们当地摄影协会的牛识图主席取得了联系,过几天就过来,麻烦老爸帮我们安排下食宿,房子差不要紧,只要卫生就行。我们是来打前站的,有二十多人,后头还有很多人会陆续过来。钱不要你们出,我们都是AA制。表姑也要来,她说有风同志也要来,她俩的事你负责安排。"

田木叶高兴得跳了起来,没想到头碰到了白果树的树丫上,金黄的树叶便从树上飘落下来。陈调和韩细妹笑得前仰后合。

"什么事让你这么高兴?是哪位漂亮的妹妹要来看你吗?"韩细妹问。

田木叶把微信拿给陈调和韩细妹看。说这事对发展三塘盖村的乡村旅游太有意义了,必须认真对待。

韩细妹脸不易察觉地红了一下,见田木叶和陈调没怎么注意自己,就问:"有风是谁?"

"一个微信好友,具体是谁我也不知道。"

"她也真会挑时间,白果树叶开始黄了,桑叶也绿了,秋蚕也白了,公路也通了,易地扶贫搬迁集中安置点也建成了,传统村落也竣工了,磨盘塘寨的茶园也建好了,碓窝塘寨的现代农业观光园也开始营运了,一切都变得美好起来。"韩细妹说得很含混,田木叶听不出她到底是说女儿田歌呢，还是说表妹和有风。

陈调说："国庆节干脆不休息，我看可以搞个新中国成立70周年献礼活动，就权当是对一年来系列工程搞个竣工或开工典礼，也权当为我们三塘盖村插翅腾飞造个势。"

"开个党员大会和村组干部会，大家议一下。我认为以献礼国庆70周年为主题，在摸秋节①搞个三塘盖村金秋农产品博览会暨乡村旅游启动仪式。"田木叶说。

田木叶照了几张蚕宝宝吃桑叶的照片和金色梯田的照片发给女儿，在微信里说："女儿，感谢你和你摄影爱好群的群友们，你组织的这次三塘盖摄影活动，对推动三塘盖村的乡村旅游将会起到不得了的作用，爸爸感谢你，到时我会组织村民燃起三塘盖熊熊的篝火，跳起盛大的节日才跳的摆手舞欢迎你们，请你们住明清时代的传统村落，喝碓窝塘寨的一壶老酒，吃三塘盖上的烤羊肉和土家羊扣，品磨盘塘寨的野生藤茶，看三塘盖的日出和云海……"

田歌迅速回了短信："嘻嘻！老爸，你说得我现在就想长出一对翅膀飞过来了。不过，我要提醒你，我亲爱的老爸，这次活动来的好多都是名家和老师傅哟！中国摄影家协会会员、市摄影协会的副主席有彤老师，中国摄协会员黔江摄影家协会主席牛识图老师，中国摄影家协会会员金凤老师等名家都要来，你一定要搞好接待，千万莫臊女儿的皮哟！"

田木叶又给有风发了条微信，问什么时候到三塘盖。有风迅速回了微信，说："如风，说到就到。"

参会的党员和村组干部、村民代表还没到齐，田木叶拨通木易副镇长的电话，汇报了开展国庆70周年献礼活动的想法，说正准备开党员大会和村组干部、村民代表会，商议。木易副镇长正在向木

---

① 摸秋节，土家族特有的传统民俗节日，和中秋夜同时，也在每年农历八月十五。

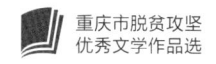

子书记和比树镇长汇报三塘盖村的工作，听了田木叶的汇报，很高兴，便打开免提，让田木叶把刚才的话再说一遍，说书记、镇长就在旁边。

田木叶听出了木易副镇长支持的态度，也把电话的免提打开，把刚才的话又说了一遍，木子书记拿过电话，在电话里叫田木叶务必把活动搞好，说这活动不仅是三塘盖村的活动，更是整个筲箕滩镇的活动，是给筲箕滩脱贫攻坚战役鼓劲儿的活动，必须搞得有声有色。

大家兴奋起来，但也明显有些狐疑，说村里搞这活动以前听都没听说过，不晓得怎么搞。

"搞这活动要花好多钱哟，我们村哪来那么多钱?!"一个老党员发出疑问。

"一下子来那么多人，我们村又没得酒店，他们吃哪里？住哪里？"

"一直以来，我们村最多就是哪家结婚办喜事，才烧堆篝火跳跳舞，高兴高兴，哪搞过这么大的阵仗哟？"

面对大家的狐疑和提出的问题，田木叶只是听，笑而不答。见开会的人来得差不多了，就请韩细妹把活动设想给大家说说。

韩细妹就把重庆摄影爱好群组织摄影爱好者来三塘盖村拍摄的事和举办三塘盖村金秋农产品博览会暨乡村旅游启动仪式的初步设想，以女性特有的充满激情的方式说了一遍，参会的人没任何人打岔，生怕听落了一个字。

韩细妹说完后，大家像没回过神来一样，会议室寂静得只听得见大家呼吸的声音。杨美金打破了寂静，说："沿海发达的城市经常开展这样的活动，什么广交会、厦博会等，都是一个意思，吸引天下客商，推动当地经济发展。我认为，三个第一书记提出的这个活动不但可以搞，而且还要搞出我们的特色，搞成我们的品牌。"

"这下好了,烧蛇痢的虫草鸡要出名了,赶快让他去注册个商标,就叫三塘盖月母子虫草鸡。"说完,税岐洁忍不住先哈哈笑起来。

"这么多客人来了吃什么呢?是不是去城里买点好菜?"犟牯筋问。

"这还不简单?烧蛇痢会烤鸡、烤乳猪,他们来了就叫烧蛇痢烤三塘盖的羊子和他的虫草鸡。保证赚大钱。"万笔杆说。

"这活动可以搞,建议村里在易地扶贫搬迁集中安置点设个专卖店,把三塘盖村几个寨子的农特产品全部拿到那里去卖。所有的农特产品都要有特别的包装,不能像赶场卖东西一样,随便找个塑料袋或肥料口袋,那太臊皮了。"鬼点子打岔。

"我们三塘盖不是有好多人会搞藤编和竹编吗?这倒是个特色,我在上海看到,大城市的人都喜欢这个东西。"从重庆富民公司驻上海港龙吴码头劳务队回来过年的一个村民建议。

见大家说得差不多了,田木叶和陈调、韩细妹、万贯财、税景阳交换了下意见,然后说:"活动的意义就不多说了,大家都认识到位。为了把活动万无一失地搞成功,把大家分成几个组,分头负责。接待组由韩细妹、杨美金负责,主要负责客人的食宿和导引,住宿以磨盘塘寨的传统村落和易地扶贫搬迁集中安置点为主,涉及农户务必把环境卫生搞好,具体由万大权负责。餐饮接待主要以农家菜为主,突出露天烤羊烤鸡特色,具体由万必淦和税启负责,客人导引由陈大妮负责。农特产品展销组由万智谋和蒲卓尧全权负责,要在产品特色包装上下点功夫。篝火晚会和会议现场布置组,陈调和万仁爱全权负责。摄影接待组由我和万贯财书记亲自负责。协调组由税景阳主任负责。这次活动村里不出钱,大家不掏钱只赚钱。"

"择日不如撞日,摸秋节这天,我们能在这个节入住集中安置

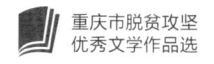

点吗?"有人问。

"当然可以。"田木叶回答。

"这天肯定是个好日子。我们就把搬迁的时间选在摸秋节。"有人说。

田木叶、陈调、韩细妹对说话的人微笑。

晚上,田木叶收到有风发来的微信。有风说:"土家族的摸秋节快到了,说过几天想来三塘盖村看看摸秋节,听你女儿田歌说,你们驻村工作队里那个叫韩细妹的女书记给她买了台7R微单相机,但不知道韩细妹漂亮不。"

田木叶迅速回了微信,说摸秋节就是中秋节,是渝东南地区土家族特有的传统节日,白天不吃月饼吃糍粑,晚上不喝酒赏月却去地里摸东西,比小孩玩游戏还有趣。如果有风来,他亲自到火车站接。

有风又说:"我问的是,你们驻村工作队那个女书记漂亮吗?"

田木叶回答:"一等一的美女。"

有风又问:"你们在一起战斗,没撞击出火花吗?"

田木叶又回答:"因为你先像钢板挡在了前面。"

有风继续问:"要是没在微信里遇见我呢?"

田木叶再回答:"那我就把她融化。我虽有个女儿,但我知道她在爱情面前不会世俗。"

"你坏。"

有风下线,不再理会田木叶。田木叶心想,这有风神神秘秘的,面都没见过,怎么会对自己的一举一动都那么清楚呢?

这样想的时候,韩细妹红着脸过来了,两眼火辣辣地望着田木叶,说明天进城去文旅委和旅投公司,请他们助阵,问田木叶去不去。

田木叶生怕韩细妹看出什么，赶快退出微信，说明天三人一起去。

韩细妹回到房间，有木叶的声音从她房间里传出来。

第二天在文旅委汇报工作的时候，田木叶的表妹也发来微信，说他重色轻妹，摸秋节搞这么大的活动只告诉有风，不告诉自己的妹。田木叶有口莫辩，说这几天忙昏头了，正准备过两天发出邀请。

表妹说：虚情假意，再过一个星期就是摸秋节了，还过两天！不用你邀请，趁着明后天双休，我和有风、田歌已到了黔江城，田歌的一帮摄影朋友也来了，说是先来拍日出和秋景。我们正往三塘盖村进发，路上碰到了老茶罐茶庄的李茶罐和白酒经销商熊白酒，李茶罐说是去三塘盖磨盘塘寨谈明年明前茶采购和摸秋节参加三塘盖村金秋农产品博览会的事，熊白酒说是去碓窝塘寨订购一批一壶老酒。

田木叶赶忙道歉，说和两个驻村工作队的战友正在部门汇报摸秋节开展活动的事，也正准备到老茶罐茶庄和李总说采购我们磨盘塘寨茶叶的事。

"那行，你早点回来，有风叮是爆棚的颜值，好几个摄影师都盯着她，来晚了我可不敢保证她不跟别人跑。"表妹说完后就发了一个再见的"表情"。

表妹和田歌、李茶罐、熊白酒等用手机导航，径直来到了黄梯玛家。

"哇噻，好漂亮啊！"在快进黄梯玛家的时候，田歌和她的一群摄影爱好者朋友看到了那棵田木叶发在微信里的千年白果树，顾不得进屋，就摆开架势，"啪啪啪"拍了起来。

黄梯玛见来了这么多的人摄影，就回屋换了件长衫子，拿了根竹棒棒烟杆，一副仙风道骨的样子来到树下。无疑，大家又是一阵

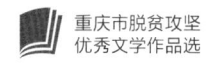

惊讶，说这山中竟有这等仙人。

黄梯玛的撮箕口吊脚楼木房自然也成了拍摄的焦点。大家让黄梯玛在白果树下和房前摆出各种姿势让大家拍，拍够了黄梯玛就邀请大家进屋喝茶。

"大爷，我爸爸是住这里吗？他说大爷家的房子特别有特色，特别适合拍民俗照片。"田歌问黄梯玛。

"你是田木叶田书记的女儿？你爸真这样说？"黄梯玛惊讶，前几天听三个第一书记说过，田木叶的女儿要带一批摄影朋友来拍照片，没想到这么快就来了。

"大爷，我骗你干吗？我爸在城里忙，但他肯定听到了我的声音，估计就要回来了。"

看到田歌天真的样子，大家都哈哈笑，说她爸又没长顺风耳，他在城里怎么能听见？

"谁说我听不见？"人未进到院坝，声音先进了院，田木叶、陈调、韩细妹撵着声音进来，笑嘻嘻地给各位打招呼。

田歌扑到田木叶的怀里，双手缠绕在他颈子上。韩细妹走过来，田歌下来站了过去。

表妹给田木叶介绍李茶罐和熊白酒。田木叶说都认识，都是些老情人。

李茶罐和熊白酒正准备反唇相讥，陈调赶忙补充说："老早就知道内情的人叫'老情人'。"

表妹笑，说田木叶也开始油嘴滑舌，学年轻人说网络语言，真难听懂。然后和韩细妹碰撞了一下眼神，都笑。

"尊敬的田木叶书记，你安排两个人带路，让田歌他们去拍下民俗，明早上去双岩山的岩口拍日出。"表妹说。

田木叶拿出手机给万贯财和税景阳打电话，没想到电话铃声在院坝里响，回头看见两人进到了院坝。

万贯财和税景阳说，等会儿就在龚大姐家的院坝里吃饭，已安排烧蛇痢去烤羊子和鸡。然后就带着田歌和她的摄影朋友走了。陈调说他也去，然后就跟着走了。

院坝里剩下田木叶、韩细妹、表妹、李茶罐、熊白酒。见田木叶东张西望的样子，表妹哈哈笑，问田木叶："你在找谁呢？"

"有风呢？"田木叶问。

"远在天边。"

"没来吗？"田木叶有些失望。

"近在眼前。"表妹笑，韩细妹脸红。

田木叶惊讶，看韩细妹。韩细妹亮晶晶的眼睛也正看着田木叶，看得田木叶有些不自在。

李茶罐说："我看木叶书记就是有眼光，我和熊白酒站在面前看都不看一眼，就把带电的目光直接射到了细妹书记脸上。韩细妹书记脸上又没写字。"

田木叶脸红，说："我和你俩是老熟人了，知道你俩都有夫有孩子，不敢多看。"

韩细妹脸更红，看着田木叶穿的双沙漠靴不说话。

田木叶已经明白了八九分，把眼光从韩细妹身上移开，说一起去磨盘塘寨看看茶园，李总是来看茶的，不能白跑一趟。

一行人上了双岩山，看着云雾缭绕的野生茶林和新开的茶园，李茶罐说："真是种茶的好地方，新开的茶园茶垄稀密恰当。"她从茶垄里抓一把土揉捏了一阵，然后说："这茶苗选得对，适合种红茶，茶苗长势很好，明年肯定是个丰收年。开茶园这个人一定是个行家，能引见我去看看吗？"

田木叶和韩细妹几乎同时说："行！"说完后相互对望了一下，便带着一行人去税岐洁家。蒲卓尧、税岐洁两口子和税卓刚从茶园

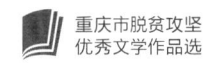

回来，正商量摸秋节和客商谈茶叶订单的事。听说是城里老茶罐茶庄的老板来了，税岐洁叫蒲卓尧把他最好的茶拿出来。

蒲卓尧和税卓在家准备茶水，其余人跟着税岐洁到房后森林边继续看茶园。秋阳下，森林里的树色彩斑斓，或红、或黄、或绿，层次分明，一片连一片的茶园泛着耀眼的绿，李茶罐和熊白酒穿的白色风衣在一片绿色中特别抢眼。李茶罐戴上墨镜和草帽，用丝巾把脸遮挡一半，然后摆了个丹凤朝阳的姿势，要熊白酒给她拍照。熊白酒说："能不能换个造型？遮挡不住的岁月皱纹放在脸上，拍出来肯定会辜负这大好秋光。"

"就这样，这是中国成功女性的经典造型。电视里都是这个造型。"表妹说。

表妹把田木叶推到韩细妹身边，说要给三塘盖村的两个第一书记照张相，田木叶忸怩的样子让几个女人大笑。田木叶被笑得不自在，顺手一把将韩细妹搂到怀里，说："照就照！谁怕谁？"

韩细妹顺从地依偎在他身上，粉脸瞬间绯红，一副幸福满满的样子。

影像定格，大家都说这张照片超美。

"这张照片不能发群里。"田木叶悄声对韩细妹说，韩细妹也同时对田木叶说了这句话，两人几乎是异口同声。

田木叶放开韩细妹，佯装什么事都没发生，来到李茶罐身旁，问这地方种茶怎样。

李茶罐说刚才用手机测了下，这里海拔1400米左右，云雾缭绕，很适合种一心一叶的毛尖。

"听说这种一心一叶的毛尖很考制作工艺。"税岐洁说。

李茶罐很惊讶："你晓得一心一叶的毛尖？你懂茶的制作？"

"我男人懂一点，天天和他睡在一起，不懂也懂了一点。"

"我们回去喝她男人泡的茶，你好好与你茶庄的茶比较下，看有什么区别。"田木叶对李茶罐说。

蒲卓尧和税卓早摆好了茶盘等着。李茶罐再一次惊讶，烧水、洁具、用竹制茶匙投茶、润茶、高冲水、出汤、分杯，蒲卓尧一系列的动作娴熟无比，远在她茶庄师傅之上。

"这山顶竟然有如此茶艺高人，真是高手在民间。"李茶罐小声嘀咕了一句。

"请赏茶。"蒲卓尧说。

李茶罐端起杯子，见汤色红艳，杯沿有一道明显的金圈，也不说什么。她微闭双目，把杯子凑近口鼻细闻一阵，然后抿一小口进入口腔并不急于喝下，让茶汤在口腔中慢慢流动，然后喝下。

"蒲师傅，你这茶汤色红艳，闻香沁人心脾，入口醇厚，口齿留香，真是好茶。这些茶全套程序都是你一个人完成的？"李茶罐问。

"是的，从采茶到制茶，都是我自己完成。"蒲卓尧回答。

"别人多泛酒，我独解香茶。三塘盖村夫。"李茶罐端着装茶的土陶杯子端详，念读有声，完全一副爱不释手的样子。她问蒲卓尧："这杯子在哪里能买到？"

"这是我自己设计烧制的，市面没得卖的。"蒲卓尧说。

"这上面的字是你写的？三塘盖村夫就是你？"李茶罐问。

"是的，我没读多少书，写这几个字纯粹是附庸风雅而已，还请莫见笑！"

"言表心声，你这是真正的超然物外！只有超然物外的人才能制出好茶，才能写出这么好的句子。我李茶罐佩服。"

蒲卓尧和税卓带着李茶罐看了专业合作社的作坊，回到院坝继续喝茶。蒲卓尧换了藤茶，请李茶罐和熊白酒品评。

"这茶汤色橙黄清澈，不浑浊。入口微苦，入喉回甘。这是什么茶？"熊白酒问。

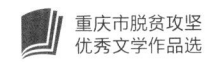

"这是我们三塘盖上的野生藤茶,有清热解毒、镇痛消肿、降脂降压的功效。这里的人长期饮用,很有效果。我发到几所大学请这方面的专家鉴定,都说这茶含了17种以上的微量元素,而且,Y-氨基丁酸的含量特别高。"蒲卓尧说。

"产量高吗?"李茶罐问。

"有1000多亩,全是野生的。"蒲卓尧回答。

"我们签个合同,这野生藤茶和明年的明前茶我们老茶罐茶庄全部订购。我先把定金打给你们。另外,你设计的这土陶茶杯,我也要订一批送人,价格该多少算多少。"

"李总,太感谢了!"税卓和蒲启尧站起来,紧紧握着李茶罐的手。

这算是金秋农产品博览会系列活动中得到的第一个大单子,田木叶和韩细妹比税卓和蒲卓尧还激动。两人几乎是同时拥抱了对方,在场的每一个人都笑得很灿烂。

三塘盖入秋后就少不了把人团拢的火。几堆篝火在龚大姐家的大院坝上熊熊燃起,田歌和她的摄影爱好圈朋友聚集在篝火旁,吃着烧蛇痢烤的羊和鸡,喝着鬼点子提来的一壶老酒。田歌还是个中学生,当然不会喝酒。她像一个节目主持人走到房前的阶檐上,大声说:"我们重庆摄影爱好群·脱贫攻坚印记拍摄活动正式在风光美丽的三塘盖拉开帷幕,请大家把镜头对准三塘盖村的三个第一书记。"

田木叶正准备带着陈调、韩细妹和万贯财、税景阳给每一个摄影老师和客人敬酒,没想到女儿田歌会来这一手。他带着四人走上阶檐,悄声对四人说,等会不讲话,以举酒杯为号一起唱《土家族祝酒歌》。几个人在阶檐上站成一排,下面的镜头齐刷刷地对着几人开始拍摄。田木叶把酒杯举起,陈调、韩细妹、万贯财、税景阳也跟着把酒杯举起。"毕兹卡的美酒"几个字就从几个人的喉咙里迸出,顿时,全场都端着酒杯唱了起来。没有音乐,没有音响,甚至有人连歌词都记不全,但大家的激情被燃成了一堆火,大家用同一个声调同时吼出一个字——喝。

"喝——"一晚上,"喝"的声音从大家的口里裹着酒的气味不时在山寨吼起,那不是一个人的声音,是几十、几百人的声音,整个山寨,包围山寨的群山,它们也激荡着一个字:"喝——"。

人的性情因为某些羁绊,大多时候都是压抑着的,再放纵的人在多数场合都会把自己放荡不羁的心性关在心房里。也许是压抑太久了,"喝"的声音像引爆炸药的引信,突然点燃了大家的激情,引爆了大家的热情,快乐溢满了山寨。有彤老师和牛识图主席挂着相机,端着酒碗,走到人群中间自顾自唱起了或雅或俗的山歌。

有彤和牛识图两个摄影老师扯起喉咙唱:

天亮起来刮大风,
半天云里挂灯笼。
狂风吹断灯笼架,
十回想妹九回空。

李茶罐和熊白酒也走到中间,回敬有彤和牛识图:

昨夜等郎郎不来,
烧了几捆青杠柴。
铜壶煨酒酒煨干,
油煎豆腐起青苔。
……

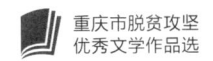

有人情不自禁地唱，就有人会情不自禁地跳，万仁爱和杨美金领头，从山外回到寨子里的十几个妇女早没有了平日里的拘束，跑进篝火的光里，跳起了欢快的土家摆手舞，她们好久没这样放松了，动作自然就有些夸张。表妹和李茶罐、熊白酒也加入了跳舞的行列。韩细妹一直在和田木叶说话，样儿像好久没见面的情人。田歌看见，猜出和爸爸说话的就是春节的时候送自己相机的阿姨，跑过来悄悄拍了一张他俩说话的照片。

"爸爸，这是韩阿姨吗？好漂亮！"

田木叶看着韩细妹，对田歌说："这是你韩阿姨。是爸爸的同事。"

田歌说："我早就知道韩阿姨，她是我表姑的同学。"

"哦——"田木叶长长地惊叹了一声。

韩细妹脸红，拉着田歌跳舞去了。

三十九

金秋的天气往往都是天高云淡，很适合秋游和拍照。三塘盖村的自然风光和民俗风情被田歌和她的摄影爱好群像风一样扩散。全国的摄影爱好者像赶场一样，去一潮来一潮，三塘盖村的三个寨子每天像过年一样，城里几个摄影爱好者为拍日出和云海在三塘盖建的云上村宾馆一票难求，龚家大院等几个传统村落的民居人满为患，连黄梯玛的吊脚楼也只有临时腾出来接待客人。

村里的每一个人都忙了起来，家家炊烟冒，户户唱山歌，整个村子都像在娶媳妇嫁闺女办喜事一样。一个小得不能再小的村子，突然涌进来这么多人，对于一辈子没见过这阵仗的村民来说，显出手脚都没地方放的样子。田木叶、陈调、韩细妹和几个村支两委干部每天抓耳挠腮，忙得脚板皮都跑破了。住的问题稍好解决一点，这些摄影爱好者和驴友大多带有帐篷。可吃的问题很让人揪心，先不说味道怎样，单是食材不够就成了大问题，喂的土鸡被客人买光了，家里的腊肉卖完了，地里的青菜扯光了，可客人还在陆陆续续到来。

田木叶把村里的工作交给万贯财、税景阳，让陈调和韩细妹到区人社局和商务局找下领导，争取最近几天在三塘盖开个农家乐餐饮应急培训班，他自己到重庆请几家餐饮企业的老板来村里给村民上餐饮培训课。

万贯财说："你要早去早回，你走了我们没得主心骨，这么大的活动，莫说村里几辈人都没搞过，就是区里也没搞过几回。"

"你们放心，能力都是在实践中锻炼出来的，就像你开修理厂一样。关键是我们自己要相信自己。"

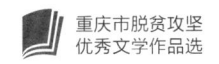

正准备走的时候，烧蛇痫气喘吁吁地提着一篮子鸡蛋赶了过来，说这几天他的烤羊和烤鸡生意特别好。他把鸡蛋和一万块钱交到田木叶手上，请田木叶代他把钱还给田知青，鸡蛋是自己养的虫草鸡下的，请田木叶转交给田知青。

在场的几个人都很高兴，说烧蛇痫变勤快了，说得烧蛇痫脸红了起来。田木叶把钱还给烧蛇痫，说田知青这钱是送给你的，要还你自己亲自还。

"那你一定要把鸡蛋带给他。"烧蛇痫说。

韩细妹送田木叶到武陵山机场。陈调上车就睡着了，在后排扯起鼾声。韩细妹红着脸看了一眼坐在副驾驶位置的田木叶，问："木叶哥，有风会来机场接你吗？"

"不会来，但她会在黔江送我。"

"你那沙漠靴穿着舒适吗？"

"是有风买的，特别舒适，只是差一副鸳鸯鞋垫。"田木叶目不转睛地看着开车的韩细妹，看得韩细妹的脸发烫。

到了机场，陈调还在睡觉，韩细妹去给田木叶换登机牌。田木叶从韩细妹手里接登机牌的时候，突然拥抱了韩细妹，把脸贴在她滚烫的脸上悄声说："有风在我心里。"

韩细妹红着脸拿出一双鸳鸯鞋垫递到田木叶手上。

回到家里，田知青正看着装满的布鞋和鞋垫发神，桌子上的一个包裹已经摊开，几双穿过的手工幼儿棉鞋、布鞋和一片风干了的白果树叶摆在上面。

"爸爸，我回来了。"田木叶对着父亲打招呼。

田知青听见儿子打招呼，并没有像以往一样赶忙把这些鞋收捡起来，而是任它们摆着。田木叶把烧蛇痫送的鸡蛋放到茶几上，说是烧蛇痢送的。田知青看了一眼，红着眼问："烧蛇痢还懒吗？"

"变勤快了。他让我把一万块钱带来还你，我说让他自己亲自还你手上。"

"好！好！好！他妈泉下有知，该高兴。"

田知青让田木叶坐到身边，摸着田木叶的头说："儿子，我今天要告诉你一个天大的秘密，这个秘密我也是上次去三塘盖才知道的。你听了后千万不能激动。"

"爸爸，什么秘密？"田木叶预感到，父亲说的这个秘密和他送烧蛇痢的一万块钱一定有关，但他做梦都想不到这个秘密和自己的身世有关。

"儿子，烧蛇痢的母亲就是你的亲生母亲。"

"你不是说母亲在我出生后就去世了吗？"田木叶一下蒙了。

"你母亲太善良了！"田知青老泪纵横，拿起那片早已干枯的白果树叶给田木叶讲了个故事。

田知青回城安顿好后，回磨盘塘寨找村姑，尽管村姑说不跟他到重庆，说到重庆上不了户口，会影响他的前途，但他还是不甘心地回到了磨盘塘寨，他无论如何要带村姑回重庆。可他回到寨子里的时候，寨子里的人都说，村姑在他离开后不久就外出打工去了，听说在外面落水身亡了。

田知青在寨子里不吃不喝待了几天，然后回到了重庆。他每天除了看书，就是到公园里的白果树下捡木叶吹，吹出的歌总是哀婉凄凉。家里人见他一副魔怔的样子，就商量着给他说亲，说是成亲后他就不会再魔怔了。可他一个不见，还说，谁再给他提亲，他就跟谁急。家里人没得办法，就任他每天在家看书，在白果树下吹木叶。

离开村姑快一年的时候，一天夜里，田知青的父亲突然抱了一

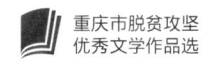

个婴儿回来,说是在家门口捡的,以为是孩子的母亲上厕所去了,就在外面等,可一直没人来,便知道是有人故意把孩子放在那里的,所以就抱回了家。

有一个包裹和婴儿放在一起,家人打开包裹,里面有几双手工做的婴儿布鞋和一片白果树叶。田知青拿着包裹里的鞋子和木叶看了看,突然发疯似的叫着村姑的名字跑出门。他在街上见人就比画着村姑的形象问,一直问到嘉陵江边。他看见,一双胶底鞋摆在江边的岩石上。田知青一下蒙了,那双鞋是他送给村姑的,烧成灰他也能认得出来。看着涛声如泣的江水,他流着泪沿江往下游疯狂奔跑,嘴里声嘶力竭地叫着村姑的名字……

醒来的时候,他睡在了一家医院里。家人把他接回家,他看见父亲抱回的婴儿朝他甜甜地笑,就对父亲说,孩子是他的儿子,他此生不再娶亲,他要专心把儿子抚养成人。

"儿子,我对不起你,对不起你母亲。"田知青讲完故事,像小孩一样抱着田木叶号啕大哭。

"爸爸,这不是你的错,这是那个荒诞年代的错。"田木叶早已是泪流成河,哽咽着安慰父亲。

四十

摸秋节到了。参加三塘盖村金秋农特产品博览会暨乡村旅游启动仪式的客人从四面八方赶了过来。

田木叶带着陈调、韩细妹、万贯财和税景阳在磨盘塘寨的公路边迎接。公路坎下，去年还是荒草萋萋的荒田如今早已被老麻庄园公司的麻总打造成了农耕文化体验园，一群家长和小孩正在田里嬉笑着抠藕摸鱼。旁边的坡地上有一片如别墅群一般的现代化绿色猪圈，三塘盖村十万头无抗猪养殖场的吊牌挂在巍峨的院门上，十几辆上着沪牌的大货车正从那里鱼贯而出。公路坎上的寨子里万智谋和十几个村民正在装酒。

田木叶说，这公路两旁可以栽点花，一直栽到易地扶贫搬迁集中安置点，外地人一踏进三塘盖村的地界，就让他们被鲜花一样的热情浓浓地包裹，这样不仅宣传了三塘盖村的风景，也推动了三塘盖村的产业。

陈调说，扶贫扶志，扶志必须要有载体，因地制宜的产业就是很好的载体，只有让老百姓融入规模发展的产业中，让他们有事做，有钱赚，扶贫成效才会持续。

韩细妹说，用打点滴的方式扶贫是得不偿失，必须帮助老百姓发展产业，消除坐等温饱的心态。

万贯财和税景阳在手机备忘录里记下三个第一书记的话。万贯财说："你们两年的扶贫时间就快到了，过了年后你们就要走了，我们总是担心，你们走了，贫困户的心理依靠就失去了，三塘盖村还能继续朝前走吗？"

"现在路修通了，房子建好了，产业也发展起来了，大家放心

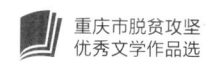

吧，三塘盖村的发展会继续的。"田木叶说，眼睛有些潮润。

"这两年扶贫一直是在强推硬逼，一些老百姓也习惯了政策推着走。所以，我们总是担心，突然没有了某些政策，他们会接受现实吗？"税景阳看着三位第一书记说。

"没问题，只要我们坚持扶贫扶志，智志双扶，让村民懂得，美好的生活必须靠自己用劳动去创造，三塘盖的明天一定会更加美好。"田木叶动情。

"木叶书记，摸秋节后，你不走了？"税景阳听出了田木叶没有离开三塘盖村的意思。

"不获全胜决不收兵。我已给单位领导打了报告，脱贫攻坚决胜的那一天，我再走。"田木叶说。

"我也打了报告，要战斗到脱贫攻坚决胜的那一天。"陈调说。

"我也是。"韩细妹说。

这时，村委会旁边的易地扶贫搬迁集中安置点有鞭炮响了起来，又有人搬进了新家。田木叶、陈调、韩细妹、万贯财、税景阳并肩而立，看着山连着山，山长着山的三塘盖沐浴在温暖的金色阳光里，看着进山的大车小车和络绎不绝的人群如一字长龙在三塘盖的深处进进出出，他们笑了，他们把手紧紧握在一起。

后 记

当我在阿蓬江畔一处叫颐养居的陋室里写下"2020年8月31日改定"字样的时候，金色的太阳正从武陵山腹地一个叫小盖梁的山上夹着泥土和山花的味道冉冉升起，它用一片金黄包裹了我的陋室。我拉开书房的落地窗，站在阳台上惬意地伸了个懒腰，面朝沐浴在金色阳光中的远山近树长长地吸了一口大清早湿漉漉的空气。

远处，峰峦叠嶂，梯田铺金；近处，绿树四合，百鸟啾啾。

一年前秋色日渐浓酽的一天，我开始谋划和构思《我是第一书记》的写作。和五年前创作反映农民工题材的长篇小说《抢滩》（与傅恒合著）一样，这部作品的创作仍得力于自己的亲身经历。

2012年，受组织安排，我有幸到上海负责家乡贫困农民工在上海的管理工作，亲历和见证了家乡贫困农民在大都市艰苦拼搏、实现脱贫致富梦想的创业历程，并在重庆市作协陈川主席和四川省资深文化活动策划人杨华先生的鼓励下，与傅恒老师合作，以扶贫为背景，以家乡党委政府成建制地有序组织农村贫困人口进城务工脱贫的典型事迹创作了农民工题材的长篇扶贫小说《抢滩》（重庆出版社2016年）。决胜脱贫攻坚战役气势恢宏，涉及到各个层面，各个行业，各个领域，其战场之大，地域之广，所涉及人员之多，史无前例，令人震撼，任何一部作品都很难详尽记述。《抢滩》也不例外，它只是从一个侧面反映了贫困山区的贫困农民在城市追逐梦想，以不愿苦干、不愿苦熬的精神顽强拼搏，不断摆脱贫困的历史，这对于多角度、全方位反映中国农村扶贫，特别是决胜扶贫攻坚战役的伟大历程远远不够，于是，我就萌生了以扶贫干部为题材创作一篇扶贫作品的欲望和冲动，意欲从另外的角度来描述新时期这场波澜壮阔的决胜脱贫攻坚战役。

无疑，在新时期这场波澜壮阔的决胜脱贫攻坚战役中，广大党员干部是主力军。数以几十万计的党员干部在决胜脱贫攻坚的号角声中披挂出征，以气吞山河之势，义无反顾奔赴决胜脱贫攻坚主战场，在扶贫一线壮怀激烈，披肝沥胆，历经艰辛，高歌猛进，用他们的热血和汗水，绘就了决胜脱贫攻坚浩瀚宏大的历史画卷；用他们的热血和汗水谱写了与贫困厮杀的壮丽诗篇；用他们的热血和汗水奏响了"不忘初心"的历史最强音。他们的事迹感人至深，他们是决胜脱贫攻坚战役里最可爱的战士，我没有理由不留下他们的痕印。

然而，当打开电脑敲击键盘的时候，却又有些茫然，面对如此重大的现实题材，真有点"老虎咬天"的感觉，不知从何下笔。思来想去，我决定以第一书记的视角，将作品聚光于广大扶贫干部的人性光辉和不忘初心的为民情怀，以及"宁愿苦干，不愿苦熬"的拼搏精神，凸显新时代党和国家的精准扶贫战略，呈现脱贫攻坚工作的艰巨性和复杂性，讴歌广大党员干部带领贫困群众决胜脱贫攻坚的历史功绩。

有幸的是，在这场历史贡献史无前例的决胜脱贫攻坚战役中，我曾受命担任重庆市黔江区石家镇鱼田村的驻村扶贫第一书记，亲身经历了这场伟大的决胜脱贫攻坚战役，亲身感受了脱贫攻坚战役的艰巨性和复杂性，亲眼目睹了广大扶贫干部在决胜脱贫攻坚道路上所显现出来的人性光辉。这对我创作这部作品起到了任何形式的采风都不能替代的作用。

有了这段特殊经历带来的便利，我心想写作起来自然就会驾轻就熟、得心应手，然而事情并非这么简单，因为曾为第一书记和写作者这双重身份给我的创作带来了极大挑战，诚如张育仁教授在审阅本篇文章时所言："除了用政治的立场和眼光叙事、审美，此时此刻，你还必须用文学的立场、小说家的心境和眼光来理解、描述和阐释你所历练、思考和创造的这个文学世界，而不仅仅只是表现涂上文学色彩的政治世界。"

面对如此重大的挑战，这部作品的创作于我而言自是一次严峻的考验。我坦言，创作过程中，面临如此重大挑战，我真实地感到了力不从心，甚至在中途萌生过知难而退的念头。幸运的是，在这个过程中我得到了张育仁教授等诸多良师益友的鼓励和支持，对我给予了醍醐灌顶般的指点，使得我鼓足勇气，紧紧围绕贫困乡村的蝶变，围绕驻村扶贫的人和事，围绕广大扶贫干部在决胜脱贫攻坚战役中闪现出来的人性光辉进行创作，顺利完成了这部作品。在此，谨致谢意。

2020年9月10日于黔江颐养居